현대소설의 ‘무(巫)’ 수용 양상

현대소설의 '무(巫)' 수용 양상

윤 효 선 著

한국학술정보㈜

우리나라는 한반도(半島)에 위치하고 있다.

중국이라는 큰 나라를 비롯하여 많은 나라들이 있는 아시아 대륙의 동쪽 끝부분에 있으며 태평양 쪽으로 일본이라는 섬(島)나라가 있다. 대륙세력과 해양세력이 맞붙는 지정학적 위치에 있다. 그래서 삼국시대의 고구려는 만주 지방에 웅거하여 대륙의 일원으로 당당하게 살아왔다. 그러다가 신라가 삼국을 통일하자 대륙 돌출부인 남부 지방은 신라의 몫이었으나 대륙은 발해가 차지하여 겨우 대륙의 일원으로 명맥을 이어왔다. 다시 발해마저 멸망하자 완전히 반도로 밀려 고려시대는 대륙의 세력권과 대립의 관계에 있게 된다.

또한 중앙아시아와 중국을 호령하던 몽고족 징기스칸이 세운 원나라의 침략을 당하여 대륙권의 지배를 받게 된다. 조선시대는 해양세력인 일본에 의한 임진왜란(1592)으로 국토가 유린되고 많은 백성들이 섬으로 잡혀가는 수모를 당한다. 당시대에 일본의 분위기를 파악하려 간 대표자들은 각 당파를 위해 서로 다른 현실을 보고 한다. 그 결과 엄청난 국가적 손실을 불러왔고 선조(宣祖)조차도 국가관리에 무능력을 보이고 궁궐을 버리고 의주로 피신하여 백성들에게 배척의 수모를 당하는 군주로 남는다. 분조하여 전쟁을 실제 경험하고 실리외교를 편 광해군조차도 인조반정으로 패주가 된다. 권력을 잡은 인조는 명나라를 위한 명분에 사로잡혀 대륙세력인 청나라에게 무릎을 꿇고 항복하는 치욕을 당한다.

그러나 그런 패배를 당하고 백성들에게 온갖 어려움을 안겨 준 울분의 의식은 주자학의 명분 틀에 매여 조금도 개선되지 않는다. 국방에 대한 철저한 대비능력 부족으로 결국은 해양세력에게 나라까지 빼앗긴다. 대체적으로 천주교에 대한 봉쇄를 하기 위한 쇄국에서 아

무런 대책도 없이 갑자기 한 개국은 국부유출은 물론 완고한 유학자들의 의식마저 바꾸지 못하고 무력하게 나라마저 잃은 꼴이 되고 만다. 왕권을 둘러싸고 벌어진 외척정치와 사색당파에 억매여 있는 무능한 위정자들의 국가관은 그야말로 가문의 그것보다도 더 형편이 없는 것들이 된다.

이런 땅에서 사는 사람으로서 조상들의 대척능력의 무능함만 책할 것인가? 그러면 현실은 어떠한가?

아직도 반도의 전체는 두 개로 나누어져 각기의 정치세력이 지배를 하고 있다. 얼마 후에는 하나로 반드시 합칠 때가 올 것이다. 그 시기가 늦으면 늦을수록 대륙의 고대 우리 역사는 남의 역사로 변질할 위험이 더 커진다. 또한 해양세력은 자신들이 지배한 때를 그리워하며 그런 시대가 오기를 기다리며 재충전을 하고 있고 동해라는 바다 명칭과 독도라는 섬을 가로채려고 광분한다.

그런데 어찌 바다를 삼면에 두고 기다랗게 바다로 돌출된 우리나라 땅을 반도(半島) 즉 반절의 섬이라고 했을까? 다시 한번 울분이 섞인 의문에 사로잡힌다. 그것은 결국 섬나라인 일본인들의 두뇌에서 나온 생각이 아닐까 하고 생각한다. 왜냐하면 기준은 대양이고 섬이기 때문이다.

그런 섬나라에게 나라를 빼앗기는 역사적인 사실에 다시 흥분을 하지 않을 수가 없다. 우리나라 지식인들은 도대체 국가를 위해 무엇을 준비하고 있었을까? 물론 이유는 충분히 있을 것이다. 그러나 각 개인의 기능은 훌륭해도 집단적 응집력은 다른 나라에 비해 떨어짐을 어찌할까? 또한 국가관에 대한 미래의식이 각각이어서 충분한 힘을 발휘하지 못하고 있다. 정말 한심스러운 현상의 출현이다. 개인이

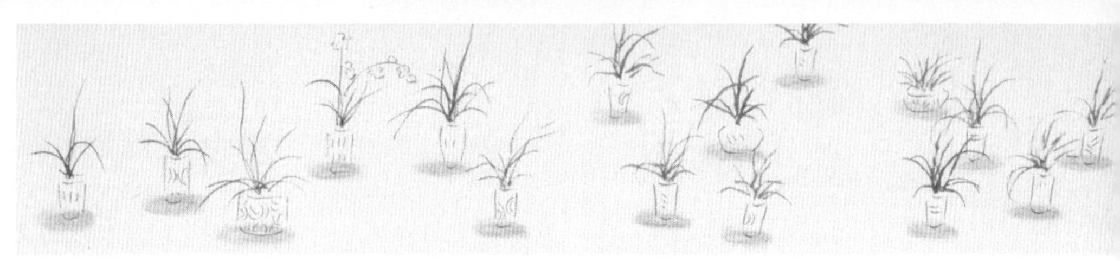

살아가는 데 밑바탕이 되는 생존의식과 국가관을 바꾸려는 얄팍한 자본주의의 천민의식은 비록 경제력만의 영향은 아닐 것이다. 먹는 것만 해결된다면 국가조차도 바꾸겠다는 지식인들이 존재한다는 사실을 어찌 볼 것인가? 정의의 기준이 아직도 제대로 기능을 하지 못한 탓이리라.

정부는 국가를 경영하면서 우선적으로 국민들이 일할 공간을 만드는 데 전력을 해야 한다. 양 세력이 맞부딪치고 소용돌이치는 공간에서는 무엇보다도 올바른 국가관 확립이 중요하다. 그것은 세상을 살아가는 데 반드시 필요한 정의 확립과도 관련이 있기 때문이다.

우리나라는 세계의 중심을 중국에 두었고 주자학을 국가의 통치이념으로 하고 있었던 때가 있음도 사실이다. 명분을 내세우는 이(理)를 중요시하고 기(氣)를 업신여기는 학문이다. 물론 조선 후기 실학파들이 과학을 중시하였으나 서양의 종교와 과학을 구별 못하고 서양세계의 선진화된 기술의 진입로인 문호를 닫아버리는 우를 범했다.

우리나라가 일본에게 나라를 빼앗기게 된 이유는 여러 가지가 있겠지만 가장 중요한 것은 서양과의 문호개방인 개국이라는 정치적 통치이념에서 충분한 대처가 부족하였고 동도서기(東道西氣)사상에 너무 억매인 탓이리라.

먼저 개국의 시기를 비교하여 보면 일본은 1854년 3월 3일에 미국과 화친조약을, 그리고 4년 후에 1858년 6월 19일 통상 및 무역장전을 체결한 것이다. 그런데 우리나라는 28년이나 후인 1882년에 미국에 문호를 개방한 것이다. 이처럼 서양에 문호개방도 차이가 있었지만 1853년 6월 미국에 일본막부가 느낀 당혹감과 무위무책(無爲無策)은 1876년 우리나라가 일본에 당한 것과 같은 것이다. 일본은 통상에 대

해서 충분한 시간과 대처로 힘을 기를 기회를 가진다. 그리고 미국에 당한 것을 일본은 그대로 우리나라에 강요하였고 기술을 앞세운 무력적 패배까지 안겨준다. 또한 우리나라는 통상에 대해서 논의다운 논의도 없이 그대로 조인을 한다. 당시의 위정자들은 자본주의 핵심인 통상은 모리배인 장사치들의 할 일로 너무 가볍게 취급을 한 것이다.

결국 19세기 100년 동안 위정자들의 적절한 대처능력의 부족은 다음 세기인 20세기의 반을 외국의 지배로 민족을 고달프게 했다. 이처럼 위정자들의 무능력은 얼마나 많은 피해를 국민들에게 주는지 확실하게 우리의 역사가 증명하고 있다.

다시 말하면 우리나라는 스스로 힘을 길러 외국과 대항하는 능력을 가질 기회를 잃고 결국 일본에게 빼앗기는 굴욕을 당하게 된다. 그런 과정에서 가장 먼저 우리나라를 유지하는 정신적인 근원을 파괴하는 일이 시작된 것이다.

그것은 문화의 침탈이며 파괴이다. 나라에서 강력한 힘을 지탱하는 경제적 및 정신적인 힘을 동시에 잃어버리고 또한 불행한 비극을 감수하게 된 것이다. 그래서 우리의 민중은 잘 살아온 나라를 졸지에 하루아침에 남에게 넘겨주는 불안한 환경에 처한다.

이러한 불안한 나라의 처지에 우리나라의 정신적 근간 중에 중요한 부분에 차지하는 민중의 신앙이면서 오랜 역사적 갈등과 역경을 이겨온 무(巫)에 관심이 쏠린다. 물론 무는 외래 고급 종교인 가톨릭이나 개신교와 비교하면 저급한 신앙 체계이며 비조직적인 형태로 무당이 중심이다. 그리고 긍정적인 면보다는 오히려 부정적인 면이 더 많고 비합리적인 형태라는 것도 맞다. 그럼에도 불구하고 버릴 수 없는 중요한 우리 문화이다.

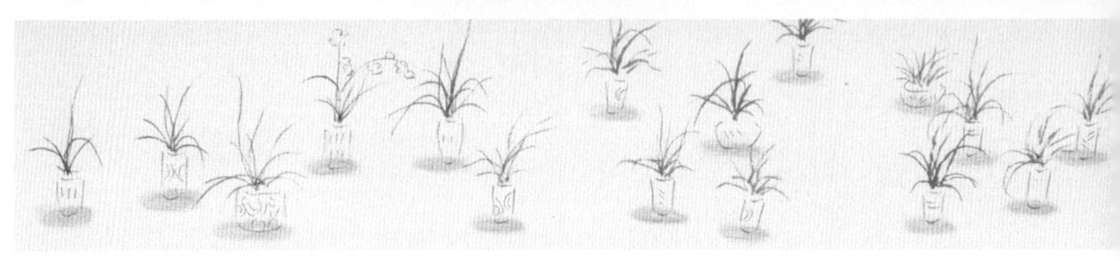

  그것은 지금까지 살아 내려 온 풍습이면서도 유학의 그늘에서 배척과 비난의 대상이면서 하류층의 문화 대상으로 취급을 받은 것도 사실이다. 특히 조선 후기부터 일본의 본격적인 침략의 시기에 저급 종교이면서 신앙의 대상인 무(巫)를 신소설에서는 '미신타파'라는 이유로 민족의 개화를 저해하는 대상으로 본다. 그러나 풍속 개량이라는 개화와 계몽의 주목적은 엉뚱하게도 일본의 침탈을 돕는 것으로 변질한다.

  문화적 선진화를 앞세우고 들어온 개신교가 토착화를 추구하는 과정에서 부흥회를 개최하고 그런 종교적 활동이 또한 일본의 식민지 지배를 공고히 하는 구실에도 보탬이 된다. 120여 년 동안 개신교는 교세확장을 위해 무와 무수한 충돌과 갈등을 조장하며 우리 문화인 무의 제의 형식과 무형 문화재를 여지없이 파괴하면서 성장을 거듭거듭 한다.

  최근 한겨레신문(2006. 6. 23)은 '개신교계 참회의 울림'이라는 글에서 '전도', '선교', '부흥'과는 거리가 있는, 한국기독교목회자협의회(한목협) 소속 15개 교단목회자들이 수련회를 통해 자기 갱신 촉구대회에서 '참회고백론'을 발표했다고 기술한다. 그런 고백은 최근 통계청의 예를 들면서 지난 10년간 가톨릭 신자가 219만, 불교 신자가 40만 5천 명이 늘어났으나 개신교는 14만4천 명이나 처음의 감소로 나타났다는 것에 대한 반응이다. 이러한 결과에 대한 분석은 먼저 '개신교계의 배타적 신앙형태'와 '대형교회 목사들의 도덕적 타락과 권력 집단화' 등으로 인한 이미지 실추를 들고 있다.

  이러한 변화과정은 최근에 일어난 무의 제의(祭儀) 충실화와도 관련이 있으며 문화적 침탈에 대한 우리 문화의 재발견의 일환이다.

  다행히 2006년 7월 문화관광부에서 '민족문화의 상징'을 100개로 결정하고 분야별에서 무(巫)의 굿, 서낭당, 도깨비, 금줄 등 4개를 포함

시켰는데, 채택(採擇) 이유로는 '정신문화의 원형질'이라는 점이다. 그만큼 무의 제의(祭儀)인 굿은 우리 민족에 있어서 중요한 풍습이며 굿을 통해 '신화'를 창조하고 죽은 자와 산 자의 합동잔치에 초대하여 한을 풀어주는 것이다.

비록 하찮은 우리의 전통들이지만 우리 민족의 생활과 관련이 있는 것들은 우리가 소중히 여길 가치가 충분히 있으며 그것이 우리 민족의 정체성 확보와 같은 것이라고 본다.

이 글은 박사논문을 일부 수정하여 우리 문화에 관심이 많고 공부하는 사람들에게 보람과 희망을 줄 것을 바라는 심정에서 발표한다.

한편 이 글을 쓰게 되는 데 물심양면으로 지도를 아끼지 않는 지도교수님이었던 조건상 선생님을 비롯하여 함께 논문을 심사하면서 여러 가지의 문제점을 지적하여 주신 강우식 선생님, 김용성 선생님, 이정우 선생님, 임규찬 선생님께 이 자리를 빌려 다시 한번 감사의 말씀을 드린다. 또한 난해한 단어와 문장을 다듬어주는 데 고생을 같이한 류충희에게도 고마움을 표한다.

마지막으로 한 가지 더 첨가한다면, 이 논문을 작성할 동안 내내 몸이 아파 병원에 입원한 아내인 김복희(金福姬, 庢昤)에게 미안함과 함께 고마움을 표하지 않을 수 없다. 늦깎이 공부를 흔쾌히 승낙해 주었고 공부를 하도록 여러 가지로 배려를 아끼지 않으며 또 마지막까지 뒷바라지 해준 덕분에 무사히 결실을 얻게 된 것은 모두가 다 헌신적인 아내의 공이다. 예전처럼 건강을 빨리 회복하여 함께 오래동안 인생을 즐기기를 비나리한다.

2007년 3월

普玄 윤효선(尹孝宣)

목 차

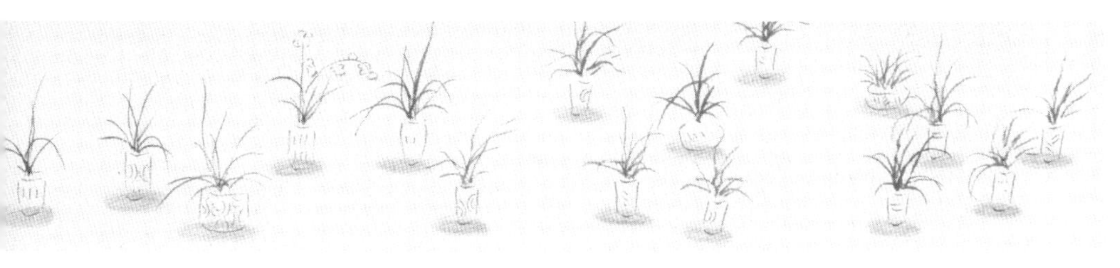

현대소설의 '무(巫)' 수용 양상

I. 서 론

1. 연구목적 및 연구사 검토

한국인의 의식 속에 잠재되어 있는 다양한 '무(巫)'의 형태가 한국소설 속에서 어떤 양상으로 형상화되었는가를 탐색하는 것이 이 연구의 목적이다.

한국인 생활과 의식 속에는 다양한 형태의 문화들이 존재한다. 그중에도 무(巫)는 고대 부족 국가로부터 삼국시대와 고려까지는 그 신앙의 형태를 유지해오다가 특히 조선, 일제 식민지 그리고 현재까지는 고난을 겪게 된다. 무가 이처럼 고난의 역사를 가지게 된 것은 조선의 유학자들에 의해 속된 것으로 핍박을 받아 천민 계층으로 성내에서 추방을 당하여 변두리에서 무당집단을 만들어 계속 무업을 영위하는 신세로 전락하였고 또 합리주의를 앞세운 서양의 문화와 기독교에 의해 미신(迷信)으로 몰려 현상 유지마저 어려워졌기 때문이다. 그러나 끈질긴 생명력으로 잔존해 온 무는 한국인 생활에 깊숙이 영향을 끼쳐 긍정적인 면과 부정적인 면을 지니고 있으며 자연히 무를 대하는 우리의 인식도 이중성을 띠게 된다. 각 개인들은 생활을 하면서 무당에게서 기복(祈福)의 축원을 받거나 재앙(災殃) 방지의 기법을 듣거나 불확실한 미래를 알려고 한다. 또한 사회적으로는 공동체 신앙의 형태인 산제나 풍어제, 당제 등을 지내 집단 마을의 안녕을 빌면서도 대외적으로는 습관적 편견과 폄하의 시각이 존재하고 있다. 그럼에도 무는 우리 민족과 함께 엄연히 존재하는 최고(最古)의 종교라고 말할 수 있다. 그 반증으로 지금도 도시의 무당은 줄어들지 않고 여전히 그들의 신당에는 학생들이 있는 부모들은 자식들의 장래 직업 결정과 진학의 여부와 학교 선택, 정치인들은 선거에 대한 당락의 여부, 젊은이들은 장래 배우자의 선택과 결혼의 거행 등 불확실한 미래에 대한 불안감을 해소하려고 하거나 미래 문제로 문전성시를 이룬다.

따라서 이처럼 한국인의 생활에 영향력을 끼친 무(巫) 역시 현실을 바탕으로 하는 문학과 관련이 없을 수가 없다. 그런 상관성을 밝히려면 먼저 문학의 대상인 무에 대해 보다 깊은 고찰을 전제할 때 효과가 더 있을 것이다.

광범하게 우리 생활과 관련된 무에 대한 고찰을 위해 범위를 규정할 필요가 있다. 그것은 먼저 무를 숭상하는 신도들의 신앙생활 태도와 무당의 종교 활동이고 다음은 일반인들의 생활 속에 들어 있는 무(巫) 신앙의 형태와 요소들이며 마지막으로 다른 종교와의 관계 속에서 파생된 무(巫)의 형태들이다.

이것을 더 구체적으로 살펴보면 첫째, 시대의 변천에 따라 종교 활동인 무당의 신앙 태도가 많이 현대화된 것이다. 그것은 단골무당과 전화 상담을 하거나 인터넷을 이용하기도 하고, 단골이 집안에 약식형태로 신령을 모신 것들이다.

둘째, 일반인에 있어서 무 신앙의 요소로 점복, 부적, 세시풍속, 통과의례, 고사 등을 들 수 있다. 미래의 불안에 대한 걱정과 가정의 안녕에 대한 기복(祈福)은 무당의 주요한 한 기능이다. 무당은 이런 행위를 자신이 모시는 신령의 뜻에 따르고 있다. 다만 신령의 능력이 계속 일정하게 유지하기가 어려운 것이 문제이다. 그것을 해결하기 위해 명산으로 기도를 하러 다닌다. 그럼에도 좋은 결과를 얻을 수 없을 때는 여러 무꾸리 방법을 개발한다. 점쟁이들이 책력(冊曆)이나 사주, 주역(周易)의 괘(卦) 등을 공부하여 미래를 예측한다. 이런 과정에서 무의 폐단이 발생하여 지탄을 받게 된다.

보통 해마다 일정한 시기에 민간에 행해지는 '세시풍속'은 의례적(儀禮的)인 행위들이다. 대체로 옛날부터 농사와 관련된 것들로 그것은 무(巫) 신앙과 관련한 정월의 세화(歲畵)나 입춘부(立春符), 삼재(三災) 막는 법, 지신밟기, 동짓날의 팥죽 뿌리기 등이 있다. 또 조상숭배의 예(禮)로는 설날, 한식, 단오, 백중, 추석 등이 있다.

또한 개인이 일생을 통해서 겪는 출생, 성년식, 결혼, 상례 등 '통과의례'에서 기자치성(祈子致誠), 출산과 관계있는 삼신(三神) 신앙과 인줄풍속 등이 있으며, 상례에서는 노전제(路奠祭)와 산신제 등 무 신앙과 직·간접으로 관련이 있다.

마지막으로 무(巫) 신앙의 일환으로 '고사'가 있다. 이러한 형태들은 본래는 전통신앙으로 치성의 한 종류이며 춘·추기에 가정의 안택고사로 지내고 특별할 때 따로 지내는 것이다. 현대는 그 의미가 변하여 새 건물이나 사무실, 신장개업 등 새로 일을 시작할 때 지낸다. 고사 때에 대부분 돼지머리를 제물로 사용하고 있으나 원래는 성주에게 올리는 것은 원(圓) 시루와 돼지고기이다.

이처럼 무 신앙의 상당 부분은 전통적인 문화의 습속들과 겹친다. 이런 우리 문화는 민족의 생존과 밀접한 관계가 있다. 바로 국가의 정체성과 관련이 있는 삶의 형태이기 때문이다.

셋째, 무(巫)와 외래 종교인 불교, 도교, 유교, 기독교 등은 상호 간에 갈등과 습합 속에서 서로 영향을 주어 나름대로의 토착화한 종교로서 존재하게 된다. 불교의 사찰에 있는 산신각이나 삼성각은 무(巫)의 형태이며 또 한국 불교의 조왕(竈王) 신앙이나 신중(神衆) 사상과 정신(井神)사상과 기독교의 성령체험 현상들이 이에 속한다.

그런데 이처럼 한국인의 삶과 의식 속에 깊숙이 스며든 무(巫) 신앙도 귀신 신앙, 운명 신앙, 요행주의, 윤리의식의 결여, 역사의식의 결여, 주술 신앙이라는 부정적 이해의 차원을 면치 못하고 있는데, 이러한 경향은 대체로 타 문화 중심주의 또는 문화 사대주의적 입장에서 무(巫)를 이해하고 있기 때문에 발생하는 견해들이다.

그러나 한국의 무는 오랜 역사를 통하여 민중 신앙의 대상으로서의 형태를 유지시키며 전해내려 왔다. 이와 반대로 중국에서는 무(巫)가 도교(道敎)에 흡수를 당했고 일본에서는 신도(神道)라는 종교체계로 변해 다른 모습을 보인다.

한편 한국 현대문학의 발아기와 같은 시기에 문화적 선진화를 내세우며 침투한 서양의 문화와 기독교 사상은 토착 종교인 무(巫)와의 충돌을 야기할 수밖에 없다. 또 재빠르게 서양의 문명을 받아들인 일본은 우리 생활 습속을 '미개'라 규정하고, 그런 문화 속에서 생활하는 사람들을 '야만인'으로 규정하는 후쿠자와 유키치(福澤諭吉) 사상을 국가침탈의 논리로 삼았다. 이와 같은 일본인들의 언어 유희적이고 무력적 침략 전술은 서양의 묵인 아래 감행되었고 당시 사람들에게는 계몽과 개화의 주체적 의미를 혼란케 만들었다. 그런 혼돈과 혼란은 신소설에서 무의 형태가 풍속개량의 대상이라는 의미로 나타나고 있다. 또한 일제의 식민지라는 가혹한 현실을 맞이하게 되었다.

결국 "제국의 중심 문화가 식민지화된 사회의 진실된 요소들을 억압했었다"[1]는 것처럼 우리의 문화는 억압과 말살의 과정에 놓이게 되었다.

국권 상실기에 일본의 무단정치는 1919년 3·1운동이라는 대 국민적 저항에 부딪치게 된다. 이에 일본의 제국주의자들은 문장적 무비(文裝的 武備)라는 새로운 문화정책을 시행하였으며, 한국 문학은 새로운 전기를 맞아 활발한 활동에 들어가게 되었다. 이러한 사회적 변동과 맞물려 한국 문학사도 "민족 문학의 정체성을 지향하는 전통 문학, 서유럽 자유 사회 문학의 충격으로 굴절·수용된 개인주의 문학, 러시아를 중심으로 한 동유럽 문학의 영향으로 이루어진 사회주의 리얼리즘의 집단주의 문학"[2]등 세 줄기 흐름을 형성하며 전개된다. 이러한 문학의 흐름 속에서, 버려야 될 유산(遺産)의 대상으로 취급되었던 무가 민족적 정체성의 원류 찾기의 대상으로 변모한다. 나아가 무(巫)는 종교적인 대상으로까지 발전하게 된다. 이처럼 사회의 변천에 따라 굴곡을 겪으면서 그 형태가 사라지 않고 존재하여 온 무(巫)는 최근에 새로운 각도에서 중요한 문학의 대상으로 부각되고 있다. 그것은 무의 중요한 한 과정인 무병의 특징에서 찾을 수가 있는데, 무병의 과정에서 겪는 꿈, 환상, 환청, 환성의 내용이 무의 신을 전제로 하고 있고 또한 이 증상의 치료 방법, 역시 무의 제의를 통하여 해결하는, 환상과 신화의 재현이라는 의미가 있다.

이렇게 새로운 문학의 대상으로 부상하는 무(巫)의 변화과정을 볼 때, 기층문화 측면에서의 민족의 정신사적 주체성과 정체성의 유지와 함께 외래 종교와의 갈등을 융화시키는 고난의 흔적을 엿

---

1) 에드워드 사이드, 김성곤·정정호(역), 『문화와 제국주의』, 도서출판 창, 2002, 434쪽.
2) 김봉군, 『한국소설의 기독교 의식연구』, 민지사, 1997, 13쪽.

볼 수가 있다. 이를테면 기독교와 같은, 유입된 외래 종교와의 중층적인 갈등을 통해 타 종교와의 습합(智合) 현상(syncretism)을 보이게 됨으로써 우리 민족 정신사의 특성이라 할 수 있는 종교의 혼거성(混居性)과 융합주의가 무(巫)에는 담겨 있고 또 무(巫)의 제의(祭儀)의 원리로써 '조화(調和)'를 들 수가 있다.

　이처럼 우리 민족의 정신사적 근간을 이루고 있는 무(巫)의 세계가 문학 작품 속에 어떤 형태로 형상화되고 있는가를 살펴보려는 것이 이 연구의 목적이다.

　한국문학에 등장하는 무(巫)3)에 관한 연구는 연행과정에서 무

---

3) 무(巫)의 전체적 의미 또는 풍속적 의미일 때나 무의를 연행하는 행위를 지칭할 때는 '무(巫)'로 표기하기로 한다. 무(巫)의 행위를 하는 개인을 나타내거나 신당에서 하는 일반적인 무인(巫人)의 의미를 나타낼 때는 '무격(巫覡)'이라 하고 여자 무(巫)를 '무당(巫堂)' 혹은 '단골'로, 남자 무(巫)를 말할 때는 '판수' 혹은 '박수'로 표기한다.
　물론 현재는 '샤머니즘', '무', '무격', '무속', '무교'가 혼용되어 사용되는 실정이다. '샤머니즘'은 보편적으로 사용하고 있는 용어이다. 특별한 주술사 샤먼이 정령과 사람 사이를 중개한다고 믿으며 동부아시아 지방의 종교에서 나타나는 특이한 형태이다. 이 용어는 한국 무를 연구한 외국의 선교사들에 의해 명명된 것으로 문화적 언어의 한 형태이다. '무속'(巫俗)은 우리의 민속 형태로 원시 종교의 한 형태를 지칭하거나 비하하는 뜻인 무를 지칭하고 있다. 이 글에서는 기존의 '글의 내용'이나 '책의 이름'을 밝히는 것을 제외하고는 사용하지 않을 예정이다. 또한 무속은 일제의 지배를 정당화하기 위한 언어로, 단순한 민속학적 입장의 용어로 일제의 잔재라고 보아야 한다.
　무교는 종교적인 입장에서 한 언어이다. 현재 무(巫)에 대해서 쓰는 책들은 대부분 '무교'라는 말을 사용하고 있다. 비록 집단화하지 못했다고 하더라도 신앙심을 가지는 원시 종교이든 고급 종교이든 종교적인 입장의 접근이 오히려 옳다는 것이다. 이 글에서는 유동식(『한국무교의 역사와 구조』, 연세대학교출판부, 1997)의 의견에 따라 종교적인 대립 등 종교적 의미나 민속 신앙의 형태로서 종교적인 접근이 용이하게 '무교(巫敎)'라는 용어도 병행하여 사용하고자 한다.

당들이 부르는 서사 무가4)가 집중적으로 연구되었을 뿐 소설에 있어서의 무(巫) 연구는 단편적인 연구가 대부분이다. 연구 중심으로 살펴보면 다음과 같다.

첫째, '미신타파' 측면에서 연구된 것이다.

이해조의 『구마검』에 대해 이용남5)은 "무속 세계와 합리적 세계의 갈등"이라고 진단하고 "미신타파의 주제의식이 가장 강렬하게 부각된 작품"이라고 평가를 하는가 하면 이재선6)도 같은 측면에서 "주술적 세계관과 과학적 세계관"의 대립을 신소설의 특징으로 파악하고 '반미신운동'이 개화유신 운동의 주요한 정신적 흐름이라는 인식 아래 '질병과 전근대적 민간사고'라고 진단을 하고 있다. 또한 '무당의 반(反)사회성'과 '지관에 의한 묘지의 풍수지리'의 허황함을 폭로하고 '무속의 법적 응징'으로 작품을 세분하여 평가하고 있다. 결국 이 작품을 "주술사의 예언의 허망함과 그것에 부수된 민간 의식 층의 오염화, 간지와 음모 등의 유죄적 현상"을 비판한다고 본다.

한편 최원식7)은 "미신으로 대표되는 중세적 비합리주의를 반대하고 이성에 근거한 합리주의를 주장하는 것"이라고 하여 근대 계몽사상의 세계관에 초점을 맞추고 있다. 그리고 "비합리주의에 대한 근대 시민계급의 준엄한 선고"라고 계몽사상의 전파과정을

김태규는 『한국민속 문예론』(일조각, 1993)에서 '무교문학론'을 주장하고 있으나 이 연구는 소설에 한정하고 있어서 종교에 한정하는 분위기를 풍기는 무교문학론보다는 무의 전체를 아우르는 **무(巫)소설론**으로 하고자 한다.

4) 이경엽, 『무가문학연구』, 박이정, 1998.
   서대석, 『한국무가의 연구』, 문학사상사, 1997.
5) 이용남, 『李海朝와 그의 作品世界』, 동성사, 1986, 31쪽.
6) 이재선, 『한국소설사』, 민음사, 2000, 123-129쪽.
7) 최원식, 『한국계몽주의 문학사론』, 소명출판, 2002. 160쪽.

중점적으로 보고 있다.

이인직의 『귀의 성』에 대해서는 대체로 계몽 내지 근대화의 측면에서 긍정적인 평가를 내리고 있으나 이재선[8]은 "미신의 위력을 유효하게 이용함으로써 범죄자의 공포와 죄, 불안감을 상승시켜 확증을 얻어낸 다음 복수"한다고 지적하고 반미신적인 의식의 고취와 효용 면에서 간접적으로 나타난다는 점을 부각시키고 있다.

이와 같이 기존 『귀의 성』의 분석은 전체적으로 문학사적인 점에 치우치고 근대성에 초점을 맞추고 있다. 그러므로 복수의 수단으로 동원된 무의 모습에 대한 중점적인 분석은 찾아보기 어렵고 계몽과 근대화의 상관관계에서 작품을 이해하려는 노력의 필요성을 강조한다.

다만 이용남[9]은 유일하게 이 작품을 프로이트의 정신분석학이나 융의 분석심리학을 통하여 꿈의 해석으로 분석하고 있다. 다섯 군데의 꿈의 분석을 통해 "양반에 대한 무서운 증오감을 가지면서도 자기도 양반과 같이 신분 상승을 하고자 하는 반대 감정 양립은 자기 딸을 중개자로 하여 김 승지와 동일화"를 꾀하는 것이다. 그리고 "딸의 죽음으로 신분 상승의 욕망이 좌절되고 막중한 죄의식과 회오에 빠져 양반에 대한 증오와 복수심만 남아 결국 해삼위로 도주하는 것"이라고 하여 새로운 시도가 돋보이기는 해도 전문적인 정신분석의 방법에는 미흡한 감이다.

다음은 이인직의 『치악산』에 대한 송민호[10]는 "신구소설의 요소가 혼용되어 있는 과도기 소설의 전형적 작품"으로서 "신구 세

---

8) 이재선, 앞의 책, 133쪽.
9) 이용남, 「꿈의 인식과 작품해석의 실제」, 한국비교문학회, 『비교문학』, 1982, 204쪽.
10) 송민호, 앞의 책, 163쪽.

대의 대립과 미신타파 사상과 개화기 신결혼관"이 잘 나타나고 있다고 지적한다.

한편 이인직의 『귀의 성』, 『치악산』 두 작품을 묶어 임화[11]는 "이인직의 뒤에 있는 모든 신소설 작가들의 제작의 전범(典範)이 된 것으로, 새로운 정신을 낡은 양식 가운데 담은 대표적 작품들"이라고 말한다. 그러나 두 작품의 차이를 구별하여 "『귀의 성』의 내용은 주로 당시의 지배자와 상층계급이었던 양반층의 부패상과 무력화(無力化)를 그린 작품"[12]이고, "소설 양식으로 보면 『치악산』은 계모소설에다 토대를 두고 가정소설의 기축(基軸)을 빌어다가 그 위에 구성한 것으로 원형"을 삼았다고 평가한다. 또한 "무당이야기에 표현된 미신타파의 사상"[13]이라고 말하고 있다.

이재선[14]은 "미신과 복수의 방법"이라고 진단한다. "미신적 요소는 주로 미신을 믿는 범죄자를 위장된 미신으로 응징하고 보복하는 방법적 단위로서 중시하고 간접성을 통해 미신적인 세계관의 허망함"을 보여주고 있다고 평가한다.

위의 연구들은 '미신타파'에 대한 것으로 대부분 신소설에 해당되고 있다. 또한 이 기존 연구들은 문학사적 측면과 개화사상 고취에 주력을 하고 있다. 그중 작품에 등장하는 무(巫)의 관계에 대해서는 이재선이 유일하게 '미신의 병폐'를 지적하고 있다. 이와 동시에 신소설에 대한 샤머니즘의 연구는 단순히 개화사상을 고취시킨 측면에 집중되어 있다. 결국 '미신타파'는 지엽적인 문제로 여겨질 정도로 연구가 미약하다.

---

11) 임화, 「개설문학사」, 임규찬 한진일 편, 『임화 신문학사』, 한길사, 1993, 172쪽.
12) 앞의 책, 180쪽.
13) 앞의 책, 175쪽.
14) 이재선, 앞의 책, 132-134쪽.

둘째, '무당'을 중심으로 연구한 것은 다음과 같다.

이태준의 「오몽녀」에 대한 연구는 김동인의 「감자」(1925. 1 『조선문단』)에 나오는 '복녀'와 「오몽녀」(1925. 7 『시대일보』)에 나오는 '오몽녀' 사이의 차이점 비교가 주를 이루고 있다.[15] 특히 송하춘[16]과 이병렬[17]은 "「감자」와 「오몽녀」 원작과 개작의 구조 문제와 주인공 복녀와 오몽녀의 성격"을 비교 분석하고 있다. 두 작품의 공통점과 차이점을 지적하고 「오몽녀」가 인물창조 면에서 성공한 것이라고 평가하고 있다. 그런데 두 작품의 남편은 무기력한 점에서만 언급하고 있다. 「오몽녀」에서 남편으로 등장하는 지 참봉은 당시 '부업점자'로서 아내를 잃고 또 타살까지 당해 민족 수난과 같은 상황인데도 그가 생활의 방편으로 신봉한 기층민의 신앙인 무(巫) 자체가 무시를 당해 무당과 같은 역할을 한 부업점자에 대한 연구가 없는 실정이다.

또 식민지가 정착화된 시기에 발표된 김동리의 「무녀도」에 대

---

15) 『조선문단』 1925. 9월호에 〈조선문단 합평회 제6회 7월 창작소설 총평〉에서 나도향이 다음과 같이 말하고 있다. "이 작품을 볼 때에는 김동인의 「甘藷」가 작고 생각납니다. 처음 보는 작가로서 이만큼 얌전한 작품을 내어 놓는 것은 퍽 반가운 일"이라고 칭찬을 하고 "빈촌여성의 난잡한 성적생활의 측은한 일면을 볼 수" 있으며 "구상과 기교가 그리 完熟하얏다고 할 수 없으나 미숙한 점은" 없다고 평가했다. 양백화도 "이런 작품이 문단의 특징이라고 하고 구상도 좋았거니와 필치도 유창하여 성공한 작품"이라고 극찬을 하였다. 방춘해도 "건실한 문체, 緻密한 묘사와 구상, 현실을 예술화한 성공한 작품"이라고 칭찬했다.
정한숙도 『현대한국문학사』(고려대출판부, 1982. 129쪽)에서 "성격적인 차이와 행적은 유사하나 결구가 다르게 복녀는 자기 행위에 정당성이 없으나 오몽녀는 자기의 길을 간다."고 오몽녀를 자신의 운명을 개척하는 사람으로 언급했다.
16) 송하춘, 『1920년대 한국소설연구』, 고대 민족문화연구소, 1995, 230쪽.
17) 이병렬, 『이태준 소설 연구』, 평민사, 1998, 252-255쪽.

해서는 본격적인 무(巫)에 대한 소설이라는 점에서 많은 연구들이 있다. 먼저 백철[18]은 "그는 문학의 궁극목표가 인간의 근원적인 것이라고 보고 그 근원적인 것은 생명력인 것과 관련된 것으로 한 것이다. 그런데 이 근원적인 것을 구체적으로 표현시키는 매개물로선 결국 지방성, 토착성을 갖는 것을 택하였다. 지방의 전설, 습관, 종교적인 의식 등등 일견 미신성까지도" 민족의 고대부터 존재한 것으로 근원적인 상징이라고 의미를 부여하고 있다.

김우종[19]은 "토속적인 신앙은 새로운 외래 신앙인 기독교와 대결을 하게 되어 김동리 문학을 신당(神堂)의 문학, 원시의 문학, 신비주의적인 샤머니즘문학, 니힐리즘의 문학이라고 불릴 수 있는 유니크한 순수문학"이며 "현실 사회로부터 태고의 신주를 모신 〈神堂〉 깊숙한 곳으로 도피한 문학"이라고 평가를 한다. 그러나 순수문학의 참된 뜻이 이런 현실도피 문학이 아님을 주지할 때, 일제 식민지 상태에서 순수문학을 고수한 점은 '현실 도피적인 문학'의 면을 가지고 있다고 한다. 이와 함께 역사의식의 부재와 작가정신의 결여를 비판하고 있다.

이재선[20]은 "무당 또는 무속의 세계에 대한 특별한 관심을 반영한 작품으로, 서로 다른 두 하느님을 받드는 토속 신앙과 외래적 기독교 신앙의 마주침에서 필연적으로 야기되는 정신사적 충돌의 문제"를 다루고 있으며 특히 "무력해진 영험과 함께 빨려 들어가는 모화의 죽음은 패배의 비극원리에 근거하고 있으며 '새로운 신의 탄생'보다는 확실히 소멸하는 것의 미학화(美學化)"에 기울어져 있다고 평가한다. 또 무당의 추적사인 한승원의 『불의

---

18) 백철, 『신문학 사조사』, 신구문화사, 1999, 533쪽.
19) 김우종, 『한국현대소설사』, 성문각, 1980, 279쪽.
20) 이재선, 앞의 책, 503-505쪽.

딸』에 대한 김주연[21]은 "'불'이라는 공통 표상을 붙은 제목에서도 알 수 있듯이 에로스의 원천, 창조적 에너지로서의 불을 우리 전통적인 삶 속에서도 매우 자연스럽게 자리를 갖게 하고 전통적인 정서의 틀과 연관지어 신화적 수준으로 끌어올리는 솜씨"를 보였다고 평가를 한다.

권영민[22]은 "토속적 공간의 확보와 한의 세계"라고 판단하고 "남도의 섬마을이 토속성을 갖게 되는 것은 인간들의 무구성과 끈질긴 생명력에 크게 의존하는 것"이라고 지적한다. "인물의 개인사적인 과거사와 개인적인 한의 실마리를 풀어가면서 우리 민족사에는 연작이며 작중화자가 자기 존재의 기반을 이루고 있는 혈연적 관계를 재확인하는 과정들의 이야기로, 토속적 공간이 고정되고 주변 인물의 상호 관계가 반복적으로 서술"되었다고 해석을 하고 있다.

김화영[23]은 한승원의 소설에 대해 "두 가지 에너지인 맹목의 본능과 역사의 소용돌이가 합류하면서 자아내는 비극의 궤적"을 더듬는 것이라는 점을 지적한다. 또한 작가의 드라마는 "내면의 에로스와 외부 세계의 바람이, 심층 심리와 역사가, 개인적 어둠과 집단적 어둠이 만나는 자리에서 전개"된다는 것이다. 그리고 "고향으로 돌아간다는 것은 원초적인 본능의 줄기를 따라 아버지와 어머니를 찾아가는 것이며 집단적 삶의 고통스러운 과거로 거슬러 올라가는 그 어둠에서 빛을 던지려고 노력"한다는 점을 인식한다.

---

21) 김주연, 「샤머니즘은 한국인의 정신인가」, 한승원, 『불의 딸』, 문학과지성사, 1996, 350쪽.
22) 권영민, 「토속적 공간과 한의 세계」, 한승원, 『우리시대 우리작가』 9권, 동아출판사, 1992, 398-402쪽.
23) 김화영, 「어둠 속에서 날아오른 새는 빛살이 되어」, 임철우 외, 『한승원 삶과 문학』, 문이당, 2000, 116쪽.

이청준의 『신화를 삼킨 섬』에 대한 우찬제[24]는 "상상적 무의식 안에서 현실성과 신화성이 뜨겁게 소용돌이치며 서로가 서로를 핍진"하게 만들었다고 한다. 아기장수의 이야기는 "한 사회의 실체적 변화에의 갈망과 그것을 가로막는 사회의 폭력적 이데올로기 문제와 관련된 담론"이며 "국가가 내세우는 명분이나 이데올로기의 허구성"이라고 한다. "국가나 종교에 의해 개개인의 영혼이 소외받은 양상에 대한 탐문은 상상적 성찰을 통해 역사와 현실과 신화를 탐문해온 결과"라고 평가를 한다. 또 정홍섭[25]은 "신화화된 역사와 그 역사에 대한 허무주의"라고 평가하고 우찬제의 이론을 차용하여 설명을 하고 있다.

셋째, '기독교'와 비교하여 연구한 것을 보면 다음과 같다. 김동리의 「무녀도」에 대해 김윤식과 김현[26]은 "닫힌사회의 붕괴를 상징적으로 나타내는 토속 신앙만이 지배하는 닫힌사회에 기독교가 들어오는 과정으로 토속 신앙과 기독교의 대립을 그린 작품"이라는 점을 부각시킨다. "작가는 개화기의 충격을 역사의 필연성이나 일본 세력의 전초로 인식을 하지 않고 풍속과 풍속, 이념과 이념의 대립이라는 문화접변(文化接變) 현상으로 이해하고 문화사적 현상을 주제로" 잡았다는 것에 높이 점수를 준다.

신동욱[27]은 개작된 「무녀도」(1947)를 중심으로 "분명히 기울어지는 무속 신앙의 슬픈 국면과 정치적으로 불안정한 사회의 흔들림을 파악하고 새로운 힘으로서 외래 종교의 유입으로 인해 이질

---

24) 우찬제, 「풀이의 황홀경과 다시 태어나는 넋」, 이청준, 『신화를 삼킨 섬』 2권, 열림원, 2003. 209-216쪽.
25) 정홍섭, 「이야기로 풀어낸 역사와 신화화된 이야기」, 『실천문학』, 실천문학사, 2003. 가을호.
26) 김윤식·김현, 『한국문학사』, 민음사, 2001. 399-400쪽.
27) 신동욱, 『1930년대 한국소설 연구』, 한샘, 1994. 146-148쪽.

적인 정신적 가치와의 상충과 수용의 움직임이 비교적 선명하게 문제화"되었다고 인정을 한다. 그리고 "무교와 기독교의 대립은 상호불상용(相互不相容)의 것이면서도 모자(母子)라는 천륜적 관계이며 동시에 우리 동족 일반의 정신적 구조의 한 대표적인 틀로서의 문제임을 인식하고 어려움이 빚는 비극과 삶 의식을 탐색하는 과제를 스스로 작품화한다는 사명의 실천"이라고 평가를 한다.

김용재[28]는 "두 문화의 충돌, 토속 신앙과 기독교의 대립이라는 표면적 의미 이상으로 모화라는 인물을 통해 무속 세계에 포박된 인간의 본원적 의식을 보여주고 있으며 모화의 죽음은 무속적 세계관과 모성애라는 의식 내부의 모습을 구체적 사건으로 실현된 것이며 운명적인 삶에 이끌려 살아온 무녀와 어머니로서의 비장한 의식행위를 형상화"하고 있다고 의미를 부여하고 있다.

김봉군[29]은 「무녀도」의 표면 구조는 무녀 모화의 융성과 몰락의 액션을 줄기로 한 것으로 보이나 심층은 전통 문화 공동체와 외래문화 공동체와의 갈등구도"로 "모화의 줄기로는 비극적 구조이며 욱이는 비극의 초극으로 무속의 공동체가 기독교 선교와 함께 해체되는 현실의 위기를 다룬 작품"이라고 진단하고 있다. 그러나 기독교 의식 연구에 중점을 둔 글이기에, 객관성에 문제가 있는 편견으로 몰린 위험이 있다.

이진우[30]는 "샤머니즘의 비극미를 종합적으로 내포한 이 작품은 쇠락해가는 토속 신앙과 개화의 시대 조류와 함께 강력한 모습으로 등장한 기독교를 중심축으로 한 모자간의 갈등 끝에 각각 죽음으로 이승을 떠나는 내용을 그린 작품"이라고 평가를 한다. 「오몽

---

28) 김용재, 『한국소설의 서사론적 탐구』, 평민사, 1993, 212-220쪽.
29) 김봉군, 앞의 책, 67-68쪽.
30) 이진우, 『김동리 소설연구』, 푸른사상, 2002, 173쪽.

녀」는 성의식의 개방으로 인한 매음과 성적 행위의 문란에 관심을 가지고, 지배자들의 억압에 의한 민중들의 삶의 모습에서 문화적 압박을 당하고 있는 남편의 타살에 대해서는 무관심한 편들이다. 그에 비해 「무녀도」는 기독교와의 종교적 갈등을 부각하여 처음으로 종교적 대결을 보여주고 있다. 그러나 대부분 기독교적 입장에서 작품의 평가를 시도하여 평형성에 문제를 남기고 있다.

본격적인 산업화과정에 발표한 황순원의 『움직이는 성』에 대해 이기서[31]는 "토속적인 향토감을 서서히 변모시켜 가면서 고유한 한국적 인간 의지와 사회상을 추구하려는 노력"으로 발전하고 상징성의 문제를 논의하고 있다. 상징성의 원천은 "신화, 전설, 설화 그리고 무속의 아키타입(archetype)[32]에 합일되는 상징의 유형"을 찾는 데까지 나아가야 함을 지적하고 있다. 이런 노력은 의미의 다층적인 해석에 도움을 줄 것이라고 밝히고 있다.

구인환[33]은 "샤머니즘과 기독교, 무신론의 종교적 갈등과 사회적인 급변속에서의 애정의 성취를 위해 전력을 다하여 살아가는 삶의 치열한 양상"을 그리고 있다고 평을 한다. 이 작품의 극적 구조는 "극적 시점으로 다층적 구조와 다성적 의미를 형상화하고 사건의 동시 진행으로 영화적 기법을 구사하며 현재형으로 표현되어 현실적 박진감을 주는 극적 기법을" 구사하고 있는 것이다.

---

31) 이기서, 「소설에 있어서의 상징문제」, 민족어문학회, 『어문논집』 19·20집, 1977, 589쪽.

32) 칼 융이 인간의 집단 무의식 속에 공통적으로 자리잡고 있는 보편적인 이미지의 패턴을 지칭하기 위해 사용한 단어로서, 인류 생성 이후 공통적 유산으로서 집단적으로 형성하고 공유하는 인간의 집단적 무의식이 있다. 이 집단 무의식이 개인의 꿈에서부터 집단의 신화나 전설을 형성한다고 보았다.

33) 구인환, 「황순원소설의 극적양상」, 서울대학교 국어교육과, 『선청어문』 19집, 1991, 20쪽.

이재선[34]은 "신화 무속 등 한국 정신사의 퇴적된 기층과 심리 적인 내오(內奧)의 원형 또는 의식세계를 해부하고 삶의 실존적 한계와 그 초극이라는 생의 근원에 대한 문제"를 던져 놓게 된다 고 지적한다.

임영천[35]은 "다성적 성향의 소설이라는 특징과 한국문학 전통 상에서 보기 드문 기독교 세계의 궁극적 관심을 지향하는 인물을 주인공으로 창조해냈다"고 평가를 한다.

이정숙[36]은 "주인공들의 갈등과 방황을 특히 자아인식에의 여 정으로 보고 그들을 지탱해주는 기독교와 샤머니즘과 자아라는 정신적 축과 작품의 구조를 통하여 정신적 기둥의 의미를 천착한 작품"이라고 한다. "작가가 강조한 '유랑민 근성'에 의하여 방황하 면서 자신의 길을 모색하는 과정과 연결시켜 자아인식에로 여정 을" 추적한 것이라고 주장한다.

허명숙[37]은 "전통과 주체성을 경시하고 현세적인 가치만을 중 시하는 것을 뜻하며 우리 민족의 부정적 정신성의 근원을 제시되 고 있는 '유랑민 근성'을 실증해 보이고 반성하는 이 작품의 동일 성 탐색과정은 목회자인 성호, 무속연구가인 민구, 무신론자인 준 태 등의 행동과 이들이 형성하는 다양한 인간"관계를 그리는 작 품이라고 평가한다.

김윤정[38]은 "고독과 외로운 인간의 모습으로 사회에 착근하지 못하고 고립과 단절되는 인물들의 삶과 사랑 그리고 소외된 자의

---

34) 이재선, 『현대한국소설사』, 78쪽.
35) 임영천, 「황순원 『움직이는 성』 연구」, 한국현대문예비평학회, 『한국문 예비평연구』 2권, 1998, 197쪽.
36) 이정숙, 『한국현대소설 연구』, 깊은 샘, 1999, 216쪽.
37) 허명숙, 『황순원 소설의 이미지 읽기』, 월인, 2005, 186쪽.
38) 김윤정, 『황순원 문학연구』, 새미, 2003. 195-196쪽.

비극적 양상을 탁월하게 형상화"한 작품이라고 말한다. 또 "지속적인 관심을 가지고 천착해 온 현대 자본주의 사회의 소외된 삶의 양상들이 작품을 구성하는 핵심적인 요소"로 "겉 구조인 무속과 종교에서 빈부의 차이로 인한 부조리 현실, 부(富)와 권력의 심각한 불균형 문제, 권위를 앞세운 종교, 부르주아의 속물근성에 대한 비판"으로 되어 있다고 지적을 한다.

장현숙[39]은 "사회적으로 소외된 가난한 사람들의 삶을 이면적으로 보여주면서 기독교와 샤머니즘과의 갈등, 정착되지 못하고 방황하는 인간들의 비극적인 사랑과 구원의 문제를 함께 천착한 작품"이라고 분석을 한다. 유랑인의 근성과 기독교적인 인간의 삶을 중심으로 샤머니즘의 추한 모습을 부각시키려는 작가의 의도가 자연스럽게 용인된 점을 중점으로 파악하고 있다. 그러므로 샤머니즘은 아직도 제대로 긍정적인 역할을 하지 못하고 있다.

넷째, 변형된 무, 또는 제의(祭儀)에 관련된 환상성과 신화성에 대한 연구는 다음과 같다.

윤흥길의 『장마』에 대한 이재선[40]은 "현실과 신화를 교호시키면서 불화와 화해의 상관관계를 일깨워주는 작품"이라고 무와 관련해서 신화세계와 화해성을 연계시키고 있다.

정과리[41]는 "무속성 혹은 토속성은 소설가 윤흥길을 알맞게 분절하는 합의된 개념 중의 하나로, 토속성을 발견할 수는 있지만 샤머니즘이라고 말할 수 없다"고 지적하고 또한 그의 "문학의 핵심은 토속성에 있지 않고 토속성을 다루는 방식"에 있다는 점을 지적한다.

양문규[42]는 "분단의 현실에서 빚어진 대립 및 갈등으로 점철된

---

39) 장현숙, 『황순원 문학연구』, 푸른 사상, 2005, 382쪽.
40) 이재선, 『현대 한국소설사』, 민음사, 2000, 98쪽.
41) 정과리, 「타인 안에서 나를 살다」, 『작가세계』, 세계사, 1993. 5. 80쪽.

전쟁이 벌어진 때에 개인사적으로는 한 소년의 성장하면서 변화해나가는 '통과제의'의 시기였다는 관점"에서 그린 작품이라고 평을 한다. 『장마』의 '업' 신앙에 대한 천착이 매우 부족하다.

현대화 사회에서 미술품의 상징성이 나타난 이제하의 「풀밭 위의 식사」에 대한 김윤식[43]은 "소설이란 자본주의 체제가 낳은 예술 형식이고 자본주의적 속성을 속속들이 안고 있는 장치"라고 하고 "샤머니즘적 체질이 부정적이든 긍정적이든 목사가 최 보살의 샤머니즘에 융합되는 작품"이라고 하여 종교를 자본주의와 연관하여 평가를 한다.

김현[44]은 "이제하의 소설은 일탈과 해방의 욕망으로, 광기에 사로잡혀 있는 주인공과 가족제도의 혼란으로 인한 습속의 무질서화와 그 제도 차체를 방법론적으로 부인한다. 궁극적인 목표는 노동과 유희가 서로 교차되고 내면의 감정을 덩어리째 내동댕이치는 전략을 구사하는 것"이라고 평가한다. 그리고 "소설을 관류하는 것은 성욕과 역방향에서 작용하는 파괴 본능이며 그것은 증오라는 감정을 부여"하게 한다는 것이다.

진형준[45]은 "이제하가 자기 초기작품을 평한 '환상적 리얼리즘'은 현실을 외면한 채 환상적인 것의 추구가 아니라 '현실'의 응시와 수용하되 훨씬 더 철저하게 예술적으로 응시하고 수용한다는 것으로 더 큰 현실을 보여주는 것"이라고 한다.

---

42) 양문규, 「분단과 산업사회 현실에 대한 독특한 문제의식」, 한국문학연구회, 『현대문학의 연구』 9집, 1997, 139쪽.
43) 김윤식, 「예술에 대한 목마름 부름」, 『문학사상』, 1985. 12. 70쪽.
44) 김현, 「일탈과 콤플렉스에서의 해방」, 『사회와 윤리』, 김현 문학전집 2권, 문학과지성사, 1995, 274쪽.
45) 진형준, 「예술에 대한 물음」, 『우리시대 우리작가』 ①, 동아출판사, 1992, 399쪽.

유승현[46]은 "이제하 소설의 난해성은 환상이나 꿈, 광기와 같은 요소가 서사의 흐름을 뚫고 들어오는 기법상의 특징이나 작품 전체를 이끌어 가는 굵직한 사건 없이 사소한 행위들이나 기억들의 집적으로 나타나는 구성상의 특징"에서 생긴 것이라고 평가한다.

무(巫)가 소설에 등장한 이후로 최근에는 차츰 본연의 모습인 제의를 통해 환상과 신화 상태로 나타나고 종교적인 갈등에서 벗어나고 있다. 무(巫)가 스스로 제 갈 길을 찾으려는 몸부림으로 볼 수가 있다. 보다 적극적인 자신의 본형을 구현하려는 노력이 엿보인다. 그럼에도 선임 연구자들의 작품마다 연구 편차가 너무 크고 무에 대한 이해도 많이 부족하다. 또 연구의 방향이 시대의 변화와 역사성에 너무 의지하는 경향이 있다. 연구가 단일 중심보다는 여러 가지 방면에 걸쳐있다. 그리고 무와 기독교를 비교하여 김동리와 황순원의 작품에 몰려 있는 경향이다. 그러나 체계적인 무(巫)의 세계를 분석하지 못하고 단편적인 작품의 해석으로 끝나는 경우를 쉬 발견할 수 있다.

한편 직접 무(巫)를 연구한 조흥윤[47]은 김동리의 「무녀도」, 문순태의 『타오르는 江』,[48] 유치영의 『태양의 비탈』,[49] 유흥종의 「그

---

46) 유승현, 「이제하 소설의 난해성 연구」, 『한국소설 연구』 22집, 한국현대소설학회, 2004, 2쪽.
47) 조흥윤, 『한국 巫의 세계』, 한국학술정보(주), 2004, 266-280쪽.
48) 문순태, 『타오르는 강』 「제2부 깨어있는 밤」, 심설당, 1981, 3-34쪽과 206-210쪽.
   영산강을 무대로 자식인 김치근이 박초시의 사람들에게 맞아서 죽게 되었다. 그것이 恨이 된 어머니인 둥금이가 무당인 월심이가 살다 죽은 집에서 함평의 큰 무당을 불러다가 내림굿을 하고 成巫가 되는 과정을 그렸다. 문제는 월심이가 몸주 신령인데 오히려 그녀의 신딸로 보고 있는데 이것은 무에 대한 이해의 부족이다.
49) 유치영, 장편소설, 『태양의 비탈』, 한국문학사, 1982.
   동해안의 巫가 그 주제로 이 작가가 2년간 현지조사를 통해 작품화

어디 하늘나라」,[50] 김용범의 「새의 암장(暗葬)」[51]을 다음과 같이
평가를 하고 있다.

위의 작가들은 무(巫)에 대해 네 가지 면에서 관심을 보이고 있
는 것이다. 첫째 기독교와 갈등에서 무(巫)는 무력한 전통 신앙으로
인식을 하고, 둘째는 신내림굿에서 한(恨)을 그 동기로 보거나 정신
의학과 초월적인 세계 사이를 헤매는 등 종교적 현상을 서양의 과
학적 시선으로 보고 비판을 가하고 있다는 것, 셋째는 한 지역의 무
당 사회에서 일어나는 여러 가지 이야기, 넷째는 무의 특수한 형태
인 명도(明圖)를 들고 있다. 그러면서 전체적으로 "작가들의 한국
무에 대한 관심은 지엽적이고 부분적이며, 그것마저 그 방면의 정확

한 것이다. 문제는 이 지역의 巫연구가 온전하다고 보기 어렵다. 그
래서 이곳의 무 유형이 오랫동안 전통적 형태로 전래되어 내려오고
있는 형편이지만, 무의 조직이나 별신굿의 내용이나 무업권의 전통
성 등 수긍하기 어려운 점이 있다.

50) 유홍종, 「그 어디 하늘나라」, 『불새』, 정음사, 1985, 167-191쪽.
나와 무병을 앓은 박초아 사이의 이야기이다. 초아의 무병 증세를 함
박사를 통해 정신 의학적으로 접근하고 있다. 종교로서의 성스러운 요
소들이 죽어버리는 경우가 발생하기 쉽고 현묘한 종교체험의 세계가
정신의학의 여러 전제로 무리하게 해석되고 있다. 또 나와의 처음의
성관계를 초아가 원하는 것처럼 표현하여 일반적인 무병의 증세를 무
시하는 우를 범했다.

51) 김용범, 「새의 암장」, 『소설문학』 2월호, 1985년, 66-81쪽.
이 작품은 다른 작품과 대조적인 작품으로 明圖에 관한 이야기이다.
중부지역 巫에서 일곱 살에서 아홉 살까지의 죽은 아이 혼을 꽃병에
꽂아둔 조화의 형태로 섬기는 무당이다. 무당 중에서 가장 아래 계
급의 무리이다. 명도가 휘파람을 불면 모셔놓은 아이 혼이 꽃병에서
이야기를 한다. 명도이며 아내의 친구인 성순임이 가뭄을 만난 동네
사람들의 오해를 받다 구타를 당하고 마을을 떠나게 되고 그 마을은
수해로 큰 벌을 받는 다는 줄거리다. 그녀가 죽인 새의 수와 실종된
마을의 사람 수가 정확하게 마흔으로 일치한다는 것이다. 강신을 하
던 날 조그마한 새가 날아왔다 하여 점괘를 집거나 말을 할 때 새소
리가 난다고 했다.

한 이해에 바탕을 둔 것이라 아니라"[52]고 무에 대한 이해의 부실함을 비판한다. 작가들이 보다 정확한 무에 대한 이해를 바탕으로 글을 써야 한다는 당위성을 주장한다. 또 무는 다른 종교에 비해 그 종교적 체험이 폭넓고 다양한 특징을 가진 점을 언급하고 그러한 것들이 우리에게 보다 더 중요하게 여기는 이유라는 것이다.

이러한 기존연구를 토대로 하여 발전적인 문제의식을 가지고 소설에 나타난 형태를 통해 무(巫)의 형상과 세계관을 규명하고자 한다.

2. 연구방법과 연구대상

이 연구의 목적은 우리 사회가 근대화의 과정을 거치면서 신소설을 출발점으로 현대소설까지 무(巫)의 모습이 어떻게 투영되었는지 고찰하는 데 있다. 이런 연구 목적을 달성하기 위해서 그 연구 대상과 시기를 선정할 필요성이 있다.

우리 문학사에서 기독교가 문학에 수용되어 과거와 연계되지 않은 부정적 계승의 역사를 이루어 온 모습이 역사적, 정치적 변동에 따라 몇 단계로 그 변화가 보이고 있다. 이처럼 변화를 거듭한 과정 중 '조선 후기 천주교를 수용할 때'를 제외하고 기독교는 다음과 같이 시기를 분류하고 있다.[53]

㉮ 애국 계몽기에 개신교가 유입할 때
㉯ 민족문화 말살의 위기를 경험한 일제강점기

---

52) 조흥윤, 앞의 책, 278쪽.
53) 김인섭, 『한국문학과 천주교』, 보고사, 2002, 16쪽.

㉰ 광복 후 토착화 신학의 움직임을 보인 시기

㉱ 1970년대 공업화 이후 기독교가 소외된 민중에 대한 관심을
   보인 시기

㉲ 1990년 이후 민주정치의 안정기와 세기 전환을 맞이한 지금
   의 전환기

이와 같은 분류 방법은 무(巫)가 한국소설에 등장하는 시대적
분류 방법과 비교할 때, 서로 갈등의 측면에서 향상 기독교[54]의
대척점에 선 이유로, 시대의 유사성과 동시에 합리성이 있는 방법
이라 할 수 있다.

신소설이 등장하던 시기인 '㉮ 애국 계몽기에 개신교가 유입될
때'부터 기독교는 무를 주목하였다. 그만큼 민중에 뿌리를 내리고
있는 무 신앙 체계가 만연하게 펴져 있어 선교를 하는 데 방해가
되기 때문이다. 물론 개신교는 서구 문물과 함께 들어왔기 때문에
이 시기보다 앞 시기에 유입된 천주교가 박해와 탄압을 당한 것
과 달리 선교 활동은 엄청난 위세로 급속히 확산되는 기회를 얻
는 것이다. 게다가 선진 문명인 학교와 병원을 건립하여 교육과
병 치료를 실시함으로써 사상적 갈등으로 이어지는 교세 확장의
비난을 사전에 차단시키는 전략마저 구사를 한다. 기독교화가 곧

---

54) 강재언, 이규수(역), 『서양과 조선』, 학고재, 1999, 238쪽.
   쇄국정책을 쓰게 된 결정적인 역할을 한 천주교(天主敎)에 대해 당
   시 조선의 유학자들은 심하게 반발을 하고 있다. 그러나 1882년 5월
   21일 조미수호통상조약(朝美修好通商條約)을 체결한 미국은 개신교
   (改新敎)의 나라로서 천주교(가톨릭)와 근원은 같으나 유교가 정주학
   (정호(程顥), 정이(程頤), 주희(朱熹)의 학파)과 육왕학(육상산(陸象
   山), 왕양명(王陽明)의 학파)이 있듯이 종파가 다를 뿐이다. 기독교
   (基督敎)도 인간에게 선을 권하기 때문에 유교와 다르지 않다고 주
   장을 하고 있다.

근대화라는 인식 아래 그 실천 운동에 주력하게 된 것이다. 이는 전통 문화의 부정적 계승의 극단적 모습을 보여준 것이라 하겠다.

이 시기를 기독교 문학의 전성시대라 할 수는 있으나, 주제 의식에는 전통적 가치에 대한 부정 의식이 짙게 배어있다. 이런 냉소적인 의식은 전통 문화와의 일치를 모색하려는 기독교 문학의 흐름을 차단하는 결과를 만든다. 전통적 가치에 대한 부정 의식은 기독교 문학에 대한 발전적 방향으로 작용을 하며 무(巫)가 시련을 당하는 시대적 상황과 일치하게 된다. 전통 문화인 무(巫)가 생존의 방법을 구가하려 할 때, 기독교의 전통적 가치에 대한 부정 의식은 서로 이질적인 세계관으로, 공동의 장에서 서로 충돌하게 된다. 그러나 미개 사회의 전통 문화가 힘을 동반하여 새로 들어오는 문화 앞에서 경멸을 당하는 수모는 보편적인 일이 아닐 수 없다. 더구나 사회 풍속 개량이라는 미명하에 배척의 대상으로 타격을 받은 무(巫)는 일본 제국주의자들에게 철저한 조사를 당하였으며 해체의 소용돌이에 빠지는 불우한 시기이다.

'㉯ 민족문화 말살의 위기를 경험한 일제강점기'에 무교는 대대적인 기독교와의 대결은 물론, 일제에 의해 탄압, 민족문화 말살의 위기 속에 휩싸였다. 이런 시기에 가장 경계해야 할 것은 민족문화의 뿌리를 제거하고자 하는 문화말살 정책이다. 그런 피압박의 식민지시대에서 민족성의 원류를 회복하고자 하는 갈망을 구체화한 문학적 검토가 필요하다. 김동리는 기층민의 신앙인 무(巫)를 민족성의 원류라고 보았고 소설화한 사람이다. 그러나 1938년 조선총독부는 소위 '유사종교해산령'을 공표하여 신흥종교와 함께 무(巫)도 대부분 해체되거나 지하로 잠복하게 되었다.

'㉰ 광복 후 토착화 신학의 움직임을 보인 시기'는 광복과 더불어 좌우 대립이라는 정치적 혼란의 와중에 처하게 된 시기이다. 급기야 6·25한국전쟁이 발발하여 사회는 비참할 정도로 황폐화로 변한다. 이에 따라 인간의 생존문제가 심각하게 대두되었으며 기아선상에서 허기를 잊기 위한 몸부림을 치게 된다. 동시에 정신적 혼란 속에서 신흥종교는 더 발흥하기 시작하였고 더구나 기독교는 토착화된 신학으로 자리를 터 잡다. 무(巫)도 생존전략을 강구하는 차원에서 무당의 모임인 대한승공경신연합회(大韓勝共敬信聯合會)[55]를 결성하여 명맥을 겨우 유지시킨다.

1960년 4·19학생의거와 1961년 5·16군사쿠데타로 인해 사회는 다른 변화의 과정을 거친다. 민생고를 해결하는 경제 부흥이 중요한 문제로 대두한다. 경제를 일으키기 위한 산업화 조치는 근대화＝서구화＝우리 문화 청산이라는 새로운 발전 모델을 만들어 시행을 한다. 사회의 개량 사업으로 농촌 취락 구조 산업과 새마을운동이 정부의 주도하에 전국적으로 벌어진다. 동시에 기독교가 현대문학의 사상적 줄기를 형성하고 문학적 양식으로 자리를 잡았던 시기도 된다. 기독교 문학은 한국의 근대 사회라는 토양에다가 다시 뿌리를 내리는 심층적 수용 모습으로 두각을 나타낸다. 이 시기에 서양 문화의 우월성은 기독교 활동을 통해서 더욱 강렬하게 대두한다. 기독교의 교리에 위배된다는 우상숭배 사상과 제사의식을 억제하기 위한 수단으로 기층민이 향유하는 관습과 문화재가 사정없이 파괴의 과정에 놓이게 된다. 동네 입구에 있는 성황당과

---

55) 노길명, 『한국의 신흥종교』, 가톨릭신문사, 1988, 110쪽. 대한승공경신연합회의 발표를 인용하여 전국에 등록된 무당의 수를 밝히고 있는데, 남자가 약 5만 명, 여자가 약 15만 명으로 총 20만 명이고 학력별로는 고졸 이상이 전체의 45%인 9만 명이다. 1975년에 1백 명에 불과하던 전문대학 이상의 학력소지자가 15%인 3만 명에 이를 정도로 학력이 좋아졌다.

신당들은 새로운 진입로 도로 공사와 구습 타파를 위해 철거과정을 겪는다. 이처럼 우리 전통 문화의 파괴는 무(巫) 양태의 변형이라는 모습으로 1970년의 소설에 그 모습이 드러난다.

'㈎ 1970년대 공업화 이후'는 기독교가 이 사회에서 소외된 민중에 관심을 보이던 시기이다. 도시화와 공업화를 통해 빈민층으로 전락한 많은 농민이나 노동자 등에게 기독교는 구원의 손길을 보낸다. 이런 행위들이 문학 작품에 드러나는 시기가 이 시기이다. 그런 맥락에서 기독교 문학은 해방자로 예수를 부각시켜 구원자의 모습을 추구한다. 기독교의 이런 움직임에 비해 세습무는 거의 전멸할 수준으로 전락한다. 천민인식이 팽배하게 사회를 지배하는 시기에 무가의 집안 가족들은 자신의 자유와 인간적 존엄성을 구하기 위해 도시로 탈출을 한다. 물론 이 당시 국가 권력은 정권 비판을 하는 개인의 생활을 억제하고 언론의 자유를 통제한다. 이런 이유로 이 시기는 작가들의 자유분방한 문학 창작 활동이 매우 힘들었던 시기이다. 결국 국가 원수의 시해라는 초유의 사건이 발생하였지만 군인들의 집권 의욕은 또 다른 정치적인 변동을 가져와 새로운 사회의 분위기를 조성한다. 작가들은 사회의 변화 속에서 비정치적이면서도 특이한 무(巫)에 대한 문학의 대상으로 관심을 보이게 된다.

'㈎ 1990년 이후 민주정치의 안전기와 21세기 전환'으로 무(巫)에 대한 평가는 우리 것의 발견이라는 차원에서 재평가의 대상이 된다.

이처럼 무와 시대를 비교하는데 정초(定礎)가 되는 기독교 문학의 시대구분을 참조하여 본 연구에서도 1. 애국 계몽기 2. 일제강점기 3. 전쟁과 산업화 시대 4. 현대화 사회로 시대를 구분하고자 한다.

한국소설사에 있어서 신소설로 등장한 한 시기와 개신교가 들어온 시기가 거의 비슷하다. 이런 측면에서 기존에 존재하였던 무(巫)와의 갈등 또한 소설의 역사와 맞물려 있다. 또한 새로운 소설 양식이 개신교와 함께 들어와 우리 소설의 양식과 어떻게 접촉, 정착, 발전하게 되었는지에 대한 연구도 중요하다. 그러므로 그런 과정에서 문화사적의 접근 또한 중요하다고 본다. 왜냐하면 개신교는 다른 종교인 불교나 유교나 도교처럼 무와 서로 습합과정(習合課程)을 거쳐 공동 생존이라는 틀 속에서 갈등의 과정을 겪고 있기 때문이다.

개신교가 이 땅에 유입되는 애국 계몽기에 등장하는 신소설 작품상에서 무는 개신교와 종교적인 갈등의 모습을 보이지 않는다. 오히려 무(巫)는 일본의 침략적 정책 입안자들의 영향을 받았을 유학자(留學者)들에 의해 1905년 신소설 창작 시기에는 그 모습이 보인다. 그러나 무는 미개한 사람들이 생활하는 풍습이기에 선진 사회로 가기 위해서는 반드시 타파해야 할 대상으로 등장한다.

반대로 서양의 기독교 사상은 일본의 선진 사상과 함께 근대문학 태동기에 사상적 동인의 하나로 작용을 한다. 이를 통해 문학 전통의 긍정적 계승이 아니라 부정적 계승의 흐름에 일조를 한다. 그러므로 문학의 뿌리가 되는 전반적인 민간 풍속은 어려움의 소용돌이에 빠지게 된다. 부정적인 계승 인식은 조선 후기의 문학을 극복해야 할 장애로 여기게 하고 국가 상실이라는 현실과 모든 사회 현상을 일종의 자포자기 상태로 몰아갔던 시기이다.

신소설을 중심으로 '제1장 애국 계몽기와 풍속 개량'에서 그 형태를 알아보고자 한다. 사회 변화 속에서 무에 대해 피해를 집중 부각하여 풍속 개량을 해야 한다는 시대적 상황과 더불어 무의 모습을 규명하고자 한다. 결국 풍속 개량을 위한 무의 피해 지적은 개화론 보다는 결과적으로, 작가의 의도와 다르게 나타났다고 하드라도 작가 의식의 적합성을 확인할 필요가 있는 문제와 연결된다. 이를 위해 이해조의 『구마검』(1908)과 이인직의 『귀의 성』(1906), 『치악산』(1908)을 통해 고찰을 할 것이다.

다음은 일제강점기에 무와 개신교의 충돌은 신앙적 측면과 사회 풍습이 이질적 문화를 접하는 과정에서 발생하게 된다. 이것은 개신교의 선교 활동이 가지는 문화적 차별성과 타 문화의 배타적 속성 때문에 우리 풍속의 파괴가 당연히 재현될 수밖에 없는 문화의 침략 전쟁이 벌어진다. 이런 현상 속에서 기층 신앙이 가지는 정신적 공동체의 모임이라고 믿는 일본제국주의자들의 인식 아래 무(巫)는 냉대의 질곡에 빠진다. 그러나 그런 압제의 통치아래에서도 민족성 유지라는 자긍심과 긍지로 외형적인 압박에도 불구하고 소멸은 면하였고 그 활동은 은밀하게 이어진다. 또 문화 발전이라는 일제의 침략 정책의 일환으로 무(巫)에 대한 연구도 계속되었으나 그것은 문화 침탈 방법의 하나에 불과하다. 이런 작업을 한 대표적인 인물은 조선 총독부 촉탁인 무라야마 지준(村山智順)이다. 그는 『조선의 귀신』(1929년), 『조선의 풍수』(1931년), 『조선의 점복과 예언』(1933년), 『조선의 향토오락』(1941년) 등 저술 또는 편저를 하여 우리의 기층문화를 조사 분석하여 식민지 정책을 수립하고 "우리 문화 침탈의 기초 자료로 활용"[56]하는 데 지대한 역할을 한다. 또한 이능화는 총독부의 지원을 받아 1927년에 『조선무속고』를 써서 일제 시대에 전통 종교인 무속(巫俗)에 대해서 역사적으로 고찰을 하고 각 지방의 무의 형태를 조

---

56) 주강현, 앞의 책, 173쪽.

사하는 기염도 토한다. 이러한 학문적 연구에도 불구하고 일제 제
국주의자들은 기층민의 신앙에 대한 집단적인 정신적 동요를 우
려하여 억제하면서 계속적으로 감시를 한다.

총독부의 암묵적인 지지를 받으면서 확장 일로를 추구하던 기독
교에게도 무교는 상당 부분 자기의 영역을 강탈당한다. 그래서 무
(巫)는 민족의 정체성으로 예술적 가치를 확보하는 길조차 어렵고
또한 전통의 유습이라는 과정을 힘들게 통과하고 있다. 자연 많은
신당(神堂)과 연행의 장비인 무구들과 형태들이 자신의 모습을 잃
어가고 있다. 이런 시기에 김동리는 기독교와 갈등을 그려 당시
상황에 민족성의 이름으로 과감하게 도전을 한다. 반면 이태준은
부업으로 점을 치는 봉사와 젊은 여자의 성적 타락이 가져오는 변
방 마을에 사는 식민지 시대의 삶을 그려내고 있는데, '제2장 일제
강점기와 기층 신앙의 위기'에서 그 모습을 확인하고자 한다.

식민지시대에 민족문화 말살의 위기와 민족의식 고취로 말미암
아 개인사의 파멸을 가져오는 이태준의 「오몽녀」(1925)와 기독교
와 영역 다툼을 위해서 민간 신앙의 모습을 대등한 종교적 갈등
으로 형상화한 김동리의 「무녀도」(1936)를 살펴본다.

해방 이후 전쟁으로 인한 후유증의 치유과정을 거치고 산업화
시대로 진입하면서 기독교가 소외된 민중에 대한 관심을 보인 시
기에도 무와 개신교와의 종교적 갈등을 묘사한 작품이 나타난다.
윤흥길은 전쟁이 가져온 집안사람끼리의 개인적인 갈등을, 가신
신앙의 하나인 '업 신앙'인 구렁이를 등장시켜 이데올로기 전쟁으
로 발생한 민족적 불행을 가정 내의 문제로 치환하여 해결한다.
황순원은 '유랑민 의식'을 이용한 무당 연행의 학문적인 연구를 하
는 민구에서 나타나는 타락과 보신주의 현실인의 모습을 '제3장

전쟁과 산업화 시대의 무(巫)형태의 변형'에서 고찰하고자 한다. 윤흥길의 『장마』(1973)에서 '업' 신앙인 구렁이 등장과정을 검토한다. 황순원의 『움직이는 성』(1972)에서 유랑민의 근성과 관련하여 기독교와의 대결을 벌려 무를 신앙으로 도저히 인정할 수 없고 성(性)적으로 추락하여 비하된 무의 모습을 추적하고자 한다.

한편 이제하, 한승원, 이청준은 각각의 소설에서 무당(巫堂)들의 삶을 그려낸다. 이제하는 무당이 조합장으로 있으면서 조합원인 교인을 통해 교회를 조절하고 한승원은 무당의 과거사를 추적하고 있다. 이청준의 작품은 무당들이 제의를 통해 스스로만의 세계를 떳떳하게 보여주고 있다. 무당의 행동과 행적을 '제4장 현대화 사회와 제의의 재현'에서 추적하고자 한다. 무당이 종교적 형식보다 경제력의 확보를 통한 새로운 지배력의 모습을 보인 이제하의 「풀밭 위의 식사」(1985)를 다룬다. 무당의 개인사적 추적을 통하여 무의 모습을 보인 한승원의 『불의 딸』(1983)도 살펴본다. 마지막으로 국가권력이 권력의 남용으로 인해 죽은 자들의 한풀이를, 무당의 내림굿이란 무(巫)적 행위를 통해 산 자들과의 화해를 이루게 하고, 억압적 분위기의 사회에서 일종의 '역사 씻기기'를 제의(祭儀)하는 이청준의 『신화를 삼키는 섬』(2003)을 고찰해 본다.

이와 같은 연구 대상을 다음과 같은 방법으로 고찰하고자 한다. 먼저 소설에서 무(巫)의 개념의 연구가 필요할 것이고 둘째, 역사적 문화사적 측면에서 상고시대부터 외국에서 들어온 외래 종교들이 무와 어떻게 문화적 습합과정을 거듭하면서 어떤 문화적인 형태로 존속하고 있는지를 살필 필요가 있다. 셋째, 민속 신앙이라는 기층 종교로서의 무와 서양에서 들어온 기독교와의 종교 갈등이 어떤 양상으로 대립하여 서로 어떤 영향을 주었는지 알아보고

자 한다. 넷째, 소설에서 무병이 보이는 '환상'과 제의과정에서 재현되는 '신화'에 대한 고찰이 필요하다.

또한 이런 일을 하기 위해서는 무(巫)의 예비적 고찰을 통해 무에 대한 사전 지식의 연구가 요구된다.

첫째, 무(巫) 개념과 정의에 대한 연구이다.

역사적인 변천과정에서 소외되었던 하층 무리들은 오랫동안 민족적으로 계승된 샤머니즘,57) 무속,58) 무(巫)라는 민속 신앙을 믿으면서 살아온다. 이처럼 각각의 의미를 가지는 언어의 개념 정리가 필요하다. 인간 존립은 개인영역 범위와 집단적 무리 속에서 의미를 가진다. 이런 인간의 의미는 상호 관계에서 발생하는 지배와 갈등의 영향을 받는다. 지배 구조를 만드는 원인으로 보통 권력, 부, 지식 등이 있다. 이를 획득하기 위한 인간의 욕망은 생명과 바꿀 정도로 정말 치열하다. 그런 요인을 획득할 수 없는 사람들은 신의 이름을 내세워 신의 행위를 대행한다. 바로 이러한 행

---

57) 미르치아 엘리아데, (이윤기 역), 『샤머니즘』, 까치, 1998, 19쪽.
    샤머니즘은 고대 접신술－신비주의인 동시에 주술이자 넓은 의미에서 '종교'－의 하나이다.
    사사키 고우가(佐佐木宏幹), 김영빈(역), 『샤머니즘의 이해』, 박이정, 1999. 49쪽.
    샤머니즘이라는 것은 통상 trance와 같은 이상 심리상태에 있어서 초자연적 존재(神, 정령, 死靈)와 직접 접촉・교류하고 이 과정에서 예언, 託宣, 占卜, 치료 행위 등의 역할을 하는 인물(샤먼)을 중심으로 하는 주술 종교적 형태이다.
58) 민속학회, 『한국 민속학의 이해』, 문학아카데미, 1996. 129쪽.
    說文에 의하면 남자 무당은 격(覡) 여자 무당은 巫라고 했다. 이로 보아 무는 여자로부터 비롯되었음을 알 수 있다. 『삼국사기』에는 巫, 師巫, 神巫, 次次雄, 慈忠이 보이고 『고려사』에는 女巫, 巫女, 巫, 巫覡, 巫匠, 仙官이, 『조선왕조실록』에는 國巫, 巫, 巫女, 郎中, 絃首, 花郎 등이 보인다.

위들이 무가 발생하는 일반적인 원인이 된다.

둘째, 무(巫)의 역사적, 문화사적 고찰이다.

현대소설에 등장한 무당의 형태가 점복가나 '단골'처럼 무의를 하거나 비손 등 가신 신앙[59]을 빙자하여 민폐를 끼치는 경우가 자주 발생하는데 그것은 돈과 관련이 있는 것들이다. 특히 왕조시대에 왕권을 잡기 위해서 상대방의 죽음을 기원하는 저주 행위도 궁궐에서 가끔은 행하여 졌다는 역사적 사실을 볼 수 있다.

계몽기 시대에는 풍속 개량이라는 것을 통해서 버려야 할 민속이라는 인식이 지배하도록 유도한다. 그것이 역사적이거나 문화사적인 측면의 모습이며 특히 신소설에 등장하는 무당의 형태이다.

셋째, 무교와 기독교와의 갈등을 중심으로 종교적 측면을 고찰한다. 개신교와의 갈등은 문학사의 갈등과 궤를 같이한다. 구시대의 문학과 결별하고 새로운 형태의 문학과 관련시켜 보면 당연한 것이다. 그만큼 개신교가 이 땅에 들어오기 시작한 19세기 말(末)은 신문학의 기점으로 보는 시기와 비슷하다. 알렌이 우리나라 선교사로 들어온 1884년과 일부 문학사가들이 신문학의 기점으로 보는 갑오경장의 해인 1894년과는 10년의 차이가 나지만, 실제 신소설이 등장한 애국 계몽기인 1905년과 비교를 해보면 그보다 10년이 더 늦은 거의 20년의 차이다.

이런 세 가지 예비적 고찰을 한 다음 소설에 등장하는 무와 그 형태의 수용 양상을 고찰하고자 한다.

---

59) 김종대, 『한국 민간 신앙의 실체와 전승』, 민속원, 1999, 13쪽.
   최길성, 『한국 민간 신앙의 연구』, 계명대학교 출판부, 1994, 89쪽에서는 '가정 신앙'이라는 명칭으로 사용하고 있다.

현대소설의 '무(巫)' 수용 양상

Ⅱ. '무(巫)'의 예비적 고찰

1. 무(巫)의 개념

무(巫)[1]는 무속(巫俗), 무교(巫敎), 샤머니즘(Shamanism), 살만교(薩滿敎) 등 여러 가지로 통용되고 있다.[2] 또 '무속(巫俗)'이 학문적인 용어로 정착한 것은 1920년대 이능화에 의해서이다. 그러면서 이 용어는 원래 고려 말 이래 유신(儒臣)들이 무(巫)를 속된 것이라 천대하여 지칭되었으며 비판 없이 지금까지 그대로 습용되어 가장 흔히 쓰는 실정이다. 또 무교는 무의 종교성을 강조한 개념으로 20년대쯤 중국의 무에 대하여 그 사용이 제안되어 있다. 우리나라는 1960년대 제시되었고 유동식이 그의 저서에서 공식적으로 사용하게 된다.

샤먼이라는 말이 일반화된 것은 17세기 후반으로 "네덜란드인 이데스(E. Y. Ides)와 브란트(A. Brand)"[3]에 의해서 처음 사용했

---

1) 유동식, 『한국 무교의 역사와 구조』, 연세대학교 출판부, 1997, 64쪽. 「說文解字」에 의하면, 巫字는 여자가 無形의 神을 섬기고자 할 때 새 모양으로 양편 소매를 드리우고 춤을 춤으로써 神을 내리게 하는 형상을 따서 만든 字라고 하였다. 즉 神을 섬기는 자요 巫란 글자의 工 양편에 있는 人字는 그 춤추는 형상을 딴 것이다. 그래서 巫를 풀이하면 工은 하늘과 땅을 연결한다는 뜻이며 그 양편에 있는 人은 춤추는 사람을 표시하는 것으로 歌舞로써 하늘과 땅, 神과 人間이 하나로 연결되게 한다는 뜻이다.
2) 조흥윤, 「巫 문화의 이해」, 한림대학교 아시아 문화연구소, 『아시아 문화』, 1990. 226쪽.
3) 주강현, 『우리 문화의 수수께끼 2』, 한겨레신문, 1998, 138쪽.

다. 그들은 1692년부터 1695년 사이 러시아 황제 표토르 대제가 중국에 보내는 사자와 함께 모스크바에서 북경까지 여행을 하는 길에 바이칼 호수의 서북부에서 퉁구스족의 박수무당을 만나 그들의 굿을 관찰할 기회를 얻다. 듣지도 보지도 못한 희한한 행사와 이름을 묻는 물음에 '샤먼'이라는 말을 듣는다. 1704년 여행기를 네덜란드어로 출판하였는데 급기야 학술어가 되었던 것이다.[4]

이처럼 서양에서 18세기 초에 샤머니즘이란 용어를 최초로 사용한 것에 비해 동양은 그보다 대략 500년 전인, 중국의 남송(南宋) 서몽신(徐夢莘)(1126-1207)이 기술한 『삼조북맹회편(三朝北盟會編)』의 권3의 '여진족'편에서 여진어로 무구(巫嫗)를 산만(珊滿) 또는 살만(薩滿)이라고 한다고 밝히고 있다.[5]

살만의 중국음은 '사만쟈오'로서 영어의 샤만과 비슷한 것으로 같은 무의 사제를 가리킨다.[6] 우리나라에서의 살만교는 최남선이 20년대에 처음 사용했다. 이처럼 한국의 무(巫)도 한국의 사회, 문화적의 배경으로 인해 외형적 변화를 겪었지만 본질적으로는 샤머니즘과 구분되지 않고 있다. 한국의 무당은 자신들의 종교를 '무'라고 불렀다. 조흥윤도 이 적절성이 인정되어 '무(巫)'라고 지칭하고 있다.

이 연구에서는 무당이 되는 과정을 비롯하여 제의(祭儀)와 문

---

4) 조흥윤, 『巫 한국무의 역사와 현상』, 민족사, 1997, 16쪽.
5) 王宏剛, 「滿族 薩滿敎的 內容與特色」, 한양대학교 민족문학연구소, 『민족과 문화』, 1999. 137쪽.
   在我國古籍中 最早出現 "薩滿" 一詞的是記載女眞人的 "珊蠻"(卽 薩滿的異譯). 《三朝北盟會編 載: "兀室(卽完顔希尹) 奸滑而有才. ……國人號爲薩滿. 珊萬者, 女眞語巫嫗也. 以其通変如神" 首創女眞文字的 一代名完顔希尹就是個通變如神的女眞薩滿.》
6) 조흥윤, 『무 - 한국무의 역사와 현상』, 16쪽.

화사적으로 무 신앙의 요소들 등, 전체를 아우르는 뜻에서 '무(巫)'라는 말로 사용한다.

한편 직접 3000여 명의 무당을 면담하고 난 후에 썼다는 「샤만(saman) 어계(語系)의 어원(語源)」[7]에서는 만주 퉁구스어인 샤만과 무당의 관계를 언어학적 측면에서 고찰하고 있다. 우리말 'mudang(巫)에는 세 가지의 의미'가 있는데 'mut-ta(問), mut-kuri(占), mal(語)'이다. 그래서 무당(巫堂)은 신과 인간 사이에서 '언어의 중개자 역할'을 하게 된다. 무당과 샤먼의 어원적 의미는 '말(語)'의 뜻으로 고대인 언령적(言靈的)인 사상이라 할 수 있으며 신의 존재를 언어로써 인식하기 때문에 가능한 것이다. 그래서 신화(神話), 공수(空授), nori(神語) 등의 용어가 그런 예들이며 결과적으로 '언어적 주술'의 의미를 가지는 것이라 할 수 있다.

한편 일반적인 "종교에서는 공식적 제의를 집행하는 사제와 병을 고치는 주술사와는 구별을 하고 또 사제(priest)와 예언가(prophet)를 구별하나 샤먼에게는 이런 구별이 적용되지 않는다. 왜냐하면 샤먼은 제사의 기능(priestly function)과 신탁의 기능

---

7) 서정범, 「샤먼 語系 語源」, 한국무속인 열전 2권 『한과 사랑의 마술사』, 우석, 2002, 317-320쪽. 보다 자세히 언어적 관계를 비교해 보면 다음과 같다.

mut-ta(問)의 어근 mut이 명사가 되며 '묻는 것'은 '말'로 하는 것이기 때문에 mut은 '말'의 뜻을 지닌다고 하고 말의 祖語는 mut가 된다는 것이다. 만주어 mudan(音, 聲, 響)의 어근 mut은 국어 '말'의 祖語 mut와 일치하다는 것을 강조하고 있다. 또 mut-kuri(巫占)는 mut과 kuri의 합성어로서 異音同義語가 되는 말(語)의 原意를 지닌다고 주장을 하고 있다. mudang(巫)의 어근은 mut이고 ang은 접미사이다. 한편 만주 퉁구스 지방의 saman은 sam이 어근이고 an이 접미사이다. 한국의 malsam은 mal과 sam의 합성어로서 語의 意를 지니는 이음동의어이다. saman의 어근 sam이 말(語)의 뜻을 지닌다.

(oracular function)과 주술의 기능(medicinal function)을 전부 담당하고 있기"8) 때문이다. 그래서 샤머니즘과 우리나라의 무교를 같은 범주의 개념으로 보아야 한다는 주장이 팽배하며 종교적으로 별 차이가 없다.

또한 샤먼은 우리말로 무당·무인·무로 불리며, 서울과 경기도 지방에서는 기자(祈子)·만신(萬神)·박수로, 호남 지방에서는 단골·단골레로, 영남 지방에서는 무당·무당각시로, 제주도에서는 심방이라고 부르고 있으며 일반적으로 무당이라고 많이 부른다.

최길성은 「한국의 샤머니즘은 어디에서 왔는가」9)에서 한국의 민간 신앙의 유형인 무교 신앙을 샤머니즘이라는 용어로 표현하기 시작한 것은 애국 계몽기의 때로 외국 선교사들의 작품이라고 추정한다.

선교사 중에서 H. G 언더우드10)는 기독교를 한국에 토착시키기 위하여 한국 민간 신앙에 지대한 관심을 가지고 연구하였다. 그는 『동부 아시아』(1910)라는 책의 제3강(第三講) 「한국의 샤머니즘」에서 '한국의 무(巫) 신앙'을 '샤머니즘'11)이라는 용어로 처음 분석

---

8) 황필호, 『한국무교의 특성과 문제점』, 집문당, 2002, 93쪽.
9) 최길성, 「한국의 샤머니즘은 어디에서 왔는가」, 『문학사상』, 1977, 9월. 『문학사상』(1977. 9)은 〈위대한 유산 ⑤〉 '샤머니즘'의 특집을 내고 있다. 우리 문화의 기층 속에 있는 샤머니즘의 신비를 뚫는 굴착 작업이라고 했다. 새로운 시각에서 샤머니즘을 조망하고 있다.
10) H. G 언더우드는 1881년 뉴욕대학과 1884년 뉴 브런즈위크 신학교를 졸업하고 7월 28일 미국 북장로 교회의 외국인 선교사로 임명되어 1885년 4월 5일 한국에 오게 되다. 새문안교회를 1887년에, 기독교 문서 운동을 위해 조선 예수교 書會를 1889년에 창설하여 성서번역 위원장과 대한 기독교서 회장을 역임하고 1915년에 연희전문학교를 설립하는 등 근대화에 공헌을 많이 했다.
    H. G. 언더우드, 이광린(역), 『한국개신교 수용사』, 일조각, 1997, 165쪽.
11) 김종서, 『서양인의 한국종교연구』, 서울대학교 출판부, 2006, 32쪽.

한다. 그런데 언더우드가 개신교를 한국에 선교할 때를 쓴 『한국
개신교 수용사』12)를 1908년에 발간하여 제3장 '국민: 종교생활' 항
목에 별도의 '샤머니즘'이라는 부분이 있다. '샤머니즘' 외에도 불
교, 장승, 신령수, 점과 판수, 귀신에 홀림, 악귀 쫓는 마술사와 무
당 등 서민들의 생활과 관습을 철저히 조사를 하고 있다. 제4장에
서는 '선교의 형식과 방식'에 대해서 자세히 기록하고 있다.13)

이런 사항으로 볼 때 최초로 '민속 신앙인 무'를 '샤머니즘'과 관
련시키는 것은 타당성이 있다. 그러나 최길성이 지적한 사용년도
인 1910년보다는 2년이나 앞서고 있으나 그보다 먼저 들어온 알렌
이나 영국인 비숍 여사도 한국 무에 대해서 연구와 글을 남기고
'샤머니즘'이라는 용어를 사용하고 있다.

그런데 그들의 한국 종교관을 살펴보면 의료선교사인 알렌
(1858-1932)은 무당과 점쟁이에 연관된 일상적 구비전설 등을 세
속적인 차원에서 쓰고 있으며 조상숭배나 부모 공경 등은 긍정적

언더우드가 사용한 '샤머니즘'이라는 용어는 한국 신앙 전체를 모두
포함된다고 주장하면서 한국인이 무(無)종교적이라는 일부 서양인들
의 보고와 달리 선교활동에서 나타난 결과는 아주 종교적인 민족임
을 증명하고 있다고 주장을 한다.

12) 언더우드, 앞의 책, 173쪽.

13) 민경배, 『한국기독교회사』, 연세대학교 출판부, 2005, 195쪽
네비우스 방법(Nevius method)이다. 존 네비우스(1854-1893)는 1890
년 중국 지푸(芝罘)에서 성공적으로 선교활동을 한 사람으로, 한국
선교사들에게 선교방법을 제시하고 있다. 그것은 자진전도(自進傳
導), 자주치리(自主治理), 자력운영(自力運營)을 원칙으로 하며 지역
분할 이후 각 교단은 피차 간섭치 않고 폭넓게 협조한다는 것이다.
그러나 이와 같은 방법의 이면(裏面)에는 본국의 지원보다는 피선교
지에서의 경제적 해결과 인력 가동을 강조함으로써 선교사업의 비용
을 최대한 줄이고 선교를 극대화하자는 경제적 계산이 깔려 있다.
(주강현, 앞의 책, 126쪽)

으로 인정을 하나 유교는 하나님이 없는 도덕제도에 불과하다고 본다. 한국 기독교가 성공할 수 있는 것은 기질적으로 종교에 심취하는 면과 평등사상의 고취라고 판단을 한다. 또 우리나라를 4차례나 방문한 비숍은 불교, 유교 및 샤머니즘을 중국으로부터 도입된 것이며 한국인 중심에는 귀신 신앙(Daemonism)이 있다는 것이다. 이 신앙은 현존하는 모든 종교의 밑바탕에 깔려 있다는 생각을 가지고 있다. 그러나 이런 한국인 종교의 신관에 대해서는 편향된 부분에 불과하다.

현재 사용되는 샤머니즘의 개념은 한국 사회의 다양한 무교의 형태를 포용하기에는 범위가 너무 좁다고 장수근은 『한국의 민간신앙』에서 주장하고 있다.

최길성은 이런 한계를 극복하기 위해 샤머니즘 개념을 중부 지방의 무 신앙만을 협의(狹義)로 정의한다. 대신 남부 지방에 대해서는 토착적인 단골 신앙의 지역으로 보고 샤머니즘과 다른 신앙 체계로 정리를 하고 있다. 그러나 한국의 샤머니즘의 연구에 공헌을 한 손진태와 한국 무교의 사회인류학적 연구를 최초로 한 아끼바 다까시(秋葉隆)는 판수를 포함하여 〈지관(地官)〉과 〈일관(日官)〉이라는 풍수사까지 광의(廣義)적 샤머니즘으로 표현을 한다. 이를 오늘날까지도 많은 학자들이 수용하고 편이다. 또한 "무속은 샤머니즘과는 다른 신앙 체계이고 따라서 무인(巫人)은 샤먼이 아니다"14)라는 주장도 있다.

---

14) 임석재, 「한국무속연구서설 (2)」, 『아세아여성연구』 제10집, 1971, 213쪽. 무속과 샤머니즘은 神과 靈에 대하여 다 같이 分神敎的이라고 한다. 샤머니즘은 善神과 惡神과의 鬪爭相을 기본으로 하는 신앙체계이다. 또 主神 아래 隷屬神을 두는 계급조성을 한다. 반면에 무속은 神을 兩大分하지 않고 善惡의 二原則으로 대립하지 않고 경우에 따라 선한 일도 하고 악한 일도 하는 양면성의 신앙 체계이다. 신들의 계급

이처럼 샤머니즘의 정의를 협의이나 광의적으로 해석하는 견해는 외형적이고 현상적인 면에 주목하여 내린 결론이다. 물론 본질이나 구조는 서로 다를 바가 없다고 보는 조흥윤의 견해가 있다. 그러면서 그는 서양의 샤머니즘 연구가들이 그들의 종교인 기독교를 바탕으로 '샤머니즘'을 연구하였다는 점에 주목을 한다. 이러한 이유로 우리 무(巫)를 샤머니즘이라고 표현하기에는 인식의 바탕에 차이가 도사리고 있다. 이처럼 인식바탕의 기준에 따라 범위와 한계와 방법에 차이가 발생할 수 있다. 그래서 이 글에서는 '샤머니즘'보다는 총체적인 의미를 하는 '무(巫)'나 종교적 행위를 의미하는 '무교(巫敎)'라는 용어가 더 적합하다고 본다.

한편 언더우드는 한국 샤머니즘의 특징을 기본적인 요건인 무병(巫病), 도무(跳舞), 신탁(神託)이라고 주장한다. 반면 최길성은 무당에 대해서 다양성과 전형적인 것을 전제로 무병(巫病), 신당(神堂), 무의(巫儀)의 세 가지 조건을 들고 있다. 그는 무(巫)에서 가장 중요한 무당을 먼저 언급한다. 여기서 언더우드가 적용하였던 특징 중 '무병'은 일치하지만 '도무(跳舞)'와 '신탁(神託)'은 무당의 범위에서 빠져 있다. 이것을 최길성은 '무의'에 포함시켰고 신을 모시는 장소로 '신당(神堂)'의 필요성을 주장하는 것은 현실적인 판단이다. 만약 이런 요소 중 어느 것이든 결여된 무당을 '선무당'이라고 하는데 〈선〉은 '설다(未熟)'의 뜻이다. 선무당들은 보통 '무의'를 하지 못하고 간단한 점만 친다. 물론 남부 지방에서 많이 존재하는 단골은 무병과 신당을 갖지 않고 '무의'(굿)만 세습하는 일종의 직업 집단 무당이다.

무의(巫儀)는 무(巫)의 제의(祭儀)로, 무당이 행하는 형식화된

성을 인정하지 않고 전체 구조로 본다.(215쪽)

의례로 일명 '굿'이라 한다. 이 제의(祭儀)는 무당이 '무악(巫樂)'에 맞추어 '무복(巫服)'을 입고 '무구'(巫具)를 사용하면서 무무(巫舞)와 무가(巫歌) 등을 행하는 행위이다. 대개 4~5인의 소그룹의 무당들이 동원되어 열두거리(十二祭次)란 굿을 1~2일 정도 걸려서 행하는 것이 보통이다.

무의는 보통 4가지 특징이 있는데, 첫째로 신복(神服)이라는 무복은 단순한 장식용이 아니라 춤과 분위기 형성에 중요한 역할을 한다. 신이 빨리 내리게 하는 주력(呪力)이 있으며 대개는 조선시대의 관복(冠服), 군복(軍服), 승복(僧服)에서 차용한 것들이다. 둘째로 무악(巫樂)인데 무(巫)악기로서는 장고(長鼓)와 제금이 중심이다. 굿의 규모에 따라 대금, 피리, 해금 등이 등장하며 장고는 춤과 무가(巫歌) 창(唱)에 반주로 쓰인다. 대금은 주로 도무(跳舞)에 사용한다. 도무에는 강한 엑스터틱한 굉음(轟音)의 격한 장단인 '떵더꿍'이 사용된다. 셋째로 무무(巫舞)로 무당은 호흡이 가빠지고 흥분 상태에 들어가는 것으로, 특히 도무(跳舞)는 접신이 내리기 위한 몸부림으로 신내림굿에서는 정말 중요하다. 계속 반복하여 무아경과 황홀감에 빠져야 하는 신체적 과정이다. 이때 신이 내리는 것을 알리기 위해서 예비무당은 대나무를 잡고 떨떨떨면서 모둠 뜀을 계속한다. 넷째로 무당이 구술하거나 노래하는 무가이다. 설화(說話)나 경문, 청배(請陪), 축언(祝言) 등 여러 가지 종류가 있으며 신탁인 '공수'도 있다.15)

굿판에서 신령과 산 사람이 무당의 공수를 통해 만나는 것은 산 사람의 문제를 조화롭게 해결하고자 한다. 이처럼 "제의의 원리는 조화 또는 조화의 회복"16)에 있다고 할 정도로 만남과 굿의

---

15) 최길성, 앞의 책, 306-311쪽, 참조.
16) 조흥윤, 『한국 巫의 세계』, 한국학술정보, 2004, 80쪽.

전체구도, 배경이 짜여져 있다.

한편 무가(巫歌)는 무당이 제의(祭儀)할 때 구송하는 신가(神歌)이며 종류는 일반무가, 서사무가, 희곡무가로 나눈다. 또한 무가의 서사문학이 이 땅의 서사문학의 일반 구도와 같이한다는 점도 의미가 있다. 현실과 같은 형태론적 특색을 지닌 지하계(地下界) 또는 타계 탐험 문학은 인간에게 주어진 최대 최후의 극한 상황인 죽음을 생각하게 한다. 우리 구비 문학에는 인간이 그것에 어떻게 도전하고 또 해답을 얻는가의 과정을 무당의 입을 통해서 전달한 이야기가 있다. "무속 서사 문학은 여타의 타계 여행담과 함께 영원의 종교, 영원의 철학, 그리고 구원의 종교에 던지는 물음에"[17] 인간이 내리는 해답이다. 무가는 "우주의 탄생과 인간 출현부터 죽은 후 가는 사후 세계에 대한 이야기까지 광범위한 내용을 담고 있으며 살아가는 신화 문학으로 무의 경전"[18]이라고 할 만한 것이다.

2. 무의 역사와 문화사적 고찰

가장 중요한 민족 기저의 틀로서, 다음은 풍습이나 풍속 과정에서의 민중생활에 토착한 무(巫)에 대한 고찰이다. 샤머니즘은 고래(古來)로부터 전래해오는 민족 신앙관과 관련해서 민중의 밑바닥에 흐르는 "한국 정신의 원류(原流)"[19]이다. 또한 일본인의 정

---

17) 김열규, 「샤머니즘의 문화사적 의미」, 『문학사상』, 1977. 9. 287쪽.
18) 홍태한, 『한국서사무가연구』, 민속원, 2002, 3쪽.
19) 이부영, 「심리학에서 본 샤머니즘」, 『문학사상』, 1977. 9. 319쪽.

신적 원천도 샤머니즘이라 말하는 사람이 있으며, 일반적인 종교로서도 불교, 도교, 유교가 아니라 신도(神道)로 변한 샤머니즘이라고 하는 것이다.

샤머니즘에 관한 주장은 풍류도에 관한 가장 오래된 기록인 최치원의 〈난랑비서(鸞朗碑序)〉에서도 엿볼 수 있다. "전통적으로 유, 불, 선 삼교의 종합이라고 하지만 사실은 그 종합을 엮어내는 날줄과 씨줄이 샤머니즘"[20]이라는 것이다. 이처럼 삼도의 종합을 운위하면서 그렇게 된 연유로서 고유 선풍을 말하는데, 이것은 샤머니즘을 함축하고 있었음을 의미한다. 또한 신라에서 물려받은 종교의식인 팔관회를 숭상한 고려왕조도 국가의 번영과 안녕을 기원하는 의식의 행사를 가졌는데 그 기저에는 '샤머니즘' 있었다는 것이다.

더구나 천도교의 기치이던 삼도(三道) 종합의 '동학'이란 이념에도 샤머니즘 사상이 흐르고 있다. 수운이 천도교의 창건주로 변모하는 과정에서 결정적인 구실을 한 것은 '샤머니즘적인 접신 현상'이었다는 사실이 경전에서 증명된다. 동학이 한국의 근대적 개혁 운동에 참가하여 사회 발전을 도모하였다는 사실과 그 바닥에 깔린 샤머니즘의 잔재가 두르러져 보인다는 점에서 더욱 그러하다. 이처럼 "바닥에 깔리는 틀로서 존재하는 한 우리 민족의 문제를 푸는 심연의 열쇠"[21]로서 샤머니즘은 진지하게 다루어져야 한다.

한편 최수운(崔水雲)의 인내천주의(人乃天主義)[22] 사상을 현대

---

20) 김열규, 「샤머니즘의 문화적 의미」, 『문학사상』, 1977. 9. 290쪽.
21) 앞의 책, 290쪽.
22) 노길명, 앞의 책, 90쪽. 천도교의 조물주인 '한울님'은 인간이나 피조물과 분리된 것이 아니라 인간과 동물에 내재되어 있는 존재로, 이 '한울님'을 잘 밝혀 잘 섬기면 지상 천국이 이루어지는, 죽어서가 아니라 살아서 천국에 참여할 수 있다는 주의이다.

인의 감각에 맞도록 해석이 가능하다는 사실을, 김희덕은 조셉 머피가 쓴 『잠재의식의 힘』[23)]에서 찾아냈다. 인간의 조절 능력과 별도로 의식하지 않아도 스스로 제어하고 있는 것이 '잠재의식'이다. 이런 잠재의식은 동학의 무위이화(無爲而化)와 같다는 것이다. 이러한 "'잠재의식'은 종교적으로 '신'(神)이라는 이름으로 불린다"[24)]는 것이다. 그래서 잠재의식을 기독교에서는 '하나님', 불교에서는 '부처님', 천도교에서는 '한울님' 등으로 표현한다.

'샤먼 신령 접신 현상[25)]'을 겪은 최수운이 깨달음을 얻고 '한울님'을 모시게 된 것처럼, 무당도 무병을 겪고 무(巫)의 제의(祭儀)를 통해 황홀한 무아경(無我境)에서 '신령('神靈')'을 받은 일을 하게 되는데, 이것이 '잠재의식'에 의한 현상이다. 그래서 무의 특징은 "잠재의식이 생리적 변화와 의식 구조에 변화를 일으키는 것"[26)]이라고 한다. 결국 '무(巫)는 잠재의식(潛在意識)의 조화'가 가져온 현상이다. 상대방의 현재 및 과거와 미래를 알아내는 것도 '기(氣)의 능력'과 '영감(靈感)의 활동'에 의한 것이라고 하며 이것도 잠재의식이다.

한편 불교와 무교의 관계는 서로 많은 영향을 미치면서 공생의 정책을 유지하고 있다. "연등회와 팔관회는 불교의 법회라고 하지

---

23) 조셉 머피, 김희덕(역), 『잠재의식의 힘』, 미래문학사, 2004, 4쪽.

24) 앞의 책, 10쪽.

25) 이희정, 「샤먼의 神靈 接觸 形式」, 샤머니즘학회, 『샤머니즘연구』, 2집, 2000, 128쪽.
샤먼의 신령접촉 활동이 이루어지는 형식은 신들림(spirit-possession)과 영혼여행(soul-journey), 대화(facial-dialogue)이며 대화가 가장 기본이 되는 소통형식이다. 대화는 영적존재와 서로 마주하여 의사를 소통하는 현상이다.

26) 서정범 「氣치료와 초능력의 세계」, 『한국무속인 열전』 제5권, 우석, 2002, 81쪽.

만 그 내용은 오히려 기복(祈福)과 수호(守護)와 위영(慰靈)을 목적한 무교적 전통 사상"[27]을 담고 있다. 불교 사찰에 가면 삼성각 혹은 산신각을 쉽게 발견할 수 있는데, 모두 연명(延命)과 생산(生産)과 수호(守護)를 주관하는 재래 무교의 산신과 도교의 칠성을 모신 신각이다. 물론 젊은 승려 사이에서 비불교적인 요소의 추방을 주장하는 자도 있으나, 오히려 평화 공존하는 것도 나쁘지 않다는 의견이 더 우세하다. 이외에도 무는 내세관을 천상계(극락)와 지하계(지옥)인 이분법적 도식으로 나누는 것이 보통인데, 이런 분류방법은 민간 불교에서 흔히 발견된다.

또 사람이 죽으면 명부(冥府)로 가서 시왕(十王)들 앞에서 생전의 선악 행위에 대한 심판을 받는다는 무교의 주장도 완전히 불교적인 것이다. 이는 사찰에 명부전 또는 시왕전에 얽힌 교리를 그대로 옮긴 것이다. 굳이 차별을 두자면 무교에서는 지옥을 주재하는 지장보살의 이야기가 없다. '바리데기 무가'에서 보면 망자의 혼을 심판할 때 사용되는 기준이 다분히 유교적이다. 그런데 그런 유교적 심판을 받고 가는 "지옥은 다시 칼만 꽂여 있는 칼산지옥이니 너무 추워 견딜 수 없는 한빙지옥이니 하여 불교"[28] 일색이다.

한편 무의 연행인 "굿 12거리 중 제6거리 제석과 제7거리 천왕은 불교의 석가와 사천왕"임에 틀림없다. 무교의 복식도 승복이며 예식도 불교적 양식 그대로다. 〈바리공주〉, 〈죽음의 말〉 등의 무가(巫歌)에는 십왕(十王)에의 축원(祈願), 원생극락(願生極樂), 십장엄(十莊嚴), 천수경(千手經) 등을 송주(誦呪)를 하고 있다. 이를 '불사(佛事)굿'이라 하여 불교적 행사로서 '나무아미타불'의 음성으로 시작한다. 이와 같은 "무교화(巫敎化)된 불교적 요소는 무교가

---

27) 유동식, 앞의 책, 117쪽.
28) 최준식, 앞의 책, 58-59쪽.

가지고 있는 내세적인 사상과 불교의 왕생극락과 정토교적 사상"
이 결합되어 있다. 또 불교계 서사물의 무가(巫歌)적 연행(宴行)
여건은 "각종 재의(齋儀)에서 극적 구성을 위한 강창변문으로 전
승되었는데 이것은 무가에서 활용하기 용이한 서사적 결구를 갖
추었음을 의미하고 주제 사상도 동일성의 추구"[29]이다. 이처럼
"불교는 삼국시대에 이미 무교와 서로 융합하여 산신을 모시는
산신각이 사찰에 남아 있고, 옥황상제와 칠성신의 도교적 요소도
제석과 불보살 등처럼 습합량(習合量)"[30]을 보이고 있다. 무가의
신당에는 도교나 불교의 신격을 주신으로 받들고 있다. 불사(佛
寺)에도 지옥의 참화에서 구원을 기원하는 명부전과 탄생을 기원
하는 칠성각 등 도교적인 요소가 혼입되어 있다.

그러나 조선의 유교 정책에 의한 불교 탄압과 함께 사회 문란
이라는 이유로 자행된 탄압으로 무(巫)가 지반을 굳힐 기회를 얻
지는 못했으나, 강신으로 인한 무는 사회계층에 관계없이 발생하
여 은밀하게 사회의 밑바탕에서 명맥을 유지하여 현재까지 내려
오고 있다.

이런 억압의 과정에서도 현상이 유지되는 것을 김인회는 다른
측면에서 보고 있다. 조선 시대에서 그렇게 계속된 탄압에도 불구
하고 소멸되지 않는 것은 자생 발생적 현상도 있지만 한편으로는
그만큼 왕실과 관계하는, 즉 힘 있는 세력이 있었다는 역설적인
사실을 실록과 다른 문헌에서 발견할 수 있다는 것이다. 무교의
탄압은 말살의 목적이 아니라 체제 옹호와 정치적 힘의 균형을 전
제로 한 적정 수준에서의 견제 내지 공존을 목적으로 하는 정책의
반영일 것이라고 한다. 무당에게 세금을 부과하고 유행병이나 괴

---

29) 김진영, 『한국 서사문학의 연행양상』, 이회문화사, 1999, 295쪽.
30) 김택규, 앞의 책, 18-20쪽, 참조.

질이 발생하면 무당을 동원하여 질병퇴치 운동을 전개하는 도움을 받게 된다. 국가적인 재난이 발생하면 무당들에게 굿을 하여 국가의 위기를 도모한 일 등 "유교문화가 무교와의 양립을 전면 거부한 것이 아니다. 적당한 선에서 공존을 원했다는 사실"[31)에서 알 수가 있다. 그런 정책은 사회적 질서와 심리적 균형을 유지하면서 문화적으로 동질성을 지속시킨 것과 같은 것이다. 또한 우주 질서에서 음양이 조화와 균형을 이루는 것처럼 조선조 사회에서도 유교와 무교는 각각 양과 음의 기능을 함으로써 보완과 공존의 체계를 추구할 필요성이 있었을 것이다. 이런 맥락에서 무가에 유교 경전의 구절과 덕목들이 무수히 삽입되어 있는 것은 무(巫)가 체제적 응력과 비투쟁적 성격을 담아 자기 보호적 생활의 모습을 유지하려는 노력으로 보아야 한다. 무 의례와 유교 의례가 공존하는 경우도 있다. 마을 굿에서 "유교적 제사 절차가 들어가 있는 것 자체가 무속 의례의 화려함을 추구한 무교의 욕구"[32)일 것이다. 이러한 관계 속에서 조선 유교 사회에서 무의 병폐와 함께 존속되어 온 과정을 역사적으로 고찰한 이능화의 『조선무속고』[33)와 이규경의 『오주연문장전산고(五洲衍文長箋散稿)』[34)에 나타나 있다.

반면 이처럼 무(巫)에 대한 긍정적인 평가와 함께 강한 비판도 엄존하고 있다.

---

31) 김인회, 『한국무속사상연구』, 집문당, 1993, 215-216쪽.
32) 황필호, 앞의 책, 128쪽.
33) 이능화, 앞의 책, 204쪽.
34) 이규택, 『한국인의 샤머니즘』, 신원문화사, 2000, 115쪽. 이규경의 이야기를 인용한 내용이 있다. 淫祠 중 지금 서울의 各司에 神社가 있어 付根堂이라 하는데 잘못하여 付君堂이라 하기도 한다. 한 번 제사에 드는 돈은 累百金에 이른다. 부근은 四壁에다 많은 목형 음경을 만들어 놓아 음탕한 분위기이다.

먼저 굿에서 추구하는 가치 세계는 지나치게 이승적이고 육체적이고 현재적이라서 미래에 대한 설계도 없고 ‘내세적인 비전’도 없다는 점을 들 수 있다. 두 번째는 무(巫)가 개인적인 자신의 문제를 귀신의 문제로 돌려버리게 하는 ‘귀신 신앙’ 때문에 의타심을 조장한다는 지적이다. 자신의 운명은 ‘신령계’에서 이미 결정되었기 때문에 그런 사항을 알기 위한 점복술이 발달되었고, 숙명론에 빠져 개척의지가 아주 박약해진다는 것이다.

세 번째는 대단히 기독교적인 것으로 무교에는 ‘역사의식’이 결여되었다는 주장이다. 그래서 진보나 설계와 같은 역사 문제는 관심이 없고 재앙을 면하고 복만 받으려 하는 즉 안심입명(安心立命)과 제재초복(除災招福)을 바라는 천편일률적인 일만 되풀이한다는 것이다.

이와 같은 타 종교의 비판에 대해서 최준식은 종교마다 서로 다른 영역이 있어서 담당하는 분야가 다르고 또한 겹칠 수도 있고 깊이 면에서도 서로 다른 차원의 이야기가 가능하다고 종교의 차별성을 주장한다. 그러면서 원초성 문제와 관련시켜 무교는 ‘본능추구세계’라 규정한다. 인간은 고등종교가 지향하는 이성적이고 고상한 태도만 가지고 살 수 없으며 무교가 추구하는 원초적 감성의 세계 또한 필수불가결하다는 것이다.

무교는 주로 여성이 무당을 하고 있으며 여성과 남성의 비율이 약 7:3으로 ‘여성 중심의 종교’라 할 정도여서 당연히 여성천하(女性天下)이고 남성도 여성화된 모습을 보인다. 전반적으로 남성적 유교 문화를 논리적이고 이성적이라는 양(陽)의 세계의 문화라면, 무교는 이와는 또 다른 면인 여성적인 음(陰)의 세계의 문화로, 이 사회는 음양의 이중구조로 되어 있다. 이처럼 무교가 여성중심이 된 것은 신령을 받아들여 제 몸에 실어야 하는 것이 남성보다 여성이 더 잘 어울리는, 여성의 '수용성의 탁월성'에 있다. 또 다른 이유는 인류학적 의미로 여성들의 '높은 지능과 말재주, 강한 자존심'으로 인한 가부장 제도하의 전통 사회에서 추구하는 목적이나 이상(理想)한 바가 자신의 욕구에 비해 해결하지 못한 것에 대한 돌파구로써 택한 길이라는 점이다. 한편 '사회적 박탈에 대한 여성의 망아적 보상'이라는 해석도 있다.[35]

대체로 집안의 유전이나 내림굿에 의해 무당이 되는 경우는 35%이고 나머지 65%는 가정환경으로 인한 정서 불안, 애정 결핍 등으로 무당이 된다. 무의 신령은 "사람의 능력으로 '기(氣)의 힘'이 충만해서"[36] 그 힘으로 공수가 가능하다. 또 이런 굿을 통해서 공수를 전달하는 현상을 김광일은 마음의 투사나 콤플렉스가 발현한 정신병이라고 하면서 '유아적 소망 충족적 행위'라고 해석을 한다. 최준식도 단순히 무의식의 투사로 판단하기는 문제가 있다고 주장을 한다. 그러면서 프로이트나 융도 귀신의 존재를 애써 부정하지 안했다는 점을 들고 있다.

물론 신령들의 도움으로 예언하는 것을, 신령의 실재성을 증명하는 것과 무병과 관계된 여러 사건들은 신령들의 존재를 방증해 주는 예라는 무당의 주장에 귀를 기울일 필요는 있다. 그러나 이러한 주장에 대해서 냉정한 연구가 필요하다. 어떤 현상을 보고 너무 성급하게 결론을 내릴 수 있거나 또는 표현상으로 객관성의 결여라는 느낌을 줄 우려가 있다.[37]

위에서도 언급하듯이 여러 가지 설명에도 불구하고 신령을 믿

---

35) 최준식, 『한국의 종교, 문화로 읽는다』, 사계절, 2001, 77-84쪽, 참조.
36) 서정범, 『기치료와 초능력』, 한나라, 1996, 310쪽.
37) 최준식, 앞의 책, 93-95쪽, 참조.

는 무(巫)는 각 개인이 소유하고 있는 '잠재의식'에 의한 현상이다. 프로이트가 정신 분석한 무의식이나 융이 언급한 집단 무의식은 모두 '잠재의식'과 동일한 개념들이다. 현재의식을 사람 개인이 의지로 조절할 수 있는 것이나, 잠재의식은 오히려 인간의 통제를 벗어나서 스스로 힘에 의해서 움직인다. 다만 잠재의식에 대한 조정은 많은 정신 신념의 훈련을 통해서만이 개인 의지에 의한 조절이 가능할 뿐이다. 그런 홀로 수행과정을 통해 해득한 득도(得道)는 최수운이 접신한 경지와 같은 경우이다. 이처럼 정신 수행 과정에서 오는 여러 가지 환청과 환시를 충분히 초월할 때까지 힘든 과정을 겪은 다음에 접신을 한다. 그러나 무당이 될 일반적인 보통 사람에 있어서 무병(巫病)은 자신의 의지로는 조절이 불가능하다. 그래서 신어머니라는 중개자에 의한 신내림굿을 통해서 무아경(無我境)의 황홀감에 의해 접신의 경지를 터득한다. 이때의 신내림굿에서 접신한 후의 공수는 정확도가 대단하다. 이웃사람들이 신명나는 제의 구경과 함께 공수를 들으러 모인다. 그러나 '공수'를 통해 사람의 앞길을 예언하는 예지력(叡智力)도 시간이 지나면 효험의 정도가 떨어진다. 신념이 들어 있는 간절한 기도만이 지속될 때 성능은 어느 정도 보장할 수가 있다.

3. 무교와 기독교 간의 갈등

황필호[38]는 '무교는 종교인가'라는 질문을 던짐으로써 종교적 측

---

38) 황필호, 앞의 책, 77-104쪽.
　　비트겐슈타인의 가족유사성을 근거로 종교의 조건을 다음과 같이 제시하고 있다.

면에서 무교를 고찰하고 있다. "무(巫)는 다름 아닌 종교"라는 조
흥윤[39)]의 말을 인용하여 조상의 성격을 갖은 '신령'과 무당인 '사
제'와 신도인 '단골' 그리고 굿·치성 등의 '종교 의례'가 있고, 신령

---

1. 외형적인 조건 ① 사람들이 종교로 인정하는 인지도 ② 창시자인
시조 ③ 독특한 교리 ④ 조직인 교단 ⑤ 의례인 의식.
2. 내적인 조건 ① 인간존엄성의 원칙 ② 일상적 삶의 모범이 되는
초일상성의 원칙 ③ 질적 차인 궁극적 실재의 원칙 ④ 인간의 비관
적 인생관에서 낙관적 상태를 제시하는 완성가능성의 원칙 ⑤ 전쟁
과 갈등을 초월하는 종교본질인 평화의 원칙 ⑥ 성스러움의 원칙.
3.실천적 조건 ① 누구나 어느 시대나 동일하게 적용되는 보편성의
원칙 ② 영원성의 원칙 등 13가지로 들고 있다. 그런데 무교는 이런
조건 중에서 ① 창시자인 역사적 시조가 없고 ② 문서화된 교리가
없고 ③ 조직적인 교단을 가지고 있지 않다.
이러한 현상을 무교가 제도 종교가 아닌 확산 종교이기 때문이라고
지적을 하고 '가족유사성'에 근거할 때 무교는 종교라고 주장한다. 다
만 지금도 유일신을 섬기는 유대교·기독교·이슬람교의 추종자들은
무당을 악마를 섬기는 마녀라고 부르고 무교를 '미신'으로 매도한다
는 것이다. 프랑스 학자 기유모즈(Alexandre Guillemoz)는 한국 무교
에서는 이런 관행이 사라져야 한다고 말한다.
한국 학자 중 김태곤은 이미 1973에 『한국 종교』의 「한국의 무교」에
서, 홍일식은 1976년에 펴낸 책에서 "우리 문화를 꿰어지는 전통이
다름 아닌 원시 종교적인 여러 가지 무(巫) 사상"이라고 말한다. 이
논의의 결정적인 사람은 유동식으로 1975년 『한국 무교의 역사와 구
조』에서 "현대 한국 문화 사회 속에서도 민간 신앙의 형태로 있는
종교 현상이라고 말하고 한국 무교란 고대 한국인의 신앙 그 역사의
흐름, 현재 무속으로 알려져 있는 민간 신앙 현상 전체를 포함한 포
괄적 개념"이라고 주장을 했다. 조우석은 무교를 '제도종교 이전의
종교'라 말하고 타 종교에서 巫가 巫敎라는 종교 집단으로 보려 하지
않는 이유로 첫째, 개신교인들의 내세 지향적 보수 신앙관 둘째, 종
교와 주술을 구별하는 근대 과학 성립과 기계론적 철학 등 과학만능
주의를 들고 있다. 또 경전 종교나 의례 중심의 종교보다는 교리중심
의 종교가 진정한 종교라는 생각과 교단이 없다는 생각에서 벗어나
야 한다고 지적하면서 "무교는 종교"라고 주장하고 있다.

39) 조흥윤, 『한국 巫의 세계』, 민족사, 1997, 21쪽.

을 만나는 체험과 깨달음과 화해가 있다. 그래서 유구한 역사를 지닌 민족의 전통 신앙으로서 특별한 종교라는 점을 부각시킨다.

한편 개신교의 유입을 문화적인 침탈이라는 지적도 있다. 근세 이후 서양의 종교인 "기독교가 제국주의 첨병(尖兵)역할을 하면서도 일본의 제국주의 침략성에 가려 본질이 희석되고 광복 이후 숭미(崇美) 사상이 일반화되면서 미국의 선교사들이 조선에 우호적인 입장을 취한 것처럼"[40] 처신했다는 것이다. 그러나 그런 행위 자체가 왜곡되었다는 주강현의 지적을 기독교[41]는 인정해야 할 것이며 '기독교가 죽어야 민족문화가 산다'는 말은 무교의 입장에서 보면 의미심장한 말도 된다. 또한 이런 사고의 전환은 우리 문화가 잃어버렸거나 손실되고 왜곡된 부분에 대한 원형성, 고유성 및 참신성으로의 회복을 위한 정초(定礎)의 역할을 기대한다.

주강현은 문명과 야만의 문제를 통해 개신교의 선교 전략을 냉혹하게 비판한다. 문명의 모범은 대략 의료와 교육으로 상징화된다고 언급하고 선교사 활동의 제1의 목표는 교육을, 제2로는 의술을 꼽았다. 미션 스쿨에서 배운 자들이 현금 사회(1922년도)에서 활동을 많이 한 것은 당연하다 하여 식민지 시대의 선교 목표를 분명하게 밝히고 있다. 의료기관을 세워 선진 의학의 우수성을 강조하고, 이것을 선교 정책으로 삼아 실천을 한다. 비교적 탈이데올로기적으로 보이는 의료를 매개로 극대화된 이데올로기적 이익을 얻어 미국 의료체계에 의존하는 '의료 제국주의'를 가능케 했다는 비판도 들어야 한다.

교육 기관의 양산은 단순하게 식민지 현실에 알맞은 식민지 교육의 재생산에 기여했을 뿐이다. 구한말에 인가된 기독교 계통의 학

---

40) 김인섭, 『한국문학과 천주교』, 보고사, 2002. 8쪽.
41) 주강현, 『21세기의 우리 문화』, 한겨레신문사, 1999. 124쪽.

64

교는 213개 교[42]에 이르고 개신교 201개교와 천주교 12개교로 집
계를 할 수 있다. 가장 중시되던 과목인 성경 공부와 채플(chapel)
시간, 상담 등은 학생들로 하여금 기독교 신앙에 귀의케 하는 데 결
정적인 역할로 작용한다. 일반 교과목은 소홀하게 취급되었으며 학
교는 미국 문화를 이식하는 현장이라는 표현을 거부하지 못한다.
이들 학교는 학교명(學校名)에서도 교육 목적을 반영하고자 하였
으며 이는 선교 활동과 개화 문명, 기독교 역사와 직접적으로 관련
이 되었음이 사실이다.[43] 특히 여성만이 다닐 수 있는 여학교를 많
이 설립하여 여성들의 교육에 집중적인 노력을 아끼지 않는다. 바
로 한국의 가정에서 실제적인 권한이 있는 여성에 주목을 하여 남
녀 평등사상과 기독교 신앙의 교육을 실시하였고 결혼 후 가정에서
는 종교 신관의 차이로 '부모 제사'가 심각한 문제로 대두하게 된다.

주강현은 또 개신교 선교사에게 공격의 화살을 집중시켜 비평
을 가한다. 그는 일제의 민족문화 말살정책에 대해서는 여러 사람
이 지적을 하면서 기독교를 중심으로 하는 미국문화의 악영향에
서는 아무 말도 못하는 처지를 개탄한다. 한미관계를 '예속과 저항
의 역사'로 기독교 문건에서 기술하면서도 미국 선교사들이 행한
제국주의 행적에 대해서는 거론하지 못하고 넘어가는 한국 기독
교의 자기모순을 지적한다.[44]

장삿속이 밝으며 교육자와 자선가로 위장한 알렌(H. N. Allen,
1858-1932, 1884년 최초의 선교사)은 왕족에 접근하여 환심을 산 뒤

---

42) 앞의 책, 119쪽. 구한말 각 지방에 인가된 기독교의 학교는 평남
   148, 경북 37, 전북 9, 경기 8, 충남 4, 한성 3, 황해 2, 충북 1, 경남
   1개교로 도합 213개교이다. 특히 평남 지방에 많이 설립되었다.
43) 앞의 책, 118-120쪽.
44) 주강현, 앞의 책, 121쪽.

운산광산 소개로 거금을 챙기고 전차 부설권을 얻어낸 사업가이다. 언더우드(H. G. Underwood, 1859-1916)는 설탕, 석유, 농기구를 수입해 많은 이득을 올린 '백만장자 선교사'였다고 혹평을 한다.

그래서 미국[45]은 "1938년 철수할 때까지 운산광산에서 약 900만 돈의 금을 채굴하였으며 1,500만 달러의 순이익을 발생시켜 당시 조선에 세운 학교나 병원에 투자한 금액과 비교하면 엄청난 반대급부"[46]를 챙겨간 셈이 된다.

또한 경제적인 착취만 아니라 일제의 침략행위에 대한 우리나라의 대응전략에 대해서조차 멸시하는 경향을 보인다. 북장로교 선교부 총무였던 브라운(A. J. Brown)은 '한인(韓人)은 어린애와 같이 천진하기 때문에 독립할 처지가 못 된다.' 등 친일노선을 명백히 하여 반일운동을 하던 많은 애국주의적인 자발성을 가진 교인들이 교회를 떠날 말미를 제공한다. 이처럼 일본과 미국은 우리나라를 정교분리 정책으로 요리를 한다. 그 정책이 교묘하게 작동하여 선교사들은 일제의 식민지 통치를 환영하고 나선다.

또한 웰스(J. H. Wells 1907)는 '을사늑약이 조인된 날은 후대에 한국의 독립 기념일로 지켜지리라 확신한다.' 하면서 '이미 한국인들이 예전보다 더 많은 자유와 희망, 그리고 야망을 가지고 있다.'고 철저히 일본의 입장에 선다. 게일(J. S. Gale, 1863-1937)은 의

---

45) 김상웅, 『을사늑약 1905, 그 끝나지 않은 백년』, 시대의 창, 2005, 200쪽. 열강인 미국이 상당한 양의 국부 침탈을 했는가 하는 또 다른 예가 있다. 미국은 광무황제에게 사례금으로 20만 원과 매월 4100원을 내고 차지한 평북 운산광산에서 1902년부터 1915년까지 생산된 금은 4850만 원어치였다. 당시 조선의 세입 총액이 600만 원인데 그것의 8배이다. 국체보상운동이 일어났을 때 일본에게 진 빚이 1300여 만 원이었으니 거의 4배로 엄청난 국부의 상실이었다. 주강현이 주장한 것보다 더 많은 국부의 착취였다.
46) 주강현, 앞의 책, 125쪽.

66

병 활동을 '미친 광란의 위조된 애국주의'라고 일제의 반제투쟁까지 매도한다. 이와 반대로 감리교 선교사인 헐버트(H. B. Hulbert, 1863-1949)는 일제에게 일정한 비판을 감행함으로써 차별화된 선교사가 된다. 그러나 전반적으로 미국의 선교사들은 선교활동에 도움을 주는 일제침략을 미화하고 지지를 표명한다.

특히 '정치적인 일은 이토 통감이, 정신적인 면은 선교사들이 담당하여 조선 인민을 교화 계몽시킨다.'라고 하여 존스(G. H. Jones, 1867-1919)와 스크랜톤(W. B. Scranton)은 1907년 이토 통감과 만난 자리에서 서로 협력 관계를 만든다. 이처럼 정교분리 정책은 문화적으로 왜곡된 근대 종교지형을 만들었으며 우리 민족에게 치욕스러운 현상을 선물하는 합동작전이 전개됨을 발견한다.47)

또 천주교와 기독교의 초기 선교사들은 조상에 대한 제사를 '우상숭배'라는 이름으로 금지시켰으며 마을 굿이나 장승제 등 민간 신앙을 억압하여 우리의 민족문화를 사정없이 부순다. 이와 같은 종교 전파자의 사고에 의하여 우리의 무는 '미신'이라고 냉대를 당하고 멸시와 천시 속에서 박해를 당하는 경우가 비일비재하다. 지금까지도 서양의 기독교 문화적 우세에 밀려 우리의 민간 생활의 여러 풍속들이 제 기능을 발휘하지 못하거나 소멸되어 가는 과정에 있다. 이처럼 외래 종교는 교세확장과 토착화를 위하여 끊임없이 문화적인 갈등을 조장하고 침탈을 강행한다.

한편 기독교가 우리 문학에 수용한 역사는 "전통적 문화의 '부정적 계승'의 역사라고 할 때, 부정적 계승은 앞 세대 문학의 작용을 논쟁과 극복의 대상으로 인식하는 점에서, 전통의 퇴화를 초래하는 앞 시대 문학의 작용"48)에 대한 무관심과 구별된다는 것이다. 그래

---

47) 주강현, 앞의 책, 129-130쪽.
48) 김인섭, 앞의 책, 16-20쪽, 참조.

서 최근에 기독교는 토착화와 선교 활동을 위한 조치로 불교의 포교 방법에 지대한 관심을 가지고 고찰하는 눈도 가지려하고 또 노력하는 흔적도 보인다. 불교는 조선시대에 유교와 갈등과정에서 억불숭유의 정책에도 불구하고 고승 대덕들에 의하여 조화 회통의 윤리를 펼친다. 그런 이유로 불교계에서는 오늘날까지도 토속 종교이며 민간 신앙인 무교나 단군교, 유교, 도교와 공존하고 그들과 갈등의 관계에 놓이지 않고 있다. 그래서 기독교는 그 토착화의 원리를 배워야 한다는 주장이 널리 회자되고 있다.

더욱이 불교 사상은 한국인의 삶에서 가치 조정의 원리를 제시하고 또 한국 문화 창조의 기수적 역할을 충실히 해낸다. 이에 반해 천주교나 기독교는 '지방신을 믿지 말라', '다른 신앙은 사탄이다', '기독교인 인간과 자연을 지배하라' 등 선민의식을 강조하고 신앙자들의 현실 생활을 통제 지배하고 있다. 물론 근세 서구 기독교인들은 국가지상주의와 야합하여 교회의 확충이념으로써 선교, 포교, 개종 등 강요를 주저하지 않는다. 이를 지배 논리로 전개함으로써 세계 인류가 해결하기 어려운 갈등을 야기한다. 그래서 기독교의 "교권이 세력화와 집중"[49]되어 있다는 비판을 받게 된다.

불교와 마찬가지로 기독교도 최근 들어 "'토착화 신학', '대화신학' 등 종교 다원주의 신학 이론을 수입하는 등 종교 간의 만남"[50]과 공존의 원리를 터득하려고 노력은 하고 있으나 더 많은 분발이 필요하다. 종교는 서로 교세를 확장하기 위한 갈등 조장만이 아니라 공동생활을 위해 공존을 목적으로, 서로 다름을 이해하고 혼거주의를 받아들이는 것만이 사회발전에 기여할 수 있다는 점에 유의해야 한다.

---

49) 류병덕, 「종교 갈등의 문제」, 『佛光』, 1997. 10월, 24-26쪽, 참조.
50) 김인섭, 앞의 책, 9쪽.

현대소설의 '무(巫)' 수용 양상

Ⅲ. 소설에 나타난 '무(巫)'의 수용양상

1. 애국 계몽기와 풍속 개량

1) 가정 파탄의 원인과 징벌 - 이해조 『구마검』

지금까지 우리 문학사는 1894년부터 3·1운동까지를 '개화기'라고 흔히 부르고 있다. 이러한 관행에 동조한다면 신소설의 등장시기는 '개화기'라는 시기에 해당된다. 문제는 단어 선택을 할 때 주체의 주관적 견해가 어디에 있느냐에 따라 달라질 수가 있다. 이 개화기라는 단어는 우리나라가 주체가 되는 것이 아니라 자존적인 의미가 상실된 피동 상태가 되는 단어이다. 비록 일본에 의해서 나라를 잃는 수모를 감수해야하고 선진 문명을 받아드리는 객체의 처지에 있게 된다고 하더라도 시기 구분에 '개화기'라는 단어에는 찬동할 수가 없다. 반드시 주체적인 분위기가 조성되는 단어 선택이 필요하다. 그래서 이 시기를 나라를 아끼고 새로운 세상에 눈을 뜨는 '애국 계몽기'라고 부르는 편에 동조한다. 그런데 신소설은 신소설의 흥기와 쇠퇴를 기준하여 세 시기로 나누고, 그중 둘째 시기(1905-1910)에 나타나서 셋째 시기 초기까지 명맥을 이어오다가 일본 신파소설 번안시대가 열리는 『장한몽』(1913)의 출현 이후 급속히 쇠퇴의 길로 들어섰다.[1] 이렇게 볼 때, 신소설

---

1) 최원식, 『한국 계몽주의 문학사론』, 소명출판사, 2002, 155쪽.
　　개화기 시대 구분을 셋으로 하여 첫째 시기는 1894년부터 1905년까지,

은 둘째 시기인 '애국계몽기'가 전성기라고 해도 무방하다.

(1) 친일작가

1905년 11월 18일 통감부 설치와 외교권 이양을 골자로 하는 '을사늑약'으로 대한 제국이 반식민지로 전락하면서 일어나기 시작한 민족 운동은 도시를 중심으로 하는 '합법적 애국 계몽운동'과 농촌을 중심으로 하는 '비합법적 의병전쟁'으로 양분된다. 물론 일제가 이 시기에 러일 전쟁에서 승리한 것을 빌미로 대한제국을 침략하면서 일제에 의해 조정되는 조선의 괴뢰내각과 사사로운 사리사욕을 채우거나 권력욕에 들뜬 모리배들의 매국운동 또한 기승을 부리는 기회가 제공된다.

이 시기에는 그에 따라 세 노선의 문학이 존재하였으니, 의병 전쟁문학, 애국 계몽문학, 친일문학 등이 병존하던 때이다. 친일 문학은 이미 이 시기에 출연하여 활발하게 활동을 하고 선진화된 일본을 본받기 위해 일본 유학을 갔던 작가들이 활기에 박차를 가한다. 나라의 독립을 추구하는 문제가 중심이 될 때는 의병 전쟁문학과 애국 계몽문학이 친일문학과 대립하고, 나라의 개명과 문명화를 내세우면 의병 전쟁문학이 애국계몽과 친일문학과 반대편에 서는 현상들이 일어난다.

따라서 한국의 계몽주의는 개화를 자강의 방편으로 삼는 애국 계몽사상과 개화를 매국에 이용하는 친일 개화론이 병존하고 있다는 사실에 주목을 해야 한다. 그런데 신소설의 아버지라고 부르는 이인직은 바로 애국 계몽기에 친일문학을 한 대표적인 작가이다.

둘째 시기는 1905년부터 1910년, 셋째 시기는 1910년부터 1919년까지로 한다.

최원식은 이인직을 중심으로 구성된 이 시기 문학사를 해체하는 작업을 진행하면서 '개화기'라는 용어를 폐기하고, 이해조를 새로운 구심으로 삼을 것을 제안한다. 이해조는 대원군 집정기(1864-1873)에 득세한 왕족출신이면서 중국 변법파의 사상의 세례를 주로 받았다고 한다면, 이인직은 조선왕조에 대한 충성심이 거의 없는 한미한 출신이면서 이미 국권론으로 기울어진 일본 자유민권파의 영향을 받는 처지이다. 이처럼 그들의 출신이나 교양의 배경이 확실하게 차이가 있다.

이해조는 당시 대표적 민족 언론의 하나인 『제국신문』의 기자로서 애국 계몽운동에 투신한 사람이다. 반면에 이인직은 이완용 내각의 기관지 『대한신문』의 사장으로 활동하면서 일제의 하수인 노릇에 매진한다.2) 이처럼 두 사람은 상반된 과정에서 국가의 위기를 맞는다. 이해조의 문학적 업적이 이인직을 능가한다고 주장하면서 새로운 민족문학사의 판짜기를 하자는 최원식의 견해에 대해서 한기형은 "현저한 민족혼의 후퇴에 대한 철저한 해명 작업"과 이해조 소설이 "이인직의 소설과 구별되는 근대적 양식의 창출에 기여했음을 객관적으로 논증"3)해야만 논리의 합당성이 인정된다고 이의를 제기한다.

국가의 변란시기에 문학사의 재편이 가지는 의미도 중요하지만 시대적 상향을 고려한다고 해도 이해조 역시 이인직과 친일의 정도 차이는 있어도 결국 일제의 마수에 걸려들어 친일한 작가로 변모했다는 점을 무시할 수 없다.

---

2) 앞의 책, 156-157쪽, 참조.
3) 한기형, 『한국 근대소설의 시각』, 소명출판사, 1999, 120쪽.

(2) 반미신운동

　애국 계몽기 유신운동의 중요한 정신적 흐름의 하나가 반미신
운동이다. 미신은 완고한 미개와 동의어적 개념으로 이해되고 당
시의 시대적 상황에서 무에 대한 정서는 풍속의 폐단을 만드는
원흉으로 보고 있다. 신소설이 이런 시대의 상황을 반영하며 그중
에서도 이해조의 대표작인 『구마검』은 '미신의 비판이나 허망함'을
다룬 대표작이다. 이 작품에서 "현실적으로 마주친 일련의 재난이
나 공포를 느낄 때 어떤 초인적인 존재나 힘을 믿고 찾게 되는
심리 작용의 한 변형"을 발견한다. 그래서 "환경이나 심리적 불안
정성을 반영해주는 현상"으로 미신 행위를 규정하고 있다.
　한국 사람의 정신 구조에는 뿌리 깊은 무(巫)의 사상이 자리하
고 있고 이러한 "정신적 현상을 병리적 풍조"로 보고 "효용주의
적 정론성을 하나의 문학관"[4]으로 투영하고 있는 신소설에는 당
연히 반미신사상을 외면할 수가 없다.
　그러나 만일 당시 봉건적 생활에서 근대적 시대로 변천하면서
신문물을 받아들이고 문명을 발전시키는 데 성공하여 사회개혁을
이루었다면 한국 사람의 정신 상태를 '병리적 풍조'로만 단정할 수
는 없었을 것이다. 격변기에 겪어야 하는 국가의 미래에 대한 불
안감과, 무분별한 사리사욕 추구로 인한 위정자들에 대한 불신감
은 당시 필연적인 사회적 분위기라고 할 수 있다. 사람들이 가지
는 절대적인 정신공황 상태에서 무언가에 의지하려는 마음과 그
들을 위로한다는 측면에서 무의 연행 대가는 어느 정도 정당성이
있다. 관행적인 여러 무의 형태를 무조건 나쁘다고 말하는 것은

---

4) 이재선, 『한국소설사』, 민음사, 2000, 124쪽.

나라를 빼앗기 위한 일본의 사상적 교사가 있었을 것이다.

이미 무(巫)는 우리 민족의 오래 전통 속에 뿌리를 내리고 삶을 규제하는 문화생활의 일부분이다. 일제는 민간 민속의 형태로서 일제 식민지 상태에서 무(巫)가 공동체 의식을 강화하는 힘이 있다고 판단하고 와해시키려는 것이 목적이다. 그런 이유로 무를 비과학적인 미신이라며 타파의 대상으로 몰아세울 필요가 있다.[5] 어떤 전통이든 긍정적인 면과 부정적인 면이 공존한다.

침략자들이 자신들의 문화와 다르다고 해서 우리 문화 중의 하나인 무(巫)를 무조건적으로 나쁘다, 형편없다고 판단한 것은 오류가 아닐 수 없다.

서울 지방의 무당과 일본에게 1879년 완전 합방당한 오키나와의 원시상태로 존재하는 무와 비교할 때 "서울과 오키나와 섬의 무 사이에 유사한 점"[6]이 있다고 한 것이나 전라 지방인 광주나 진도처럼 신령의 대상을 거의 조상으로 섬겨 비슷하다. 그런데 일제보다 우리나라 사람들이 먼저 무조건 무가 나쁘다고 말하는 것은 저의가 있는 언어적 행위로 무리라고 단정할 수 있다. 또 전통 안

---

5) 이경업, 『무가문학연구』, 박이정, 1998, 13쪽.
6) 가와가미(川上新二), 「巫의 守護靈: 진도, 서울, 일본 오키나와의 경우」, 『진도문화와 지역발전』, 2002년 11월 30일, 장소: 진도군청 대회의실, 진도학회결성 및 제2회 진도 국제학술대회, 52쪽.
   강신무가 成巫 과정에서 접신이 하는 死靈에 대해서 지역별로 비교를 하고 있다. 서울 지역은 내림굿을 하면 天神의 줄을 잡고 내려온다고 하면서 각종의 神들의 이름을 부른다. 또 동자나 선녀신이 내려오고 영검하다고 한다. 그러나 진도, 광주, 일본 오키나와 등은 보편적으로 조상신이 많이 내려온다고 한다. 오래 된 7대 조상과 최근의 3대 조상 등 차이가 있으며 홀수의 조상으로 숫자에 중점을 둔다. 이처럼 조상신이 많이 내리는 이유는 문중 조직이나 조상 제사의 발달 등 공동의 사회, 문화적 배경 때문에 원래 서로 달리 보이던 양상이 유사한 것으로 변화한 것이라고 주장하고 있다.

에서 오랫동안 우리 민족은 세계관을 공유하며 공동생활을 하면서 몸소 겪은 문화의 유산인 것을 스스로 너무 얕잡아 보고 있다. 이런 의식처럼 신소설을 쓴 작가들은 당시 일본을 세계의 중심으로 보고 일본의 문명이 선진국의 것이라고 정신적 상태에서 세뇌되어 있음직한 인상을 풍길 정도로 여러 작품에서 그런 경향을 보이고 있다. 그래서 무조건 일본은 비판이나 불만의 대상이 아니라 존경의 대상이라는 인식의 지배를 받는다. 그 존경심을 나타내기 위해 우리 민족의 생활 습속이나 삶의 형태가 미개하고 천박하다고 앞서서 외친다. 더욱이 우리들의 민족성은 몹시 나태할 뿐 아니라, 비굴하고 저속한 민족이라고 단정하면서 스스로 비굴성을 보인다.

당시 시대를 조망해 보면 19세기의 마지막 20년과 20세기의 첫 15년을 합한 35년의 사회적 상황은 우리나라 역사상 가장 격동이 심한 시기이다. 물론 새로운 문물이 일본으로부터 들어오고 작가들이 일본에서 공부하여 소설을 쓴 것은 주지의 사실이다. 새로운 사고와 신문화주의에 의하여 작가들은 소설을 쓸 행운을 포착한 것이다.

그만큼 변혁과 혼란이 교차되면서 외국과의 거래와 암투는 사회적인 혼란과 위기를 촉발시킬 동력이 된다. 더욱이 삼정(전정, 군정, 환곡)의 문란, 부패한 관료의 수탈과 착취에 항거하여 일으킨 농민들의 집단 행위인 민란과 동학농민 혁명도 이때에 벌어지게 되어 외국의 군대를 불러들이는 계기를 제공한다. 그 결과 청국과 일본은 자국의 영향력을 증대하려 무력충돌이 일어나고 일제는 청일 전쟁과 러일 전쟁에서 승리의 영광을 획득한다. 개화사상의 수용과 대두를 위한 제도개혁 작업과 두 번의 전쟁에서 승리한 일본에게 억울하게도 우리나라를 빼앗기는 수모를 당한 시기이다.

승자인 일본은 철저한 준비로 우리나라 침탈할 기획을 짠다. 우리나라 지식인들의 일부분의 사람들은 새로운 지배자로 떠오르는 일본에게 저항하거나 항거하지 못하고 스스로 몸을 낮추고 그들과 악수를 하거나 외국으로 도망을 간다. 이런 상황 속에서 일부는 개인적인 안위와 영달을 위한 주위환경에 몸을 숨기는 카멜레온적 처신이 필요했을 것이다. 일본은 선봉에 서서 일본의 선진사상을 선전하는 사람이 필요한 것은 어쩌면 당연하다. 한국인을 개화시킨다는 명목으로 사람을 선별적으로 선발하여 일본으로 유학하게 함으로써 더불어 개인적 욕망을 이용한 회유책을 사용하였을 것이다. 상당히 많은 사람들이 이런 일본의 침략적 계략에 따라 움직였으며 신소설을 쓴 작가들도 이런 부류에서 크게 벗어나지 않는 사람들이다.[7]

(3) 무당의 피해

『驅魔劍』[8]은 1908년 4월 25일부터 같은 해 7월 23일까지 제국신문에 연재되었다가 같은 해 12월에 『대한서림』에서 간행된 이해

---

7) 이용남,『해조와 그의 작품세계』, 101쪽.
　　이해조에게 주어진 中樞院 議官은 조선 총독부에서 준 것이라고 한다. 만약 이러한 가정이 받아들여진다면, 이해조는 구한말에 유력 인사로서 친일적인 경향을 자의건 타의건 간에 지닐 수밖에 없었다고 볼 수 있다. 그의 작품 속에 많이 나타난 친일적인 요소들 역시 이러한 사실의 한 방증이 될 수 있다. 이해조 역시 이인직과 마찬가지로 일본이라는 새로운 세력을 등에 업고 개화라는 물결을 타려 했던 당시 구한말 지식인 가운데 한 사람이었으리라는 것은 쉽게 짐작할 수 있다.

8) 이해조 편(상),『驅魔劍』,『제국신문』, (1908. 4. 25-7. 23) (안동)대한서림, 1908. 12월 발행한 것이나 본 텍스트는 '『구마검』,『한국 신소설전집』 제2권, 을류문화사, 1969년도 판을 사용하고 앞으로 텍스트에서 예문을 들 경우 직접 '쪽'으로 표시할 예정이다.

조의 대표작이다. '악마적인 것을 몰아내고 처단하는 검'이라는 제목에서 의미하듯 미신은 가정을 패가망신시킨다는 것이 주제이다. 함씨 집안은 문중회를 개최하여 양자를 선택하고 신식 공부를 하여 법으로 무당과 그 일당들을 처단하게 한다. 여기서 검은 일본의 신식재판제도와 법률공부로 무당을 처단하는 존재이다. 민중들에게 일본의 생활방법이 우수하다는 것을 무의식중에 심어 주려는 계략적인 내용의 서술이라고 보아야 한다.

이것은 당시까지 존속하였던 무(巫)를 나쁜 기층민의 신앙과 생활 풍속으로 본 것이다. 무의 연행형식에서 발생하는 병폐로 인하여 가정이 파탄되었으니 무에 대한 피해를 복구하는 것이 개화 시대의 선진 사상이라고 믿게끔 해야만 한다.

> 최씨의 친정은 노돌이라. 그 동리 풍속이 재래로 숭상하는 것은, 존대하여 말하자면 만신이요, 마구 말하면 무당(巫堂)이라 하는, 남의 집 망해주며, 날 불한당(不汗黨)질 하는 것들을 남자들은 누이님, 아주머니. 여인들은 형님, 어머니 하여 가며 개화(開化)전 시대에 칙사(勅使) 대접하듯 하여 봄, 가을이면 의례 찰떡 치고 메떡 치고 쇠머리, 북어괘를 월수, 일수 얻어서라도 기여이 장만하여 철무리 큰 굿을 하여야 세상일이 다 잘될 줄 아는 동리니, 최씨가 어려서부터 보고 듣고 자란 것이 그 뿐이러니, 시집을 와서도 그 버릇을 버리지 못하고 어디가 뜨금만 하면 무꾸리질이요, 남편이 이틀만 아니 들어와 자도 살풀이하기라.(88쪽)

이 작품의 여자 주인공인 최씨는 삼취 부인으로 무당(巫堂)마을의 출신이다. 함진해의 집안은 원래 역관 신분의 중인으로서 재산을 많이 모아 부자가 된 신흥세력의 가계이다. 그래서 "조선말기 신분 질서의 문란 속에서 양반으로 행세하는 함씨 가문의 몰락과 재생을 형상화"한 작품이라고 최원식은 평한다. 그는 이 작품이 "구한말 서울의 중인사회를 본격적으로 취급한 희귀한 예"9)라고 주목한다. 1930년대 염상섭의 『삼대』와 박태원의 『천변풍경』이 그런 중인들의 삶에 있어서 선구적인 작품이 된다. 양반 계급의 몰락과 상공업의 발달로 중인 사회 인물들이 신흥 세력의 주역으로 부각되어 소설의 중심인물로 등장한 것은 시대변천의 과정에서 보면 타당한 일이다. 더구나 일제의 식민 정책과도 관련이 있으니 일제의 토지조사로 지주들과 상공인들에게 은행의 융자금 배려를 하여 지배세력의 협조자의 역할을 하는 양상을 띠기 때문이다.

또 최원식은 이 작품이 『흥부전』의 패러디(parody)라는 점에서 다방골 부자 함진해를 놀부로, 가난한 사촌인 함일청을 흥부로 비견할 수 있다고 하고, 1930년대 신판 놀부전이라는 채만식의 『태평천하』와도 연결된다고 한다. 그래서 고전소설과 현대소설을 연결하는 황금 고리역할을 하는 작품이라고 평가를 주저하지 않는다. 그러나 놀부와 흥부는 형제이면서도 놀부는 함진해처럼 무당에게 돈을 잃어버리는 바보는 아니다. 함일청 역시 흥부처럼 벼락부자가 되는 것이 아니다. 함일청은 사촌 집에 발을 끊었다. 치산을 잘하여 형편도 좋아졌고 아들 삼형제를 잘 가르쳐 남부럽잖게 사는 사람이다. 그의 장남인 함종표는 종중회의 결정으로 함진해의 양아들로 들어가 공부를 하여 평리원 판사로 출세를 한다. 일청은 그 아들의 후견인 노릇을 한다. 이처럼 흥부와 함일청의 인식의 사고는 근본적으로 다르다. 제비의 부러진 다리를 고쳐준 선행의 보답으로 얻은 부와 스스로 노력하여 얻은 부는 차이가 있다. 그러므로 『흥부

---

9) 최원식, 앞의 책, 159쪽.

전』의 패러디라는 주장은 너무 비약적인 견해가 아닐 수 없다.

무와 관련해서, 작가가 무를 어떻게 제대로 인식하고 있는지 검증이 필요하다. 이능화는 『조선무속고』라는 연구를 1927년 『계명』 제19호에 발표하였고 『구마검』을 쓴 이해조는 1927년 5월 뇌일혈로 포천 고향에서 병들어 죽는다. 이능화와 이해조는 고종 6년인 1869년 같은 해에 태어났으며 이해조가 『구마검』을 『대한서림』에 발표한 것은 1908년 12월이다. 이처럼 같은 시대를 산 이능화는 여무를 무당이라고 부르거나 만신이라고 부르고 있다.

그러나 소설에서는 최씨가 태어난 동네가 '노돌'[10]이라는 곳이다. 그곳에서 옛날부터 숭상하는 것이 있는데 존대하여 '만신', 막말로 '무당'이라고 부르는 것이다. 만신을 존경하는 뜻으로 불렀다면 그것은 무당을 비웃기 위한 소리일 뿐이다. 당시 사회에서 무당은 밑바닥에 사는 천한 계급으로 상대하기 쉬운 하층부류이다.

19세기 말 외국인 이사벨라 버드 비숍 여사의 『한국과 그 이웃 나라들』에서 우리나라 무당들의 당시 상황을 살펴볼 수 있다. 참으로 많은 무당들이 그때 존재했다고 한다. 이는 무(巫)에 의탁하는 사람들의 불안감을 반영한 것으로 볼 수 있다.

1897년 1월, 예차윤의 지배 아래 있는 서울의 무당의 숫자가 수천이었는데, 이들은 한 달 평균 15달러[11]의 수입을 챙기고 있었다. 이

---

10) 이 마을의 이름은 『치악산』 하편에 '노돌 석신당'으로 나오는 것으로 보아 이곳이 유명한 무당 촌인 것은 틀림없다.

11) 이사벨라 버드 비숍, 이인화(역), 『한국과 그 이웃나라들』, 도서출판 살림, 1997, 556쪽.
당시 평양의 부유한 사람이 오락을 위해서 지불한 돈이 60달러로 1920냥이다. 농가 수입 외 80%인 황소 한 마리가 20원(圓)으로 100냥 내외였다. 1원은 5냥 정도이고 환율은 1달러당 32냥＝320전＝3200푼. 1달러는 6.2원이라는 계산이 나온다. 역으로 황소 한 마리가

는 곧 서울이라는 한 도시에서만 영혼을 다루는 그 직업에 쏟아 부어지는 소비가 일년에 108,000달러가 든다는 것을 의미한다. 이 통계는 판수에게 지불되는 엄청난 액수와 부귀를 지녔던 사람을 매장하는 경우에는 불리어가서 부조리한 언설을 일삼는 지관의 수익을 제외한 것이다.12)

　1897년 1월에 한성 인구가 219,815명13)으로, 무당의 수가 수천이라는 말이나, 수입이 한 달 평균 황소 네 마리 정도라면 엄청난 수입이 아닐 수 없다. 영국의 황실과 연결된 지체 높은 성직자 집안의 딸이며 상류층 인사로 지리학자인 비숍 여사의 언급은 신뢰할 정도지만 너무 충격적이다. 물론 선교사들이 선교를 하기 위해 사전 조사한 자료를 인용했다고 하더라도 그 수가 너무 많다.

약 3.2달러이다. 1894년 2월 23일 부산에 도착하였고 1895년 11월경에 평양을 여행 중 방문하였으며 1897년 1월 25일 서울을 떠나 영국으로 돌아갔고 1897년 11월에 책을 낸 것이다.

H. N. 알렌, 신봉룡(역), 『조선 견문기』, 집문당, 1999, 44쪽.

1884년 태평양을 여행할 때 일본 배의 여급의 월급이 5원이다(2달라 50센트). 1달러는 2원이다. 위의 1달러에 6.2원과는 약 3배의 차이가 나서 잘못인 것 같다.

알렌은 1884년 7월 20일 입국하였고 입국 얼마 전에 일어난 갑신정변 때 민영익의 부상을 치료한 것으로 인연이 되어 의술에서 한말의 중요한 외교관으로 변신하여 주한 미국 전권 공사 박정양의 고문으로 시작, 공사(1897), 총영사(1898), 전권공사(1901)를 역임했다. 정치적, 문화적, 종교적, 상업적, 의학적 측면에서 22년 동안 활약을 하였다. 그러나 1905년 11월에 을사늑약이 체결되고 조선의 외교권이 박탈되자 1905년 귀국하여 조선에 관한 저술과 인술로 여생을 보내다.

12) 비숍, 앞의 책, 507-508쪽.

13) 앞의 책, 49쪽.

1897년 1월에 서울 도성의 총 인구가 219,815명이며 도성 안은 144,626명이고 도성 밖 75,189명이다. 남자가 여자보다 11,079명 더 많은 것으로 조사되었다.

더욱 놀라운 사실이 있다. 무당을 불러 귀신의 은혜를 얻거나 불운을 피하고자 2억 50만 달러[14]를 지불한다고 비숍은 그의 책에서 기술을 한다. 그것은 권력을 유지하기 위해 민중을 억압하는 비용이나 현세적 권력을 유지하는 금액이 아니라 순전히 무당을 고용하는 비용이라는데, 그토록 많이 소요되는지 의아심이 앞선다. 왜냐하면 "1896년 금의 수출은 증가되었고 1,390,412달러였다. 원산의 항구에서 100만 달러어치의 금이 수출"[15]되고 있을 정도로 우리의 무역 거래는 매우 미약한 실정이다. 그만큼 이 금액은 금 수출과 비교하여 보았을 때 어마어마한 돈이다. 더욱이 1895년 10월 8일 일본에 의해 명성황후 시해사건이 발생하기 전에는 굿을 위해 많은 돈을 소비했을 가능성을 배재할 수 없다. 그렇더라도 정말 거액이다.

그러나 이렇게 많은 '2억 50만 달러'는 돈을 많이 소비했다는 것을 비웃거나 놀라움을 나타내는 말이라고 보는 견해가 우세하다. 위의 예문에서 지적한 '판수와 지관의 수입을 제외한 것'이라고 해도 무당 업에 소비하는 경비의 일 년 치인 108,000달러와는 너무도 차이가 있다.

이때는 아직 우리나라가 일본의 지배를 받을 때가 아니다. 그런데도 이런 무당의 활동이 많았다는 것은 나라가 파탄 날 정도로

---

14) 앞의 책, 457쪽.
　　무당을 부르는 데 소요되는 비용은 비싸다. 무속사업은 매년 2억50만달라가 소요되는 것으로 알려지고 있다! 사람들은 귀신의 은혜를 얻거나 불운을 피하고자 할 때는 그 중개인으로서 주술사를 고용하는 것이 필수라고 믿는다. 민중을 억압하는 것은 의식에서 쓰이는 제물이나 무당의 현세적인 권력이 아니라 무당을 고용하는 데 드는 비용이라고 하고 있다.

15) 앞의 책, 448쪽.

위험한 상황이었거나 나라를 잃을 조짐이 보여 개인적 영달을 위해 성행했을 것이다. 이것은 비숍 여사가 무당에 대한 피해를 강조하는 것일 테지만 망국의 징조가 아닐 수 없다.

주강현은 이런 무의로 인한 과다 소비와 관련해서 사회 기강이 무너지고 풍기가 문란한 시기라고 한다면, 그와 반대로 기독교는 교세확장을 통해 1895년부터 1910년 합방될 때까지 폭발적인 증가를 했다고 주장한다. 언더우드가 저술한 『한국개신교 수용사』가 1908년 간행되었는데, 그 책의 추천사를 쓴 A. T. 피어슨은 1884년 알렌 박사가 중국에서 이임한 최초의 개신교 선교사라고 말한다. 7명의 개종자가 비밀리에 예배드린 것이 20년 전이었는데 1908년 현재 장로교회만 해도 교회 수가 619개, 신자 수가 15,700명이나 된다는 것이다. 이들이 약 6만 명 구도자의 대표가 되었다고 한다. 피어슨에 따르면 개신교 전교파(全敎派)를 합친다면, 조선의 1,300만 명의 인구 중 약 12만 명이 기독교 신자라는 것이다.[16] 전 인구의 1%에 가까운 신자이니 정말 비약적인 개신교 교세 확장이다. 전 인구에 미치는 영향은 상당히 미미할지라도 폭발적인 증가는 어쩔 수 없는 시대 상황이다. 이렇게 개종자가 증가한 것은 일제 침략으로 기독교에 은신처를 구하는 많은 민중들, 특히 선진적인 민족주의자들과 정치적 동기에서 입교한 자들도 많아졌기 때문이다. 또 개신교도들의 증가는 동학의 박해와 왜곡이라는 '종교사적 빈 공간'을 비집고 들어가는 데 힘입기도 한다.

이러한 폭발적인 교인들의 증가에는 각 종파들이 한 나라를 지역 분할 한 것에도 기인한다. 미국의 북장로 교회는 1885년 이래로 서울을, 1893년 이래에는 평안남도 일대에서, 북감리 교회는 경

---

16) 언더우드, 앞의 책, 피어슨의 추천사.

기, 충청, 강원, 황해, 평안도에서, 남감리 교회는 1895년 이래 경기, 강원, 함경도를 중심으로 분할 포교를 실시한 결과이다. 하나의 포교 대상 국가에 분할 포교라는 방식을 채택한 것은 초유의 일이다. 초기부터 강력한 교파적 교회로 정착하게 된 것은 한국에 온 선교사들이 모교회(母敎會)를 변질시키지 않고 그대로 선교지에 이식시키려는 강한 의도 때문이다.[17]

또한 국제 정세관은 미일의 공생관계가 성립하게 만든 정교분리 정책에 입각한 교회의 비정치화를 주장하고 각 교회에 공문을 보내 철저히 민중운동을 저지토록 한다. 교회의 '나랏일과 무관하다'라는 선포는 일본의 입장에서는 가장 바라는 바이다. 민간 신앙 상태를 연구한 선교사들은 자연적인 생활의례로 자리잡은 생활풍습인 신앙을, 미개한 미신으로 낙인찍어 청산하도록 유도한다.

작가들이 기독교에 대해서 쓰려면 기독교에 대한 지식이 있어야 한다. 물론 신소설에도 기독교적 요소가 적지 않은데 그것은 구교가 아니라 신교와 관련된다. 이해조의 『고목화』(1907)에는 열렬한 기독교 신자 조 박사가 긍정적 인물로 등장한다.[18] 그러나 본 연구는 기독교를 중심으로 연구하는 것이 아니므로 더 거론하지 않는다.

이 소설에서 '무꾸리질'이나 '살푸리'하는 것으로 보아 전래해 내려오는 단골무로서 세습무[19]로 보아야 한다. 그런데 삼취인 최씨가

---

17) 주강현, 앞의 책, 125-126쪽.
18) 최원식, 앞의 책, 237-238쪽.
19) 김태곤, 『한국무속연구』, 집문당, 1981, 517쪽.
    무의 유형은 무당형, 단골형, 심방형, 명두형으로 분류하고, 무의 분포 지역은 무당형은 중, 북부지역, 단골형은 호남과 영남지역, 심방형은 제주도, 명두형은 호남 지방에 많이 분포되어 있다. 성격상으로 무당형과 명두형은 강신에 의한 영력이 주 기능하는 강신무의 계통, 단골형과 심방형은 제도적으로 세습되면서 제의의 사제가 주 기능으로 세습무의 계통으로 분류한다.

아들 만득이를 낳아서 키울 때 무당을 데려다가 경을 읽거나 비손
을 하는 것은 당시의 당연한 생활 풍속이다. 단골무는 지역을 분할
하여 치병이나 육아기원을 위하여 무경을 읽어 주는 비손을 한다.

　문제는 죽음을 불러오는 '천연두마마'라고 하는 유행병이다. 무에
서는 이 병을 '호구별성(戶口別星)'이라 한다. 언더우드는 이 병을
"고귀한 손님이 방문했다고 하고 어떤 약도 써서는 안 되며 만약
그렇게 하면 고귀한 손님이 노하여 환자의 목숨을 요구한다."[20]고
했다. 이 병은 당시 우리나라에서는 예방책을 쓰는 경우가 많지 않
았다. 그러나 의사인 알렌은 "우두접종과 키니네의 도입이 잘 이루
지고 있는 것을 진심으로 축하한다."고 하면서 "조선은 모기와 말
라리아가 극심하게 번성"하였고 "마마의 바이러스를 접종하면 어
린애는 누구나 조만간에 마마(천연두)"[21]를 앓아야 했다.

　어차피 고열이 대단하여 열로 인해 열 명 중에 다섯은 생명을 잃
을 정도로 위험한 병이다. 열이 내리도록 하는 조치와 주위의 환경
을 청결하는 것 이외는 할 일이 없다. 종기가 발생하는 것도 문제
인데 간지러워서 긁어버리면 자국이 생긴다. 재미있는 것은 작가인
이해조도 어렸을 때 심한 홍역으로 얼굴이 곰보였다는 사실이다.
그런 과정을 겪은 그로써는 당연히 병의 무서움을 알았을 것이다.

　그녀의 귀한 아들 만득은 병을 이겨내지 못하고 죽는다. 어머니의
정성과 무당의 비손이 부족하여 죽은 것은 아니다. 다만 자식의 죽
음에 대한 어머니의 애통함과 서러움을 교묘히 이용하는 노파의 농
간이 중요한 모멘트(moment)로 작용하는 역할을 한다. 노파는 죽은
아이를 위해 '진배송'을 해야 한다고 충동질하여 최씨의 허락을 받는
다. 노파는 잘 아는 무당을 찾아가 작당을 하여 굿거리를 주선한다.

---

20) 언더우드, 앞의 책, 70쪽.
21) 알렌, 앞의 책, 183쪽.

　이러한 천연두로 인한 죽음을 "질병과 전근대적 민간사고"[22]라고 하여 역질이나 병 또는 일련의 불행으로 인한 공포로 황폐해진 정서가 당시에 존재하고 있다. 그리고 이런 삶의 장에는 주술적 세계관과 과학적 세계관이라는 두 삶의 양식이 대립되어 표현된다는 것이다. 의학적 기술과 질병에 대해 과학적 지식을 확보하지 못한 전근대적사회에서 미신이 고양된 것은 당연하다. 천연두라는 전염병의 예방책인 우두법은 영국에서 발명한 치료법이다. 소설에서는 주사를 맞아야 산다고 주장을 하고 있으나 최씨는 무당의 굿거리 때문에 이를 거부한다.

　그러나 죽은 자식 때문에 원통함에 빠진 최씨의 연약해진 마음을 이용하여 노파는 무당과 작당하여 재산을 착복하려고 한다. 그러기 위해서 노파는 집안 내력을 무당에게 샅샅이 알려주어 굿을 할 때 '공수'를 통하여 전처들이 등장한다. 결국 아들은 전처들이 앞세워 데려갔다고 말한다. 이러한 '공수'는 실제적으로 세습무의 측면에서 보면 거의 불가능한 역할이다. 그럼에도 작가는 허구적인 공수를 그리고 있다. 이것은 작가의 무에 대한 정확한 지식이 없다는 것을 말한다. 또 진실성 문제에도 의문이 제기되어 신뢰성이 떨어지고 소설로서의 의미마저 어렵게 만든다. 아무튼 주위사람들은 깜짝 놀라서 공수를 믿는 것처럼 서술은 하고 있지만, 이는 사전에 노파에게 들은 정보들이므로 효험에 문제가 있다. 이와 같은 사실에 가슴 조이던 최씨는 무당의 협박에 계속 굿으로 마음을 달랜다. 그로 인해 함진해의 재산은 계속 축나고 결국 파산한다. 이런 파탄의 원인은 "의학의 미개발에 의한 위생적인 예방의 결여와 미신을 숭상하는 의식구조의 병리적 위상"[23]이라는 점에서 인정이 된다. 결국 최씨 부인

---

22) 이재선, 앞의 책, 125쪽.
23) 앞의 책, 127쪽.

은 뇌졸중에 걸려 반신불수가 되는 불행을 당한다.

부인의 병으로 더 이상 재산의 갈취가 어렵게 되자 무당인 금방울은 새로운 방법을 모색한다. 시골에 있는 건달꾼 임을 데려다가 풍수지관으로 탈바꿈시킨다. 그는 의원행세는 물론 이인(異人), 지관노릇을 하면서 힘없고 무지한 사람들의 재산을 취하는, 악행만 하는 위인이다. 함진해 일가의 우환은 묘지를 잘못 썼기에 생긴 것이라고 임지관은 주장한다. 그는 주인의 조상 숭배의 의식이 강한 것을 이용한 것이다. 고양이라는 마을에 사는 최씨까지 공모하여 함진해의 많은 재산을 빼앗아가는 악행을 감행한다. 이처럼 작품 전반은 미신적인 사고방식이 지배하고 있다. 무당과 지관들의 간교한 악행으로 한 가정이 몰락해가는 과정을 이 작품은 그려내고 있다.

그러나 팔도에서 사는 함씨 집안의 어른들을 모아 대종회가 열리고 함일청의 장남인 함종표를 양자로 삼아 기울어진 종가집의 가사를 일으키는 역할을 맡긴다. 함종표는 열심히 공부하여 시험 때마다 만점을 얻어 졸업을 하고, 만장공천(滿場公薦)으로 '평리원 판사'가 된다. 그는 우리나라를 쇄신하고자 의욕적으로 음양 술객과 무복 잡류배(雜類輩)를 잡아들이고, 집안을 망하게 한 무당 금방울과 임지관, 그리고 최여옥을 체포하여 심문과정을 통해 법률적으로 응징한다. 그리고 노파와 삼랑들을 집에서 축출해 내고, 굿거리에 필요하여 집에 모셔둔 각종 명옥들을 불태워 없앤다.

그는 심문과 자백과정을 통해 미신의 허망함과 죄를 낱낱이 밝혀 무당의 짓거리가 얼마나 나쁜가를 공개하여 경계하도록 한다. 그래서 "주술이나 미신의 견고성과 불합리성이 법의 심판에 의해서 응징되는 것은 반미신주의적인 합리주의의 확보와 세계관의 변모에 신소설이 깊이 관여하고 있다는 것을 보여준 것이고 이는 〈대명률〉과 〈경국대전〉에서도 범법으로 규제하고 있는"[24] 것이라고 하여 무당의 병폐를 강조하고 있다.

(4) 선진 재판제도 활용

병에 의한 자식의 죽음과 그 죽음을 기화로 무당에게 가산을 탕진하게 된 것은 혹세무민한 백성이 잘못하면 이렇게 패가망신한다는 것을 말해준다. 이를 통해 미개한 문명을 깨우치고 세상사리에 어두운 머리를 개화시키려는 의도가 목적이다.

미개한 민족의 대처능력의 미숙함과 그로 인해서 발생하는 풍속의 미혹함은 나라가 진보하지 못한 것과 같다. 따라서 나라가 발달하여야 하는데 그러기 위해서 선진사상을 가진 일본을 본받아야 한다는 것이다. 이러한 주장들은 일본의 식민지가 되는 침탈방법에 은연중 공헌하는 편이 된다.

소설에서 하나의 예가 평리원 판사제도의 활용으로, 나쁜 일을 하면 재판을 받고 벌을 받는다는 것을 보여주고 있다. 당시 재판제도의 개혁을 명분으로 1907년 1월에 한국 법부와 평리원, 한성재판소 이하 각도 재판소에 참여관과 법무 보좌관 총 29명이 배치 완료된 것이다.[25] 결국 1905년 11월에 강제 체결된 '을사늑약' 이후부터 1910년 8월22일 '한일합방'에 이르는 기간은 대한제국이 소멸하고 일본의 식민지로 편입하는 과정에 속한다. 이 시기에 발표한 신소설은 선진의식을 가지고 문명개화를 위한다고 하더라도

---

24) 이재선, 앞의 책, 131쪽.
25) 한국정신문화연구원 연구처, 『일제식민통치연구 1권(1905-1919)』, 백산서당, 1999, 31쪽.

사실 나라를 빼앗기는데, 비록 그런 의도는 없다고 해도 무의식적이지만 일조한 셈이 되고 만다.

먼저 무당도 생존을 위한 한 가지의 직업이다. 여러 가지 나쁜 액운으로부터 집안을 보호하는 굿거리 등의 행위를 하고 보수를 받아 살아간다. 그리고 무당 혼자서 소설에 나오는 나쁜 일을 할 수는 없다. '단골무'는 가정의 '세습무'로서 신의 내림은 물론 신탁의 '공수'를 내리지 못한다. 그 집안의 사람과 내통하지 않으면 도저히 불가능한 일이다. 노파는 주인을 부추기고 무당과 짜고 하는 등 가장 나쁜 역할을 기꺼이 하는 사람이다.

그러나 노파는 집에서 축출되는 벌만 받는다. 이미 그녀는 주인의 많은 재산을 착복하여 주인집에서 축출을 당하여도 살아가는 데 아무런 어려움이 없을 것이다. 이런 부분을 간과하는 것은 작가가 무당의 병폐를 극명하게 보여주어 민족의 민속생활 습속을 타파하기 위함 때문이다. 나아가 선진국가인 일본의 것을 받아들일 필요성을 주장하려는 것이다. 애국 계몽기에 무는 당연히 청산되어야 할 나쁜 풍속으로 규정하여 우리의 고유 신앙을 말살하려는 의도가 담겨 있다. 결국 민족혼이 여지없이 망가지고 나라마저 잃어 남의 지배를 받게 된다.

그런데 여기서 우리가 주목할 것이 있다. 주강현은 『21세기 우리 문화』에서 우리 땅과 정신이 일제에게 당한 문화적인 모멸감을 느꼈다고 토로한다. 또 이 작품을 두고 "미신을 타파하고 과학적인 생활을 구가하는 문명개화를 주제로 한 것처럼" 보인다고 주장을 한다. 그러면서 신소설 작가들의 주제의식이 과연 합당한가에 대해서는 선뜻 찬성할 수 없다. 이러한 논리가 합법성을 인정을 받으려면 그 방법론에서 정당성이 확보되어야 한다. 신소설

작가들은 '미신타파'를 개화의 명분으로 인식하려고 한다. 그런데 현실은 생각과는 다르게 변화하여 엉뚱한 결과를 가져오고 만다. 당시의 작가들은 결국 한심한 민족관을 지니게 되어, 그들의 주의나 주장이 일제의 식민지 지배를 충실하게 지지하는 것 이외에 아무것도 아니라는 주강현의 주장은 설득력이 있다.[26] 무당은 피해만 주는 풍속으로 마땅히 없어져야 한다는 논리가 성립을 하려면, 나라의 개명과 문명화하는 것이 곧 국가의 발전과 관련성이 있어야 한다. 그리고 백성들이 발전의 변화를 감지할 수 있고 작가들도 조국을 위해서 진정한 의식을 가지고 임해야 한다. 그런데 작품의 내용과 실생활의 차이가 엄청나다면 비록 논리상의 전개의 적당성은 인정하더라도 작품 전개에서 논리의 합리성을 인정하기는 어려울 것이다.

2) 고부간의 갈등과 보복의 도구 – 이인직 『귀의 성』, 『치악산』

『구마검』을 쓴 이해조에 비하여 이인직은 훨씬 더 많은 친일행위를 한 사람이다. 그러나 그의 작품에 등장하는 무의 병폐를 이해조의 작품과 비교해보면 그렇게 심각하게 다루고 있지 않다. 물론 "『귀의 성』과 『치악산』은 축첩 제도와 가부장제도 속의 여인들이 겪는 비극을 다룬 가정소설의 일종"[27]이다. 물론 고대소설인 영웅소설과 권선징악을 소설의 내용으로 차용한 점도 있지만, 객관적인 묘사와 이야기 중심의 전개 등 근대소설의 면모를 갖춘 『귀의 성』과 『치악산』은 신소설이다.

---

26) 주강현, 앞의 책, 186-187쪽.
27) 김윤식, 정호웅, 『한국소설사』, 문학동네, 2000, 52쪽.

(1) 풍속의 왜곡과 국가 침탈전략

일반적으로 신소설은 "개화사상과 신교육 사상과 미신타파"[28) 를 그 주제로 하고 있다. 그러나 얼마나 많은 것들이 실질적인 사 실일까? 사실의 왜곡을 주장하는 다음의 글을 보자.

> 많은 자료들은 일본 제국주의 군사통치의 방편으로서 대동 굿뿐 만 아니라 민간의술, 민간언어 등 제반 **민중생활 전체를 '미신(迷信)'으 로 왜곡**시키고 있다. 원래 미신이라는 말은 우리말이 아니었다. 메이 지 유신 시대에 일본의 개화파들이 구미의 'Superstition'을 번역하면 서 만든 일본식 조어이다. 그들은 바로 미신이라는 전가의 보도를 갖 고서 한국인들의 정신세계인 굿적 심성을 미신으로 공격하면서 '미개 민족'이기 때문에 식민 지배를 받아 마땅하다는 논리를 전개한다. 총 독부 촉탁 무라야마는 『조선의 점복과 예언』의 저자 서문에서 한마디 로 '**미개민족**'이기에 식민통치는 정당하다는 강변을 폈다. 〈중략〉 일 제는 **조선의 무속이 단순한 '미신'이 아님을 그들은 스스로 잘 알고** 있었음에도 불구하고 이를 철저히 조사하여 대책을 강구하겠다는 제 국주의적 입장을 분명히 하였다.[29)

임화는 "『치악산』에 소여한 환경을 동양 봉건사회의 기초가 된 가부장적 대가족제도의 내적 모순으로 보고, 재래의 『장화홍련전』 을 위시하여 『콩쥐팥쥐』, 『정을선전(鄭乙善傳)』, 『장풍운전(張風雲 傳)』, 『어룡전(魚龍傳)』 등의 계모소설에서 유형화되어 비극의 핵 심이 된 관계로서 계모소설의 토대"[30)로 한다는 점을 강조한다.

---

28) 김윤식, 「개화기 소설의 문제점」, 전광용 외, 『한국현대소설사연구』, 민음사, 1984, 23쪽.
29) 주강현, 앞의 책, 188쪽.
30) 임화, 「개설 신문학사」, 임규찬 · 한진일 편, 『임화 신문학사』, 한길사, 1993, 174쪽.

이 작품에서 전처소생과 후실과의 갈등에 고부간의 갈등을 가중시켜 일반 계모소설보다 갈등양상이 더욱 심각해졌다는 것이다.

나아가 "홍참의 집이 망하는 에피소드의 하나인 무당 이야기에 표현된 미신타파의 사상"을 주목하여 "하나의 기담(奇談)으로서 구소설의 양식을 빌어 이 이야기를 삽입하였으나 결과로서는 '굿'이나 '점'의 허망함을 폭로"[31]한 것으로 평가한다.

문제는 임화가 지적한 미신타파의 사상에서 '미신'이라는 언어의 번역과 의미이다. 무(巫)가 단순한 미신이 아님을 일제도 알고 있으면서도 민중생활 전반에 만연된 정신적 심성을 '미신'이라는 용어로 몰아 공격을 한다. 미개민족이기 때문에 식민지지배를 받아야 한다는 일제 침략의 정당성 논리와 연결시키고 있다. 서구 자본주의의 사회를 동양의 다른 나라보다 먼저 공부한 후쿠자와 유키지(福澤諭吉)를 비롯한 일본인은 서양으로부터 동양을 지켜내기 위한 조치라는 논리 개발을 하고 있지만, 한마디로 한반도를 침략하여 대륙의 출발기지화와 보급창고, 자본주의 경제시장화와 이익창출, 식량기지화 등을 하는 데 목적이 있다. 즉 전쟁의 자원을 확보하기 위한 시장 확보라는 명제를 달성하기 위해 원자재 조달과 상품 판매처가 필요했던 것이다. 그러나 제국주의적 입장을 옹호하는 이와 같은 논리는 결국 이인직이 일본 유학을 통해 습득한 것이다.

작가 이인직은 1862년에 출생하여 55세인 1916년 11월에 경학원 사성으로 있다가 신경통으로 죽음을 맞이한다. 특히 그가 40세를 바라보는 1900년 2월에 관비로 일본에 유학을 갔다는 사실은 중요하다.[32] 이것은 유학생 선발에 절대적인 권리를 가진 학부대신 이

---

31) 앞의 책, 180쪽.
32) 전광용, 앞의 책, 28과 36쪽.
　　국초는 1900년 2월 구한국 정부의 관비 유학생으로 일본 동경에 건

완용의 특별한 배려가 아니면 어려운 일이다. 그가 나중에 이완용의 개인 비서를 충실하게 수행하고, 또 한일합방에 결정적인 역할을 하는 매국노가 되는 배경이 여기에 있다.

데라우치가 1910년 7월 23일 부임하고 조금 뒤늦게 송병준이 귀국했는데(8월 18일), 그전에 병합의 전체로서 송병준 내각이 조직되었다는 소문이 퍼졌고, 송병준과 경쟁관계에 있는 이완용으로 하여금 병합조약 체결에 나서도록 자극했다. 우치다가 제안한 전개과정과 흡사한 것이었다. 신임통감 데라우치는 7월 23일 경성에 부임한 후 군대를 동원하여 협박과 공갈로서 병합을 획책해갔다. 8월 16일 이완용을 불러 병합방침과 그 내용을 알려주었고, 그에 기초하여 이완용 내각에서는 약간의 자구변경만을 거친 채 8월 22일 어전회의를 개최하여 '병합조약'을 강제로 통과시키고 29일에는 양국에서 조칙을 공포되었다. 이로써 한국은 일본의 식민지로서 육군 군별의 독자적 지배영역이 되었고 대륙침략의 전초기지가 되었다.[33]

너가 동경정치학교 청강생(과외생)으로 수학하였는데, 그때 매국활동을 위한 중요한 인연이 된 조중응과 함께 열국의 정치제도와 국제법 강의를 담당한 고마쓰(小松綠)의 제자가 된 것이다. 1903년 2월에 한국 정부의 자금부족과 망명객과 어울리는 것을 막기 위한 소환사건이 발생하는데 17명 중 맨 끝에 〈都新聞〉사 견습생인 이인직이 끼어 있었다고 한다. 고마쓰는 1906년 통감부의 외사국장으로 조선에 나와 합방의 실무자로 활약한 자이고 조중응은 매국노였다.
러일전쟁(1904-5) 때는 2월에 일본 육군성 한어 통역관에 임명되어 제일사령부에 소속되어 종군하였다. 그는 1906년 〈국민신보〉 주필을 거쳐 〈만세보〉 주필로 옮겼고, 다시 대한신문 사장에 취임할 무렵에는 이완용의 비서역을 겸하였다. 그 후에는 宣陵參奉, 中樞院 副贊議 등을 역임하였다. 한일합방 후인 1911년에는 경학원 사성에 취임하여 세상 떠날 때까지 현직에 있었다.
33) 강창일, 『근대일본의 조선침략과 대아시아주의』, 역사비평사, 2003, 280-281쪽.

이와 같이 침탈과정에서 "1910년 8월 초순, 이완용은 합방운동을 맹렬히 전개하고 있던 일진회를 견제하기 위해 심복인 이인직을 통감부 외사국장인 고마쓰에게 보내 결정적인 비밀접촉에 들어간다. 고마쓰는 1910년 무더운 여름밤 이인직의 돌연한 방문"[34]을 받게 된다는 기록을 남기고 있는데, 이인직의 말은 다음과 같다.

"일진회가 합방론을 제창하고 또한 일본에서는 병합설이 대단하여졌다는 사정 등을 합쳐보면, 오늘날 무엇인가 대변혁이 일어나지 않으면 안 되리라고 저희들은 깨달았기 때문에, 최근 저는 이 수상(李首相, 즉 이완용)을 만나서 빨리 거취의 각오를 결정하시도록 근고(謹告)해 보았습니다. 2천만 조선 사람과 함께 쓰러질 것인가 6천만 일본인과 함께 나아갈 것인가, 이 두 길밖에 따로 수상의 취할 길이 없습니다. 어느 쪽 길로 나가시겠느냐고 물었습니다. 이 수상은 잠깐 침음하다가 서서히 말씀하시기를, 5적 또는 7적이라고 불릴 정도의 현 내각이 와해된다면 현 내각 이상의 친일파 내각이 새로될 수 있을 것인가 참으로 통심할 일이라고 대답하셨습니다."
나는 이와 같은 이인직의 말을 듣고서 이것은 참 좋은 문제를 가져온 것이라고 내심 기뻐하였다. 나는 유달리 하하 웃으면서 손수 맥주를 따라서 그에게 권하고 나도 마셨다. 넓은 응접실에는 단 둘뿐 다른 누구도 있지 않았다.
　　　　　　　　　　　　　　－고마쓰(小松綠), 『朝鮮併合之裏面』[35]

이처럼 이인직은 일본 유학에 절대적인 권력을 행사하여 자신의 유학에 힘을 쓴 이완용을 위해 최선을 다한다. 개인적인 출세를 위해 정치적 삶을 살아온 이인직은 일본의 주구노릇을 충실히 하여 국가적으로 비난을 받을 매국노이다.

---

34) 최원식, 앞의 책, 152쪽.
35) 앞의 책, 153쪽.

(2) 이용당하는 무당

이인직의 『귀의 성』36)은 "미신의 우매성이나 유죄성에 대한 비판보다는 미신을 보복의 방법으로 이용하는 모습을 보여주고"37) 있다. 다시 말하면 죄를 지은 사람의 죄의식을 조장하려는 수단으로 희생자들이나 협조자들이 미신을 이용하는 것이다. 이것은 범죄자들의 불안한 정신 상태를 역이용하여 복수의 수단으로 이용한 셈이다.

『귀의 성』38)의 신소설적인 면모와 근대 소설적 성격을 간략히 정리하면 다음과 같다.

첫째, 언문일치(言文一致)의 구어체(口語體) 문장(文章)이라는 것이다. 이것은 구소설과 구별되는 것으로 신소설의 근대문학적 성격의 하나이다. 작품의 어느 구절에서나 구소설적 문어체는 거의 배재되어 있다. "교군 속에서는 춘천집이 모기 소리같이 우는 소리가 드리는데, 김 승지의 두루마기 자락이 울음소리 나는 교군을 스치고 지나간다."(148쪽)처럼 거의 완벽한 구어체로서 언문일치의 산문 문장을 볼 수 있다.

둘째, 서술적 역전을 들 수 있다. 서술구조 면에서 구소설과 판이하게 구별됨을 다음 부분에서 알 수 있다. "깊은 밤 지난달이 춘천 삼학산 그림자를 끌어다가 남내면 솔개동네 강동지 집 건너방 서창에 들었더라."(138쪽) 이런 간단한 서술적 역전은 현대소설에서 도입 부분의 전형이 될 만하다.

---

36) 『귀의 성』은 『만세보』에 1906년 10월 14일부터 그 다음해인 1907년 5월31일 상편 15회 끝으로 연재 중단되었으나, 1908년 7월 25일 중앙서관에서 상·하 전편이 단행본으로 발간되었다.

37) 이재선, 앞의 책, 132쪽.

38) 이인직, 『귀의 성』, 『한국 신소설전집』 제1권, 을류문화사, 1968.

셋째, 묘사 형식의 서술이 많은 점이다.

넷째, 주제 면에서의 근대적 요소가 있다. 당시 전형적인 양반계급인 김 승지 일가가 그들 스스로 자초한 비극적 결말을 이르는 사건 전개를 통해 사회상을 고발한다. 그리고 강동지 일가로 대표되는 상인 계급의 저항을 통해 평민의식의 고취하고 있는 것이 주제를 이룬다.[39]

춘천에 사는 강동지는 허영에 눈이 어두워 자신의 딸 길순이를 서울 김 승지에게 소실로 보낸다. 그러나 본부인은 첩에게 질투를 느껴 안절부절못하다가 길순이를 쫓아낸다. 주인의 질투를 이용하여 종년 점순이는 돈과 '속량 문서'를 바라보고 춘천 댁에 들어가서 시중을 들면서 길순이와 아들 거북이를 없애고자 애를 쓴다. 계획이 성사되어 점순이는 최 서방을 시켜 모자를 죽이고 부산으로 함께 도망을 간다.

봉사 점쟁이는 도망 중인 점순이 내외를 만나서 복채도 없이 신수점을 쳐준다고 한다. 내외분에게 원통하게 죽은 귀신이 따라다니는데, 그것은 새파란 여자와 어린애의 귀신이라고 점괘로 집어내어 영험한 점쟁이로 대접받는다. 이런 사정을 아는 봉사인 자신을 아버지라고 부르는 점순이네의 불안한 마음을 이용하여 주인이 보낸 돈을 가로채는 나쁜 놈을 잡으러 가자고 말한다. 최가를 범어사로 가도록 유도하여 중으로 변장한 강동지에게 죽임을 당한다. 그리고 최가를 찾는 점순이도 죽고 만다.

부산 가서 점순이를 속이던 판수는 김승지 부인에게 불러가서 춘천 댁의 귀신을 잡아 가두려고 경 읽던 장판수라. 강동지가 그 소문을 듣고 장판수를 찾아가서 김승지 부인의 돈을 잘 빼앗을 도리도 가르쳐

---

[39] 송민호, 앞의 책, 208-212쪽.

주고, 또 강동지는 김승지의 돈을 문청문청 빼앗아다가 장판수를 주니, 장판수는 강동지가 죽어라 하면 죽은 시늉이라도 할 지경이라. 장판수가 김승지의 부인을 어찌 묘리있게 속였던지, 장판수의 말은 낱낱이 시행이라, ―〈중략〉―부산을 내려가서 최가와 점순이를 꾀여다가 무인지경에서 강동지 손에 죽게 하고, 서울로 올라오던 그 이튿날 김승지의 부인에게 통기한 일이 있었더라.(263쪽)

판수는 소실을 죽이도록 교사한 본부인과 딸의 복수를 하는 강동지 등 양쪽 사람들과 관계를 하고 있다. 그 양쪽 사람과 관계를 맺어주는 것은 돈이다. 돈이 모든 것을 좌우하는 금전만능 시대의 도래를 예고하는 것이다. 강동지는 김 승지 부인마저 죽이고 김 승지에게 침모와 살도록 권한다. 장 판수는 점쟁이로 그토록 효험이 있었던 것은 사전에 고용자에게서 이야기를 들어 잘 알기 때문이다.

죄를 지은 사람들은 영험한 점쟁이의 소리를 듣고 불안한 마음과 공포감에 사로잡힌다. 그러므로 살아갈 수 있는 방도를 묻게 되고 점쟁이는 그 방책을 이용하여 죄인을 잡아 죽이는 데 보조 역할을 충실히 수행한다. 사실 판수는 복수하는 과정에서 죄인의 연약한 마음을 옭매어 스스로 말하게 하는 역할이 전부이다. 꼭 점쟁이가 아니더라도 강동지는 살인하고 들어와서 술잔치를 벌리는 점순이 내외의 이야기를 다 듣게 되고 술에 취해 쓰러져 자는 최가의 주머니에서 증거물을 압수하여 내용은 이미 알고 있다. '무' 이야기는 소설의 전개과정 중 복수와 관련해서 특별하게 의미를 부여하지 않아도 될 정도로 미미하다.

물론 『귀의 성』은 양반계급이 몰락하여 가는 가정 안의 갈등을 폭로하는 것과 하인 노비들이 돈과 '속량 문서'를 손에 넣어서 자립 기반을 마련하려는 욕망에서 사건은 발생한다. 또한 근대적 인물을 그려냈다는 점, 장면이나 사건에 관심을 가졌다는 점, 작자가 객관적인 입장에서 침착하게 사건을 다루며 등장하는 인물들의 자기발전의 행동을 제어하지 않은 점, 그리고 하등의 설교도 가하지 않는 점 등은 근대소설의 부류에 들어갈 정도의 수준이다. 치밀한 구성과 사건 전개의 **빠른** 템포 및 내용이 주는 비극성은 독자를 끝까지 박력 있게 이끌어 강한 충격 속에 공명을 일으키게 한다.[40]

현실 사회에서 벌어지는 사건들을 해결하기 위해 점쟁이를 이용하여 죄인들의 불안한 감정과 공포감을 이용, 유인하여 살인 복수를 감행한다. 이런 복수 방법을 "잔혹한 살인 행위와 이에 대한 보복으로서의 동태 복수의 원리가 작용하고"[41]있으며 김우창의 평석을 예로 들고 있다.

> 이인직의 세계는 윤리부재의 원시상태라기보다는 완전히 황폐화한 윤리세계이다. 이것은 인간관계의 난폭성에서 가장 잘 드러난다. 이렇다는 것은 단순히 그의 소설들이 살인, 납치, 유기, 폭력 등의 사건으로 가득 차 있다는 뜻에서만이 아니라 사람들의 일상적인 관계 자체가 계속적으로 폭력이 들어 있었다는 뜻에서다.[42]

또한 외부지향적인 살인이라는 폭력 중에는 "인간 상호 관계가 얼마나 동물적인 갈등과 동물적인 잔혹성으로 얽혀 있는가 하는 문제의 가장 극단적인 경우의 하나는 바로 카니벌리즘(canibalism)의 습속 내지 정신상태"[43]에서 노출된다는 것이다. 카니벌리즘은 상대를 파괴하려는 분노와 복수의 형벌이지만 야만적인 약육강식

---

40) 전광용, 앞의 책, 42쪽.
41) 이재선, 『한국소설사』, 150쪽.
42) 김우창, 『궁핍한 시대의 시인』, 민음사, 1977, 85쪽.
43) 이재선, 앞의 책, 172쪽.

으로 살아가는 밀림의 동물적인 방법이다. 이러한 지적은 폭력의 강도를 증폭시키고 극단적인 확대의 해석으로 인식된다. 왜냐하면 이 소설에서는 복수의 수단으로 무(巫)가 직접 이용되지도 않고 더구나 살인과는 직접적인 관련이 없기 때문이다. 범인을 추적하기 위한 정보 수집의 보조 수단이다. 장 판수는 신분상승을 꿈꾸는 강동지를 좌절하게 만든 김 승지 부인과 하수인 점순이와 최씨가 죽음을 당하도록 보조 역할을 한 것이다. 일의 대가로 양쪽으로부터 금전적인 수입이 있다. 또한 서사 구조에 활력을 집어넣음으로써 흥미로운 분위기를 조성하게 한다.

(3) 개화의 당위성과 효용성

『치악산』44)은 상하 양편이 다 이인직의 작품인 것으로 알려져 왔으나 사실은 그렇지 않다. 상편은 이인직이, 하편은 아곡(啞俗) 김교제가 썼다. 상편은 1908년 9월 20일 유일서관, 하편은 1911년에 12월 30일 동양서관에서 간행된 초판본이 가장 오래된 것이다.45) 이 작품은 최초의 합작소설로서 신극 운동의 영향으로 쓰인 소설이라 하여 원본의 상편 표지에 '연극신소설'이라고 명명되어 있다.46)

전체적 구성이 가정을 배경으로 개화 주체를 내세워 개화의 필요성과 당위성을 입증하고 있다. 이 소설의 주요 무대 공간이 되는 "치악산은 야만의 산이라고"(271쪽) 언급하고 있는 것도 개화의 분위기를 간접적으로 보여준다.

또 "개화 이전 상태를 가리키는 것이 야만"이라면, "치악산 밑

---

44) 이인직, 『치악산』, 『한국 신소설전집』 제1권, 을류문화사, 1968.
45) 전광용, 앞의 책, 43쪽.
46) 송민호, 앞의 책, 159쪽.

단구역말에 있는 홍 참의의 가정 역시 야만 상태"에 있다. 그래서 백돌이(兒名)가 일본으로 유학을 가서 새로운 선진문물을 배워 와야 한다는 것이다. 그런 야만 상태의 과정에서 벗어나는 것을 그림으로써 결과적으로 개화의 당위성과 필요성을 얘기한다.

가정을 그리는 데도 "봉건적 모순이 극에 달하도록 해야 개화의 당위성"47)은 그만큼 커진다. 그런 모순이 있기에 전통적인 계모소설일지라도 구소설보다 복잡하다. 후실과 전처의 소생 간의 갈등이 주축인데 여기에 고부간의 갈등까지 개입하여 갈등의 강도가 더 세어진다. 홍 참의의 전처소생 백돌과 개화파인 이 판서 외딸이 혼인을 하게 되고 백돌은 선진 사상을 공부하러 이 판서의 도움으로 일본으로 떠난다.

후취 부인인 시어머니와 양반집 딸인 며느리 사이의 갈등에서 이 소설의 기본 서사 구조가 중층으로 얽혀 있다. 즉 고부간의 갈등에다가 개화와 봉건의 대립을 덧붙여 소설을 구성하고 있다는 것이 이인직의 구성법이다. 그래서 "이씨 부인이 시어머니에 대한 증오를 표현한 것은 사실 이인직 자신의 봉건에 대한 증오의 표현"48)이라고 할 수 있다. 그러나 서로 간의 미움과 원망이 폭발하지 않도록 배려하는 역할을 중립적인 홍 참의가 한다.

그러나 홍 참의의 중립적인 태도가 변하는 계기가 곧 마련된다. 아들인 백돌의 일본행과 그것을 뒤에서 도와준 며느리의 부친인 이 판서의 개화 추구에 홍 참의는 대립한다. 그는 봉건 시대의 가장으로써 며느리보다 아내인 시어머니 편에 선다. 일단 아들이 일본에 유학을 가서 집에 없자 계모는 며느리가 남편 몰래 바람을

---

47) 장수익, 「봉건적 가정의 모순과 개화 주체」 이용남 외, 『한국개화기
    소설 연구』, 태학사, 2000, 121쪽.
48) 앞의 책, 123쪽.

피운다고, 집 오동나무가 서있는 담장에서 옥단과 고두쇠가 만나는 장면을 진짜 밀회하는 것으로 보이기 위해 홍 참의를 들까지 데리고 나간다. 이 사건을 사실로 믿은 남편은 며느리 스스로 자진하라며 청산가리를 가져오게 한다. 그러나 계모가 이를 말리고 친정으로 보내자고 하여 가는 도중 산중에다 며느리를 버려 최치운에게 넘긴다. 이런 위기에서 이씨 부인은 장 포수와 수월당 스님의 도움으로 살아난 후, 금강산 절로 들어갔다가 젊은 스님의 장난에 견디지 못하고 자살을 시도하나 구원된다.

또 계모의 딸 남순이도 잠을 자다가 '보따리 쌈'을 당해 산중에 잡혀 왔으나 노파의 도움으로 만득의 협박에서 벗어나 사냥 나온 이 판서의 도움으로 살아난다. 일본에서 공부하고 돌아온 홍철식(冠名)은 재혼인하는 형식으로 이씨 부인과 다시 합친다. 동생도 찾고 포천군수로 간 후로 후처어머니를 만나서 잘 살게 되는 전형적인 고대 소설의 양식을 취하고 있다.

문제는 이 판서가 자기 딸의 사건을 알고 집안 가솔들을 시켜 반격을 시도하는 것이다. 귀신의 흉내를 내서 공포분위기를 만들어 스스로 가책을 느끼게 한 것이다.

> 이씨 부인 죽고, 정월 초하룻날 밤에 도깨비장난하고 고두쇠 죽은 이후로 사흘 걸려 한번, 닷새 걸러 한번, 어떤 날은 초저녁, 어떤 날은 정밤중에 단구벌역말 벌판에서 귀곡성이 들리기 시작하면, 홍 참의 집 뒤에서는 파란 불이 왔다 갔다 하며 돌맹이도 던지고 모래도 뿌리니, 그 집 식구는 깡그리 머리도 터지며 이마도 깨어져 아물 만하면 또다시 터지고 깨어지는 고로, 김씨 부인과 남순이는 해만 떨어지면 방문 밖을 감히 나오지를 못하고, 옥단이는 견디다 못하여 밤이 되면 미리 알아차리고 공석이 되나 멍석이 되나 모래막이 돌막이로 머리로 좇아 발등까지 내리 쓰고 다니는 터이라.(345쪽)

귀신의 울음소리와 도깨비 파판 불빛이 집 주위에 떠돌면서 자연스레 집안은 불안과 공포 분위기가 가득해진다. 정월 초하루 밤에 건넌방 지붕에서 휘파람 소리가 들리고 또 돌이 던져지고 모래까지 끼얹어져서 공포 분위기는 점점 도를 더해간다. 이는 고두쇠한테 얻어맞은 검홍이가 서울 이 판서에게 이씨 부인과 자신이 당한 사실을 고했기에, 이 판서가 장사패들을 시켜 귀신이 한 행동처럼 위장행동을 한 것이다.

그런 행위에 꼼짝없이 홍 참의 집의 김씨 부인과 가솔들은 위장된 귀신을 진짜 귀신으로 착각하고 불안함과 공포분위기는 계속된다. "굿도 할 만큼 하고 경도 읽을 만큼 읽었는데 그 원수의 귀신은 새록새록 변사를 다 부리니"라고 투정도 한다. 아예 "귀신한테 절고 절어서 귀신이 떼를 지어와도 시들하겠다."(346쪽)라고 하여 이제는 무시하려고까지 들며 불안감마저도 권태로움과 지겨움으로 대치되어 버린다. 이런 분위기는 계속되는 지경이지만 귀신의 행동은 멈추지 않는다.

공포 분위기에서 사람들이 벗어나지 못하게 귀신 행위의 강도는 더욱 대범하고 빈번해진다. 장사패들은 지붕의 기왓장이 벗기고 죽은 개를 집의 지붕 위에 얹어 놓았다. 기왓장을 벗긴 모양이 망할 '亡'자가 되도록 하여 집안이 망한다고 동네 아이들의 웃음거리로 만든다. 김씨 부인과 옥단은 이런 불안과 공포에서 벗어나기 위해서 무당을 불러 온갖 굿을 한다.

피해자 측은 미신적인 습속인 무의 형태를 보복의 도구로 이용하여 응징하고 있다. 가해자 측도 이런 위기에서 벗어나기 위해 무당을 불러 굿을 한다. 그러나 재물만 축나고 부인의 하수인들만 죽어갈 뿐이다. 첫 번째 희생자인 고두쇠는 도깨비불에 유인되어 들에서 죽음을 당한다. 그의 죽음을 홍 참의 며느리 귀신에 의해 죽은 것으로 위장은 하였으나 실은 장사패들이 죽인 것이다.

한편 개화파를 대표하는 이 판서와 수구파를 대표하는 홍 참의 대립인 개화와 수구의 대립은 소설 전면에서 사라진 채 이인직의 『치악산』의 상권은 끝이 난다. 다시 말하면 "개화와 수구의 대립이라는 사상적 긴장감을 유지하지 못하고 비현실적인 복수담의 차원"[49]으로 전락해 버린 것이다. 이와 같은 일은 상권의 후반부에부터 홍 참의 가족이 아닌 이 판서와 검홍이가 실질적인 주인공으로 변한 탓도 된다.

그래서 김교제가 1911년에 쓴 『치악산』의 하권은 사족에 불과하다. 다만 전체적인 서사 구성이 개화의 주인공에 의해 진행되었다는 점만을 긍정적으로 본다.

철식이(아명 백돌)는 일본 와세다 (早稻田) 대학의 유학을 끝내고 돌아와도 정작 개화를 위해 능동적으로 할 일이 없다. 이 판서가 이룩한 현실을 추인하면 된다는 점에서 그러하다. 이 판서의 조정에 따라 죽은 줄 알았던 아내와 재혼하는 기쁨을 맛본다는 식이나 유학에서 배운 지식을 일제하의 군수가 되어 활용한다는 식으로 처리하고 있다. 그것은 당당히 개화 주체를 내세웠던 초기 신소설과는 달리 "작가 자신부터 이미 개화 주체가 될 수 없는 현실"[50]을 받아들였기 때문이다.

하권이 발간된 1911년은 이미 신소설의 쇠퇴기였고 일본이 이미 우리나라를 병합한 이후다. 이 시기에는 이미 개화의 주체 확립이나 새로운 풍습의 개량이라는 의미를 잃어버린 때이다. 왜냐하면 일본이나 그들의 하수인들은 목적을 달성한 이후라, '개화'라는 단어의 효용성이 상실되었기 때문이다.

---

49) 장수익, 앞의 책, 134쪽.
50) 앞의 책, 135쪽.

(4) 굿 흥행의 폭주

먼저 무당굿을 하는 무당 판수의 굴혈로 유명한 여섯 곳이 나온다. 풍덕 덕물산, 남산 국사당, 창골 노인성, 노돌 석신당, 무학현 사신선왕, 홍제원 해수관음이다.

> 봄에 꽃맞이, 가을에 단풍맞이, 귀자발원, 수명발원, 재수발원, 벼슬발원, 양주불화 살풀이, 병든 사람 액막이, 죽은 사람 앞길열기, 선왕 잡기, 악귀 쫓기, 대감놀이, 푸닥거리, 무꾸리, 노구메 등속으로 물론 사철하고, 비가 오나 눈이 오나 들며나며 오고가는 사람들이 길에 연락부절하여 장안 돌구멍안의 여간 돈푼은 팔모얼래에 연줄 감기듯 둘둘 말려 무당, 판수의 뱃속으로 들어가니 열이면 열, 백이면 백, 논 팔고 밭팔고 오막살이집까지 팔아 들이밀고, 종말은 두 손 톡톡 털어쥐고 의지가지없이 종로 깍정이움으로 기어드는 사람이 건성드뭇하더라. 그리들 싸고 슡하던 무당 떼 판수 떼가 떼짓고 패지어 강원도 원주군 단구역말로 꾸역꾸역 모여들어 그 동네에 무당, 판수 조합소 하나를 설립하였더라. 눈뜬 무당 한 패가 물러나면 눈감은 판수 한 패가 달려들어 번차례 가며 그 동네 제일 두겁가는 집도 큼직하고 양반도 서슬이 푸른 홍참의 집 그 많은 재산을 빨아내고 긁어내고 쇠옹두리 울리듯 두고두고 울러내더라.(344쪽)

무의 연행으로 많은 돈이 소비되었다는 비숍 여사의 지적은 일리가 있다. 풍덕을 제외하면 모두 서울 근교의 굿 당들이다. 서울의 굿 당들이 유지됐다는 사실은 그만큼 굿이 성행했다는 말이다. 그들이 행한 굿의 종류는 다양하다. 먼저 봄에 꽃맞이, 가을에 단풍맞이, 귀자발원, 수명발원, 재수발원, 벼슬발원, 양주불화 살풀이, 병든 사람 액막이, 죽은 사람 앞길 열기, 선왕 잡기, 악귀 쫓기, 대감놀이, 푸닥거리, 무꾸리, 노구메 등이 있다. 이처럼 각종 무의가 소설에 등장했다는 것은 당대 사람들에게서 미신적 연행이 일반화되어 있는 것으로 판단할 수 있다.

특히 이 작품에서는 미신의 형태를 보복의 수단으로 이용하고 있다. 그래서 "검홍과 장사패가 연출하는 귀신 장난은 원귀의 존재를 믿는 민간 전승적 신인의 의식층인 살인자와 그 공모자 김씨 부인, 옥단, 고두쇠 등에게 심리적인 보복의 압력 구실로서 충분한 기능을 발휘"[51]하고 있다. 보살을 불러다가 엉터리 굿을 하고 그 굿에 용기를 얻은 김씨 부인은 '노구메'[52](350쪽) 굿을 하기 위해 치악산으로 옥단이를 보살과 함께 보낸다. 범죄 주모자 중 한 사람인 옥단이는 암자에서 기다리던 이씨 부인의 가솔인 검홍이와 배선달에게 두 번째로 죽임을 당한다.

이처럼 『치악산』에서 희생자가 복수의 수단으로 무를 이용하는 것은 당시의 시대적인 사회상에서 개화를 위해 무(巫)를 없애야 할 대상으로 지목하고 그것의 선택을 정당화하기 위해서다. 결국 이인직은 사회에 만연되어 있는 민속의 형태인 무를 단순히 보복하는 도구로 만들어 본래의 순 역할을 무시하고 단지 나쁜 역할만을 부각시켰던 것이다.

그런데 정의의 칼인 심판자의 역할로 왜 무가 이용됐는가를 당시의 사회적 상황에서 검토할 필요가 있다. 그것은 흥미와 함께 민족의 치부를 드러내기 위해서, 봉건사회의 잔재인 가족제도에서 발생하는 병폐와 사회 밑바탕에 흐르는 원류적인 원시 신앙생활이 가져오는 사회비리를 폭로하고자 하는 의도이다.

인간에게 죽은 후의 일은 대단히 중요하다. 그것은 조상들의 삶

---

51) 이재선, 앞의 책, 133쪽.
52) '노구메'는 산천 신들에게 제사할 때 새로운 음식과 제물을 드리는 행위.

104

과 연결이며 자긍심을 심어주어 정신적인 단결력이 요구되는 가문(家門)의 지지대가 되기 때문이다. 그러나 당시 무는 개화를 방해하는 봉건의 잔재로, 피해만 주는 나쁜 풍속으로 표현되었다. 그것은 꾸며진 도깨비의 장난이라는 무의 행위에 반응하는 홍 참의 부부가 그동안의 가지고 있었던 봉건적 사고방식을 버리고 개화에 공명할 수는 없다는 점에서도 드러난다. 이는 이 판서의 귀신 행위가 성공 여부와 상관없이 개화와 무관하다는 것을 말해준다.

'도깨비장난'이 "미신사상에 헤어나지 못해 귀신을 무서워하는 당시의 사람들에게 도깨비나 귀신의 출몰이 모두 작중 인물의 고의적인 조작임을 보여주었다는 점"[53]에서 의미가 있다. 그럼에도 그것은 지엽적인 문제이다. 왜냐하면 도깨비장난이 벌어지는 동안 구세대의 인물인 홍 참의 성격이 파탄지경에 이르기 때문이다. 즉 유교적 사고방식을 가진 사람은 자신의 사고방식과 아무런 상관없이 '고두쇠가 죽은 후'로는 "며느리가 죽어 원귀가"(343쪽) 되었다고 생각한다. 김씨 부인이 귀신을 쫓는다고 무당을 불러들여 가사를 탕진해도 그냥 둔 채, 두 노인은 "마주 앉아서 귀신을 없앨 공론만 한다."는 것이다. 이것은 도깨비장난과 관련해서 고두쇠 죽음이 준 공포와, 며느리를 치악산에서 죽도록 버린 것에 대한 후회가 동시에 밀려온 심리적 갈등을 자신이 제어하지 못한 결과이다.

이인직은 국가를 판 혁혁한(?) 공으로 1911년 경학원 사성이 된다. 경학원은 일제가 조선왕조의 정신적 권위인 성균관을 격하하여 만든 기관으로 전국의 유림들을 선무하는 공작이 중요한 임무이다. 일제는 역사성과 정신적인 집단인 유림들을 다스리는 도구로 그를 이용한 것이다. 그는 1916년 11월 25일에 죽었는데 "종교마저도 일

---

53) 송민호, 앞의 책, 168쪽.

본 신도(神道)의 일파인 천리교에 귀의하여 장례식도 28일 일본식인 천리교식의 장의"[54]로 화장하여 죽을 때까지도 일본인으로 행세를 하고 변화가 가장 더딘 장례의 방법마저 충실히 일본 것을 택한다.

이인직이 우리나라 문명의 개화를 위해 『치악산』을 썼지만 본래의 뜻은 상실되고 만다. 이인직이 의도한 개화는 국가의 개명과 관련된 것이라기보다는 사적 개인적 영달을 위한 것으로 판단된다.

(5) 개신교와 국가 침탈의 동조

주강현에 의하면 개신교 전래 시기는 열강의 조선 침략과 같은 시기이다. 19세기 말 미국 독점 자본주의는 서부개척 시기가 1880년대에 마무리되자 더 이상 국내에서 시장의 확대는 어렵게 된다. 당시 미국의 지배계급은 사회 진화론을 도입하여 격심한 빈부격차를 적자생존의 논리로 합리화시킨다. 이런 사회진화론은 팽창주의를 합리화하는 데 큰 힘을 발휘하였고 교회가 가장 적극적으로 이를 수용하려 나선다. 그들은 미국사회가 안고 있는 문제점을 해결하기 위해 두 가지 방안을 제시한다. 먼저 노사간의 협조를 선결문제로 제기하고 내적 모순을 해결하기 위해 해외로의 팽창이 절실하다고 논리이다. 기독교의 해외 선교가 종교적인 차원을 넘어서 미국의 해외시장 확보에 필요하다는 것이다. 선교사는 주재 지역의 시장관행, 언어 습관 등을 조사하여 보고하고 미국산 제품의 우수성을 홍보하는 데 큰 역할을 담당한다. 동시에 자본가들에게 선교사업을 위한 물질적 지원을 촉구한다. 그리고 백인 우월주의에 입각하여 기독교 문화를 전파한 측면도 없지 않다. 이런 우월주의와

---

54) 최원식, 앞의 책, 153-154쪽.

기독교문화 전파는 선교라는 미명하에 구미 제국주의의 동양진출
에 정당성을 부여하였으며 그것을 합리화시키는 방법도 된다.[55]

　　1901년의 정교분리 원칙과 더불어 대부흥운동은 세상사와 무관하
게 천당과 교회만을 강조하는 신앙형태를 조장하였고, 교회의 비정치
화와 민족적 관심의 약화로 개인의 영혼 구원만을 중시하는 신앙인
들을 배출하는 역작용을 초래하였다. 따라서 **일제 침략기에 한국 민
족의 아픔과 분노를 성령운동이라는 종교적 카타르시스를 통해 희석
시킨 몰역사적 성격이 분명히 지적되어야** 하는 것이다. 이 같은 사태
진전은 이후에 백만인 구령운동으로 더욱 확장된다. 선교사들은 국운
이 기울어져가는 당시 한국의 정치사회적 상황을 전도하기에 적합한
절호의 기회로 파악한 것이다. 〈중략〉 자기들이 선교지로 삼아 활동
하고 있는 한 나라의 운명이 '만국 백성으로부터 능멸당하고 국가의
주권을 빼앗겼으며 정권이 남에게 넘어간' 그 사실에 함께 분노하거
나 슬퍼하기보다는 이러한 조건은 전도하기에 좋은 '절정의 날'을 만
들어주었다는 입장이다. 1910년 9월 선천에서 개회된 장로회 4회 독
노회에서 백만 명 구령운동 결의안이 통과된 시점은 일제에 합방된
지 불과 20일 만의 일이었다.[56]

　이와 같은 선교사들과 교회에 의해서 "한민족의 아픔과 분노를
성령운동이라는 종교적 카타르시스를 통해 희석시킨 몰역사적 성
격이 분명한" 역사적 죄악은 나라를 잃게 한 이인직 못지않은 역
작용으로 작동되고 있다. 선교를 위한 대부흥운동은 억압상태에서
해방하여 새로운 세계를 구축하기 위한 것에서 이탈을 한다. 일제
의 교묘한 구조적 억압에 저항하지 않고 순응하게 따르는 심성을
소유하도록 만든다. 항일운동이 전국적으로 확산되어 가는 긴박한

---

55) 주강현, 앞의 책, 121-122쪽, 참조.
56) 앞의 책, 133쪽.

상황에서 '부흥이 일어나 교회가 법과 질서를 유지시켰다' 등의 말
이 종횡무진으로 퍼뜨려진 것이다. 이런 모습은 일제에게는 너무
나 긍정적인 방향이다. 한국 교회의 성장과 교세확장에는 큰 도움
이 되었다고 해도 민족 독립사적 입장에서 보면 "하나님의 섭리
에 의한 세상 권세의 이해는 기존의 불의한 권세를 신의 이름으
로 인준하여 저항정신을 약화시키는 마취제로 작용할 위험을 지
니고"[57] 있었던 것이 된다. 일제는 권력의 하수인들을 이용해서
국가를 갈취하고, 미국의 선교사들은 선교를 위한 목적으로 부흥
운동을 전개하였지만 민족의 저항운동마저 무력화시키는 데 일조
를 한다. 결과적으로 신소설은 일제의 식민지화 마스트플랜에 의
해 착실히 준비가 되었고 미개국가의 사회로 단정하여 풍속 개량
이라는 무의 피해를 강조된다. 신소설은 문명개화가 아니라 망국
의 전초전이 되는 불운한 내용으로 변한다.

2. 일제강점기와 기층 신앙의 위기

1) 문장적 무비(文裝的 武備)와 부업점자의 타살 – 이태준「오몽녀」

　이태준의 「오몽녀」[58]는 1925년 『조선 문단』 7월호에로 당선되었
으나 사정에 의해 발표되지 못하고 만다. 작가의 현주소를 통지해
달라는 특고(特告)라는 사고(社告)가 실렸고 작품은 그해 7월 13일
『시대일보』에 게재되는 변고를 당한다. 요즈음으로서는 있을 수 없

---

57) 앞의 책, 132쪽.
58) 이태준, 「오몽녀」, 『월북 작가 대표문학선집』, 문학과현실사, 1994.

는 사건이었지만 일제강점기에는 충분히 발생할 수 있는 일이다.

(1) 식민지 문화정책

먼저 일제의 식민지 문화정책의 기조를 다음에서 엿볼 수가 있다.

> 20세게 초반의 일본 식민세력은 문장적 무비라는 화두를 내걸었으며, 그 화두는 일제가 패망할 때까지 결코 변치 않았다. 문장적 무비란 무엇일까? 고토는, '식민정책이란 곧 문장적 무비로서, 왕도(王道)의 깃발을 걸고 패술(覇術)을 행하는 것'이라고 전제한 뒤, 그 '깃발'을 경제발전, 학술, 교육, 위생이라는 '넓은 의미의 문화사회 건설'이라고 규정했다. '문장적 무비론'의 반대는 무비적 문약(武備的 文弱)이라면서, 문화적 헤게모니를 주입하지 못한 지배는 민중의 협력을 얻지 못해 언제 붕괴될지 모른다는 점을 강조하였다. 문장적 무비는 '식민은 문명의 전파'임을 정확하게 반영한다. 박현수는 문장적 무비가 조선에서 전개되는 과정을 식민 통치사 3기로 나누어 설명한다. 1기는 메이지 유신 이후 한국에 대한 보호정치가 이루어지는 시기, 2기는 1906년부터 3·1운동이 일어나는 1910년대 말까지 시기, 3기는 이른바 문화정치 시대 이후부터 광복 직전에 이르기까지다.[59]

일본의 한국 동화정책은 일한일가(日韓一家)의식에서 출발한다. 양국 사이에는 인종, 종교, 문자, 풍속, 언어 등이 동일선상에 있고 양자가 일체화되는 것이 자연스럽다는 것이다. 결국 한민족의 독자성은 사라지고 일본에 흡수되어 한국이라는 나라는 없다는 논리이다. 이런 논리에 의해 일본과 한국은 서로 다툴 필요가 없이 동등한 것이라는 동질애(同質愛)가 전제가 된다. 그러나 그런 사

---

59) 주강현, 앞의 책, 168-169쪽.

고는 억지가 아닐 수 없다. 오랜 역사를 지내면서 서로 다른 환경과 사고에서 생존한 것을 동질이라는 이름으로 묶는 것은 피지배자들을 속이기 위한 논리이다.

우리 문화에 영향을 미친 이론적 근거가 되는 '문장적 무비(文裝的 武備)'를 주창한 것은 과학적 식민주의자라는 고토이다. 그는 일본 내무성 위생국 기사로 출발하여 '일본의 식민지학(植民之學)'에 중요한 위치를 차지하는 사람이다. 고토는 민심을 감복시키기 위해 '문화'에 주목하여 '식민지 문화사회의 건설'을 '문장적 무비'라고 불렀다.

「오몽녀」는 억압적 무단정치에서 3·1운동의 영향으로 문화정치가 전개된 3기 시대의 작품이다. '문장적 무비', 즉 '식민을 하는 것이 곧 문명의 전파'라는 전략에 대해, 이 작품은 그들의 방범과 치안을 담당한 순사들의 횡포를 폭로함으로써 식민지 사회의 모순을 비판하고 있다. 이것은 문화 사회 건설을 목표로 하는 문명국에서 해서는 안 되는 행위로써 식민지 정책의 허구성을 폭로하는 것이 된다. 정당성이 결여된 강압적인 성적의 행위는 비문명적인 행동이며 지배하는 데 정당성의 결점으로 나타날 수 있다.

식민지 입장에서 보면 식민지인은 미개인의 모습으로 전락되어 있어야 하고 그들을 문명화해야 하는 것이 식민지 정책이다. 그러나 오몽녀는 미개인의 모습이 아니다. 오히려 자신의 삶의 개척과 성적 추구를 통해 비록 부도덕하지만 정상적인 생을 구가하고 있다. 그런 오몽녀에게 비문화적 행위를 하는 것은 문화적 헤게모니를 잃을 구실을 제공하고 식민지를 잃을 수 있다는 경각심의 발로로, 문명국으로서 가장 수치스러운 일도 된다.

(2) 복녀와 오몽녀의 공통점과 차이점

1925년 『조선 문단』 9월호의 〈7월 창작소설 총평〉기사에서 나도향은 "이 작품을 볼 때에는 김동인군의 『감자』[60]가 작고 생각이 납되다.[61]"라고 하여 이미 김동인의 「감자」와의 유사성을 지적한다. 이처럼 본격적으로 두 작품을 비교하는 것은 당시 초기 단편소설의 등장과 함께 작가와 작품 수준과 사회적 환경에 대한 관심이 크기 때문일 것이다. 그런 과정에서 가장 최근에 이병렬은 「복녀와 오몽녀의 거리」[62]에서 두 작품을 자세히 비교하여 「오몽녀」의 작품성을 밝히고 있다.

또 한국 현대문학사에서 작가와 작품을 기술하면서 '이태준은 김동인과 현진건의 뒤를 이은 뛰어난 소설작가'로 현대소설의 기법을 완벽하게 체득한 작가라고 지적한다. 그리고 '치밀한 결구와 섬세한 분위기의 창조, 낱말 하나를 바꾸어 놓을 수 없는 완벽한 구조와 간결한 언어' 등으로 오늘날까지 한국 현대소설의 교본구실을 해내고 있다고 평가하고 있다. 첫 작품인 「오몽녀」는 발표 당시부터 문단의 주목을 받다. 그러나 문학사의 기술이라는 점 때문에 구체적인 작품의 분석이 없어서 아쉬운 점은 있으나 두 작품을 비교하여 공통점과 차이점으로 「오몽녀」의 작품성을 분석한다.

　　어렸을 때부터 가난 때문에 팔려서 시집온 점이나 남편이나, 남편의 무력(無力)한 점이나 무력한 남편을 대신해서 생활의 방편(方

---

60) 김동인, 「감자」, 『조선 문단』 1월호 1925년에 발표한 단편.
61) 『조선 문단』 제11호, 1925. 8. 20. 121쪽.
62) 이병렬, 「복녀와 오몽녀의 거리」, 『숭실어문』 10집, 숭실대학교, 숭실어문 연구회, 1993. 455-477쪽. 이 논문은 이병렬, 『이태준 소설 연구』, 평민사, 1998, 230-255쪽에 게재하다. 책의 논문을 주로 참고하였다.

便)을 찾아 나선 점, 거기서 남자와 정(情)을 통한 점, 그로부터 성격(性格)이 변한 점 등이 모두 동인(東仁)의 〈감자〉와 유사(類似)하게 전개되는 것이다. 그러나 그 결구(結構)에 있어서는 다르다. 복녀는 자신의 행위에 정당성(正當性)을 부여하지 못하고 결국 죽어가는데, 오몽녀(五夢女)는 끝내 자신의 길을 가버린다. 이 점에 있어서는 완전히 전자(前者)보다 후자(後者)가 더 생명력(生命力) 있는 캐릭터로 묘사되었다고 할 수 있다.[63]

1920년대에 나타나는 애정감정이나 현실인식의 주제와는 달리 성격창조에 성공한 작품이라고 긍정적인 평가를 한다.

한편 1920년대 한국소설을 '가난'과 '애정'에 초점[64]을 맞추어 비교하면 두 인물은 단일한 성격의 소유자이면서도 본질적인 인간의 면모를 소유하고 있다. 이처럼 두 인물은 '일반적인 돈의 문제'를 넘어서 '본능적인 향락과 질투하는 인간의 모습'이다. 작가의 전단적(專斷的)인 설명에 의존하는 것이 아니라 스스로 행동하는 인물이라는 점에서 복녀는 오몽녀와 같다. 그러나 김동인의 「감자」는 작가의 개입이 약점으로 작용하나 이태준의 「오몽녀」는 작가의 개입에서 완전히 벗어나 '작중 인물의 행위'에 의해서 결정된다. 이처럼 두 작품의 차별성은 개입의 '약간의 탈피'와 '완전의 탈피'로 얘기할 수 있다. 결과적으로 작가의 개입과 주인공 인물 성격의 구체적인 형성을 비교하고 있다.

먼저 공통점을 보면 첫째, 오몽녀와 복녀는 본능 추구형 인물이다. 애정과는 관계없이 돈거래로 연결된 부부로서 윤리적 제약이 희박하다. 또 경제적인 획득을 위해 성에 눈을 뜨고 거래도 한다.

---

63) 정한숙, 『현대한국문학사』, 고려대출판부, 1982, 129쪽.
64) 송하춘, 『1920년대 한국소설 연구』, 고려대학교 민족문화연구소, 1995, 227-231쪽.

둘째, 그들의 남편은 다 같이 무기력하다. 「오몽녀」의 지 참봉은 늙고 가난한 소경이다. 「감자」에 나오는 복녀의 남편은 생활력이 없는 게으름뱅이다. 이들의 역할은 자유분방한 계집을 만드는 기능적 임무를 수행한다. 셋째, 두 주인공은 무기력한 남편을 피해 본능적인 성행위를 추구한다. 오몽녀는 '금돌', '방가(房哥)란 순사', '남순사' 등과 복녀는 '감독'과 '왕 서방'과의 성행위를 한다. 이와 같은 공통점에도 불구하고 '오몽녀'가 '복녀'보다 성격이 완전하게 나타는 것처럼 느껴지는 것은 작가의 개입 때문이다.

다음 차이점은 '오몽녀'에는 처음부터 윤리적인 문제가 개입되어 있지 않다. 「감자」에서 '복녀'는 어느 정도 윤리성과 인간성의 문제에서 인간성을 강조하려는 엄한 규율의 영향을 받은, 가난하나 정직한 농가에서 자라난 처녀로 설정되어 있다. 이에 반해 「오몽녀」에서는 "아홉 살 된 오몽녀를 35원에 사다가 처를 삼으려 길러"(388쪽)[65] 와서 부녀처럼 살다가 오륙 년 전부터 부부가 된 경우이다. 윤리 도덕과 무관한 부부관계이다.

오몽녀의 남편은 20여 년의 나이 차이가 나고 봉사에다가 부업으로 점도 치며 푸닥거리를 하는 박수이다. 복녀는 15살 때에 80원이라는 돈에 홀아비에 팔려 시집을 왔다. 복녀와 남편은 소작농, 막벌이, 행랑살이를 거쳐 마침내 거지가 되어 평양 칠성문 밖의 빈민굴로 밀려 나온, 가장 가난한 생활을 하는 부부이다. 오몽녀는 어려서부터 살다가 부부의 연을 맺었지만 복녀는 여자의 역할을 하는 나이에 홀아비에게 팔려온 것이다.

---

65) 박태원·이태준, 『월북 작가 대표문학선집』, 문학과현실사, 1994. 원작 「오몽녀」는 388-411쪽까지, 개작 「오몽녀」는 412-410쪽에 두 편이 나란히 게재되었다. 다만 개작의 주인공도 '오몽내'가 아니라 똑같이 '오몽녀'로 되어 있다.

복녀는 애욕의 노예가 되어 죽음을 맞이하지만 오몽녀는 새로운 삶을 위해 젊은 금돌이와 국경을 넘어서 탈출한다. 복녀는 매음을 해서 돈을 벌어야 하고 그것이 남편과 함께 살아가는 생계수단이 된다. 반면에 오몽녀는 남편에게 돈을 주기는커녕 오히려 "지 참봉이 점을 쳐서 들어 온 잔돈푼이나 생기면 술집"(392쪽)으로 가고 그 돈으로 술을 사가서 애인인 금돌이와 얼근하게 술에 취해 노닥거릴 정도로 자유스러운 삶을 누린다.

복녀는 도덕관 내지 인생관이 변하여 인생유전으로 끝없이 추락을 거듭하는 하강국면이지만, 오몽녀는 애욕을 추구하면서 오히려 자신의 인간 궤도를 상승구도로 유도해 내는 능력과 기술이 있다. 오몽녀는 자신의 본능을 확인해 나가면서 보다 사람다운 생활을 영유하고자 노력하고 실질적인 것도 추구하는 인물이다.

바로 이 점이 두 인물의 큰 차이점이다. 성격의 형성이 얼마나 잘 나타나고 안 되었느냐에 따라 평면적인 인물도 입체적인 인물 못지않게 성공할 수 있다는 것을 보여준 예이다.

(3) 식민지 시대의 개작문제

「오몽녀」의 개작문제[66]는 중요하다. 당시 시대적 상황과 아울러

---

66) 오몽녀의 개작문제는 이미 구체적으로 연구가 되어 있다. 『시대일보』에 발표된 원문과 『이태준 단편선』에 실린 작품이 내용상의 커다란 차이로 별개의 작품으로 보는 견해도 있다고 이병렬은 주장하고 있다.
민충환, 『이태준 연구』, 깊은샘, 1988.
이병렬, 「이태준소설의 텍스트 문제」, 국어국문학회, 『국어국문학』, 111권, 1994.
「이태준소설의 개작문제고」로 제36회 전국 국어국문학연구발표대회(1993. 6. 6 충남대학교)발표한 것을 당시 토론 내용을 수용 수정 보완 정리한 논문임을 밝히고 있다.

114

식민지 정책과 관련이 있기 때문이다. 원래 원작은 1925년 7월 13일 『시대일보』에 발표된 단편소설이다. 인물창조에는 성공하였으나 "작가가 작품 속에 개입한다거나 희곡식 표현, 지루한 묘사 등 습작기의 미숙성"[67]이 있어 습작기의 수준이라고 할 수 있다.

1939년 2월 그의 단편집 『이태준 단편선』에 재수록되면서 전면적인 개작의 과정을 거처 기본 골격은 유지하면서 원작과는 상당한 차이가 있는 별개의 작품이 된다. 작품의 성격상 개작은 당연히 별개의 의미를 가질 수도 있다. 개작한 이유가 무엇인가 알아보면 작품의 이해에 도움이 될 듯하다.

이병렬은 원작 「오몽녀」가 "200자 원고지 60매가 조금 넘었는데 이것을 원고지 40매 정도로 축소된 개작본 「오몽녀」로 작품화"[68]하여 완전히 다른 작품으로 취급을 한다. 그래서 두 작품의 구조와 인물의 성격을 구체적으로 비교 분석하여 개작분에서 사건이 단순화되고, 오몽녀의 성격이 원작에 비해 살아난다는 장점까지 밝혀내고 있다.

제목은 똑같이 '五夢女'라고 한문으로 되어 있으나 등장인물을 원작은 한문으로 '五夢女'라고 표시를 하고, 개작은 '오몽내'[69]로 표기

---

67) 이병렬, 앞의 책, 240쪽.
　　양백화·방춘해, 「7월 창작소설 총평」, 『조선문단』, 1925. 8. 20, 121쪽.
68) 이병렬, 「이태준 소설의 텍스트 문제」, 298쪽.
69) 민충환, 앞의 책, 183쪽. 이태준은 1909-1912년까지 「五夢女」의 배경이 되고 있는 西水羅와 가까운 함경북도 배기미(梨津), 그리고 해삼위(블라딕보스톡)에서 어린 시절을 보낸 바 있다. 상허 자전적 소설인 『思想의 月夜』에서 "여기 아이들은 남녀 간에 석자 이름이 많다. ……계집이면 '옥등내(玉燈女)'니 '삼몽내(三夢女)'니 하고 석자에 '녀'가 많이 붙이는데 '녀'는 으례 '내'로 발음을 한다."고 했다. 이처럼 원작은 한문으로 개작은 한글 발음으로 썼으나 원래 같은 뜻이다. 이 작품은 어린 시절을 보낸 바 있는 함경도의 생활체험에서 취재한 내용이 아닌가 추측된다.

하고 있다. 그러나 이 연구에서는 텍스트에 따라 '오몽녀'로 표기한다.

개작의 '오몽녀'는 원작과 마찬가지로 새로운 삶을 찾아가는 과정이지만 각 과정마다 원작과 차이가 있다. 지 참봉과 부부 관계가 되는 과정도 그렇다.

> 기실은 총각으로 늙어 온 지 참봉은 **아홉 살 된 오몽녀를 삼십오 원에 사다가 처를 삼으려** 길러온 것이다. 그래서 오륙 년 전부터는 혼례는 했는지 안 했는지 이웃 사람들도 모르건만 지 참봉과 오몽녀는 부부와 같은 생활을 하여온다.(원작 388쪽)

> 기실은 총각으로 늙어 온 지 참봉은 **아홉 살 된 오몽녀를 점치러 다닐 때 길잽이로 삼십 몇 원에 사다** 길러온 것이다. 그런데 벌써 오륙 년 전부터는 혼례는 했는지 안했는지 이웃 사람들도 모르건만 지 참봉과 오몽녀는 부부와 같은 생활을 해온다.(개작 402쪽)

원작에서는 지 참봉이 아홉 살 난 오몽녀를 '삼십오 원에 사다가 처를 삼으려고' 하고 개작에서는 '점치러 다닐 때 '길잽이'로 삼십 몇 원에 사다' 길러온 것으로 되어 있다. 이것은 오몽녀의 행위를 이해하는 데 도움을 준다.

원작에서의 "지 참봉의 행위는 당시 결혼습속(結婚習俗)과 연관해 볼 때" 큰 문제는 아니나 서술된 "오몽녀의 자유분방한 결혼행각(愛情行脚)과 불윤관계(不倫關係)는 '윤락(淪落)된 탕녀(蕩女)'"로 인식될 여지가 충분하다. 반면에 개작에서의 지 참봉과 오몽녀의 부부관계는 "지 참봉의 위선적(僞善的)이며 파렴치한 행위에서 연유된 일이므로 오몽녀의 행동은 잘못된 자기 운명의 질곡(桎梏)을 과감히 떨쳐 버리고 행복의 길을 찾아 나선 자구행위(自救行爲)"70)로 간주될 수 있다. 이처럼 두 작품의 주요 등장인물을 두고 상반된 해석을 가능하게 한다.

한편 원·개작을 보다 구체적으로 비교를 하여 개작의 차이점을 밝힌다.

먼저 개작에서는 원작에서 거론된 가난과 애정 행각이 부각되지 않는다. 지 참봉의 파렴치한 행위를 벗어나고자 하는 오몽녀의 과감한 탈출에 초점이 맞추어져 있고 또 남편을 돌보지 않아도 되는 근거를 제공한다. 다음으로 오몽녀의 성격 변화와 매음행위도 문제이다. 원작과 마찬가지로 오몽녀가 금돌이를 만난 이후부터 애욕에 눈을 뜨게 되는 것은 사실이다. 자기 생일날 생선을 훔치러 갔다가 들켜서 고기 주인인 금돌이와 관계를 가지는 것은 동일하다. 그러나 절도의 대가로 많은 생선과 백합을 받은 원작에 비해 개작에는 그런 부분이 생략되어 있다. 이것은 참으로 애매한 부분이기는 해도 대가 제공의 의미는 도벽에 대한 책임 추궁보다는 앞으로 계속 성욕의 관계 유지를 위한 전략적 선심공세이면서 유혹의 선물일 가능성이 높다. 반면에 아무것도 주지 않았다는 것은 도벽에 대한 책임을 물어 죄 값으로 성을 제공함으로써 순전히 책임 추궁용으로 계산하는 비열성이 보인다.

순사들의 반민족적 행위에 대한 서술 문제도 오히려 매음 쪽으로 몰아가는 작가의 의도가 보이는데 이는 검열과정의 지침에 의한 것인 듯하다. 남 순사와 관계에서도 '서수라'로 객이 급히 가는 바람에 그만 주재소에 객보(客報)를 써서 보고하는 일을 시행하지 못한 죄를 핑계로 오몽녀를 잡아다가 유치장에 넣는다. 남 순사는 그녀를 생각하는 척하고 숙직실에 재우고는 밤늦게 되돌아 성관계를 맺는다. 원작은 이 원을 받았지만 개작은 삭제되어 있다.

---

70) 민충환, 앞의 책, 185-186쪽.

작가의 개작 이유에 대한 설명이 없어서 알 수는 없지만 개작
에서 오몽녀를 욕보이는 방가라는 순사의 내용이 삭제되었다는
것은 당시의 시대상황과 연관해서 생각하게 만든다.

　이 남 순사가 오기 전에는 방가(房哥)라는 순사가 있었다. 그는
술만 먹으면 유무죄(有無罪) 간에 백성을 함부로 치던 이다. 〈중략〉
오몽녀를 잡아다가 이 방에서 욕뵌 일이 있다. 그 뒤에 그는 늘 오
몽녀를 못 견디게 굴다가, 올 3월에 두만강 건너로 갔다가 죽었다.
(원작 394쪽)

　사람이란 생긴 것을 보면 알아. 아니 고 방가 녀석. 고 녀석은 돈
이 다 뭐야. 밤중에야 유치장에서 불러내선 제 볼일 다 보군. 도로
유치장에 집어넣는 걸! 잘 죽어서.(원작 395쪽)

원작의 이 부분을 통해 방가라는 순사가 얼마나 비열한 짓을 하
고 있는지 알 수가 있다. 일본 제국주의의 하수인인 순사에 대한 증
오심을 일으키기 딱 알맞은 내용이다. 피압박 민족의 성(姓)문제도
마음대로 하는 제국의 탈을 쓴 인간에 대한 저주이다. 이러한 표현
을 '문장적 무비'의 입장에서 보면 정말 잘못된 표현이 된다. 왜냐하
면 식민지의 지배는 무기(武器)를 갖추고 문화적으로 지배를 해야
하는 식민지 지배의 논리원칙이 있기 때문이다. 통치이념에 위배되
는 일에 대해서 일제는 사전 검열을 통해 수정을 강요한다. 개작에
서 일인 순사들의 묘사가 상당히 온건하게 표현되어 있으며 남 순
사의 행위도 "오몽녀를 계획적으로 끌어들여 자신의 욕망을 채우고
난 후의 행동은 오몽녀를 잊지 못하게 묘사"71)되어 있다.

---

71) 민충환, 앞의 책, 187쪽. 참조
　개작이 이루어지던 1939년은 일제의 식민통지가 민족말살 정책으로

한편 당시 일제 식민지 지배 정책과 관련해서 개작을 살펴보면 원작의 발표 시기는 "카프 문학의 맹아가 보일 때이고 사회의 아프고 곪은 부분을 드러내는 일이 어느 정도 허용되던 문화 정치기에 해당되던 때"였다. 개작 시기인 "1939년은 미나미(南次朗) 총독의 악착같은 민족말살 정책으로 사상과 이념의 표현이 노골적으로 제한받던 참담한 굴욕의 시기로 일제에 대한 비난이나 부정적 표현은 당연히 검열에 의해 삭제되거나 수정"[72)되었던 것으로 개작의 배경을 밝힌다.

마지막으로 오몽녀가 새로운 삶을 선택하는 방법도 개작에서 확연히 부각된다. 남 순사의 오몽녀에 대한 그리움의 묘사는 자연 오몽녀를 중심축으로 남 순사와 금돌이의 삼각관계가 자연스럽게 성립된다. 결국 오몽녀의 지극히 현실적인 선택이 이루어진다.

> 오몽녀는 남 순사의 첩 노릇보다는 금돌의 아내 노릇이 이름부터도 나은 것이요 정에 들어서도 그랬다. 오몽녀는 남이 쌀말부터, 이부자리부터 끌어들이는 대로 받아들였다. 그리고는 금돌이와 내통을 해 동산(動産)이란 것은 놋숟갈 한 가락까지라도 모조리 배로 빼어 냈다. 그리고 남 순사가 오마던 자정이 가까워 올 임시에 오몽녀까지 배로 뛰어 나왔다.(개작 410쪽)

오몽녀는 원작보다 더 적극적이며 금돌이 아내라는 현실적인 선택을 하고 있다. 원작에서 남 순사 처의 해산으로 오지 않는 틈을 타 도망가는 것보다도 개작에서 두 사람의 탈출로 훨씬 현실

변경, 한창 살벌한 시기로 일제의 이념적 표현은 근본적으로 봉쇄되던 시기이다. 자연 일인 순사의 파렴치한 행동이나 사건의 묘사는 완곡한 표현으로 바꾸어야 했으리라 생각할 수 있다.
72) 장영우, 앞의 책, 49쪽.

감이 있다.

또 개작된 「오몽녀」는 "어둡고 궁벽한 세계로부터 밝은 삶을 지향하려는 각성된 한 여인의 삶을 매우 긍정적인 시각에서 밝고 건강하며 생명력 있게 묘파"[73)한 점에 초점을 맞추어 비평을 한다.

일제의 검열은 총독부의 출판 자본에 대한 통제와 작가의 통제 수단으로 이용한다. 이태준의 개작은 검열과정에 의해서 행해졌을 것이다. 왜냐하면 총독부의 강압적인 직접 행사에 비해, 검열은 경제수단인 원고료와 판권과 취업전략 등 유인·강압수단을 공유하고 있어 효과가 더욱 컸기 때문이다.[74) 이태준은 1933년 8월, 구인회의 결성을 주도하였으며 『조선중앙일보』에서 일하면서 구인회 작가들을 위해 많은 지면을 확보해 줄 정도로 활약이 많아 출판업과 문단 사정에 밝은 편이라고 볼 수가 있다.[75) 이런 측면에서 출판에 대한 검열은 한층 가혹했을 것이다.

지금까지 원작과 개작을 비교를 하였으며 개작의 원인도 자세히 살펴볼 기회를 가졌다. 그러나 이 글은 당시 사회의 모습을 적나라하게 표현되고 오몽녀의 윤락된 탕녀라는 인식을 기본으로 하는 원작 「오몽녀」를 텍스트로 사용한다.

(4) 박수 지 참봉의 죽음

지금까지 주인공인 오몽녀를 관찰했다면 이제는 박수이고 맹인인 '지 참봉'의 입장에서 고찰이 필요하다. 그에게 특별히 관심을

---

73) 민충환, 앞의 책, 188쪽.
74) 한만수, 「식민지시대 출판자본을 통한 문학검열에 대하여」, 국어국문학회, 『국어국문학』, 131권, 2002. 5. 589쪽.
75) 이선미, 「구인회의 소설가들과 모더니즘의 문제」, 상허문학회, 『근대문학과 구인회』, 깊은샘, 1996, 77쪽.

가지고 연구한 자는 없다.

그런데 등장인물의 한 사람으로 '지 참봉'에 대해, 개작을 텍스트로 하여 '언술'을 통해 인물의 특성을 분석하고, 화자를 통해 드러나는 인물들의 행위의 방향과 이들 공간의 문제를 중점적으로 고찰한 경우가 있다. 즉 등장인물이 오몽녀와 금돌, 지 참봉, 남 순사 등 4명의 등장인물 가운데 지 참봉은 "고유명사의 이름이 아니라 신체적 결합을 도구적 호칭으로 부르고 그의 호칭은 사회적 습관에 따르는 명명법으로서 호칭을 통해 사회적 신분, 위치"76)를 알 수 있다는 것이다. 이러한 분석과정에 따르자면 위선적이거나 파렴치한 행위의 남편으로 취급한 '개작품'의 지 참봉은 별로 의미가 없다. 왜냐하면 이 글의 의도는 박수인 지 참봉에게 있기 때문에 적나라하게 당시의 모습을 구현한 원작이 더 작품성이 있다고 하겠다.

> 이 지 참봉은 벼슬을 해서 참봉이 아니라, 젊었을 때부터 실명(失明)이 되어서 어느 때부턴지 참봉 참봉하고 불러 내려온다. 그는 부업으로 점(占)도 치고, 푸닥거리도 하고 하지만 워낙 작은 곳이라, 점과 푸닥거리가 많지 못하고 객주를 한 대야 철도 연변도 아닌 두메 국경이라, 보행이 많아야 한 달에 오륙 인에 지나지 못한다. 그러니 눈먼 지 참봉이 가난뱅이로 살 것은 사실이다.(원작 388쪽)

그는 소경으로 '점과 푸닥거리'도 하고 객줏집에 손님을 접대하여 먹고 산다. 문제는 사십호의 작은 동네라 생존의 방법인 점쟁이의 직업상 영업활동 범위가 너무 좁다. 게다가 국경 지방이라 주재소가 있어서 소장, 이 순사, 남 순사가 일제의 식민지 지배층을 형성하여 마을의 치안을 책임지고 있다. 그들의 권위는 거의

---

76) 김현숙, 「오몽녀의 언술의 특성과 수사법」, 『상허학보』 1집, 1993, 196쪽.

절대적이다. 앞을 못 보는 장애인이 살아가기 위해서 터득한 박수의 점쟁이와 푸닥거리의 행위는 경을 읽거나 비손을 해주는 일로, 또 다른 측면에서 집안의 평안을 구하는 사회 구호차원의 활동이기도 하다. 일제에게 치안 유지를 위해서 생활의 안전과 정신적 활동의 안정이 필요할 것이다. 민족적인 저항 없는 안전성 추구는 국경 마을에게도 요구되는 삶의 요인이다.

다음으로 작품에서 드러나는 인물에 대한 묘사를 통해 인물의 특성을 분석해 본다.

"지 참봉이 북어처럼 말랐다. 두 눈이 꿩하게 부은 얼굴에는 개기름이 쭈르르 흐르고 있다. 풋고추만한 상투 끝에는 먼지가 하얗게 앉고, 그래도 망건은 늘 쓰고 앉았다."(389쪽)라고 묘사된 것으로 보면, 그는 남편으로서 대접을 받지 못하고 말라 죽어가고 있다. 오몽녀는 "남편이 아버지 같은 늙은 소경"(389족)이라 하며 불만이 많다. 오몽녀는 맛있는 것이 있으면 제 입만 챙기고 성미가 아주 급한 계집으로 처로서는 부적격자이다. 그런 오몽녀는 "미인이라기보다 거저 투실투실하고 푸근푸근한 복스러운 계집"(389쪽)이며 "남의 것이라도 자기 마음에 가지고 싶은 것이면 훔치고 숨기기를 상습"(389쪽)적으로 하는 여자이다.

그와 같은 행위는 금돌이 배에서 생선과 백합을 훔친 죄를 부담 없이 성적으로 변상하는 방법에서 알 수 있다. 방 순사는 "유무죄(有無罪) 간에 백성을 함부로 치던 이"(394쪽)로 힘없는 백성이라도 자기 욕망대로 욕을 보이는 완전한 권력 지배의 횡포형이다. 결국 그는 "두만강을 건너로 갔다가 죽었다."(394쪽)는 것은 오몽녀를 못살게 굴던 행위의 저주라고 생각할 정도이다. 남 순사는 "가장 권력이나 가진 것처럼" 유혹하여 욕망을 채우고 돈을 지불한다. 그런데 오몽녀는 화대 돈을 거절하지 않는다. 이런 대가를 받은 매음 행위에서 그녀는 부끄러움을 느끼지 않고 만족해한다. 그러나 성 매매행위로 생활을 유지할 필요는 없다. 남편이 객줏집 주인으로써, 또 부업으로 점을 쳐서 생활을 꾸려나간다. 객줏집의 영업은 주재소의 통재가 심하여 지배자인 순사들의 비위 여하에 따라 영업정지까지 당한다. 방가라는 순사는 지 참봉이 "어느 촌으로 푸닥거리를 하려 간 줄을 알고"(394쪽) 오몽녀를 잡아다가 욕을 보이고 또 남 순사는 객줏집으로 들어와서 "거리의 청년들이 산 사냥을 하다가 매를 놓쳤는데"(396쪽) 그 매의 행방을 알기 위한 점을 치는 틈을 이용하여 오몽녀와 성관계를 한다. 그러나 그들의 유흥은 지 참봉에게 들키고 남 순사는 위기를 넘기기 위해 지전을 지 참봉에게 준다. 그러면서 "다른 객줏집은 소장과 의논 후에 어떻게 하던지 영업을 폐지시키고 지 참봉 너 혼자만 하게"(397쪽) 해준다고 권력의 위엄으로 얼리고 달래고 협박하여 일을 무사히 수습한다.

오몽녀가 숙직실에서 나오는 것을 금돌이가 보게 되고 그는 마음과 몸이 달아서 생활필수품을 장만하고 무인도로 임시 피난하여 두 사람이 즐기는 사이에 일이 생긴다. 오몽녀가 들어오지 않자 지 참봉은 남 순사의 농간으로 여기고 담판하려 달려들다. 남 순사는 삼일 내로 찾아준다고 달랜다. 계책으로 호주(胡酒) 한 병과 아편을 준비하여 지 참봉 집에 가서 술을 권하고 아편을 놓아 "남 순사는 식칼을 들고 들어와 지 참봉의 목에 여러 군데를 서투르게 찔러"(399쪽) 살해한다. 남 순사는 지 참봉의 죽음을 자살사로 만들어 타살의 의심에서 벗어난다.

거기에다가 지 참봉의 주머니에 있는 그의 인장을 도용하여 일금 '사십원야'라는 가짜 차용증서까지 만든다. 채무자는 지 참봉,

채권자는 남 순사 자신으로 하고 날짜는 두어 달 전으로 엉터리 문서까지 만들어 완전히 지 참봉의 모든 것을 가로채려 한다. 이 튿날 오후에 점치러 왔던 사람에 의해 시체가 발견되어 주재소에 다가 신고가 된다. 주재소 직원들은 현장에 나가 사체를 검시한 후, 자살로 판명하고 구장(區長)으로 하여금 공동묘지에 묻게 지 시한다. 남편이 타살된지도 모르고 금돌이와 "외딴 섬에서 20여 일 유쾌한 생활"(400쪽)을 한 '윤락의 탕녀' 오몽녀에게 남 순사는 "지 참봉이 죽은 원인이 당신이 없었기"(401쪽) 때문이라고 지 참 봉의 죽음을 설명한다. 집 문제도 남 순사의 의도대로 정리되어 "자기 딴은 집이나 장만하고, 첩을 데려다 딴 살림이나 차린 것"(401쪽)처럼 기뻐한다. 그러나 남 순사가 아내의 해산으로 집 에 있는 동안 "금돌이와 오몽녀는 그 밤으로 해삼위(海參葳)를 향하여 영원히 떠나는 것"으로 소설은 마무리된다.

지 참봉을 처음부터 오몽녀가 새로운 삶을 추구하는 과정에서 보조적 기능을 하는 부속품이라고 단정하는 것 자체가 문제가 있 다. "강렬한 현실 비판의식을 적절히 형상화하였다."[77]는 이태준의 발언에서 알 수 있듯이 지 참봉의 운명은 어쩌면 나라를 잃은 민초 로 상징되었다고 볼 수 있다. 앞을 보지 못하는 봉사의 운명은 미 래를 대비하지 못한 우리 민족과 같으며, 일본의 제국주의자들의 하수인인 남 순사는 일제가 우리나라를 강탈하듯이 주인인 지 참 봉에게 술과 아편을 먹여 정신마저 잃게 하고 칼로 목을 찔러 살인 을 서슴없이 감행한다. 법을 지키고 치안 유지를 철저히 하는 민중 의 지팡이의 모습은 어디에도 볼 수 없다. 권력을 앞세운 폭압만 존재한다. 그런 환경을 적절히 피한 오몽녀보다 앞을 보지 못하는

---

77) 장영우, 앞의 책, 52쪽.

참봉은 남의 점을 쳐서 문제를 해결하면서도 자신의 죽음에 대한 대비가 없이 최후를 맞이한다. 남 순사의 권력 횡포는 한 사람의 운명과 아울러 박수인 무당의 죽음을 가져온 것이다.

오몽녀는 민족이나 나라의 장래를 걱정하는 것에서 너무도 거리가 있다. 단지 본능적이고 개인적인 삶을 추구한 여타의 민중을 상징한다고 할 수 있다.

(5) 일제의 풍속조사

조선 총독부 촉탁인 무라야마 지준(村山智順)이 지은 『조선의 점복과 예언』이라는 책에서 역자인 김희경은 다음과 같이 말하고 있다.

> 일제강점기 이른바 조선총독부의 촉탁이었던 일본인 무라야마 지준은 우리의 **기층문화(基層文化)를 조사·분석함으로써 식민지 정책의 기저(基底)를 다지는 데 상당한 역할을** 한 인물 중의 한사람이다. ……사상조사의 일환으로 진행된 그들의 조사 자료 제37집이 바로 『조선의 점복과 예언』(1933년 간행)이다. 〈중략〉 행정력을 동원하여 방대한 자료를 기초로 속속들이 파헤치고 있는 이 책을 옮기면서 나름의 감회가 있어 적는다. 〈중략〉 우리네 조상들의 이런 심성을 꽤나 잘 분석하고 있는 『조선의 점복과 예언』을 보면서 과연 침략자 노릇하기도 만만치 않구나 하는 생각을 갖게 만든다.
>
> 상고로부터 1930년대에 이르기까지 점복습속을 문헌과 현장답사를 통하여 정리하고 있는데 일단 자료수집적인 면에서 돋보인다. **점쟁이를 분류하는 데도 〈전문점자〉, 〈부업점자〉, 〈기타 점복자〉로 나누어 실증자료 중심**으로 정리하고 있다. 〈중략〉 세상이 소란하고 민생이 도탄에 빠졌을 때 〈점쟁이〉, 〈무꾸리〉는 성행하게 마련이다. 1930년대는 나라를 잃은 지 10여 년이 지나면서 인심이 흉흉한 때이다. 이런 때에 일반 서민이 어떤 심정으로 살아가고 있는가를 알

아내는 데 이 책은 한몫을 했으리라. 말할 것도 없이 식민통치의 기초 자료로서 활용되었던 것이다.[78]

이 책의 저자인 무라야마는 "귀신 신앙의 파지(把持)와 원시 종교인의 무격(巫覡)류의 활동이야말로 요컨대 조선 민중의 인생관이 자기 이외의 힘, 불가사의 한 힘의 정령에 의하여 그 생활이 좌우할 수 있다고 하는 신앙 관념에 입각"[79]하고 있다고 진단을 한다. 외력에 의해 지배당한 요인으로 '숙명관념'과 '운명관념'을 들고 이러한 관념이 운명을 개척하려는 정신력의 결핍을 가져오게 만든다는 것이다. 이러한 점복 신앙은 조선 민중생활의 현재와 장래에 반드시 적잖은 영향을 미칠 것은 당연하다. 도시는 물론 벽촌에까지 점복을 업으로 하는 자가 없는 곳이 없어서 출생과 혼인, 장례, 신병의 중대사로부터 일상의 모든 일까지 정기적 혹은 임시로 문복(問卜)이 성행하다는 것을 지적한다.

이처럼 민중생활의 해결을 점복에서 구하고 있다는 것은 심적 경향이 강한 전통 사회에 순치되었기 때문이다. 또한 조선 민중의 정신생활을 특징짓는 본질적인 요소와 사회적인 전통이 너무 위력을 발휘하여 외부적 생활환경과의 상호협력 관계가 형성되지 않았다는 것이다. 정신적이고 본질적 요소는 자력갱생하려는 기력이 왕성하지 못하기 때문이며, 미진한 기력은 전통의 힘에 억압되어 숙명적이고 순응적 인생관에서 벗어나지 못한다는 것이다.

또한 외부적 생활환경은 생활현상에 대한 올바른 비판의식의 결여와 상식적인 비판력의 강화가 발달하지 못한 상태이다. 이러한 비판

---

78) 무라야마 지쥰(村山智順), 김희경(역), 『조선의 점복과 예언』, 동문선, 2005, 4-5쪽.
79) 앞의 책, 6쪽.

력이 강력한 힘으로 성장하지 못한 점은 사회 교화력과 과학지식의 발달이 미력하고 보급되지 않는 결과라고 무라야마는 주장하고 있다.

그런데 위의 설명에서 '점쟁이'는 〈전문점자〉, 〈부업점자〉, 〈기타 점복자〉로 나눌 수 있다. 지 참봉이 하고 있는 '부업점자'는 "다른 업인 객줏집을 운영하면서 병행하여 점복을 하거나 주업의 부대적인 일로서 점복하는 사람"80)을 말한다. 이 계통으로 무, 맹인의 기도업자, 승려 등이 있다.

무라야마에 의하면, 조선의 민간에서 신앙 활동을 가장 많이 한 사람은 무당과 박수 및 맹인 기도사로, 지 참봉도 박수 및 맹인 기도사이다. 이들은 일반적으로 병이나 재액 등의 불상사를 모두 귀신의 조화로 보고 있다. 귀신이 사람의 몸에 침입해 있다가 음식, 노래, 유희로 즐겁게 해주면 기분이 좋아서 이승을 떠난다 하여 그때 병이 낫는다고 믿는다. 그런 능력을 소유한 사람이 신령과 통하여 재액과 병을 제거할 수 있다는 것이다.

신과 통하는 사람은 "신려(神慮)를 받고 신위(神威)를 빌리거나 혹은 주력(呪力)에 의해서 병재(病災)의 근원을 퇴제(退除)"81)한다. 그래서 기도의 목적을 달성하기 위해서 병과 재액(災厄)의 원인을 알아야 하고, 이에 대한 예지력이 있어야 한다. 그와 같은 일을 하는 사람들은 대부분 여성으로서 무당들이다. 신령의 영감을 받거나 신어머니의 기도로 신령과 통하는 경지에 도달해야 기도 점복이 가능하다. 박수는 판수와 같은 뜻으로 박수가 되는 과정은 무녀와 동일하나 여자는 도무(跳巫)를 필수로 하는 데 반해 박수는 도무를 거의 하지 하지 않는 남성 무당들이다. 대개 주문을 외우는 주법(呪法)에 의해서 기도한다.

---

80) 앞의 책, 106쪽.
81) 앞의 책, 106쪽.

특히 맹인 기도사(祈禱師)는 "먼 눈 그 자체만으로도 이미 영을 볼 수 있는 자라는 자격을 갖추었으므로 다른 직업을 갖는 것보다는 수업이 용이"하다. 기도업자가 되지 위한 "수업은 선배에게서 불경과 진언(眞言)·주문 등을 배우고 또 한편으로는 점복에 필요한 역리산법(易理算法)"[82]을 배우는 것이다.

「오몽녀」에서 지 참봉은 '산사냥'을 하는 친구들이 질문한, 놓친 매가 날아간 방향에 대해서만 "매는 북으로 갔다는 점괘가 얼른 나오는"(396쪽) 것이라 하여 단 한 번 점괘가 나왔을 뿐이다. 소설에서 지 참봉의 역할은 국경 지방에서 아무런 잘못 없이 일제 식민지의 하수인인 남 순사의 계략에 의해서 죽어가는 일뿐이다. 죽음에 대한 사인은 고사하고 집까지 빼앗겨도 어떤 법적 조치나 살인 행위의 사건규명을 할 사람도 없이 죽어갔을 뿐이다. 그의 처인 오몽녀는 남편인 지 참봉을 속이고 성적 향락에 빠져 애인과 줄행랑을 친 부덕한 여자이다.

다만 그 여자와 애인이 도망간 곳이 우리나라 독립군의 주요 근거지였던 '해삼위'로 갔다는 것은 독립운동의 의지를 간접적으로 나타내는 것이라고 생각한다. 이 소설이 오몽녀를 중심으로 전개되었다고 해도 작가는 상당한 의미가 있는 지 참봉의 인생을 통해서 조국의 모습을 구현하려고 하지 않았나 생각한다.

2) 무(巫)와 기독교 간의 대립 - 김동리 「무녀도」

김동리는 토속적이며 민속적 신비를 품고 있는 무의 세계에다 비극미를 혼합하여 특유한 분위기를 도출하는 「무녀도」[83](1936)

---

82) 앞의 책, 107쪽.

128

를 비롯하여 다른 무의 소설을 창작하다. 이런 독특한 점이 당대의 다른 작가들과 차별화되었고 김동리가 성공한 이유가 된다.

또한 문단의 암흑기에 김동리에 의해 주도된 순수문학이 박탈된 표현의 자유로부터 탈출구를 발견한 것은 당면한 정치적 암흑기인 일제 식민지 현실의 문제에서 벗어날 수 있기 때문이다. "무풍지대로 피난하여 마음껏 비대(肥大)해지고 전성(全盛)해 간 30년대의 대표적인 행운아"[84]라는 평가를 받는 것에서 볼 수 있듯이 "토속적인 세계가 샤머니즘으로 승화하게 되고 비극미가 가미되면 순수문학으로 격상되는 연쇄 반응"[85]을 얻을 수가 있고 이 작품의 성과이기도 하다.

(1) 창작 동기와 과정

김동리는 『월간문학』(1978. 8) "특집·전래 민속과 문학"에서 「무속과 나의 문학」이라는 글을 발표하였는데 거기서 「무녀도」를 쓰게 된 '착상의 동기와 과정'을 술회하고 있다. 그 내용을 보면 다음과 같다.[86]

첫째, 민족적인 것을 창작하고자 한다. 일제 당국은 우리 민족의 모든 것을 말살하려고 우리말과 글을 사용하지 못하게 하는 조치를 취한다. 이런 현실에 맞설 수가 없는 여건과 환경에 대한 울분과 원한을 달랠 길이 없어, 문학을 통하여 민족의 얼과 넋을 영원히 전하고자 결심한다. 모든 민족에게 있어서 그 시대의 이념과

---

83) 김동리, 「무녀도」, 『을화』, 문학사상사, 1986.
84) 김우종, 『한국현대소설사』, 성문각, 1980, 239쪽.
85) 이진우, 『김동리 소설연구』, 푸른사상, 2002, 169-171쪽.
86) 김동리, 「무속과 나의 문학」, 『월간문학』, 1978. 8월. 151쪽.

가치의 기준으로 살펴볼 때 서양은 기독교, 동양은 유교 혹은 불교라는 것을 발견했으며 그렇다면 우리 민족을 대변하는 것은 무엇일까 노심초사 생각한다. 그래서 우리 민족에게 불교나 유교가 들어오기 전, 이에 해당하는 '민족 고유의 종교적 기능'을 담당한 것이 '샤머니즘'이라 생각하기에 이른다. 따라서 무(巫)는 우리 민족에 있어서 가장 '원초적인 종교적 기능'을 가진 것이며 그 가운데 우리 고유의 '정신적 핵심 가치가 내재'되어 있다는 유산이다. 다시 말하자면 가치의 핵이 되는 것을 찾고, 지키고, 현대에 되살리는 길은 '민족의 고유한 혼'을 예술(문학)로서 구현시키는 일이라고 다짐하게 된다.

둘째, 세계적인 과제에 도전하려는 의지력의 발현이다. 세기 말적 상황을 샤머니즘을 통해서 표현한다고 했을 때, 핵심적 문제는 '신과 인간', '자연과 초자연', '과학과 신비'의 문제에 접근하려고 시도한다. 그런데 기독교를 바탕으로 한 유럽 사람들의 신관, 인간관, 자연관, 과학관, 신비관으로는 여러 가지로 시도를 해보아도 신통한 해결의 장이 없다고 판단하기 이른다. 그래서 우리 무(巫) 세계의 심연을 파헤쳐서 그 속에 내재해 있는 신관, 인간관, 자연관 등으로 세기적인 문제에 대처할 수 있는 문학적 활로를 찾아보자고 경주한다.

또한 「무녀도」를 발표한 뒤에도 관심을 가지고 어려운 무(巫)세계를 계속 취재하여 작품을 발표한다. 「허덜풀네」, 「개를 위하여」(「개이야기」로 개명), 「달」, 「당고개 무당」, 「만자동경(卍字銅鏡)」 등이 그것이다.

글의 말미에 '무속과 문학적 전망'이라는 항목으로 '무속의 세계'에서 문학적으로 개발할 점을 네 가지로 지적한다.

첫째, 무당들이 굿을 통해서 망자의 혼령을 저승으로 천도시킨다는 사실에 대해 연구할 필요가 충분히 있다. 둘째, 무당이 생각하는 이승과 저승, 귀신의 관계를 현재의 심령과학의 견지에서 재검토해야 한다. 셋째, 이를 통해서 한민족의 고유한 신관, 인간관 등을 찾아야 한다. 넷째, 이러한 신과 인간의 관계를 현대 세계의 과제와 결부시켜서 생각하는 일이 문학의 목적이 되어야 한다는 주장이다.

그만큼 김동리는 우리의 것을 찾아서, 비록 국가를 잃은 망국민(亡國民)이지만 자긍심과 동시에 정체성을 가져야 한다는 데 초점이 있다. 그렇지 않으면 우리 민족의 생존은 방향 감각을 잃고 비탄 속에서 사는 처량한 민족으로 변할 것이다. 민족의 "생활 속에 뿌리를 내린 원시 종교"[87]이지만 애국 계몽기 때부터 풍속인 무(巫)가 미신으로 추락하여 민족의 근원적인 얼과 넋을 찾는다는 것 자체가 매우 난처한 형국이 된다. 그래서 종교로서의 기능과 본질을 찾아야 했고, 그것은 완성된 종교와 대비시키는 길밖에 없다면서 어렸을 때부터 의지해오던 기독교를 상대역으로 삼은 것이라고 작가는 말하고 있다.

또한 작가는 세기 말적인 과제를 '절벽에 부닥친 신과 인간의 문제'로 요약한다. "세기 말의 회답으로 '새로운 성격의 신'과 '새로운 형의 인간'을 창조해야 한다고 믿고 그것을 '샤머니즘의 인간'으로 시도하려 했다"[88]고 한다.

이렇듯 우주적 회귀의 역사가 반복되고 있는 무속(巫俗)은 그 어느 종교보다도 **종교로서의 원질(原質)이 잘 보존된 원초적 종교 현**

---

87) 이상우, 「동리문학과 신화적 상상력」, 노드롭 프라이, 『문학의 구조와 상상력』, 집문당, 2000, 165쪽.
88) 김동리, 『을화』, 278쪽.

상인 것이다. 무속은 이렇게 민간층의 종교의식이 집약된 것으로 한민족의 정신 속에 뿌리 깊게 자리잡고 있는 생활을 통해 생리화(生理化)한 현재의 살아 있는 종교 현상이라 보인다. 그리하여 이와 같은 한민족의 **기층적(基層的) 종교 현상인 무속**을 한국의 종교사적 입장에서 본다면 외래 종교가 들어오기 전부터 **한민족이 가지고 있었던 조직적 형태의 종교 현상은 무속**이라는 귀결점에 이른다.[89]

이 글에서 보듯 무(巫)는 어떤 종교보다도 '원형질이 잘 보존된 원초적 종교 현상'이고 '한민족의 기층적 종교 현상'이라고 할 수 있다. 그리고 무(巫)는 외래의 어떤 종교보다도 조직적 형태를 가진 종교적 현상으로 오랜 역사적 과정에서 일찍 존재했던 민족종교라는 것이다. 무(巫)는 무당의 개인 또는 그 주변인들 것만이 아니라 우리 민족의 공동 자산인 것이다. 또 무는 외래 종교의 유입 때문에 없어질 뻔했지만 끝내 버티어온 끈질긴 저력을 가지고 있다. 그래서 이처럼 우리 민족의 사생관이나 우주관의 골격을 형성하는 것은 민족 종교로서 한민족과 애환을 함께 이겨낸 무(巫)의 역사성에서 찾을 수 있다. 그와 함께 샤머니즘을 우리 소설 문학 작품에 등장시킨 것은 우리 민족의 정서인 한 많은 '여성인 무당들의 사연과 사회적 억압에 의한 비극성'에 주목했다는 점이다.

이처럼 김동리는 민족의 원시적인 종교를 제대로 복원하여 그것을 작품의 소재로 훌륭히 소화한다. 민족의 원류, 민족적 자긍심과 아울러 새로운 형의 인간을 창조하고자 노력에 온갖 신경을 모은다. 그런 노력은 해방이 되고 40여 년이 지난 후에도 장편소설로 개작하여 쓴 『을화』(1978)에서 더욱 확실하게 나타난다.

---

89) 김태곤, 「巫俗의 宗敎史的 성격」, 『문학사상』, 1977. 9월. 347쪽.

(2) 「무녀도」의 개작

　「무녀도」의 개작은 물론 "『을화』로 확대 개작하였지만 내용은 거의 유사"[90]한 것이다. 그런데 작가는 개작을 언급하면서 "주제의 비중이나 깊이나 폭과 형식의 관계를 모르는 사람은 『을화』에서 「무녀도」의 색채가 사용되고 있다고 해서 「무녀도」의 확대판"이라고 속단하는 것을 지적한다. 그러나 "예술작품(특히 소설)에 있어서는 장편이면 장편, 단편이면 단편"[91]으로서 성취 여부가 문제이지 확대라든가 축소는 있을 수 없는 일이라고 하여 개작의 이유에 대해 왈가왈부하는 것을 질타하고 있다. 이태준의 「오몽녀」가 일제강점기의 외적 환경에 의해서 개작을 시도되었다면, 「무녀도」의 개작은 작품성을 순수하게 높이기 위한 내적인 요인에 의해서 작가 스스로 감행한다.

　한편 「무녀도」 개작을 이재선은 「무녀도」: 그 도상(圖像)의 양면성」[92]이라는 글로서 검토한 바가 있다. 작품의 개작과정을 다음과 같이 도식화를 시도한다.

　원작을 O(1936), 개작 ①을 R′(1947), 개작 ②를 R″(1958)로 나누어서 원작 「무녀도」와 개작 ①과 ②의 「무녀도」 즉 세 편의 다른 작품이 존재하고 있다는 것이다. 개작 ①, ②는 부분 개작으

---

90) 앞의 책, 166쪽. 재인용.
　　김동리는 1936년 5월 『중앙』에 첫 작품을 발표한 이후 1947년에 간행된 창작집 『무녀도』(을류문화사)에서 개작을 하였고, 1963년에 간행된 창작집 『등신불』에 수록된 「무녀도」는 재개작하였다. 1978년에 발표된 『을화』도 단편 「무녀도」를 근간으로 보완한 중, 장편에 해당하는 소설이다.
91) 김동리, 「무속과 나의 문학」, 154쪽.
92) 이재선, 『현대소설의 서사시학』, 학연사, 2002, 274-301쪽.

로 상호 간에 현격한 차이가 없어서 동일한 작품으로 보아도 무방하다. 그러나 원작과 개작의 두 편은 개작 범위가 넓고 커서 구조 및 서사 내용의 차이와 이질성으로 한 작품으로 보기가 어렵다.

대부분의 논자들이 개작 ②로 원작을 대체하는 해석적 관습을 되풀이해 오고, 또 소수의 논자들은 개작 ①을 원작으로 대체하고 있는 것이다. 소설의 형태 미학으로 볼 때 이 작품이 특유한 ‘액자의 시학’이라는 점도 밝혀지고 원작과 개작의 차이를 내부 이야기의 순으로 점검하고 있다. 원작의 도입 액자는 1인칭과 3인칭 형태의 서술상황이 이중 결합되어 있고 모두 40개 문장으로 구성되어 있다는 것이다. 이에 비해 개작 ①은 도입액자가 32개의 문장으로, 개작 ②는 26개의 문장으로 축약되어 있으며 개작과정을 거치면서 액자의 구성이 한결 간결화되었다는 것이다.

두 작품의 차이점은 원작의 주요 인물인 모화와 낭이가, 개작에서는 모화와 욱이로 대치되었다는 것이다. 이것은 서사의 의미가 전혀 달라질 수 있는 것으로 원작은 무당 모화가 주된 중심이 되고 환쟁이며 관찰자인 낭이의 이야기로 미술가(예술가) 소설이 된다. 반면에 개작에서는 낭이의 비중은 감소하고 모화와 적대 대응자인 욱이의 비중이 강화된다. 이를 통해 보면 원작은 무당과 그의 딸에 대한 ‘무녀도’ 중심의 서사 구조이다. 단순한 무 세계의 신비감과 전래 민속 신앙의 모습에 초점이 맞추어져 있다. 개작된 작품에서 욱이의 강화는 고유의 민속 신앙과 고급 종교의 고착화에 따르는 사회적 갈등으로까지 발전될 가능성을 내재하고 있다.

더욱 주목해야 할 점은 무가의 삽입이다. 「무녀도」는 액자 속에 내부 이야기를 끼워 넣고 다시 내부 이야기 속에 무가(巫歌)와 주사(呪詞)를 넣은 이중삽입 형태이다. 원작에는 부잣집 며느리를

134

위한 마지막 진혼과 초혼 굿인 '무가'와 잡귀신인 예수교를 신령이
나 부처님의 힘으로 항복시키는 조복(調伏)적 '주사' 등 2편이 들
어 있다. 개작은 8개의 주가, 기원, 진혼, 초혼의 무가가 삽입되어
있어 엄청난 변화이다. 이처럼 많은 무가들은 기독교인의 기도, 설
교와 대립되어 극화(極化)의 환유성 및 긴장과 갈등의 강도를 높
인다. 그리고 주인공의 내면적 위기를 제시하거나 드러내는 기능
을 강화하는 방법이 된다. 이러한 무가의 많은 삽입과 욱이의 변
모는 무(巫)의 인지 영역이 넓어졌음을 말해준다.

결국 원작의 서사 차원은 개작에 비해 '심미성의 비전'이 강하고
'채화쟁이' 이야기로서의 양상을 분명히 하고 있다. 대신 주술과
종교적인 신성성에 대한 비전은 상대적으로 농도가 약하다. 그런
점에서 원작은 '소멸해가는 세계에 대한 비극성을 탐구한 것'이며,
또 개작을 거치면서 "혈연의 문제로 확대되어 '종교의 갈등'과 '혈
연의 갈등'을 동시에 그리는 방향으로"93) 변했다고 할 수 있다.

원작에서 초기의 한 경향인 '전설이나 무속이나 토속적인 삶의
세계'를 통해, 기울어지는 무속 신앙의 슬픈 국면과 정치적으로 불
안정한 사회의 흔들림을 동시에 파악할 수 있다. 그리고 새로운
힘으로서 외래 종교의 유입이 있어 이질적인 정신적 가치와의 상
충과 수요의 움직임이 비교적 선명하게 문제화되고 있다.

그러나 1947년 개작의 서문에서 '정치적 선전을 위한 것'도 아니
며 '개인적 구경적(究竟的)인 구원'에 있다고 작가는 설명을 한다.
나아가 '온 인류가 부하한 우리의 공통된 운명을 발견하는 것이며
이것의 타개를 향하여 우리의 정열을 바치는 것'이라고 해명한다.
당시 "남북의 격렬한 대립이라는 시대상황에 대응한 발언으로서

---

93) 김정숙, 『김동리 삶과 문학』, 집문당, 1996, 40쪽.

도 물론 의미가 있을 것이지만 작가 자신의 문학적 신념 또는 문학관으로 더욱 의미"[94]가 있다. 그런데 원작에서 아들이 살인범으로 되어 있다가 개작에서는 기독교인으로 설정되었다는 것은 구경적인 구원에 의미도 있지만, 집안 내의 혈통 간의 갈등과 종교 간의 갈등이 전제되어 개작되었음도 말해준다.

무교의 심미성보다 식민지 상태에서 주술과 종교적인 갈등을 주제로 파악하고자 하는 것이 본 글과 더욱 부합되기에, 여기서는 개작②인 R"(1958)을 텍스트로 사용한다.

(3) 종교적 갈등과 무의 대응

이 소설은 무당 어머니와 장성한 아들이 기독교 신앙에 빠져 발생한 갈등, 즉 토속 신앙과 기독교 대립이라는 주제를 담고 있다. 게다가 가족의 파탄이라는 비극미가 민속적인 신비의 세계와 혼재되어 있기도 하다.

> 한국에는 국교(國敎)가 없다. 전통적인 무속 신앙 위에 여러 외래 종교가 전래하여 토착화되고 문화예술의 꽃을 피웠을 뿐, 일관되고 통일된 종교에 의해 사회의 규범과 문화예술이 창조된 것은 아니다. 삼강오륜을 기축으로 하고 생활윤리가 가치의 척도가 되어 있는 듯이 보이나 기실은 조선조 5백 년의 생활의 규범이 되어 있던 성리학에 의한 가치 기준이 그대로 지속되어 급속한 사회발전과 구미와 일본문화의 도래로 그 기축이 동요되고 있으면서 생활윤리의 통과의례(通過祭儀) 기능이 있을 뿐이다. 그것은 관혼이나 기제사 등 생활의 관습이 대체로 유교적의 그것을 넘지 못하면서도 수많은 사람이 여러 종교의 의례를 따르고 있는 것으로만 봐도 수긍할 수 있다.[95]

---

94) 신동욱, 『1930년대 한국소설 연구』, 한샘, 1994, 146-147쪽.

우리나라에는 특정한 국교가 없는 터라 신에 접근하는 방법이 다양하다. 전통적인 기층 민중의 삶 속에 뿌리를 내린 서민적 무세계가 강력하게 버티는 바람에 새로운 종교들은 토착화를 하기 위해 제각기 독특한 방법을 동원하여 시도한다. 이와 같은 것을 통해 무(巫)가 접신의 원류였음을 확인하게 된다.

구미나 일본에서 도래한 새로운 외래 종교가 유교적인 것을 초월하지 못하고 다만 각 종교의 의례적 모습만을 지키고 있을 뿐이다. 이들 종교들은 종교 간 갈등을 통해 우열승패를 보이는 것이 아니라 문화적 공생의 양상을 보이게 하는 것이다. 민간 신앙인 무(巫) 신앙 전체를, 1908년 '샤머니즘'이라고 사용한 것도 선교사 H. G. 언더우드이다. 그가 판단하기에 복음을 전달하는 데 강력한 장애가 되는 것은 첫째 양친에 대한 감정과 사후를 기억해주기 바라는 조상숭배사상이고, 둘째 재생의 사상을 담은 불교이며, 셋째 신비적인 미신에 뿌리박고 있는 샤머니즘[96]이라고 하면서 그중에도 미신에 기반(基盤)한 샤머니즘을 "종교적으로는 제일 강력하여 기독교가 대결해야 할 가장 완고한 적"[97]으로 보고 있다. 이러한 선교사의 판단은 무를 앞으로 경계대상의 제1임을 선언하는 것과 같다.

그러나 우리의 마음의 고향은 '샤머니즘'인 무(巫)이어야 한다. 또 "이승과 저승을 마음대로 넘나들며 정령(精靈)과 통하며 영혼을 다스리는 자인 샤먼, 그 강렬한 감동(情動)(Affect)과 망아경(忘我境)은 확실히 매력적인 현상"[98]이라고 판단한다.

---

95) 구인환, 『근대작가의 삶과 문학』, 서울대학교 출판부, 1994, 267쪽.
96) 언더우드, 앞의 책, 80쪽.
97) 김종서, 앞의 책, 32쪽.
98) 이부영, 앞의 책, 319쪽.

무당 모화가 살고 있는 집은 원시 세계를 연상하게 하는 도깨비굴과 같다. 모화는 문명사회와 인간과 자연 사이에 놓인 장벽을 의식하지 않고 동식물과 인간을 동일시한다. 또한 "무생물에 이르기까지 정령이나 귀신에 의해서 생명이"[99] 주어진 것이라고 생각하며 살고 있다. 이런 정령들이 산다고 믿는, 토속 신앙만이 지배하는 닫힌 세계에 기독교가 들어오는 과정을 어머니와 아들의 대결로 보여주는 소설이 「무녀도」이다. 이 소설에서 닫힌사회를 고집하는 측과 그곳을 열려는 측의 대결은 모화로 하여금 그의 아들과 함께 죽음으로 이끈다. 이런 그녀의 죽음은 "닫힌사회의 붕괴를 상징적으로 표상"[100]한다고 말할 수 있다. 그러나 단순히 닫힌사회와 열린사회의 갈등이라는 추정은 당시의 사회상을 통해 볼 때 합리적인 판단이라 보기 어렵다.

(4) 일본 제국주의자들의 신앙조사

이미 이 소설이 나올 때는 조선 총독부에서 우리의 문화를 파악하기 위해 조사를 착수하고 있다. 촉탁인 무라야마는 조선인의 사상적 근간을 이루는 민간 신앙 대한 조사를 진행한다.

그는 『조선의 귀신』의 '머리말'에서 다음과 같이 말한다.

인간 사상을 이루고 생활 방향을 결정하는 것인 정신 작용의 삼유체(三流體)로 지(智)·정(情)·의(意)가 있다. 이 세 작용 중 감정(感情) 작용이 가장 중요하다. 이런 감정 작용을 가장 적절하게 표현하는 것이 신앙 현상이다. 그러므로 신앙 현상은 그 사회의 사상을 여실히 보여주는 것이다. 한 사회를 볼 때 사상에서 출발한

---

99) 이상우, 『현대소설의 원형적 연구』, 집문당, 1988, 51쪽.
100) 김윤식·김현, 앞의 책, 399쪽.

생활과 문화를 엿보는 것은 필수불가결한 일이다. 문화와 민족의 사상을 이해하기 위해서는 그 민족에 공통된 신앙 현상을 찾아야 한다. 민간 신앙은 대중 사상의 골수이며 기본을 이루고 있다. 그러나 고급 사상이나 신앙으로 무장한 사람들에게는 '미신'으로 멸시를 당할 정도로 저급한 것이 대중의 사상이다. 이렇게 저급한 사상으로 인식된 것이 일반 대중의 유일한 신조로 사회에 엄연히 존재한다. 이는 사회 활동의 원동력 역할을 충분히 해내고 있다.

식민지 통치자들은 조선의 생활·문화·사상 등의 제 현상을 제대로 이해하기 위해 그 뿌리라 할 수 있는 저급한 사상, 민간 신앙의 연구가 필요한 것이다. 또한 그들은 외래 사상의 영향도 중요한 연구 대상으로 인식하고 있다. 외래 사상을 접목이나 묘목과 같은 것으로 보고 접목이 살아나기 위한 부착의 여부는 그 대목(臺木)을 고려하여야만 가능하다고[101] 보았기 때문이다.

---

101) 조선총독부 촉탁인 무라야마 지쥰(村山智順)은 조선 문화의 근간을 이루며 외래사상의 대목인 민간 신앙의 연구야말로 긴급한 일이라고 강조하고 있다(무라야마 지쥰(村山智順) 김희경(역), 『조선의 귀신』, 동문선, 1993. 11-13쪽.)
무라야마는 조선 총독부 관방총무과의 위촉을 받아 《조사자료 제25집》으로 1929년 간행된 『조선의 귀신』을 저술했다. 이 책은 '민간 신앙 제1부'에 해당되는 것이다. '민간 신앙 제2부'는 『조선의 풍수』(1931년 간행)이고 《조사자료 제37집》인 『조선의 점복과 예언』(1933년 간행)도 같은 사람의 책으로 김희경이 번역했다.
마지막으로 간행된 민속 예능에 관한 중요한 참고 되는 『조선의 향토오락』(1941년 간행)(무라야마 지쥰(村山智順) 편저, 박전열(역), 『조선의 향토오락』, 집문당, 1992)은 《조사자료 제47집》으로 위의 같은 사람의 편저로 박전열이 번역을 했다. 그 외에도 『조선의 계』, 『생활상태 조사』 등 일련의 보고 자료는 1923년에 설정한 풍속 조사 항목을 바탕으로 하여 각 분야별로 조사보고 되었고 실무적인 일은 경성제국대학·조선 총독부 중추원·조선사편수회가 중심이 되었으나 대부분은 총독부의 촉탁에 의하여 이루어졌다.(무라야마,

일본은 메이지 유신 초기에는 기독교도들을 노골적으로 탄압을 감행한다. 이런 이유로 서구의 여러 국가들과 외교 문제가 발생하자 분규를 피하기 위해 선교사들을 회유하는 정책으로 변한다. 이토의 정교분리 정책이나, 데라우치, 하세가와 총독의 종교·교육 분리 정책과 종교 통제 정책이나 3·1운동 이후 사이토 총독의 선교사 회유 정책 등이 그것이다. 사이토 총독의 경우는 외국의 선교사들을 만찬에 초대하기도 했고, 부임 후 8월 20일자로 단행한 총독부 직제 개편을 통해 학무국 내에 종교과를 설치, 구미의 선교사 문제를 전담하게 조치한다.

일제의 우호적인 정책으로 기독교 교인 수가 1908년에는 12만, 1926년에는 30만, 1935년에는 47만 명으로 기하급수적으로 증가한다. 즉 "1920년에서 1936년까지 15년간은 비교적 일제와 밀착 관계를 유지한 가운데 교세를 확장한"[102] 결과이다.

이런 평온한 상태는 역으로 민족해방 운동이 가장 미진한 시기이다. 선교사들은 교세 확장과 교역자 양성에 만족하면서도 자신들의 수준을 넘지 않은 소극적인 태도를 유지하여 결과적으로 한국 기독교의 자체적 발전까지도 가로막는 우(愚)를 범한다.

이러한 밀월 관계는 일제가 미국과 대립하면서 깨어지는 순환 과정을 거친다. 먼저 대립이 가시화된 것은 신사 참배가 제1문제로 대두된다. 그러나 선교사들은 신사 참배로 대표되는 일본 천황제 이데올로기와 전면전인 투쟁을 하기보다 이에 편입하거나 물러나는 소극적인 방법을 채택한다.

『조선의 향토오락』, 29쪽.)
102) 주강현, 앞의 책, 133쪽.

1937년 이후 일제는 황국 신민화 정책을 추진하였으며 내선 일체를 구호로 내건다. 내선 일체의 상징으로 부여 신궁을 건설하고 일면일사(一面一社)원칙을 내세우고 각 집안마다 신붕(神棚)을 설치케 했다. 한민족의 신앙 문화를 타파하고 그 빈 공백을 현인신(現人神) 천황으로 대체하고 있는 셈이다. 식민지 시대의 '개화주의자'들도 식민지 시대 전 과정에 걸쳐서 우리 문화를 모독하였으며 사회주의자들도 예외는 아니었다.[103]

선교사들은 우상을 타파하기 위하여 자주적인 우리 민족문화의 모든 것을 미개한 문화라고 하여 청산해야 할 대상으로 규정했다. 그러나 자신들이 하나의 우상으로서 거론한 현인신(現人神) 천황을 이제는 인정해야 할 처지가 된 것이다.

(5) 외래 종교와 무의 충돌

「무속과 나의 문학」에는 조선 총독부가 외래 종교와 손을 잡고 민속 신앙인 무와 갈등하는 사실이 드러난다.[104] 결국 이능화가 『조선무속고』에서 이야기한 우리 민족의 신앙의 뿌리를 찾는 노력을 김동리가 한다. 문학적 구현을 통해 '무(巫)가 우리 민족의 원류적 토속 신앙'으로 존재 가치가 충분히 있음을 보여준 것이다. 무가 민간 생활의 기둥으로서 중요하다는 것도 역시 인식시켜 주는 계기가 된다.

---

103) 앞의 책, 189쪽.
104) 이 글을 풍속과 풍속의 부딪침 혹은 이념과 이념의 대립이라는 문화사적 차원에서 이해하는 경우가 있다. (김윤식·김현, 앞의 책, 399-400쪽). 개화가 가져온 정치사적 의미나 경제사적 의미도 없는 일종의 '문화접변'으로 문화사적으로만 보고 있다. 또한 소재를 가족관계에서 찾는다고 강조하고 있다. 그러나 이는 종교적인 대립에서 찾으려는 작가의 의도를 잘못 보고 있다고 보아야 한다.

「무녀도」 스토리의 근간이 모화로 대표되는 "한국의 토속 신앙인 무교"와 그녀의 아들 욱이로 대표되는 "외래 신앙인 기독교의 충돌"105)로 되어 있다. 또한 이 현상은 '광기(狂氣)의 두 신앙이 충돌'을 일으키고 모자(母子)는 대결을 한다. 게다가 무당은 천인(賤人)의 하나이면서도 예인(藝人)이다. 또 무당(巫堂)이 하는 제의(祭儀)는 시가와 무가가 혼재된 민속 예술이자 대중 예술이며 민중 예술이다. 그런 이유로 「무녀도」도 한 편의 예인소설(藝人小說)이라고 명명이 가능하다.

어머니 모화의 세계는 신령의 세계다. 들기름으로 불을 밝힌 신단, 무가, 가무, 옥수, 주문, 축원의 세계로 체계적인 조직과 기틀을 갖지 못한 미개발 형태의 신앙 체계이다. 이는 우리 민족이 처한 사회상에서 당연히 겪는 민속의 모습이며 미개화된 사회의 일면을 보인다고 하겠다. 반면 아들 욱이의 세계는 하나님의 세계다. 교회, 성경, 찬송, 설교, 기도의 세계로 서구문명의 힘을 앞세우고 체계적으로 조직된 신앙 체계이다.

욱이는 사찰로 공부를 하러 갔다가 포기하고 평양으로 간다. 그는 외래 종교인 기독교를 공부하여 19살의 건장한 청년이 되어 되돌아온다. 그가 기독교를 배운 서북 지방은 당초 정부로부터 소외를 당하는 지역이다. 그런 이유로 전통 사회로부터 비교적 자유로웠고 한말 애국 계몽기에 외래 문명이 다른 곳보다 빨리 들어오게 된다. 그중에 기독교는 대원군 쇄국 정책으로 탄압을 받아오다가 열강의 개국 압력과 더불어 활동이 용인된 곳이다. 그에 따라 기독교의 학교가 다른 지역보다 많은 전국 213개교 중 148개교가 설립되었고 의료 시설이 먼저 들어선다. 이를 기틀로 하여 적극적인

---

105) 장양수, 앞의 책, 279쪽.

포교 활동이 시작된 것은 당연하다. 이후 조선은 일본의 지배로 들어가게 되는데 그 과정에서 1905년 7월 29일 가쓰라-태프트 밀약(각서)으로 미국은 일본의 조선 지배를 묵인하고 일본은 미국의 필리핀 지배와 기독교를 전파하는 선교사들의 활동을 방임하게 된다. 그래서 기독교는 세력을 더욱 확장시킬 계기가 된다. 외래 신앙은 망국민의 가슴에 희망과 용기를 심어주기 위한 외국 유학을 유도한다. 교육이란 명목 아래에 많은 사람들을 기독교인으로 귀의하게 만들다. 또한 가부장 제도하의 여성 권리를 상승시키는 평등사상과 자유로운 활동은 많은 여성을 끌어들이는 요인으로 작용한다. 개신교가 세운 학교에서 배운 교육과 신앙심을 소유한 여성은 결혼하여 가정의 중요한 제례 의식을 변화시키는 데 결정적인 역할을 한다.

기독교는 외래 종교로서 조선에 뿌리를 내리기 위해서는 당연히 전통 사회의 다신교 신앙과 싸워 이겨야 한다. 여러 모로 기독교는 유리한 조건을 획득하여 교권 확장 싸움에서 기선을 잡고 달려든다. 지배자와 한편이 되어 문명, 금권 등을 가지고 있는 개신교는 피지배자인 민중에게 굶주림과 절망감에서 벗어나는 일은 오직 하느님의 세계에만 가능하다며 설파하다. 이렇게 해서 기독교의 교리는 옳은 진리라며 하나님의 말씀을 믿어야만 된다고 강요하기에 이른다. 서로 이기려고 안간힘을 쓰고 있는 토속 신앙과 외래 신앙에게는 각기 그들 나름의 특이한 기적이 필요하다.

그는 지금까지 이 경주고을 일원을 중심으로 수백 번의 푸닥거리와 굿을 하고, 수백수천 명의 병을 고쳐 왔지만 아직 한번도 자기의 하는 굿이나 푸닥거리에 〈신령님〉의 감응을 의심한다든가 걱정해 본 적은 없었다. 더구나 누구의 객귀에 물밥을 내주는 것쯤은 목마

른 사람에게 물 한 그릇을 떠주는 것만큼이나 당연하고 손쉬운 일로만 여겨왔다.(208쪽)

이리하여 하나님 아버지의 외아들 예수 그리스도가 온갖 사귀 들린 사람, 문둥병 든 사람, 앉은뱅이, 벙어리, 귀머거리를 고친 이야기와 십자가에 못 박혀 죽은 지 사흘 만에 다시 살아나 승천했다는 이야기가 한정 없이 쏟아져 나왔다.(218쪽)

'예수그리스도가 병을 고친' 것과 같은 기적은 실증이 불가능하며 실제로도 일어나지 않는다. 그것은 상상 세계의 기적이며 현실을 초월한 상상 속에서 존재하는 신들을 불러들이는 사제들의 몸부림이다. 서로 양보할 수 없는 대결은 상대방의 신을 축출하려는 데까지 이어진다. 모화는 아들을 '예수귀신'으로 보고 칼로 악귀를 퇴치한다고 하며 내리친다. 아들 역시 칼을 든 어머니의 행위가 '마귀의 짓'이라며 품으로 뛰어드는 일종의 광기를 보인다.

성경을 불태우는 어머니는 욱이에게 있어서 철저한 이교도적 사탄의 행위이다. 그러므로 어머니와는 싸워서 이겨야 하는 적이며 하느님의 성령이 깃든 성물을 파손한 악마가 된다. 욱이는 몸으로 사귀의 칼을 막다가 쓰러진다. 그가 기거하는 곳을 방문한 현 목사는 "황폐한 광경과 역한 흙냄새"에 역겨움을 느낀다. 목사를 안내한 양 조사는 "경주에 교회가 이렇게 속히 서게 된 것은 이 분의 공로"(221쪽)라면서 평양 현 목사에게 진정을 한다. 욱이의 편지를 대구 노회로 보내 교회의 설립을 간청하게 되고 이는 새로운 교회 건설에 절대적으로 작용을 한다. 욱이는 목사에게 성경책을 달라고 간청한다. 목사의 성경책을 받아든 그의 눈에는 감사의 눈물이 보인다. 그는 다시 일어나지 못한다. 죽음은 이제 그를 순교자로 만든다.

반면에 어머니는 아들을 죽인 살인자로서 갈수록 신통력을 잃어 가는 영검은 불신을 당한다. 그녀는 실성한 사람, 미친 무당으로 취급당한다. 이에 대한 반대급부로 사람들은 교회로 몰린다.

그러나 결정적인 대결은 욱이가 죽은 것으로 끝나지 않는다. 그가 죽은 후 어머니 모화가 벌리는 마지막 굿판에서 싸움은 결판이 나는 것처럼 보인다. 모화는 물에 빠져 죽은 사람의 혼을 건져 내어 저승으로 천도하는 굿을 한다. '물굿'이라고 부르는 '수망굿' 혹은 '지노귀굿'이다. 이 굿은 〈예기소〉의 물속에 빠져 죽은 읍내 부잣집 며느리의 혼을 물속에서 건지는 일이며 건진 원혼을 저승으로 보내는 일이다.[106]

> 모화의 몸은 그 넋두리와 함께 일단 물속에 잠겨져 버렸다. 그러나 모화의 머리는 지금까지 덩실거리던 춤의 율동 그대로 물위로 솟았다 잠겼다를 몇 차례나 거듭하고 있었다. 그녀의 춤과 물의 너울은 같은 박자 같은 율동으로 어우러지며 흘러내리기 시작했다. 처음엔 쾌자자락이 보이더니 그것마저 잠겨 버리고 넋대만 물 위에 빙빙 돌다가 그것도 물과 함께 흘러내리기 시작했다. (225쪽)

"초망자 그릇에 밥그릇을 달아 물속에 던져도 밥그릇에 죽은 사람의 머리카락이 들어오지 않아"(224쪽) 죽은 김씨의 혼백을 건

---

106) 이런 "오구굿에서 진정한 관심은 죽은 자의 안녕이 아니라 죽어서 부정하게 된 망령이 이승에 남은 가족들에게 해를 끼칠까 두려워 그 후환을 막으려는 데만 있다"(최준식, 앞의 책, 77쪽)는 말은 너무 현실적인 판단이며 살아 있는 자의 횡포라고 볼 수 있다. 그런 산 사람들의 의지를 꺾어야 하는 무당은 속신을 만들어 주박에 걸리게 해야 한다. 혼을 건지는 굿을 하여 익사자를 저승으로 보내지 않으면 익사자는 영원히 물속에서 벗어나지 못하게 된다. 원래는 다른 사람이 대신 죽어야 한다는 속신만을 믿고 있어야 한다. 다른 희생 없이 영혼을 구하는 방법이 굿이다.

지지 못하였다는 것은 굿의 실패를 의미한다. 모화는 "넋대를 따라 점점 깊은 물속으로 들어갔으나"(224쪽) 원혼을 건지지 못하고 대신 자신이 스스로 〈예기소〉에 빠져 버린다. 원래 굿을 통해 영혼을 구해야 하지만 스스로 자신이 희생된다. 그러므로 희생 없이 영혼을 구한다는 굿의 취지에서 어긋난다. 무당이 죽은 것은 굿을 주재한 사람으로서는 실패를 뜻하지만 물에 갇힌 영혼으로 본다면, 대신 무당을 대타로 남기고 저승으로 가게 된다.

　이런 측면에서 이재선은 "우리의 전통적인 토속 신앙인 무속(巫俗)의 세계가 변화의 충격 앞에서 마치 저녁놀처럼 스러져가는 과정을 비장미(悲壯美)가 있게 형상화된 작품"이라고 단정한다. 또 "도도한 변화 앞에서도 스스로 신뢰하는 가치를 끝내 지키면서 그 파멸의 변화에 대해서 겨루고 맞서보려는 인간의 실존적 비극성과 초월의 아름다움"[107]이라고 작품을 평가한다. 또한 장양수도 "모화의 실패와 죽음을 그녀의 절망, 패배로, 한국 토속 신앙의 외래 신앙과의 대결에서의 패퇴"[108]라고 하여 토속 신앙의 실패를 지적하고 있다. 이와 함께 윤병로도 김치수의 '소멸의 미학'과 관련해서 "토속 신앙의 퇴조와 붕괴 현상에서 사라지는 것들에 대한 아름다움을 포착하여 예술적 승화에 부심한 자취를 본 작품에 남기고"[109] 있다고 평한다.

　그런데 이와 같은 평가 방법을 그대로 받아들이는 것은 지나치게 단순하고 피상적인 것이다. 모화의 죽음과 패배가 외래 종교인

---

107) 이재선, 「'무녀도'에서 '을화'까지」, 『한국문학의 원근법』, 민음사, 1996, 499쪽.
108) 장양수, 앞의 책, 286쪽.
109) 윤병로, 『한국 근·현대 작가·작품론』, 성균관대학교 출판부, 1993, 318쪽.

146

기독교의 승리라고 단정하기 어렵다. 작가는 장구한 세월 속에서 버티어온 무의 끈질김을 심층적인 깊이로 보이려고 노력한 것이다.

이런 의도에 한 발자국 더 접근하려는 뜻에서 "모화가 '물에 드는 행위'(죽음)는 무속적인 세계관에서 볼 때 일종의 귀향"[110]이라고 보고 있다. 작품의 무가에서 나오는 가사 "봄철이라 이 강변 복숭아꽃 피그덜랑, 소복단장 낭이 따님 이 내 소식 물어 주소, 첫째 가지에 안부 묻고"(225쪽)라는 넋두리에서 그런 의도가 드러난다. 그러면서 모화의 죽음은 용신(龍神)을 만나서 복숭아를 먹고 난 수국 꽃님의 화신인 낭이의 출생과 연관이 된다. 그래서 큰어머니라는 몸주신인 용신님과 딸의 출생과는 연관이 있고 용왕이 사는 물에 빠져 죽은 것과도 관련성이 있다는 것이다.

또 "죽음과 재생이라는 물의 원형적 이미지를 강조하여 모화의 죽음을 구원의 표상이나 범신론적 합일"[111]할 수 있다는 행위는 다신(多神)의 세계에는 당연하다. 그러면서 "모화가 그 자신을 바치는 희생 제의가 시작되었으며 춤을 추며 물속으로 들어가 영원히 사라지는"[112] 것은 영원의 세계로 되돌아가는 것이다. 모화의 죽음은 단순한 죽음이 아니라 죽음에 대한 두려움이나 고통을 느끼지 않은 편안한 죽음이다. 인간의 몸이 뼈도 살도 없는 하나의 율동으로 화한 듯이 물속으로 사라진다는 것이다. 신적인 도취, 엑스타시, 신열 상태에 있음을 보여주는 것이며 죽은 것이 아니라 영원으로 들어간 것이다. 이 세상의 구배(救贖)와 정화(淨化)를 위해 그 몸을 던진 것이며 새로운 차원에의 재생을 전제로 한 '삶의 리듬'으로 파악해야 한다. 이는 다른 차원으로의 재생을 의미한다.

---

110) 김용재, 앞의 책, 217쪽.
111) 김봉군, 앞의 책, 68쪽.
112) 장양수, 앞의 책, 287쪽.

모화의 죽음은 "이승과 저승이 차단된 것이 아니라 넘나들 수 있는 무경제적(無境界的) 순환의 과정"113)이다. 물이 제의적 기본 공물이 되는 것은 물의 제의적 근본회귀 기능에 의한 생명 상징이기 때문이다. 물은 생명의 근원을 상징한다. 농경에서 씨앗의 발아에 물이 절대성을 가지며 인간의 수태에도 정액의 액체가 절대성을 갖게 된다. 또 물은 "죽은 사람을 다시 살아나게 하는 재생적 영약으로 상징"114)되기도 한다.

결국 신화의 세계에서 인간은 광대하고 신비스러운 자연의 영원한 순환 속에 위치하게 된다. 특히 사계(四季)의 순환 리듬에 귀의함으로써 불사(不死)를 획득하게 된 것이다. 사계의 순환에서 봄은 재생의 계절이며 그 계절에 모화는 낭이의 화필을 빌어 우리 앞에 현신한다. 낭이가 그린 그림 속에서 모화는 저승에서 이승으로 되돌아온다. 낭이는 이승으로 돌아온 모화의 실체로서 그 모화의 무당 혼을 이어 받은 것이다. 모화는 죽음으로 끝을 맺은 것이 아니라 낭이를 통해 다시 살아난 것이다.

작가는 무교를 기독교의 상대역으로, 무가 지닌 특성을 제대로 복원하여 민족의 원형처럼 흐르는 민족정신의 모습을 여과 없이 재현하려 시도한다. 이 작품에서 나름대로 성공적이라고 할 수 있는 부분은 문화적 격돌을, 종교적으로 끌어 올려 무교의 생존에 힘을 안겨준 측면이다. 이 양상을 문학적으로 재현하여 훌륭하게 승화시킨 것이다. 물론 개작을 통해 이 문제를 가족사적 차원으로 끌어 내리기는 했지만, 그가 추구한 민족적이며 세기적인 문제를 해결하기 위해 우리 고유의 기층 민중들의 신앙을 과감하게 종교적 대립으로 끌고 갔다는 데 이 작품의 의의가 있다.

---

113) 앞의 책, 288쪽.
114) 김태곤, 『무속과 영의 세계』, 한울, 1996, 117쪽.

3. 전쟁과 산업화 시대의 무(巫) 형태의 변형

1) 이념 갈등의 해소장치 - 윤홍길 『장마』

산업화과정 속에서 농촌취락 구조개선 사업, 새마을운동 등으로 무의(巫儀)의 연행이 가능한 신당이나 장소가 파괴의 수난을 당한다.[115] 또한 무형의 형식인 연행이나 단골 무의 지역할당 등 생존하기 위해 변이된 형태로 모습을 나타나고 있다.

다음 글은 이런 실태를 여실히 보여준다.

> 60년대 산업화가 본격화되면서 등장한 근대화론은 개발 모형을 전제로 하면서 전통적인 것은 진부한 것으로 청산하고 서구형은 선진적인 것으로 추종하는 그릇된 결과를 낳았다. 발전 모델은 결국 '근대화＝서구화＝우리 문화 청산'이라는 전철을 밟았다. 새마을운동을 전개하면서 마을의 서낭당 같은 마을 공동체 문화를 미신으로 몰아서 철저하게 청산했던 사례가 대표적인 것이다. 민족문화 진흥과 미신타파라는 상반된 과제와 지시는 당대의 역설을 보여준다. [116]

1961년 5·16군사쿠데타를 성공시킨 박정희 정권은 조국의 근대화를 내세워 새마을운동을 전개한다. 시골의 낡은 초가집과 신당들은 물론 동네의 진입로에 있는 서낭당 등의 철거 공사를 한다. 이때까지 남아 있던 기층민의 문화재는 기독교의 우상숭배 사상

---

115) 김태곤, 「한국 神堂 연구」, 국어국문학회, 『국어국문학』, 29집, 1965, 8쪽. 부락의 수호적인 기능을 가진 신당에 관한 고찰을 하여 신당의 분포와 종류 등을 체계적으로 조사한 연구서이다. 더불어 신당의 사진도 함께 있다. 여기에 있는 많은 신당들이 없어졌다.
116) 주강현, 앞의 책, 210쪽.

과 교리 위반이라는 구호 아래 파괴 철거를 당하고 남은 잔재들이다. 이것들은 그나마 식민지 시대에도 겨우 견디어 왔다가 새로운 문화생활 창조라는 기치 아래 새로운 시대적 부응에 따라 모두 파괴되어 자취가 없어지는 비운의 물건들이다. 더구나 연호마저 단기로 쓰던 것을 박 정권은 서기로 일원화하여 서구화만이 신진 조국창조의 길이라고 주장하고 이런 과정을 반복하면서 우리 기층민의 신앙 대상물이나 문화적 유산은 무조건 없어져야 하는 불행을 감내해야 한다.

(1) 전쟁소설의 전범(典範)에 대한 이중성

윤흥길 작 『장마』(1973)는 '전쟁을 일으킨 이념에 대한 대립과 갈등'이라는 큰 틀 속에서 개인 갈등을, 변형된 무(巫)로 하여금 화해시키는 장치로 이용한 중편소설이다.

이 작품에서 〈장마〉라는 수식어가 부각된다. 비와 장마는 직접적으로 전쟁과정의 현상을 서술하기 위해서 동원된 수사학적 도구에 가깝다. 『장마』 속의 '비'는 소설의 공간을 만드는 소설의 매체이다. 이 소설은 처음부터 끝까지 후줄근하게 또는 끈적끈적한 느낌으로 이야기가 전개되고 있다. 이러한 부착적인 분위기의 이 소설을 단순히 '6·25전쟁소설'이라고 또 전쟁 문학의 한 대표적인 유형이라고 하는 김윤식의 논의에 대해서 김진석은 의문을 제기한다.[117]

『장마』는 6·25전쟁을 시대적 배경으로 삼는다. 그런데 일반적인 정치, 경제사적인 면에서 전쟁 원인을 찾아내어 거기에 초점을 둔 것은 아니다. 또 6·25전쟁에 대해 다른 방식으로 접근한다는

---

117) 김진석, 「무제에서 무제로 떠나다가」, 『작가세계』, 1993. 5, 56쪽.

150

것을 감안한다면 6·25전쟁 문학의 한 전범(典範)이라는 관점만으로 이 소설의 의미를 규정할 수 없게 된다.

윤흥길이 보는 6·25전쟁에 대한 색다른 접근에 관심을 보인다. 먼저 근대적 세계관과 토착적인 세계관의 두 세계관이 불평등한 관계가 아니라는 인식에서 출발한다. 우선 이 작품에서 6·25를 소재나 주제로 다룬 점은 인정해야 한다. 그러나 단순히 전쟁을 얘기하지 않고 있다. 전쟁기라는 일차적인 배경의 둘레와 함께 부차적으로 토착적 정서, 어린아이의 정서, 흐릿하거나 뿌연 분위기를 『장마』에서는 훌륭하게 구현하고 있다.

일반적 전쟁소설은 근대적 세계관에서만 출발하지만 윤흥길은 토착적인 세계관의 시각으로 접근한다. 이런 특이한 점으로 윤흥길은 조명과 각광을 받을 기회를 획득한다. 또한 이분법적인 세계관에 대해서 "양자의 관계는 외형상으로 불평등한 것이 아니라 균등한 관계를 맺고 있다"118)는 점을 부각시켜 동질감의 폭을 증진시킨다.

김윤식은 1989년에 발표한 「6·25전쟁문학」119)에서 문학사적으로 여러 단계에 걸친 작품들을 면밀히 검토하고, 『장마』를 6·25 문학의 대표적인 한 유형의 작품으로 본다. 그러면서 다음과 같은 근거를 제시한다.

첫째, 6·25의 세대를 체험세대와 유년기 체험세대와 미체험세대로 분류하여 이런 세대의 관점에서 『장마』의 문학사적인 검토를 한다. 세대 개념을 동시대적인 것의 비동시대성으로도 규정될 수 있다는 점에 착안을 한다. 그래서 동시대적인 것의 비동시대성이라는 것은 문학예술의 전개과정상 문학이 하나의 '양식'이라는

---

118) 앞의 책, 60쪽.
119) 김윤식, 『운명과 형식』, 솔 출판사, 1992, 131쪽.

특수한 장치를 통해 개개인의 문학 작품으로 발현된다는 것이다. 동시대의 사람들의 내면에서 측정되는 표상, 정신사적 표상과 각자의 별도 요소가 작용하여 특화가 된다. 세대적인 동질성에서 벗어난 독자성의 추구로서의 개별화된 문학양식의 개인화이다. 또 체험세대를 구세대와 전후세대를 분류하여 설명하고 유년기 체험세대에 초점을 맞추어 『장마』를 분석한다.

둘째, 『장마』는 소재 중심주의를 통한 색다른 기법의 작품이라는 것이다.

김승옥의 『환상수첩』, 윤흥길의 『장마』, 전상국의 『동행』, 『아베의 가족』, 김원일의 『미망』, 오정희의 『중국인 거리』, 이동하의 『파편』 등을 60년대 문학의 수준 높은 작품이라고 할 때, 이 소설들에서 두 가지 요인이 있음을 밝힌다. 하나는 질 높은 언어의 고도화 작업이라는 점이고 다음은 유년기 체험세대로 성장과정에서 몸으로 직접 체험한 충격적인 현상을 형상화했다는 점이다. 철들 무렵에 누구나 겪는 세상의 황폐화된 현상이 6·25라는 역사적 사건으로 주어졌다는 것 때문에 다른 어느 세대보다 이 당시 작가들은 문학적인 행운을 잡았다는 것이다. 특히 '6·25는 소재가 아니다'라는 명제의 성립도 60년대 작가들의 등장으로 가능했고 또 6·25가 소재이자 소재 이상이었다는 것도 내면탐구의 경향을 띤 작품을 통해 증명을 해낸다. 특히 김승옥은 현상과 본질, 환상과 현실의 어긋남의 인식을 선명하게 강요한다는 새로움을 제시한다. 이런 기법의 창안은 6·25라는 상황과도 연관된다. 김승옥이 폐쇄적인 언어가 세계 언어의 일환으로 형성되는 것을 대표한다면, 윤흥길은 한국적인 소재로서의 지방주의가 세계문학이라는 보편성으로 나갈 수 있는가를 보여주는 대표적인 경우가 된다.

152

셋째, 『장마』는 근대주의보다는 민화의 세계관을 보여주고 있다. 구렁이가 나타나는 구절에 대해 현상과 본질의 미분화 상태를 바로 보여주고 있어 종래의 어떤 리얼리즘의 수법이나 반영론이 무효화라는 것이다. 또 『장마』는 원근법이 거부된 민화의 세계를 전형적으로 보여주는 작품이라고 평가하고 근대주의라는 진보를 원리로 하는 상대적 가치관의 관점에서 보면 근대적 소설형식의 미달 현상이라는 지적이다. 그럼에도 6·25는 근대적 이데올로기의 산물이자 한민족의 생명의 평등원칙에 관련된 것이어서, 민화의 세계관으로만 온전한 해석·분석이 가능하다는 것이다.[120]

이상은 김윤식이 『장마』를 평가한 주요한 점이며 6·25전쟁문학의 대표적인 전범이라고 평가를 하는 소이(所以)가 된다.

그러면 먼저 셋째 부분을 무(巫)와 관련하여 생각해보려 한다. 무의 세계를 그리고 있는 작품들은 대체로 '환상'[121]과 관련이 있다. 캐스린 흄은 "과학과 이성, 객관성과 관찰에 더 큰 가치를" 매기고 그것을 "문학적으로 구현하기는 리얼리즘만이 진정한 방편"[122]이라고 말하면서도 리얼리즘의 한계에 대해서 내적과 외적으로 설명하고 있다.

먼저 내적 한계로 리얼리즘의 목적과 기능에 따르는 논리적 결과를 들고 있다. 문학의 기능이 전적으로 '신화적 복원'이라면 진

---

120) 김윤식, 앞의 책, 134-156쪽. 참조.
121) 다음(4장 1절 무와 교회의 협력과 구속력 - 이제하 「풀밭 위의 식사」)에서 거론하는 이제하는 자신의 작품을 '환상적 리얼리즘'이라는 기법에 의해 쓰여 졌다고 한다. 이제하는 '환상적 리얼리즘'을 '전통적 리얼리즘에서 한 발자국 물러서서 현실을 예술적으로 변형시켜 보다 큰 현실을 보여주는 기법'이라고 했다. 『장마』도 이런 기법과 동일선상에서 검토해야 한다.
122) 캐스린 흄, 한창엽(역), 『환상과 미메시스』, 푸른나무, 2000, 82쪽.

부한 표현과 모사(模寫)로 독자의 흥미를 잃을 것이다. 새로운 독자적인 소재 발굴이 어렵고 인간의 현실적인 경험에 밀착하여 초점을 맞출수록 사건의 의미는 약해진다. 그러므로 보다 더 정확한 묘사는 결국 감각들의 파편화에 불과하고 그런 일들의 반복성은 독자들로 하여금 권태감에 빠지고 만다.

다음으로 외적 한계는 철학적, 과학적 사고의 변화와 진보, 이들 영역이 지닌 한계에서 비롯한다. 작가가 묘사한 사회 계층은 객관적이라고 할 수가 없다. 작가의 고유한 가치들이 이야기 속에 녹아들면서 무의식적 편견으로 표현을 왜곡하는 경우가 발생하기 때문이다. 흄은 과학에서 감각을 통해 얻은 정보의 환각적인 속성을 무시할 수 없다고 하면서 리얼리즘 문학의 가치는 언어적, 문학적 관습과 관련이 있을 뿐이라고 지적한다.

이러한 한계에도 불구하고 근본적으로 관습적인 리얼리즘의 성향 속에서 글쓰기를 시도할 수 있다. 또 한걸음 물러나 강한 전통 뿌리를 지닌 '환상 문학'을 수용할 수 있다. 현대 문학은 신화적 환상을 '현실'로서 허용하지 않은 과학에 토대를 두고 있다. 의미없이 살아가는 인간은 심리적 불구라는 생각을 바탕에 깔고 '환상 문학'을 수용하는 추세라고 한다. 이런 논의를 참고한다면 『장마』를 두고 어떤 리얼리즘의 수법이나 반영론의 무효화라는 김윤식의 말은 너무 지나친 표현에 해당된다.

민화의 세계를 통한 작품 구현이 근대적 소설형식의 미달이라는 지적도 편협성에서 빠져 나오기 어려운 사려가 깊지 못한 발상이다. 작가가 어떤 상황을 설정하고 그것을 해결하여 작품을 완성해 나가는 과정에서 어떤 독특한 방법을 동원하였다고 하더라도 방법 자체로 작품의 질을 떨어뜨리거나 작품을 훼손시키지 않는다. 김윤식의 말을 수긍하게 되면 구렁이 등장이라는 중요 장치

154

는 이 작품에서 갈등의 해소나 화해의 임무 수행을 하기가 어렵다. 또 어린 소년이라는 주인공 설정에 따르는 문제도 발생한다. 주인공은 과거를 회상하여 어린 소년의 시점으로 소설을 바라보고 있다. 아이의 시각만으로 너무 비참하고 인간성이 여지없이 파괴되는 전쟁에 대한 해결책 제시는 무리다.

이런 점에서 환상적 방법인 구렁이의 등장은 갈등 해소의 큰 요인이 된다. 구렁이 등장은 두 여인의 갈등을 해결하는 서사 구조로서 어린 시점과 어울린다고 본다. 단순한 성장소설적 요소만 가진 작품이었다면 전쟁의 비참함은 소년에게 정신적인 외상만을 주었을 것이다.

김진석은 6·25를 구성하는 두 측면 즉 근대적인 세계관과 토착적인 세계관 중 후자 편인 토속적인 정서로 이해하고 있다. 김윤식이 거론하는 민화의 세계관이나 김진석의 토속적인 정서는 소설의 각각의 면을 보고 있다. 이런 해석을 아우르면서 포괄적인 무의 세계의 작품으로 접근할 필요가 있다.

김진석은 "중심적인 소재에 묶인 문학사의 연속성 중심의 서사 구조에 대한 소재 이상주의(理想主義)에서 벗어나야 만이 해학의 힘을 발휘할" 수 있다고 주장을 하고 "6·25는 소재가 아니라면서도 소재이자 소재 이상인 것과 6·25전쟁소설"[123)]이라고 고집하는 김윤식에 대해서 불만을 토로한 것이다. 이처럼 『장마』를 6·25전쟁소설의 전범이라는 전쟁 문학사에 종속시키는 이유는 판에 박은 소재 중심적 평가 방법과 문학사적 평가 방식에 집착하기 때문이다. 김진석은 그런 소재나 문학사적 평가 방법에서 벗어나야 한다고 주장하면서, 오히려 부착인 분위기와 토착인 정서와 어

---

123) 김진석, 앞의 글, 62쪽.

린 아이 시선 등에서 그 자신의 견해를 찾는다. 또한 그도 역시 윤흥길에 대해 "글과 역사의 핵심자리에 엉뚱하게도, 장마라는 말을, 구두라는 말을, 그리고 무제(霧堤)라는 말을 집어넣고 있다"[124]고 평을 하나 너무 철학적 분위기로 접근하고 있다.

『장마』는 6·25전쟁의 참담한 비극의 현상을, 한 가족이라는 공간으로 압축하여 지루하고 칙칙한 장마철 비와 대비시키고 있다. 이것은 정신적인 외상으로 인한 이성적 갈등의 체험을 감각적인 질퍽함과 불쾌감으로 병치시키고 있다.

> 역사의 격변에도 아랑곳하지 않고 집이라는 친화의 공간을 지키는 원리가 있다는 것을 믿고 있다. 그것은 집을 나간 아들이 빨치산이 되었건 어쨌건 간에 집안에 밤새도록 불을 꺼지지 않게 해야 한다고 느끼는 모성적의 본능이며, 이념의 대립을 사소한 것으로 만들어버리는 속신과 인정이다. 본질적으로 그것은 농촌공동체를 배경으로 자리잡은 전통적, 토속적 형태의 어머니의 문화에 속하는 것이다. 그러나 아들이 성숙한 개체가 되려면 어머니 곁을 떠나지 않으면 안 된다는 것이 인류의 진실이다.[125]

두 할머니의 자식을 사랑하는 모성애와 집을 연관시켜 생각할 필요가 있다. 그 모성의 곁을 떠나는 것은 새로운 자신의 울타리를 가지는 것이다. 그런데 이데올로기는 자식들이 집으로 돌아오지 못하게 대립의 환경을 만든다. 모성은 인위적인 죽임을 통해 자신의 곁을 떠난 그들이 되돌아오길 간절히 바라는 기원에서 깨어나지 못하고 세상을 하직한다. 이때 색다른 방법인 구렁이가 출현하여 두 할머니에게 난마처럼 얽혀 있는 갈등을 해결해 주는 것이다.

---

124) 앞의 글, 76쪽.
125) 황종연, 「인간적 친화를 꿈꾸는 소설의 역정」, 『작가세계』, 1993. 5. 25쪽.

(2) 이념 갈등과 화해의 도구

> 비는 분말처럼 몽근 알갱이가 되고, 때로는 금방 보꾹이라도 뚫고
> 쏟아져 내릴 듯한 두려움의 결정체들이 되어 수시로 변덕을 부리면
> 서 칠흑의 밤을 온통 물걸레처럼 질펀히 적시고 있었다. -(중략)-
> 아마 상여를 넣어 두는 빈집이 있는 둑길 근처일 것이다. 어쩐지 거
> 기라면 개도 여우만큼 음산한 울음을 충분히 낼 수 있을 것 같은
> 생각이 들었다. 그러나 실제로는 그 보다 훨씬 더 먼 곳일지도 모른
> 다. 잠시 꺼끔해지는 빗소리를 대신하여 멀리서 개 짖는 소리가 짬
> 을 메우고 있었다.(35쪽)

『장마』에서는 분단과 전쟁의 와중에서 빚어진 음산한 분위기와 후줄근한 장마의 느낌이 함께하고 있다. 건지산에서 간간이 전투가 벌어지기도 한다. 이런 장마가 가져오는 '계절적 배경'은 '민족에게 다가 온 전쟁'이라는 비극적 상황을 상징하고 있다.

이 작품은 어린이를 작중 화자로 설정하여, 그의 눈을 통해 참담했던 시대 상황을 되짚어가고 있다. 작가는 어린 시선을 통해 "분단의 사회·역사적 관심을 일단 뒤로 미루고 분단의 현실에서 빚어진 피비린내가 나는 대립 및 갈등으로 점철된 전쟁기간 동안에 한 소년의 성장, 변화해나가는 아픔과 시련의 '통과제의'의 시기였다는 개인사적인 관점"[126)]에서 작품을 창작한다.

동화의 요인이 참담한 현실의 흐름과 혼재되면서 지루하고 흐릿하던 작중 현실은 순화된 모습으로 정체를 드러난다. 그러나 교활한 어른의 세계에서 어린 화자인 주인공이 인식하고 견딜 수 있는 공간은 한계가 있다. 그리하여 작가는 장면을 구체적으로 묘사하고 그 이상의 어떤 관점적인 방향으로 문장이 벗어나지 않으

---

126) 양문규, 앞의 책, 139쪽.

려고 무던히 애를 쓴다. 그런데 이 작품의 작중 현실의 시간과 그 것을 진술하는 시간 사이에는 확연한 간격이 있다. 원래 화자는 과거 사실을 회상하는 시점에 서 있다. 어른이 된 주인공의 회상 인데 모든 장면을 철없는 어린이의 시점 안에서만 표현한 것이다. 어른의 회상과 아동의 진술은 상당한 시간적 거리가 생긴다. 이와 같은 설정을 통해 동화와 같은 분위기가 되어 『장마』는 하나의 환상의 세계에 빠지게 된다.

『장마』의 모든 상황은 어린 목격자의 집안에서 일어나고 있다. 6·25한국전쟁은 "아들이 빨치산으로 들어간 친할머니와 아들이 국군으로 가서 전사한 외할머니 사이의 팽팽한 대결의 양상"[127) 으로 이 집안에서 나타나고 있다. 이 두 할머니의 싸움은 공산주 의 북한과 민주주의 남한의 전쟁을 한집안의 문제로 치환시켜 버 린 것이다. 그런데 단순한 이데올로기 헤게모니의 갈등이 아니다. 부모의 자식에 대한 사랑이 갈등의 주원인이 되고 있다. '나'는 사 탕에 눈이 멀어 수사관의 꼬임에 빠져 삼촌이 다녀간 사실을 실 토하게 되고 아버지는 이 일이 빌미가 되어 곤욕을 치르게 되고 이 때문에 두 할머니의 대결은 극한에 다다른다.

빨치산에 들어간 아들이 되돌아온다고 말한 점쟁이의 말을 믿 고 친할머니는 만반의 준비를 하고 있다. 삼촌의 소식이 오기를 기다리면서 할머니는 식사를 거부한다. 나머지 식구들이 점심이나 다름없는 아침을 먹고 있었을 때 뜻밖의 사건이 벌어진다.

고비에 다다른 혼란의 사이를 틈탄 구렁이는 아욱과 상추가 자라 고 있는 뒷밭 이랑을 지나 어느새 감나무에 올라앉아 있었다. 감나

---

127) 천이두, 「화해 지향성의 문학 윤흥길」, 한국소설문학대계 60 『장마』, 두산동아, 1997, 513쪽.

무 가지에 누런 몸뚱이를 둘둘 감고서는 철사처럼 가늘고 긴 혓바닥을 대고 날름거렸다. 〈중략〉 고모가 인사불성이 된 할머니의 머리를 참빗으로 빗기는 덴 더 많은 시간이 걸렸다. 빗질을 여러 차례 거듭해서 얻어진 한 줌의 흰 머리카락이 내 손에 쥐어졌다. 언제 그렇게 준비를 해왔는지 외할머니는 도래 소반 위에다 간단한 음식 몇 가지를 차리는 중이었다. 호박전과 고사리나물이 보이고 대접에 그득 담긴 냉수도 있었다.

"자네 오면 줄라고 노친께서 여러 날 들어 장만헌 것일세. 먹지는 못헐망정 눈요구라도 허고 가소 다아 자네 노친 정성 아닌가. 내가 자네를 쫓을라고 이러는 건 아니네. 그것만은 자네도 알어야 되네. 남새가 나드라도 섭섭타 생각 말고, 집안일일랑 아모 걱정 말고 머언 걸음 부데 펜안히 가소." 이야기를 다 마치고 외할머니는 불씨가 담긴 그릇을 헤집었다. 그 위에 할머니의 흰머리를 올려놓자 지글지글 끓는 소리를 내면서 타오르기 시작했다. 단백질을 태우는 노린내가 멀리까지 진동했다.(97쪽)

이처럼 구렁이의 출현은 작중의 일상적 차원을 환상적이고 상징적 차원으로 비약시키고 있다. 외할머니는 반갑지 않는 구렁이의 등장을 잘 처리하여 뒷산으로 보낸다. 이 일을 계기로 그처럼 서로 미워하고 앙숙처럼 다투던 두 할머니의 갈등이 풀어진다.

여기서 우리가 주목할 부분은 이런 주술적 사고가 일반 사회에 보편적으로 존재해 있다는 것이다. "모든 신앙과 의례가 우리를 주술적 사고 영역으로 이끌어가게 하는 것"[128]이다. 그럼에도 우리는 민간 의례들이 주술에 속한다는 사실 때문에 '구렁이'라는 '업 신앙'에 대한 일반적 상징이 단순하게 주술적 사고만의 산물이라고 단정하기는 어려운 일이다. 주술적 사고라는 것은 오랫동안

---

128) 미르치아 엘리아데, 이재실(역), 『이미지와 상징』, 까치, 2002, 127쪽.

인간이 살아오면서 위험으로부터 인간을 구하기 위해서 만들어낸 사회의 묵계이기 때문이다.

가택의 '업'으로 등장한 구렁이를 죽은 자식의 혼령이 왔다 간 것으로 생각하여 진짜 자식에게 하듯 장만한 나물을 내온다. 그것은 민속 신앙의 잔영(殘影)인 다신교인 무(巫) 형태이다. 또한 '구렁이'를 영물(靈物)로 생각하는 할머니들의 사고가 처참했던 전쟁의 상흔을 환상적 현상으로 바꾼다.

이재선은 "토속적 무속 신앙에 내재하고 있는 자연신론 내지 환생관에의 귀의가 현대적인 전쟁과 이념에 대응하는 합리적인 응전력을 갖고 있으리라고는 아무도 믿지 않을 것"이라는 점에 주목한다. 그리고 "이 집단 상징으로 해서 두 사람의 어긋난 관계가 정감적으로 규합과 화해를 가져 온 사실은 그런대로 중요한 표상"을 갖는다고 했다.

또한 "집단적인 자아가 투영된 전통적 문화가치가 낯 설은 이념이 심화시키는 이질화를 메우고 극복하는 근거"라고 심리학적 측면에서 해석하고 있다. 이렇게만 본다면 이 작품은 무(巫)와 거리가 더욱 멀어지는 결과가 나온다. 심리학적 측면보다는 민간에 전해 내려오는 무(巫)의 형태인 가정 신앙과 속신으로 접근하는 것이 더 정확한 방법일 것이다.

우리 민간전승(民間傳承)에는 "민간사고(民間思考), 민간 신앙(民間信仰), 속신지침(俗信指針)" 등이 있다. 인간들의 행동을 지배하는 "지침으로 작용하는 속신 가운데는 한국인의 마음속에 넓고 깊게 그리고 오래도록 뿌리박혀 있는 원영관념(怨靈觀念)과 관련된 것 이외에도 길흉화복(吉凶禍福)을 결정하는 것, 순산(順産)을 바라는 것, 풍·흉년을 예언하는 것"[129] 등이 있다. 이처럼 속신이 민간생활은 물론이고 우리의 삶 전체를 규정한다고 볼 수 있다. 속신의 규명은 우리 삶을 보다 풍부하게 하는 것의 해명이라는 점에서 본다면 무를 통한 해석이 더욱 확실한 방법이 된다. 바로 '구렁이'는 인간의 길흉화복을 결정하는 중요한 동물로 생각하고 이 영물을 잘 달래는 것이 재복을 가져다준다는 '속신지침'의 영향으로 작품을 판단해야 할 것이다.

(3) 구렁이 '업' 신앙

개인 신앙 중 '업' 신앙을 포함하여 가정 신앙이 부락 신앙에 비해 종류가 다양하다. 가정 신앙인 무의 범위와 종류를 알아보면 다음과 같다.

A. 집의 안과 밖의 경계는 울타리이고, 보다 상징적인 공간적 경계는 대문이다. 집의 경계는 집의 건물이 기준이 아니고 집이 있는 터를 의미한다. 예컨대 건물 안의 공간인 안마당도 집의 안에 속한다. 따라서 굿에서 말하는 안과 밖은 주로 대문의 안과 밖이 된다. 그러나 집의 밖의 건물이라고 하여도 변소나 돼지우리, 곳간 등은 관념적으로 집안에 속하는 것 같다. 따라서 반드시 물리적인 공간만으로 집의 안과 밖을 구별하는 것은 아니라고 할 수 있다. 집안에는 여기저기 신들이 관할하는 영역이 있다. 집 울타리 안의 집터를 관할하는 신은 터주 또는 터줏대감이다.[130]

B. 집의 건물을 주로 관리하는 신은 성주신(成造神)이다. 집을 지을 때 대들보를 달아 올리는 上梁式에서 성주신을 받아 모시는 경

---

129) 곽진석, 『한국민속 문학형태론』, 월인, 2000, 189-190쪽.
130) 최길성, 『한국 민간 신앙의 연구』, 계명대학교출판부, 1994, 94쪽.

우이다. 대들보에 백지로 신체를 만들어 붙이는 것이 상례이다. 이 신은 주로 화제나 기타 건물과 파괴 같은 물리적인 것으로부터 수호하여 주기도 하지만 그 집을 대표하는 垈主의 건강과 재수를 수호하는 역할도 한다.[131]

A에서 공간을 관리하는 땅으로서 ‘터줏대감’ 신이 주신(主神)이다. 반면에 B는 오히려 건물에 대한 관할권을 행사하는 ‘성주’신이다. 성주신은 집주인의 가호, 건강, 재수를 비는 신이다. 그러므로 반드시 명절이나 제사를 지낼 때는 성주상을 따로 만들어 제사를 지낸다. 음식도 집주인인 대주의 몫으로 다른 사람들의 음복을 막아 성주신의 가호를 지키고자 한다.[132] 이처럼 집이란 가족이 사는 보금자리로서 무 신앙의 면에서는 관련이 특히 많아, 매우 중요하다. 일반적으로 제사는 유교적인 제례이어서 가문을 이어가는 장남가(長男家)나 증손가(曾孫家)에서 행하고 다른 형제들이 참여하는 형식을 취한다. 그러나 무의 제의는 가문보다는 각개 가정의 길흉화복을 추구하는 것이다. 자연 집의 신(神)인 성주를 중심으로 행

---

131) 앞의 책, 95쪽.

132) 집안에는 여러 신들이 존재하고 있다. 터주에는 ‘대감신’, 마루에는 ‘성주신’, 부엌에는 ‘조왕신’, 대문에는 ‘수문장신’, 안방아랫목에는 ‘삼신’, 뒤뜰에는 ‘지신’, 심지어 변소에는 ‘측간신’이 있다. 이처럼 우리가 사는 공간인 집에는 여기저기 신들이 있다. 또 무당이 이들 외의 신들을 불러들여 잔치를 하는 것이 굿이다(최길성, 『한국무속의 이해』 예전사, 1994, 190쪽). 그래서 굿하는 굿당은 보통 마루가 되고 마루가 없는 집은 방안에서 한다.
지노귀굿에서 본 것처럼 울타리와 대문으로 경계로 집의 안, 밖으로 구분된다. 경계의 밖은 부정한 영역이다. 망자나 죽은 지 얼마 되지 않은 신이나 잡귀들은 부정하여 집안으로 들어갈 수 없다. 그만큼 집안은 깨끗한 곳으로 귀한 손님을 맞지 하듯이 신들을 불러다 모셔놓고 즐겁게 굿을 한다. 이처럼 집안은 굿을 행하는 깨끗하며 신성한 곳이다.

하는 것이 원칙이기에 각자의 집에서 그 집안을 위해서 행한다. 또 여러 형제들 간의 갈등을 합의로 이끌어내는데 이러한 것에서 발견할 수 있듯이 '조화'와 '조화의 회복'이 굿의 원리가 된다.

이능화는 『조선무속고』에서 가택신(家宅神)으로 성주신(城主神), 터주신(土主神), 제석신(帝釋神), 업왕신(業王神), 조왕신(竈王神), 수문신(守門神) 등을 기록하고 있다. 이런 것들 중에서 업왕신(業王神)은 재물을 관리하는 재신(財神)이다. 세속에서는 업양(業樣)이라고도 하는데 양(樣)은 왕(王)에서 변전된 것이다. 민간에서 업왕(業王)을 신봉(信奉)하는 종류로는 인업(人業), 사업(蛇業), 유업(鼬業)의 세 종류가 있다. 가내 정결한 곳을 택하여 단(壇)을 만든 다음 토기에 화곡(禾穀)을 담아 단상(壇上)에 두고 볏짚으로 주저리를 만들어 씌운다. 이를 부루단지(扶婁壇地)라 하기도 하고 업왕가리(業王嘉利)라 칭하기도 한다. 단군의 아들 부루(扶婁)가 다복했기 때문에 나라사람들이 재신으로 신봉하고 있다.(神壇實記)

이능화는 이것을 업왕가리(業王嘉利)라고 했는데 평상(平常)의 소견에서 나온 것이라고 설명한다. 평소에 곡물을 쌓은 곳에서는 구렁이와 족제비를 볼 수 있다. 그래서 사람들은 이것들을 수곡신(守穀神)이라 했으며 이것이 전래되어 업왕(業王)이라 칭한 것 같다고 주장한다.133) 이런 이유로 구렁이는 재물을 모아둔 광을 지키는 '업'이라고 한다. 함부로 잡지도 않고 자기 갈 길로 가도록 해야 한다.

이와 같은 견해에 찬동하는 H·B 헐버트가 1906년에 쓴 『대학제국 멸망사』에서 "한국인들이 '행운을 가져오는 것'이라고 믿는 것 중에는 뱀, 돼지, 두꺼비, 족제비, 사람 등이 있다."134)는 것이다. 그리고 그는 "시골에는 행운을 가져오는 뱀을 모시는 장소가

---

133) 이능화, 앞의 책, 216쪽.
134) H·B 헐버트, 신복룡 (역), 『대한제국 멸망사』, 집문당, 1999, 477쪽.

있으며 집 가까이에서 커다란 뱀이 발견되면 길조라고 환영"한다고 기록하고 있다. 특히 커다란 뱀을 강조한 것은 구렁이에 대한 한국 사람의 정서적 감각과 풍속의 일면을 볼 수 있다.

동만의 외할머니의 시각에서 볼 때 구렁이나 호랑이, 두꺼비는 사람과 똑같이 생명에 대한 평등 원칙에 있다. 그런 뱀에 관련된 설화를 알아보면 우리나라에 많이 전래되고 있다. 강원도 치악산에 있는 상원사의 연기설화(緣起說話)도 새끼를 안는 꿩을 죽이려는 뱀을 스님이 지팡이로 쳐서 죽이자 아내 뱀은 여자로 환생하여 남편의 원수를 갚으려고 했으나 상원사 종소리에 의해 실패하고 마는 내용이다[135]. 그리고 조선 성종 때 학자인 성현의 『용재총화(慵齋叢話)』[136]에는 한 승려가 죽어 뱀이 된 설화가 수록되어 있다.

또한 뱀 신앙에 대한 기록도 여러 개 남아 있다. 조선조 연산군 때 기묘사화(1519. 11)로 제주도에 귀양을 가서 유배생활(1520. 8-1521. 10)을 하면서 제주도의 풍토와 상황을 사실적으로 기록한 충암 김정(金淨)의 『제주풍토록(濟州風土錄)』에서 유학을 제외한 다른 신앙에 대해서 "잡귀 숭배와 뱀 숭배가 성행한 것을 매우 비판할"[137] 정도로 제주도에는 과거부터 귀신을 섬기고 또 뱀 숭배가

---

135) 한국정신문화연구원, 『한국민족문화대백과사전』 11권, 삼화인쇄출판사, 1993, 543쪽.

136) 성현, 남만성(역), 『용재총화』, 대양서적, 1978, 186쪽.
조선 성현(1439-1504)이 쓴 수필집으로 조선 수필의 백미라 할 정도로 잘 된 작품이다. 전 작품은 10권으로 되어 있으며 경학, 시문, 글씨, 그림, 음악의 대가, 명인 등 다방면의 이야기와 특히 괴담일화와 승려, 복서, 과부, 기생, 비첩, 탕녀 등에 얽힌 이야기들이 나온다. 본 내용은 5권 9번째 이야기이다. ……僧嘗 娶村女爲妻, 潛往來焉, 一日僧死化爲蛇, 來入妻室, 晝則入甕甕, 夜則入妻懷 繞其 腰以頭倚胥,尾間有疣肉, 如陽莖, 其繾綣宛如平昔, …….

137) 김상조, 충암 김정의 「제주 풍토록」과 규창 이건의 「제주 풍토기」 비교연구, 『대동한문학』 13집, 2000, 272쪽.

164

매우 성행한 사실을 알 수 있다. 또 규창 이건(1614-1662)의 『제주 풍토기(濟州風土記)』에서도 토양적인 현상으로 뱀에 대한 어려움을 토로하고 있다. "풀이 무성하고 습기가 많을 때는 뱀이 규방이나 처마, 마루 밑, 자리 아래 어디에나 기어 들어와 잠잘 때 피하기 어렵다. 섬사람들은 뱀을 보면 '부군신령'이라 하여 쌀과 정수와 술을 뿌리면서 빌고 죽이지를 않았으며, 만일 뱀을 죽이면 재앙이 내려 발꿈치도 움직이지 못하고 죽는다고 알고 있다"[138]는 것처럼 뱀을 신성시하여 조선 시대에는 수경면 고산리의 차귀당(遮歸堂), 대정읍의 광정당(廣靜堂) 등 많은 당(堂)에서 사신(蛇神)을 숭배하고 있다.

물론 오늘날에도 사신(蛇神)에 대한 신앙은 일상생활에 남아 있다. 특히 초가집을 수리하거나 헐고 새로 건축하고자 할 때, 커다란 구렁이가 나오는 경우가 있다. 이 경우 잘 달래어 다른 곳으로 가도록 유도를 해야 한다. 혹 잡거나 상처를 주게 되면 후에 건축 집주인이 해를 당하거나 사망하는 경우가 있다.

이 작품에서 등장한, 자연숭배의 형태로 나타난 구렁이는 애니미즘(Animism 有靈觀)에 기초한 민속 신앙의 한 모습이라고 할 수 있다. 이 자체만으로도 충분히 주술적인 효과성을 가지고 있으며 영물로서도 가치가 있는 것이다. 구렁이의 영물 숭배는 토속 신앙 무(巫)의 한 형태이며 음식물로 경배의 의식을 갖추게 된다. 개인 간의 화해를 이끌어낸 '업' 신앙의 특이한 모습으로 나타난 무(巫)도 이청준의 『신화를 삼킨 섬』에서는 국가적 사업으로 많은 사람들에게 화해를 실현하려는 양상으로 나타난다. 국가권력이 권력을 유지하기 위해서 4·3제주사태 때 죽어간 영혼들에 대한 '역

---

138) 『한국민족문화대백과사전』 9권, 485쪽.

사 씻기기'의 제의(祭儀)를 행한다. 그 제의는 혼령을 위무하고 저
승길로 천도시키는 과정이고 죽은 자와 산자의 한을 풀어준다. 이
굿으로 권력의 정당성 획득과 지역 간의 갈등을 해결하려고 시도
한다. 또 '뱀신'을 당주로 모시는 변심방의 딸 연금옥은 무당이 되
기도 한다. 물론 국민들의 마음 저변에 잠재되어 있는 신앙심을
이용하여 비정상적인 정권 창출을 무마하려는 정치적 기만술의
일종이지만 국가 권력이 무(巫)를 통한 국민의 화해를 추구하려
는 시도의 한 예라 볼 수 있다.

2) 유랑민 의식과 무(巫) 신앙 비하 – 황순원 『움직이는 성』

　황순원의 『움직이는 성』[139]을 이재선은 "신화 무속 등 한국 정
신사의 퇴적된 기층과 심리적 내오(內奧)의 원형 또는 의식 세계
를 해부하고 삶의 실존적 한계"[140]를 제시한 작품이라고 평한다.
　자아의 추구라는 생활 태도와 유랑민의 근성에서 준태가 존재
성의 의미 파악으로 갈등을 겪다가 인간의 생을 마무리하는 죽음

---

139) 황순원 장편소설의 여섯 번째 작품으로 『일월』의 탈고로부터 4년
　　동안 구상 끝에 이루어진 가장 원숙한 시기에 획득한 문화적 성과
　　물이다.
　　제1부가 『현대문학』 1968년 5월호 – 10월호 발표되었고 제2부는 2년
　　후인 1970년 5월호부터 이듬해 6월호의 『현대문학』에, 제3부와 제4
　　부는 1972년 4월호 – 10월호의 『현대문학』에 연재되었다. 집필만 5
　　년이 걸린 이 작품의 초판은 1973년 5월 三中堂에 의해 간행되었고
　　그해 12월에 나온 그의 3번째 전집인 삼중당판 『황순원 문학전집』
　　에 그대로 수록되었다.
　　텍스트는 황순원 전집 9권 『움직이는 성(城)』으로 문학과 지성사,
　　2000년도 판으로 한다.
140) 이재선, 『현대한국소설사』, 78쪽.

을 택한다. 민구는 샤머니즘을 민속학적 연구 대상으로써 학문적
으로 연구를 한다. 그러나 그는 기독교도인 약혼자 은희와 장인의
압력을 받는다. 그는 무당과의 연결고리인 변씨와 헤어짐으로써
샤머니즘에 대한 관심을 버리고 현실적인 이해를 추구하는 인물
이 된다. 성호는 기독교의 화해정신의 가능성을 보여준다.

이 작품은 "존재의 구심적 지향과 원심적 확산"[141]이라는 평가
도 가능하며, 우리 민족의 정신문화를 비판적으로 점검하고 있다.
또한 '유랑민의 근성'은 우리 민족의 부정적 정신성의 근원 제시라
는 점이다. 전통과 주체성을 경시하고 현세적 가치만을 중시하는
경향이라는 지적도 가능하다.

(1) 유랑민의 근성

이 작품은 '유랑민의 근성'이라는 중심적 줄거리로 이야기를 풀
어가고 있다. 이런 과정에서 준태의 삶에 시선을 맞추어 실증해 보
이려 한다.

물론 "자아인식에의 여정"[142]이라는 측면의 파악도 가능하다.
그래서 무신론자를 자처하는 준태, 목사이며 실천하는 목회자인
성호, 무속연구자이며 대학 강사인 민구를 기본 축으로 주인공을
세 부류로 나눈다. 주인공의 주변 인물들을 준태와 관련해서 ㉮
'자아추구의 축'으로, 성호와 관련해서 ㉯ '기독교의 축'으로, 민구
가 연구한 ㉰ '샤머니즘의 축' 등 3개 그룹으로 나누어 분석하고
있다. 이 세 가지 축의 중심인물이 소유한 서로 다른 세계관이
"차원과 내용이 다른 무수한 액션의 단면들이 산만하다는 인상을

---

141) 허명숙, 앞의 책, 186-203쪽.
142) 이정숙, 앞의 책, 216쪽.

줄 정도로 끊임없이 교체"143)되고 있다. 또 이 주장을 해석의 틀로 삼고 작품을 입체적으로 조명하기도 한다.144)

한편 '유랑적 요소의 문화적 진단'을 통해 기독교와 상대적인 위치에 있는 "샤머니즘 속에 비유랑적인 어떤 가치도 내재해 있다고는 보지 않는 입장"145)을 고수하고 있다. 이 작품에서 샤머니즘은 일종의 유랑적 세계를 보여주는 하나의 요소로만 제기되고 있다. 이런 이유로 이 작품은 ㉮ 유랑적 기독교, ㉯ 비유랑적 기독교, ㉰ 유랑적 샤머니즘 등 세 축으로 전개되고 있다. 그런데 이 작품의 중심인물 중 하나인 송민구는 ㉮를, 윤성호는 ㉯를 대표하는 데 반해 함준태는 ㉰를 대표하는 사람이 아니다. 이 점을 통하여 유랑적인 요소는 기독교에도, 샤머니즘에도, 또 무신론적 세계에도 존재하고 있음을 보여준다. 그러면서 '개인주의-개인의 정숙주의'와 '기독교'와 '샤머니즘'이 부딪치면서 긴장을 유발한다. 그러나 "기독교적 주체의식을 더욱 강하게 드러내고 있는 작가의 의도를"146) 감지할 수 있다.

황순원의 작품은 "네 가지 유형의 주제의식"147)으로 나눌 수도 있다. ① 가족중심주의, ② 생명외경의식, ③ 성장지향 의식, ④ 유

---

143) 천이두, 『종합에의 의지』, 122쪽.

144) 이 작품의 입체적 구조에 대해 먼저 천이두는 "다른 몇 갈래의 액션의 각 단면들을 동시간적으로 포착하기 위하여 이동하는 방식인 영화적인 몽타주의 방법"을 지적한다. 또한 "상황을 극 의식에 의한 장면 전환으로 삶의 현장성"을 제시하고 있다고 주장한다.
허명숙은 이 작품의 입체구조는 사회의 모순과 그 전망을 모색하는 주제 구현 방식이라고 지적하고 있다.

145) 임영천, 「황순원 『움직이는 성』 연구」, 한국현대문예비평학회, 『한국문예비평연구』 2권, 1998, 170쪽.

146) 앞의 책, 170쪽.

147) 김태순, 『황순원 소설의 인물유형과 크로노토프(chronotope)』, 백산출판사, 2005.

랑민의 의식이 그것이다. 그중에서 『움직이는 성』은 제목에서 '움직이는'이라는 수식어를 둠으로써 고정되어 있는 '성'에 유랑성 부여·강조하려는 작가의 의도가 드러난다.

또 '유랑민 의식'은 "방향성을 잃거나 정체성을 확립하지 못하고 방황하는 인물"148)들의 군상에서 읽을 수가 있다. 특히 함준태를 대표적인 인물로 선정하고 '유랑민 의식'을 어떻게 표출하는가를 재현하고 있다.

> "선생님께서 『움직이는 성』을 통해 말씀하시고자 하신 것은 어떤 것입니까?"
>
> "글쎄, 겉으로 보기엔 **우리나라의 샤머니즘과 외래 종교(外來宗敎)(기독교)와의 갈등이나 상극, 또는 수용의 문제에서 일어나는 드라마를 그리려고 한 것처럼 보이지만** 실상은 우리나라 사람들의 가슴 밑바닥에 있는 「유랑민 근성(流浪民 根性)」을 그린거야. 우리나라에는 어떤 것이건 건전한 계승이 없어. 역사적(歷史的)으로 보아 우리 민족(民族)이 외세의 부단한 침략으로 정착해서 안정감 있게 전통을 유지 계승하기 어려웠던 것도 사실이지만 그렇더라도 지나치게 유랑민 근성(流浪民 根性……)을 버리지 못하는 것 같아요."149)

작가 말에서도 언급되었듯 정착하여 살 수 없는 준태의 삶의 모습은 유랑성을 대표한다. 위의 글에서 언급하는 유랑민 근성의 소유자는 고정된 일이나 정착생활을 할 수 없는 인물이다. 준태에게 있어서 드러나는 유랑민 근성의 증거로 부모의 불행한 삶으로 가족이 없다는 점, 결혼생활을 하숙생활처럼 생각한다는 의식의 소유자라

---

148) 앞의 책, 337쪽.
149) 황순원과의 대담, 「유랑민 근성과 시적근원」, 『문학사상』, 1972. 11
월호, 318-319쪽.

는 점, 지연과는 진정한 사랑을 느끼지만 행복감을 맛볼 때마다 천식 발작으로 사랑의 실현이 불가능한 점 등이다. 결국 근본적인 유랑민인 그의 삶은 정착적인 생활을 하기가 불가능한 것이다.[150] 그런 그는 자신의 삶과 현실에 대해서 스스로 문제를 제기하며 회의와 방황을 거듭하는 자의식형의 인물이다. 준태는 그런 내면적인 방황을 받쳐주는 논리로 우선 "우리 민족이 북방에서 흘러들어올 때 지니고 있었던 유랑민 근성을 버리지" 못함을 들고 있다. 또한 "정치적으로나 정신적으로 정착해본 일이 있어?"와 "외세의 침략으로 계속되어" 정치 지도자들의 "영구적인 자주성이 결여"(123쪽)된 나라로 변했다고 얘기한다. "옛날부터 우리 생활 밑바탕은 정착성을 잃고 살아온 민족이야" 하면서 "나두 거기 어엿이 한몫 끼여 있지만 말야"라고 정착성을 잃은 유랑인의 근성을 앞의 예와 같이 역사적으로 추적하고 있다. 준태는 가족 없는 불우한 유년기를 보내고 창애와의 불안하게나마 결혼생활을 유지하고 있다. 그러나 미스터 강을 사귄 부인의 청으로 이혼을 하게 된다. 또한 지연과의 사랑에도 정착하지 못한 준태는 근본적인 유랑성을 어기지 못한다.

지연, 무슨 말을 어떻게 해야 할지 모르겠군. 나는 병자야, 지연이 눈으로 본 내 병은 한낱 표면에 지나지 않아. 병의 근원은 아주 깊숙이 자리잡고 있어서 설명이 안 돼. 약이나 메스로 고칠 수 없는 병인 것만은 분명하지만, 이 병을 나는 얼마 전부터 외면해왔어. 정확하게 말하면 지연일 생각하게 된 후부터 말야. 그런데 외면하면 할수록 병이 기승을 부리는 군. 나는 병과 타협을 시도해봤지. 그건 괜한 도로

---

150) '정신적으로 뿌리를 내리지 못한' 사람 즉, 유랑민처럼 정착하지 못하고 방황하는 삶을 산 사람은 준태뿐 아니라 여러 사람들이 있다. 샤머니즘과 은희와 변씨의 사이에서 정신적 방황과 갈등을 겪는 민구, 창애, 미스터 강, 돌이엄마 등이다.

였어. 종내 나는 병을 요구하는 대로 좇기로 했어. 이건 내가 병한테 진 때문이 아니야. 실은 **병의 근원을 심고 길러온 다름 아닌 나 자신이었다**는 걸 깨달은 때문이야. 앞으로도 이 병을 그대로 지니고 살아가야 할까봐. 날 무능력하고 비겁하다고 비난을 한 대도 할 수 없어 날 내버려 둬줘. ……(324쪽)

준태는 천성적인 '유랑민 근성'을 일종의 병으로 본다. '병의 근원을 심고 길러온 다름 아닌 나 자신'이었다고 설명하고 있다. 즉 유랑민 근성은 약이나 메스로 고칠 수 없는 것은 물론이고 지연의 사랑으로도 불가능하다는 것이다. 또 그대로 병을 가지고 살아가겠다는 의지 표명은 스스로 자신의 병이 무엇인지를 인식하고 있는 데서 출발한다. 사랑을 하면서도 정착 생활을 할 수 없는 자기학대로 애인 품에서 떠난 준태는 감자를 가지고 많은 수확을 위한 품질 개량에 몰두한다. 이는 농경민족의 후예다운 모습이다. 작가는 언제부턴가 농경생활을 중심으로 살아온 민족이 유목 생활을 했던 옛 조상들부터 내려오는 정신적인 유랑민의 흔적을 발견·추구하고자 한 양상을 이 작품에서 보이고 있다. 함준태는 우리 민족이 겪었던 유목민 생활과 정착민인 농경생활의 이중생활을 통해서 민족의 아이러니를 재현하는 인물이다.

이 작품을 "현대의 도시 속에서 살아가는 인물들의 인간 극"을 형상화했다는 주장에도 귀를 기울려야 한다. 여러 유형의 인물들이 어우러진 현대적 삶의 한 축도를 보여준 점에서 "정신적인 유랑인 비극"151)이라고 할 수 있다.

『움직이는 성』에 대한 지금까지 논의들은 예외 없이 작품의 중심 주제를 "기독교와 샤머니즘의 한국식 수용이라는 문제를 바탕

---

151) 박혜경, 『황순원 문학의 설화성과 근대성』, 소명출판, 2001, 167-172쪽.

으로 '유랑민 근성'"에서 찾고 있다. 이에 대한 근거로 위의 작가와의 대화 내용 중 "우리나라의 샤머니즘과 외래 종교(기독교)와의 갈등이나 상극 또는 수용의 문제에서 일어나는 드라마를 그리려고 한 것처럼 보이지만 실상은 우리나라 사람들의 가슴 밑바닥에 있는 유랑민 근성"을 그리려한 점을 들고 있다.

그러나 '민족성의 근원구조'라는 해석도 가능하고 "작중 인물 준태의 대화를 통하여 그리고 작가의 직접적인 발언을 통하여 이야기하고 있는 '유랑민 근성'이라는 것을 그대로 받아들여 작품을 해석할 것이 아니라 내재된 구조 속에서 그 의미를"[152] 다시 찾아야 한다고 주장하는 것은 무교와도 관련성이 있다.

반면 준태는 "우린 진정한 의미의 종교를 못 가질 민족"(136쪽)이라는 민족과 종교에 대해서 신랄한 비판을 가한다.[153] 이런 그의 태도에는 "우선 내용두 없이 우리 자신을 미화시키지 말구 철저히 우리 자신의 현재를 자각하는 데서부터 시작해야 할 거야. 유랑민의 자각!"(126쪽)이라는 현실을 직시하는 의식이 깔려 있다.

그러나 작중 인물의 생각만을 듣고 판단하여 준태의 계속되는 방황과 죽음에 이르는 태도를 보고 유랑민의 의식과 필연성을 가진다고 할 수 없다. 당연히 작중 인물은 작가에 의해서 창조된다. 그러므로 어느 정도 작가의 생각을 대변하고 있다. 그런 이유로 작중 인물과 작가의 영향 관계를 고려해야 한다. 다만 이 둘 사이 관계를 염두에 두면서 작품의 서사 구조에서 인물에 대한 형상화

---

152) 우한용, 『한국현대소설구조 연구』, 삼지원, 1990, 343쪽.
153) 준태는 우리나라의 기독교가 "소원성취나 해주는 하나님, 천당이나 가게 해주는 하나님, 몇 번 죄를 지어두 회개만 하면 용서해주는 하나님."(52쪽) 등으로 샤머니즘화되는 것도 "그런 신앙은 정신적으루 뿌리박지 못한 신앙"으로 즉 "유랑민 근성을 면치 못한 신앙"(52쪽) 때문이라고 말한다.

가 얼마나 객관적인 타당성을 확보했는지가 중요하다.

황순원은 중요 작중 인물인 준태가 방황과 고통을 거쳐 죽음에 이르는 과정을 묘사하는 데 있어 객관적인 서술 태도를 유지하려 한다. 준태가 삶에 대해 극단적이고 부정적 태도로 일관하고 그의 생명이 다할 때까지 이를 감당해내는 모습을 작가는 냉정하게 지켜본다. 작가가 이런 냉정한 서술 태도를 유지하고 있었음에도 준태의 방황과 죽음이 감동을 주지 못한다. 그 이유로 방황과 죽음이 시종일관 삶의 치열한 현실 밖에서 이루어지고 있기 때문이다. 또한 작가가 그린 삶에 소극적이고 방관적으로 임하는 자세는 그가 내세우는 삶의 논리적 근거인 유랑민의 근성도 무책임한 냉소주의와 허무주의로 변질된다. 유랑민 근성을 좀더 잘 형상화가기 위해서는, 준태가 주장하는 유랑민 근성을 작품의 전개과정과 서사 구조 자체 내에서 논리적 타당성을 형성·검증받아가는 형식을 취했어야 옳은 방법이 된다. 문제는 그런 과정이나 검증을 거치지 않고 이미 작중 인물이 단정적으로 스스로 말을 해버린다.

작가는 변질된 '유랑민 근성'이라는 논리로 지속적으로 탐색하고 있다. 또한 준태의 죽음과 연관성이 주도면밀하게 구조화되어 있지 못하다는 평가를 면할 길이 없다. 더욱이 죽음에 이르는 심리적 방황이 충분한 설득과 이해력을 확보하지 못했다는 점이 죽음의 공감을 떨어뜨리는 결과가 된다.

이와 같이 한국인이 소유한 유랑민의 근성을 신랄하게 비판하던 준태의 삶 자체도 사실은 뿌리를 내리지 못하고 이곳저곳을 방황하는 유랑민의 모습 그 자체가 아닐까 의문을 가진다. 이 질문에 답하기 위해서 선결해야 할 문제는 작가가 말하는 정착성과 유랑민의 의식이 과연 한국 민족의 의식 구조에서 자리를 잡고 있는가 하는 점을 살피는 일이다. 한반도라는 지역적인 공통점, 역사적인 공통점에 의해 스스로 총체적인 우리의 삶을 '유랑민의 근성'이라고 칭하는 것은 적절하지 않다고 본다. 이런 근성은 사회현실에 대응하는 능력의 차이에서 오는 것이며 사회 현상의 하나로 역사와 문화적인 유습이다.

작가는 대담에서 '유랑민의 근성'의 일례로 다음과 같이 들고 있다.

> 정착이 되고 안정이 된 사회나 국가의 사람들은 음식점을 가더라도 몇 대를 이어온 곳을 찾아가기 마련인데 우리나라 사람들은 신장개업(新裝開業)만 찾아다니는 것 같아요. 장사하는 쪽에서 보더라도 해마다 신장개업 간판을 붙여야 찾아들지 아무 소리도 없이 음식만 잘 만들어 팔아 봐야 사람들이 오지 않게 돼 있어요.[154]

그런데 이렇게 보는 것은 시대적 착오인 발상이다. '유랑민의 근성'은 어쩌면 중심부에서 주변 문화의 운명으로 변모하게 할 계기도 된다. 또한 이 근성이 민족성이라는 고유의 틀로 단단히 고정된 것으로 파악될 여지도 있다. 더욱이 '유랑민의 근성'이라는 말이 가진 마술에 걸려 개념과 실체를 혼동할 우려마저 없는지 적잖은 의문이 아닐 수 없다.

사실 역사적인 격동기를 겪으면서 전통이 고스란히 유지되고 있는 것은 누구나 바라는 바일 수 있다. 그러나 전통은 항상 고정된 것이 아니라 격동기를 겪으면서 크게 변화한다. 전통과 같은 하나의 사회 현상은 국가적 재화의 흐름과 국가적 생존 경쟁 등의 양상 속에서 살아남기 위해 시대 흐름의 변화에 대응한다. 변화가 너무 빨라서 민첩하게 대응하지 못하거나 현실에 안주하게

---

154) 황순원과의 대담, 앞의 책, 319쪽.

되면 그 사회 현상은 발전보다 도태될 여지가 더 많아진다.

현재의 시대적 상황은 산업 사회에서 지식기반 사회로 이전되고 의사결정을 하여 새로운 제품을 제작하는 전반적인 과정은 대집단보다는 소집단이 현실적으로 대처하는 능력이 훨씬 더 강력한 경쟁력이 있다. 이런 시대의 흐름을 고려하지 않고 이 작품을 해석해야 처지에 있게 된다.

한편 무교와 관련성을 검토할 필요가 있다. 작품에서 작가가 제시하는 주제나 사상은 이차적인 자료의 의미 이상이 아닐 경우가 많이 있다. 이런 이유로 작품의 문면(文面)에 명시적으로 내세워지는 주제적 담론은 독자에 의해 재해석되어야 한다.

‘유랑민 근성’과 ‘무(巫)적 세계관’이 서로 일치한다는 것을 주장하는 우한용도 있다. 그는 무(巫)의 세계를 무질서와 카오스의 세계라고 보고 있다. 또 언어와 이성으로 표상되는 논리적 세계와 정면으로 배치되는 비논리적 세계라는 것이다. 자연히 무(巫)는 어둠과 암흑의 세계로 파악하는 것이 당연한 논리라고 믿고 있다. 그래서 『움직이는 성』에서는 “주인공들의 내재적 병이나 성의 미분화 상태 또는 의식의 심층에 자리잡은 어두움이나 그늘의 이미지리를 형상화”155)한 것이다라고 주장한 점에 주목을 한다. 이와 같이 무(巫)세계가 의미하는 카오스나 성의 미분화 상태와 주인공들의 내적 방황을 동질적인 것으로 파악한다.

그러나 이런 우한용의 무(巫)와 유랑민 근성의 비교는 무질서와 내적 방황이라는 점에 두고 있어 본질적으로 의미가 다르다. 유랑민의 근성은 무질서한 방황이 아닌 ‘정착성’의 확보 여부와 관련이 있다. 또한 그가 무(巫)를 카오스라고 하지만, 오히려 그것은

---

155) 우한용, 앞의 책, 348쪽.

종교적 제의(祭儀) 의식으로 인식을 해야 한다. 작가는 이 작품에서 무의 제의 의식으로 얻을 수 있는 이익보다는 폐단을 집중적으로 부각하고 있다. 박수 변씨의 양성 공유나 명숙의 신내림굿을 한 후의 정신병 등이 그것을 말하고 있다.

무(巫)의 현세적 기복 사상을 위한 제의 의식을 거부하고 기독교로 전환을 하는 최 장로가 있다. 물질적 풍요와 육신적 안락을 추구를 위한 현실적인 이해타산을 취하는 민구 등에서 정착성을 발견할 수 있다.

(2) 기독교의 사랑정신 실현

작품분석에서 기본 축은 기독교다. 이 작품의 기본 기둥의 구실은 준태가 맡고 있다. 4부를 제외한 총 21장에서 준태가 등장한 장은 18장으로 성호 16장과 민수 15장에 비하면 많다는 것만 보아도 알 수 있다.[156]

'자기인식에의 여정'이라는 점에서 준태는 가장 철저하고 고독하게 살아가는 인물이다. 이런 삶을 사는 준태는 작품의 주제인 '유랑민의 근성'을 역사적, 종교적 관점에서 이론적으로 뒷받침하고 있다. 인간의 '존재론적 고독'을 철저히 자각하고 체질화된 인물로 그를 들고 있다.

기독교의 입장에서 보면 준태는 무신교자로 기독교를 신랄하게 비난을 하는 적대적인 사람이다. 그는 황순원의 소설의 일반적인 인물성과 가장 잘 통하는 인물이다. 그는 소극적이고 무기력하고 비현실적이고 우유부단한 방관자적 인물이다. 또 긍정적인 측면에서 본다면 "착하고 양심적이며 휴머니티가 강한 사람의 부류"[157]

---

156) 이정숙, 앞의 책, 229쪽.
157) 앞의 책, 231쪽.

에 속한다. 창애와 결혼한 것도 창애의 적극적인 구애 때문에 가능하고 아내의 세계에 호흡을 같이하지 않고 또 몰입하는 것을 거부하여 방관자적 자세로 인해 살다가 이혼을 당하게 된다. 그렇다고 새로 사귄 지연과도 결합하지 못하는 등, 결국 두 여성 중 어느 사람에게도 정착하지 못하는 사람이다. 이는 준태의 정신의식 속에 뿌리내린 정신적 허무주의의 영향이라고 하겠다. 또 그가 보여준 자폐적이고 허무적인 삶의 태도에서도 발견이 된다. 허무주의적 사고는 이 세계 속에서 삶의 뿌리를 내릴 어떤 긍정적인 가치도 찾아보기가 어렵다.

이러한 준태의 태도에 목회자인 성호는 이해라는 시각으로 친구를 받아들이려 한다.

준태의 싸늘한 웃음기 속에 어떤 뜨거운 열기 같은 것을 감지하고 있었다. 그 열기에 노기가 서려있었다. 그것은 단지 무엇을 부정하기 위한 부정의 노기가 아니고, 긍정을 모색하기 위한 어쩔 수 없는 부정의 노기 같은 것으로 비쳤다.(199쪽)

그러나 성호는 준태의 냉소주의가 가진 현실에 대한 부정적 시각의 시선을 극복하지 못하고 실패한다. 그럼에도 성호는 '긍정을 모색하는' 역할을 맡고 있는 사람이다. 폐쇄적이고 자기부정인 준태의 한계를 넘어서는 열린 종교로서의 기독교의 가능성을 모색하는 인물이 바로 성호다.

인간에게 일어나는 모든 일, 삶이든 죽음이든 신이든 악이든 이밖의 모두 다 창조주의 것이다. 이렇게 창조주는 자기 형상과 마음가짐처럼 만든 인간을 통해 스스로 지니고 있는 정과 반의 싸움을 하고 있는 것이다. 이 세상에 사랑이라는 힘의 세계를 이루기 위해

헤아릴 수 없을 만큼 다각다양하게, 그리고 끊임없이 싸우고 있는 것이다.(347쪽)

친구인 준태가 죽어갈 때 성호가 홍 여사와 지연을 떠올리며 모색의 의미를 생각하고 있다. 이런 생각은 기독교인으로서 타인을 위해 '헌신하고 봉사하는 삶의 태도'를 통해 기독교라는 하나의 종교를 초월한 인간의 삶 속에서 '진정한 창조주의 사랑의 실현을 강구'하고자 한다. 이러한 사랑의 실현은 진정한 의미에서 '종교적 구원의 가능성'을 제시한다. 작가는 미래를 향한 긍정적 사랑과 공동체에 살아가는 것이 진정한 의무라고 마지막 장면에 등장 시킨 두 어린 아이의 모습으로 암시하고 있다.

한편 성호와 반대의 모습을 최 장로에게서 엿볼 수 있다. 그는 성호가 목회 활동하는 산동네 교회의 장로이다. 최 장로의 조부가 이 교회의 창설자이고 조부와 부친도 장로였다. 물론 매우 희화적으로 표현하고 있으나 조부가 귀신을 버리고 예수를 믿게 된 동기가 금전적 지출의 과소에 따라서 결정되었다. 그는 철저한 자본주의 이론의 신봉자였다.

봄 가을 날잡아 굿하구. 음력 정초와 칠월 칠석에 빼놓지 않구 치성을 드리구. 크흠, 그뿐인가요. 무슨 일이 있을 적마다 살풀이를 한다. 푸닥거리를 한다. 그야말루 무당집 문지방이 닳두룩 드나들었죠. 크흠, 굿을 한 번하자면 줄 잡아두 지금 돈으루 몇만 원 풀어야 하구. 치성 한 번 드리는 데두 사오천원 들여야 했답니다. 크흠 그게 예수를 믿으면서부터는 술 담배까지 끊게 됐으니 더 절약될 밖에요.(150쪽)

최 장로 자체도 조부와 마찬가지로 철저한 자본주의의 순응자이다. 나이 예순둘이면서도 탐욕을 버리지 못한다. 더 많은 재산을 가지려고 노골적인 욕심을 보이는 전형적인 속물이다. 더욱 '크흠' 라는 기침소리로 허세를 강조하고 있다. 철저한 신앙심을 바탕으로 한 화해의 정신보다 개인적 이익 추구의 행동이 두드러져 교회의 모습을 위태롭게 만든다. 그는 사랑의 실현과는 거리가 있는, 오직 자기만을 위해서 교회에 다니는 이기주의자이며 기독교인으로는 문제가 있는 사람이다.

(3) 학문적 연구와 무(巫)의 포기

샤머니즘의 논리를 작품에서 적극적으로 전개시킨 사람은 민구이다. 대학에서 민속학을 강의한 그는 학술적인 흥미의 대상으로 샤머니즘을 연구한다. 작품 속에서 샤머니즘의 세계는 기독교 세계에 비해 훨씬 열세에 빠져 있다. 그것은 윤성호에 훼방당하는 신내림굿을 한 명숙의 모습이나 민구에게 기대하는 변씨가 버림당하는 것이나 준태에게 기대하는 돌이 엄마에게서 무의 비자립적 모습을 엿볼 수 있다. 다만 샤머니즘은 작품에 예술적인 아름다움을 창조하는 데 어느 정도 기여했다는 것이 전부이다.

샤머니즘의 축을 대표하는 민구는 무의 모습을 알리기 위해 노력한다. 그는 은희에게 무당의 종류를 "학습을 해서 된 무당, 세습적으루 물림 받은 무당, 신이 내려서 된 무당"(19쪽)으로 세 종류가 있다고 말을 하지만, 걸핏하면 무당이야기라면서 무당을 목사와 비교한다고 은희의 반발에 직면한다. 이런 어려움에도 불구하고 일반적으로 단순한 학습에 의해서 바로 무당이 되는 경우는 작가의 이해력 부족의 소치(所致)이다. 오히려 세습적으로 무당이 되는 단골은 집안에서 직접 전수를 받거나 전문적으로 배워 무당의 가계

(家系)를 이어온다. 김태곤은 한국 무의 종류를 ⓐ 무당형, ⓑ 단골형, ⓒ 심방형, ⓓ 명두형으로 나눈다. 성격상으로 대별하면 "무당형과 명두형은 양자가 '강신'에 의한 영력(靈力)이 주 기능이기에 강신무계통"이라고 한다. 또 "단골형과 심방형은 다 같이 사제권이 제도적으로 세습되면서 제의(祭儀)의 사제가 주 기능이기에 세습무계통"158)으로 구분한다. 이처럼 주 기능상의 분류방법은 더 합리적이다.

서른두 살 박수인 변씨는 민구에게 "함경도 오구굿하는 사람을" 아직 못 찾았고 "남쪽지방의 오구굿"(24쪽)은 수집했다는 말이 나온다. 이 굿은 재수굿의 일종으로 죽은 이를 저승으로 보내는 천도의식의 무 의례이다. 이러한 굿의 이름으로 지칭하는 것은 지방에 따라 다르다. "서울은 '지노귀굿'(사령제), 함경도 지방은 '망무귀굿', 평안도는 '수왕굿', 전라도 지방은 '씻김굿'이나 '오구굿', 경상도 지방은 '오구굿'"159)이라고 한다. 함경도 지방의 '망무귀굿'과는 부르는 명칭이 다르다. 이와 같은 현상은 지역 간 비슷한 굿이면서도 지역 간에 전승해 내려오는 무당 집들 간의 차이에서 오는 현상일 것이다.

> 여복차림 위에 창부 옷을 입은 변씨가 한참 춤을 추다가 별안간 자기 무릎에 몸을 던지고서 호소하듯이 남자가 그립다고 했을 때는 정말 당황하지 않을 수 없다. 〈중략〉. 변씨는 민구의 무릎에 상체를 던진 채 그냥 무엇을 기대하는 듯 눈을 지그시 감고 있었다. 숨결은 고르지 않고 창백한 얼굴에 새로 붉은 빛이 내 돋혀 있었다. 민구는 외면하고 말았다.(34쪽)

---

158) 김태곤, 『한국무속연구』, 집문당, 1995, 422쪽.
159) 최길성, 『한국무속의 이해』, 예전사, 1994, 118쪽.

　　그 물결 속에서 민구의 남성은 이리저리 부대끼며 밀리어 다녔다. 물결에 꿈쩍 않은 바위였으면 하나 물결에 휩쓸리고 휩쓸리고 했다. 물결이 빠르고 거칠어졌다. 민구는 바위가 되려, 부서진 조각들을 모아 저항해보다가 거칠고 센 물결에 확 부서져, 부서진 조각들을 모아보려는 안간힘도 보람 없이 그만 물결 속에 완전히 풀려 녹아버리고 말았나.(208쪽)

　　거센 물결 속에서 민구의 남성은 여지없이 이리저리 부대켜 밀려 다니며 바위가 되려는 저항을 별로 해볼 사이도 없이 부서지는 순간 저도 모르게 변씨를 쓰러뜨렸다. 불의의 일에 당황한 변씨가 방어의 태세를 취했으나 이미 민구는 어떤 이물질을 만지고 난 뒤였다. 그것은 조그맣고 부피라고는 별로 없는, 쪼그라든 가죽쪼가리 같은 것이었다. 그러나 그것은 **남성의 표징물**임에는 틀림없었다.(298쪽)

　　위의 세 장면 중 첫 장면은 변씨가 송민구를 초대하고 무의로 춤을 추다가 갑자기 남자를 유혹하는 여자로 변하여 민구의 무릎에 쓰러지는 장면이다. 박수라는 신분으로 변씨가 남자인 민구를 유혹하고 있다는 것은 무의를 집행하는 사제자로서 이해가 안 되는 부도덕한 부분이다. 두 번째의 장면에서 남녀 간의 비정상적인 성적 관계를 가지므로 발생하는 황홀함과 무도(巫蹈)할 때 느끼는 환희를 동급으로 취급하는 의도성을 보이고 있다. 세 번째 장면에서 변씨는 남성의 '표징물'을 가진 남자라는 사실에서 알 수 있듯이 "생리적으로 신비로운 비밀을 갖으며 양성공유(兩性共有)의 생리구조"160)를 가지고 있으면서 두 사람이 성적관계를 했다는 점이다.

　　천이두는 양성공유의 변씨를 미분화의 상태에 있는 하나의 카

---

160) 천이두, 「종합에의 의지」, 오생근 엮음, 『황순원 연구』, 황순원 전집 12, 문학과 지성사, 2000, 130쪽.

오스로 보고 있다. 그는 변씨를 신비한 마력의 진원지라고 말한다. 민구가 갈피를 차리지 못하고 샤먼의 세계에 말려들어가는 것은 이런 카오스의 마력 때문이라고 지적한다. 그러나 이성 간의 애정 관계가 아니라 동성 간의 성적추태는 스스로 자신의 신앙을 추락하게 만들고 변씨의 주신이 그런 행위에 대해서 징벌을 내린다는 사실을 간과하고 있다. 또한 무당인 돌이엄마가 비판적인 준태와 동거에 들어간 것과 죽음을 앞둔 사람을 두고 떠나가는 것 등은 무 세계의 몰도덕성과 패륜성을 여실히 드러내 보인다. 자연히 이 작품의 무 세계는 "육체적 쾌락과 이기적 탐욕이 강하게 지배하는 세계"[161]로 그려지고 있다.

이런 샤머니즘의 범위에 있는 이들의 추행과 파렴치한 행위를 그린 것은 샤머니즘에 대한 작가의 부정적 시각이 들어있는 듯하다. 또한 이러한 비행 사실을 통해서 무는 저속한 민속 문화의 일부로 취급할 뿐이지 기독교처럼 종교로 볼 수 없다는 작가의 뜻도 내포하고 있다. 더욱이 민속학자는 대감거리를 실습하고 약혼자 은희의 끄나풀인 청년의 말에 민구는 "샤먼세계를 하나로 묶은 교"(310쪽)로 만들겠다고 한다. 민구의 반응은 너무도 허황된 상식 밖의 일이 된다. 무당 변씨조차 이 생각에 의아하고 회의적으로 생각한다. 그럼에도 "한번 교주님께 축하 인사"를 드린다거나 "굿거리 한 장면처럼 딱딱 맞아 떨어졌다"(311쪽)는 것은 무의 허황됨을 묘사하는 것이 된다. 나아가 무의 세속화된 모습으로 민족 신앙의 신비감마저 없어진다. 이와 같은 일은 "김동리가 「무녀도」에서 무 세계를 호의적으로 다루어진 것에 비하면 이 작품에서 같은 무(巫) 세계를 적대적으로 다루고 있다는 것"[162]이다.

---

161) 임영천, 「황순원 『움직이는 성』 연구」, 184쪽.
162) 임영천, 『한국 현대문학과 기독교』, 태학사, 1995, 371쪽.

　물론 민구가 학자로서 무의 세계에 신나게 빠지는 것은 긍정적인 점이다. 그럼에도 무복을 입고 춤추는 민구의 "안올림 벙거지에 쾌자 자락을 날리면서 뛰어오는"(318쪽) 사진과 "당굴교주님에게"라는 편지를 계기로 민구는 학문적인 연구를 더 하느냐 아니면 은희 부친의 제약회사에 들어가느냐 갈등을 겪는다. 이런 방황 상태의 민구를 보고 준태는 '유랑민의 근성'이라고 그의 행동을 비난한다. 그러나 민구는 무를 포기하고 현실 지향적, 이기주의적, 타산적인 장인의 회사를 택함으로써 그의 갈등은 정리된다. 민구가 지탱한 샤머니즘의 축은 학문연구의 한계를 벗어난 자세이다. 그리고 불건전한 성행위에 의해서 흔들리는 세속적인 삶의 모습으로 타락한 것이다.

　민구는 기독교인으로 세례를 받았지만 돈 많은 한 장로의 딸인 은희와의 약혼은 기독교와 샤머니즘의 약혼식이라고 할 정도로 샤머니즘의 세계에 빠진다. 교회에 나가는 것도 변씨와 관계로 인한 미안감 때문에 나갈 정도로 사이비 교인이다. 그리고 그는 한 장로의 돈에 대한 세속적인 욕망을 감추면서 교회에서 강력한 힘을 발휘하는 힘의 테두리에서 벗어나가길 거부하는 간교함도 보인다. 기독교에 샤머니즘의 요소가 내재되어 있음을 알고 기독교의 변혁을 요구하는 입장에 동조하지만 한 장로와의 직접적인 언쟁은 피하고 눈치만 보는 비열한 면도 있다. 민구는 기독교에 대한 호의나 철저한 신앙심의 의지보다는 기독교를 통한 출세나 신분 상승을 추구한다. 지극히 현실 지향적 이기주의적 타산적인 냄새를 풍긴다. 결국 그는 현실적인 세속화의 욕망을 내재한 사람으로 변하게 된다. 현실적인 이해관계에 따라 매몰차게 지금까지 연구한 샤머니즘을 포기하는 현실추수적인 인물이다. 작가는 문화적 현상과 관련해서

'유랑성 근성'에 있어서 "샤머니즘적 풍토를 가장 악성적인 요인 "163)으로 보고 있다. 물론 개인주의적 기질도 부정적 문화를 배양하는 데 일조를 한다. 이런 작가의 의도는 종교적인 테두리의 포함이나 문화의 유습도 포기한 것이다. 아직 이 작품에서는 무교라는 종교의 자리는 없다는 점이다. 작가는 다음과 같이 말하고 있다.

> 일단 활자화된 내 작품에 대해서 나는 이야기하지 않기로 하고 있다. 이유는 간단하다. 작품으로 하여금 독립된 생명을 스스로 지니게 하기 위해서요. 작품에 대한 독자의 자유스러운 감상을 작가로서 방해하지 말자는 생각에서다. 작가의 의식은 언제나 깨어있어야 한다. 무의식의 세계를 그릴 때에도 작가는 그것을 의식하고 있어야 한다.164)

얼마나 간결하게 정제된 작가의 뜻인가? 작가는 당연히 작품에 대해서 '독립된 생명력의 보장과 독자의 자유스러운 감상을 방해' 하지 않는다는 점을 강조하고 있다. 다음은 작가의 의식에 대한 준절한 비판과 자기를 격려하는 강한 채찍질이 이어져야 한다. 작가의 의식이 잠들면 작가의 생명은 끝이며 작품은 스스로의 독립된 생명을 가질 기회를 획득하지 못하고 만다는 통렬한 의지 표명이다. 이러한 강렬한 작가 의식이 살아있을 때 독자들은 작가가 말하는 한국인의 '유랑의식'을 꼭 인정할 필요는 없다고 본다.

---

163) 임영천 「황순원 『움직이는 성』 연구」, 185쪽.
164) 황순원 「말과 삶과 자유」, 황순원 외, 『말과 삶과 자유』, 문학과지성사, 1985, 36쪽.

4. 현대화 사회와 제의(祭儀)의 재현(再現)

1) 무(巫)와 교회와의 협력과 구속력 – 이제하 「풀밭 위의 식사」

이제하의 「풀밭 위의 식사」(1985)[165]에서 무의 보살은 교회의 활동에 영향을 미치는 교인들을 조정하여 교회의 존재에 영향을 미친다. 자본주의 사회에서, 산골 마을의 경제력은 어느 힘보다 미치는 영향력이 막대하다. 그런 면에서 산나물 처리가공과 건조제품을 주업으로 하는 조합장의 직책을 보유한 무당은 막강한 힘을 보유한 사람이다. 무당 최 보살은 공동체 단체를 대표하면서 교회와 공생을 꿈꾼다. 그러나 교인의 증원을 바라는 당회 측은 목사로 하여금 광부인 교인 김씨와 최 보살의 재혼을 중매하게 무언의 영향력을 가한다. 당연히 무당의 힘을 흡수하려는 모험이다. 최보살은 남자의 사랑이나 신의 섭리보다도 돈의 지참금 유무로 결혼을 결정하고자 한다. 남편의 유언이라며, 자본주의에서 필요한 자금력을 요구하고 있다. 결국 산 속에서 풀밭의 잔치는 무위로 끝나고 그 영향은 교회 예배에 참가하는 교인 감소라는 현상을 보인다. 목사는 금식 철야 기도를 통해 위기를 타개하려 했으나 결국 무리한 강행으로 몸을 추스르지 못한다. 최 보살은 목사를 자신의 집으로 데려와 병간호를 잘하여 건강을 회복시키고 목사직을 수행하도록 도움을 준다. 무교와 기독교는 서로 영역 다툼에서 벗어난 공생 관계의 확립이다.

---

165) 이제하, 「풀밭 위의 식사」, 『소렌토에서』, 솔, 1996.

(1) 환상적 리얼리즘

이제하는, '환상적 리얼리즘'이라는 말로 초기 작품의 창작적 특징을 요약한다. 그럼에도 '전통적인 사실주의 기법으로 우선 한 발 물러섰다'고 말한 「나그네는 길에서도 쉬지 않는다」(1985)로 '이상문학상'을 수상 받는 영광을 누린다. 사실 이제하는 미술을 전공한 문학도로 미술적인 기법에 크게 지배를 받고 있다. 화가에게 해당되는 용어들을 사용하는 초기 작품들은 「나그네는 길에서도 쉬지 않는다」와 비교해서 그것의 '환상의 리얼리즘'과 '전통적인 사실주의 기법'이라는 표현상의 차이로 구별을 한다. 또한 이제하의 문학은 문학인들의 인식 법주 안에 쉽사리 포착할 수 없는 것처럼 난해성의 문제가 거론하곤 한다. 이와 같은 지적은 중요한 작가인 듯이 보이면서도 작품에 대한 본격적인 논의가 적었다는 뜻과 같다. 작가가 사용한 "환상적 리얼리즘이라는 용어 중의 '환상적'에 미리 겁을 먹거나"[166] 혹은 외면하는 것이 아닐까 생각한다는 것 때문에 이제하의 작품 분석에 적극적이지 못한다고 이유를 달 수 있다. 또 60년대의 동시대적 삶을 감수성과 의식으로 포착하여 새로움 기법으로 등장한 김승옥에 비해, 동시대적인 감수성 감각에서 한발자국 물러난 환상적 새로움으로 이제하는 접근하고 있다. 이와 같은 여건 상황이 그가 본격적인 논의의 대상이 되지 못한 이유도 된다.

'예술가의 환상적 작업'이라는 것은 현실에서 별다른 특이한 것이 아니라 현실을 변형하는 추진력이거나 변형시키고자 하는 창조적 열망의 출발점이다. 이와 같은 뜻은 예술가의 작업 범위 내에서

---

166) 진형준, 「예술에 대한 물음」, 『우리시대 우리작가』 1, 동아출판사, 1987, 398쪽.

환상적인 것과 현실적인 것이 대립하는 것이 아니라 서로 긴밀한 관계상에 있다는 것이다. 또 '환상적 리얼리즘'은 현실을 외면한 채 환상적인 것을 추구하는 것이 아니라 현실을 바라보는 시선의 선택이며 훨씬 더 철저히 예술적으로 바라보고 수용한다는 뜻이며 작품을 읽을 수 있는 폭의 확대를 약속한다. 결국 "현실을 예술적으로 변용시켜 보다 큰 현실"[167]을 보여주려는 것이다.

다만 「나그네는 길에서도 쉬지 않는다」에서조차 주어진 삶에서 일탈하려는 욕구를 읽을 수 있다. 그러나 작가가 이 작품에서 도입하고자 한 것은 최소한의 전통적인 리얼리즘에 대한 '기법'이고 '방법'이다. 물론 이 소설이 사회 문제의 일부와 분단 이데올로기에 관한 작가적 관심의 확대를 반영한다고 할 수 있다. 그럼에도 관심의 확대가 리얼리즘을 담보하는 것은 아니다. 이 소설에서 구축하고 있는 것은 길과 나그네가 기본 뼈대이며 이 두 가지가 최소한 리얼리즘을 이끌어내고 있다. 여기서 나그네의 여행이 지니는 의미는 충동과 묘한 우연으로 해묵은 주제인 방황과 안정된 공간인 집으로부터 탈주의 동어 반복이라고 할 수 있다. 결국 "분단 이데올로기도 우리의 삶을 구속하는 여러 제약 요소들인 제도, 관습, 도덕과 윤리처럼 하나"[168]일 따름이다.

이제하의 소설이 난해하다는 것은 그의 소설 세계가 현실성이 결여되어 있다는 점과 대상이나 상황에 대한 설명이 조각그림 맞추기처럼 단편적으로 제시되는 서술방법에 기인한다. 문장 서두에 나타나는 행동이나 상황에 대한 설명이 마치 모자이크된 그림의 한 조각과 같아서, 문장의 실질적인 행위 주체가 수식하는 대상이

---

167) 앞의 글, 399쪽.
168) 구모룡, 「예술과 광기의 사회적 의미」, 『작가세계』, 세계사, 1990. 5
    월호, 118쪽.

문장 말미에 나타나 전체 윤곽을 드러낸다. 다시 말하면 "처음부터 대상의 한 부분을 클로즈업시켰다가 점차 뒤로 물러나면서 나중에서 전체적 윤곽을 드러내는 방식"[169]을 취하고 있는 것이 이제하 문장의 한 특징이다.

(2) 무당 최 보살의 능력

먼저 「나그네는 길에서도 쉬지 않는다」에서 무당이 굿하는 장면을 검토해 보자. 주인공은 간호사와 살림 약속을 하고 뱃머리에서 일시 헤어질 무렵에 그들의 운명을 바꿀 일이 들이닥친다.

> 무슨 사태가 벌어지고 있는 것인가 하고 그가 번쩍 정신이 들었을 때는, 여자 곁에까지 춤을 추며 다가온 무당이 이미 부채를 내밀고 있을 때였다. "받아!" 하고 무당이 소리를 질렀다. …… 만경창파 수살 영산 다시 볼 줄 몰랐더니 어이구 내 딸아, 불쌍한 내 딸아 황천길이 구만리데 어데 갔다 이제 오노 …… "받아!" 하고 넋두리를 외던 무당이 번쩍이는 눈으로 다시 소리를 질렀다. 간호원의 얼굴이 시뻘게졌다. 밀어붙이듯이 무당은 계속 부채를 내밀었고, 거기 따라 허우적대듯이 여자의 몸이 뒤로 밀려났다. 가방을 떨어뜨리고 두 손으로 부채를 잡은 여자의 몸이 와들와들 떠는 것이 보였다. 여자의 뒤통수에서 모자가 떨어졌다. "야아, 뭐 하는 거야 저거 …… 신 내리는 거 아냐?", "저런 ……간호원이군 ……" 배 난간에 몰려 있던 구경꾼들 틈에서 감탄하는 소리와 혀 차는 소리가 동시에 들렸다. 죽은 아내의 것인지 간호원의 것인지 어디선가 여보! 하는 절규소리가 들려왔다.(169-170쪽)

---

169) 황도경, 「개 같은 세상에서의 꿈꾸기」, 이제하, 『나그네는 길에서도 쉬지 않는다』 동아출판사, 1995. 468쪽.

여기서 이들 무당들은 제의(祭儀)의 연행(宴行)을 무사히 끝낼 수가 있을까? 그들이 행한 굿은 물에 빠져 죽은 초시집의 아이의 혼을 물에서 건지는 '오구굿'이다. '예기소'의 호수에 빠져 죽은 읍내 부잣집 며느리의 혼을 건지는 김동리의 「무녀도」에서처럼 사자(死者)를 위무하는 굿이다.

이 작품에서 만약 무당이 혼을 건지는 굿을 시작하려고 시도한다면 여기저기에 물을 뿌린다. 굿을 할 때 그 장소의 청결을 위한 부정거리의 과정이다. 제의(祭儀)를 계속하면 넋 대의 역할을 하는 대나무에 신이 내린다. 대를 잡는 사람은 경험이 있거나 최면에 걸리기 쉬운 사람이다. 대를 잡은 사람이 무당이 아닌 일반인이라는 점에서 신앙심도 높다고 할 수 있다. 무당은 "대잡이의 부수적인 역할만하는 것 같아도 사실은 최면사의 역할"[170]을 하는 것이다.

간호사는 대나무를 잡은 것이 아니라 무당이 던진 부채를 받고, 신내림의 징표로 구실을 충분히 해낸다. 어느덧 부채를 흔들면서 모둠 뜀을 뛴다. 신령이 내리는 과정인 도무(跳舞)의 상태다. 간호사는 호수에 빠진 아이의 넋을 몸에 실려 몸 주신이 되었는지 또는 무당의 지시에 따라 평상시로 되돌아 왔는지에 대한 언급은 없다. 실질적으로 무당이 간호사에게 부채를 줌으로써 나그네 일행을 갈라놓고 말 것이다.

19세기 프랑스 화가 마네의 그림 제목이기도 한 이제하의 「풀밭 위의 식사」에서 대장인 아버지는 '위대한 화해의 자리'(255쪽)를 본다. 그는 남/북, 빈/부, 음/양과 같은 극과 극의 대립이 화해되는 장면을 그림에서 보고 있는 것이다. 이미 마네의 그림은 교회와 무교의 종교 간 화해를 전제로 두 사람의 결혼을 사전에 탐색하려는

---

170) 최길성, 『한국무속의 이해』, 94-96쪽.

잔치의 촉진제 역할을 시도하고 있다. 그만큼 이 작품에서도 상징적 의미인 草와 解의 의미론적 전이가 작동하고 있는데 '풀(草)밭위의 식(食)사'라는 제목 자체가 〈草食〉의 연장이 되기 때문이다. 그래서 풀(草)-밭에서 풀(解)-밭으로의 전의. 이런 상징성을 통한 해법은 현실에서 나타나는 극적인 대립이 상징을 통해 극적인 화해에 의해서 해소될 것이라는 기대의 반영이다.

그러나 마네의 그림으로 상징되는 화해의 의미는 현실에서 전화(轉化)되지 않고 무위(無爲)로 끝난다. 즉 상징적인 것이 현실화되는 순간은 파탄의 순간이 있을 뿐이다.

> 당신은 강단에서 정욕의 가증스러움과 물욕의 허망함을 역설하던 중 주의 부름을 받았으며, 설교대를 짚은 팔은 그대로 굳고, 입은 크게 열려 있었다. 대장은 선채 운명했던 것이다(272쪽).171)

그림을 매개로 하는 상징적인 제의의 집전관이고자 했던 목사는 돈의 위력과 서로 다른 종교 간의 차이를 너무 가볍게 보는 어리석음을 범한다. 이에 빚어진 상징적인 영역에서의 화해 노력은 현실적으로 침투하지 못하고 실패하고 만다.

나의 대장인 아버지가 예순의 나이에 영월 쪽 작은 마을의 목사로 부임하여 오게 된다. 광산지역 산골의 특성상 주민들은 인구가 적고 살아가는 방법이 다른 지역과 다르다. 석탄채석, 산나물의 채집, 벌목 등의 활동을 하는 것이 생활의 전부다. 대부분 집단적인 활동이며 공동생활이 필요한 생활 권역이다. 그러한 환경과 생활 방법을 사전에 조사하여 공동체 일원으로 생활비를 충당하는

---

171) 김동식, 「희생양을 위한 소묘, 또는 자화상」, 이제하, 『소렌토에서』, 솔, 1996, 350쪽.

소득원의 방법을 강구해야만 생존이 가능하고 종교적 활동도 활발하게 할 수 있는 곳이다.

교회 하나 없던 인근 마을에 주님의 회당(會堂)을 세워준 공로자라고, 전에 있던 목사가 아버지께 인수인계를 하고 떠나면서 맨 처음 소개를 했던 사람이 이분이었다. 그 때문은 아니겠지만, 집사나 권사직을 맡기려고 아버지가 여러 번 권고를 했으나 한사코 사양했던 여인이다. 마흔은 넘어 보이는 나이였으나 당당한 체구에, 세상만사를 통달한 듯한 웃음이 늘 표정에 어려 있었다.
"목사님 뵙거든 설교에 물 좀 타시라구 그래라. 광산 김씨도 그러더라. 너무 맵다고 …… 서러 애끼면서 살아야재?" 영문을 몰라 나는 우두커니 그녀를 보고 있었고, 빨래터에서 다가온 동생의 머리를 그녀는 쓰다듬었다. "몇 번 말씀은 드렸다만서도 ……요즘 점점 더 하시더구나. 내게도 생각이야 없겠나만서도 ……"(258쪽)

무당인 최 보살은 이 작품에서 어떤 무(巫)의 행위도 하지 않는다. 그녀는 산나물 처리 가공 공장과 산나물 건조 제품의 공판장을 소유한 조합의 장이다. 그만큼 사람들의 "실수익이나 소득은 오히려 산나물채집에서 나오고 있는 것"(259쪽)이다. 그리고 "주민의 태반이 그 일에 매달려 있다".(259쪽). 이런 생활권에서 생각해 보면 그녀의 영향력은 주민들에게 지대하다. 또 장악하고 있는 경제력은 마을 일을 통해서 대단하다는 것이 이미 드러나고 있다.
그녀의 능력으로, 교회가 하나 없는 인근 산골 마을에 회당이 설립된 것이다. 물론 집사나 권사의 직책을 주어 교회의 일원으로 만들려고 교회에서 무척이나 애를 썼지만 지금껏 효과가 없다. 그녀는 자신의 종교를 지키는 당당한 사람이다. 오히려 아들인 나에게 협박하며 목사님의 설교 내용을 가지고 트집을 잡아 너무 일

방적으로 말을 하지 못하게 한다. 그녀는 자기의 의도를 분명히 전달하도록 압력을 넣는다.

그 말을 들은 대장인 목사는 매우 곤혹스러워 한다. 게다가 교회 3주기 창립을 기념하기 위해 서울 당회에서 노태준 목사가 내려오고 덩달아 두루마기를 입은 민중 시인까지 데리고 내려온다.

(3) 민중과 교인의 힘

포교를 위해서 온 선무 대원이며 민중 시인이라는 청년이 등장하여 의식화하지 못한 소집단을 들쑤시고 받아치는 응전력(應戰力)의 힘을 가지고 투쟁하라고 선동한다.

> 개성의 다양화와 그 보장이 가장 시급한 문제라고 생각하는 이유가 여기에 있습니다. 개성이라는 것은 개인의 정서가 구축하는 하나의 세계이고 서로 다른 세계의 그것이 없는 민중은 우중에 불과합니다. 민중이라는 단어가, 그런 개성들이 모여 물리적인 힘이 아니고도, 소리 없이 어우러져 이루어놓은 거대한 하나의 하모니를, 후세사람들이나 통칭해서 설명하는 하나의 개념 언어에 불과합니다. 똑같은 생각, 똑같은 주장은 우리선조들의 한과 체념으로 두께가 굳어버린, 그 엄청난 벽에 벽으로 맞서는 결과밖에 되지 않습니다.[172]

위의 글은 이제하가 1985년 《이상문학상》 시상식장에서 행한 수상 연설의 일부이다. 민중에 대한 그의 견해는 '거대한 하모니'이지만 이는 '하나의 개념 언어'라고 한다. 즉 개성이 너무 강해서 "한여름인데도 모시 두루마기를 입은 세모돌이 청년이며 유명한

---

172) 박철화, 「「초식」에서 「광화사」까지」, 『작가세계』, 1990. 5월, 46쪽.

민중 시인"으로 선동을 일삼지만 개념에 불과하다는 뜻이다.

민중 시인은 "농촌 현황과 민중"(261쪽)이라는 인터뷰를 하고 대단한 열의도 가지고 있다. 그런 그가 마네의 그림을 보고 "퇴폐한 쁘띠 부르주아의 대표적인 작품"(261쪽)이라고 폄하한다. 그만큼 민중 시인은 현실적인 대응방법에 관심이 많고 그런 현실을 적절하게 즐기는 사람이다. 과감한 현실타파의 의지를 보이는 시인은 목사가 '풀밭 위의 식사'인 잔치를 앞당기게 압력을 은근히 가중하는 장본인이 된다.

"협도(俠盜)나 의적(義賊)의 정신"이 진정한 응전력도 되지 않으며 "야담조의 이런 교훈이 대 사회 응전력"에 도움을 주지 않는다는 것이다. 그러면 "응전력?" 하고 묻자 "맞받아치는 힘"이라고 말하고 있다. "나팔도 북도 필요 없는 그냥 동네"라서 "의식화 못된 허약한 소집단"(262쪽)을 만드는 것은 당연한 일이라고 목사는 항변한다. "선한 싸움은 그만둘" 작정이냐고 포교에 관해서 노 목사가 말하자 흥분한 목사는 "민중을 입에 달구 다니는 사람들이 하루만 제 못 생긴 낯짝 매스컴에 디밀지 못하면 똥줄이 빠져"(264쪽)라고 민중 시인에게 듣기 어려운 말을 던진다.

포교를 위해서 가장 전투적인 교회인 당회에서 교인들의 포교를 위해 사람을 파견되어야 하는 것에 대해 목사는 겁을 먹고 있다. 민중들의 집단적 협력을 강구하는 선한 싸움의 목적은 민중들이 모여 만든 큰 집합체의 구성에 있다. 누가 더 많은 민중을 확보하느냐가 세력의 힘을 판단하는 근거가 된다. 그런 민중의 소집에 절대적인 영향권을 가진 최 보살이 교회 쪽에서는 절대로 필요하다. 교인 확보를 위해 최 보살과 교회 사람을 결혼시키려 할 정도로 교회 입장에서는 심각하게 고려해야 할 중대한 문제였던 것이다.

(4) 화해의 주선과 무당의 힘

당회에서 사람을 파견하겠다는 언질에 다급한 목사는 '풀밭 위의 식사'의 모임을 주선하게 된다. 목사는 광산에 다니는 교인인 김씨와 무당인 최 보살을 묶어 한 가정을 이루도록 중매를 서려고 한다. 그것은 교회의 영향력을 증대하고 무를 교회가 하나님의 품으로 껴안는 형국으로 만드는 것이다. 그래서 목사에게는 교회의 존폐가 걸린 만큼 중대한 문제로 최선을 다해야 할 사항이다.

목사는 마을을 벗어나서 산길에 접어 들어 잔치 장소로 찾아간다. 잔치는 시작되었고 분위기의 반전을 위해 그는 술을 함께 마신다. 목사는 자신이 중매를 서겠다고 두 사람에게 선언하고 중매가 성사되도록 긴 기도를 한다. "죽은 영감이 그러시는 걸 전들 어떡하겠어요, 재혼을 용서할 테니 공장 확장부터 서둘러라 ……별 도리 없죠."(268쪽)라는 최 보살의 말과 "자금을 댈 만한 조건이 아니면 어렵다 이런 말씀입니까?"(269쪽)라고 매파 역할을 하는 목사는 묻는다. "돈 한푼 없이 실은 뭘 할 수 있겠어요?" 무당의 말에 김씨는 술이 취하여 주사가 시작되고 "씨이팔"이라는 욕과 함께 잔치는 아무 결실도 없는 무의미한 파장(罷場)이 된다. 이 잔치에서 재혼의 기준은 사랑이나 종교적인 갈등이 아니라 회사를 운영하는 자금의 투입 가능성 여부에 달려 있다. 죽은 남편의 말이라고 말하지만 경제적 능력이 있는 남자를 원하고 있다. 최 보살은 일어나 헤어졌고 잔치의 무의미한 결실은 교회에게 엄청난 파고를 가져온다. 그날 밤 예배에는 평소 참석하던 교인들이 삼분지 일만 예배를 드리고 다음 주일 예배에서는 30명, 그날 밤은 20명, 수요일은 어린애를 빼고도 백여 명에 가깝던 주의 종들이 졸지에 15명으로 떨어진다. 최 보살이 행하는 막강한 영향력을 목사는 아직껏 눈치를 채지 못한 모양이다.

최 보살은 무당의 행위로 영향력이 미치는 것이 아니라 경제력으로 온 마을 사람들을 장악하고 있다. 결국 돈의 위력을 앞세우는 무당한테는 교회의 하나님도 손을 들 정도가 되고 만 것이다. 돈은 새로운 신의 모습을 하고 사람을 지배하려고 맹위를 떨치는 것이다. 최 보살은 신의 대결이 아니라 같이 공동으로 서로 양보하며 살아가자고 주장한다. 목사님도 하나님을 섬기지만 서로 공생할 때만이 가능하다는 사실을 알려 주었지만 목사는 이를 무시한다. 그 후 식음을 전폐하고 단식기도를 들어갔으나 기력이 쇠진하여 쓰러지고 만다. 하나님이 목사의 기도를 들어주는 것이 아니라 오히려 최 보살의 힘이 목사의 삶을 좌지우지할 정도이다. 최 보살은 자기 집안으로 모시고 간 목사를 위해 정성이 깃든 간호로 건강을 찾게 만들어 준다. 다시 교회에서 설교를 하던 목사는 이년 만에 설교대를 잡고 선 채로 하느님의 부름에 기꺼이 응한다. 이러한 보살의 영향력 때문에 단식기도와 혼절로 간호를 받고 회복한 행위를 "목사가 최 보살의 샤머니즘에 융합되는 것"173)이라고 김윤식은 지적한다. 이 말은 무와 기독교라는 종교인들의 만남이며 전통문화와 서양문화의 만남을 상징하는 것이다.

그러나 김윤식이 말한 그런 만남으로 보기보다는 외래 종교가 뿌리를 내리는 과정에서 토속의 신앙과의 경쟁에서 살아남기 위해 몸부림치는 형국으로 보아야 한다. 무당의 간호까지 거절할 힘도 없지만, 교인들의 절대적인 수가 조합의 구성원과 중복되고 그녀의 영향권에 있다. 그녀는 조합원들에게 절대적인 힘을 행사하고 있다. 교인이 없는 교회는 종교시설로 의미가 없는 것이 된다.

---

173) 김윤식, 「예술에 대한 목마름 부름」, 70쪽.

결국 무당이 가진 돈의 힘은 기독교에게 영향력을 미치고 있다. 그래서 무와 기독교가 만나서 공생하는 길은 무의 변질보다는 기독교의 적응력 배양과 각자의 테두리에서 상대방을 비난하지 말고 공동적 생활 방법에 비롯된다는 사실을 작가는 말한다.

무(巫)는 이미 뿌리를 내린 민중 신앙이다. 때문에 자신을 지키기 위하여 다소 현상적인 변형을 의도하기도 한다. 무와 가까이 접근한 "기독교 의례로서 가장 대표적인 것은 부흥회"174)라 할 수 있다. 그러나 도시와 같이 다양한 직종과 삶의 양식이 다르고 인구가 밀집된 협소한 지역은 가능한 일이지만 시골 농촌은 지역도 넓고 공동체의 생산이 필요한 여건 때문에 집단적인 공동체의 힘을 이용하지 않으면 결국 뿌리를 내리지 못하고 말 것이다. 마을을 지배하는 중심 세력층과 힘을 합치거나 최소한도 공생을 염두에 둔 처신이 아니면 오랜 전통적 삶의 근거가 없는 타인은 혼자서 살아남지 못한다. 이제 무의 힘은 기독교와 대등하게 서로 견제하지만 힘의 균형은 힘이 실리는 곳으로 기우러지고 만다. 힘은 돈이며 경제력이다. 경제력의 뒷받침 없이는 공동생활은 물론 개인의 생활마저 담보할 수 없다. 소위 인간다운 삶의 모습을 발견하기가 어렵다. 이처럼 인간의 생명을 양생하는 경제력이야말로 절대적 권위를 가진다.

합법적인 경제력은 인간의 정신에서 상상해 낸 창조적 아이디어를 현실화하는 데 정당성을 확보하는 근거가 된다. 또한 자신의 권위와 지배력을 확보하는 무기도 된다. 이처럼 부가 축적된 경제력으로 타인의 복종을 받을 수도 있으며 사람들을 지배하도록 권능을 제공받는다. 경제력의 영향으로 인해 광산촌의 교회가 무

---

174) 최길성, 『한국 민간 신앙의 연구』, 계명대학교 출판부, 1994, 335쪽.

(巫)에 포위를 당하게 된 것이다. 경제력은 힘을 뒷받침하기 때문에 상대에 대한 배려보다는 침략이라는 방법으로 기존의 삶의 방법을 여지없이 파괴한다. 결국 당하는 사람은 자신의 모든 것을 잃어야 하는 가혹한 파산을 겪게 된다. 이러한 힘의 절대적인 영향력은 다음 글처럼 19세기 서구인들이 동양을 보는 시선에서 잘 나타나 있다.

오리엔탈리즘이란 오리엔트 곧 동양에 관계하는 방식으로서, 서양인의 경험 속에 동양이 차지하는 특별한 지위에 근거하는 것이다. 동양은 유럽에 단지 인접되어 있다는 것만이 아니라, 유럽의 식민지 중에서도 가장 광대하고 풍요하며 오래된 식민지였던 토지이고, 유럽의 문명과 언어의 연원이었으며, 유럽문화의 호적수였고 또 유럽인의 마음 속 가장 깊은 곳으로부터 반복되어 나타난 타인의 이미지(images of the Other)이기도 했다. 나아가 동양은 유럽이 스스로를 동양과 대조가 되는 이미지, 관념, 성격, 경험을 갖는 것으로 정의하는 데에 도움이 되었다. 그러나 이러한 동양은 어떤 의미에서도 단순히 상상 속의 존재에 그친 것이 아니다. 그것은 유럽의 실질적인 문명과 문화의 구성부분을 형성했다. 곧 오리엔탈리즘은 동양을 문화적으로 또는 이데올로기적으로 하나의 모습을 갖는 언설(discourse)로서 표현하고 표상한다. 그러한 언설은 제도, 낱말, 학문, 이미지, 주의주장, 나아가 식민지의 관료제도나 식민지적 스타일로써 구성된다.175)

오리엔탈리즘의 시각은 동양에서 보면 거의 허구에 가까운 담론이다. 19세기의 동양 풍경에서 유럽 중심주의를 가진 식민 첨병들을 볼 수 있다. 이런 시각은 우월한 과학 기술과 군사 기술을 바탕

---

175) 에드워드 W. 사이드, 박홍규(역), 『오리엔탈리즘』, 교보문고, 2000, 15쪽.

으로 한 식민주의적 영토 팽창, 권력과 이윤 추구에만 급급한 욕망을 충실히 만들어 낸다. 또 침략적인 정신적 자세는 유럽인들로 하여금 유럽중심주의적 사고방식을 배양하게 만드는 뒷받침 구실을 하게 한다. 그들의 입장에서 정교하게 고안되고 훈련된 장치가 바로 오리엔탈리즘이다. 서양인의 오리엔트에 대한 이해 방식은 교육에 의한 선입권의 산물로 출발한다. 즉 "19세기 인종차별 이론의 생물학적 근거와 간단하게 결합하여, 오리엔트는 후진적, 퇴행적, 비문명적, 정체적이라는 인식"[176]들로 각인하게 만든다.

이런 사고방식에 빠져 있는 사람은 당회의 노 목사와 민중 시인이다. 서양이 동양을 보고 인식하는 여러 가지의 틀 속에는 동양은 후진적이고 비문명적이며 퇴행적이라는 인식과 경제적으로 수탈이 가능한 지역이며 침략 가능지역이라는 인식이 들어가 있다. 노 목사나 민중 시인의 시각 속에도 앞의 논리와 같은 맥락으로 시골의 양상을 도시의 것으로 인식하고 있다.

그들이 현상적인 산골 지방의 이해가 있을 때, 보다 올바른 인식의 견해가 존재할 것이다. 그것을 무시하고 자기의 입장에서만 판단한다면 오리엔탈리즘의 역전 현상이 일어나고 만다. 모든 자연 현상은 시간의 변화에 따라 변화의 방향을 정해 진로대로 전진한다. 산업 사회는 새로운 지식기반 사회로 변화하고 있다. 이미 서양 사회에 있어서 일부는 산업 사회의 향수에서 헤어 나오지 못하고 진로 변경의 피로감에 빠져 있다. 기고만장하던 오리엔탈리즘의 시선을 거부하고 침체적인 사회로 비집고 들어가는 역전 현상들이 곳곳에서 발생하고 있다. 오랜 고난을 이겨내면서 발전시킨 동양의 기술이 서양의 기술을 앞서면서 발생하고 있는 역전

---

176) 주강현, 앞의 책, 61쪽.

현상들이다. 그들은 새로 등장하는 동양의 세력에 선망의 시선과 추락을 막기 위한 악수를 청한다.

이처럼 이 산골 지방에도 자본주의 사회에 사는 조합이라는 단체가 있다. 그것은 생활을 유지하는 부(富)의 소득에 대한 모임이다. 생활이 안정되지 못한 곳에서의 종교적 승산은 반드시 물질적 이익과 연관된다. 비록 그 방법에 차이는 있어도 인간의 삶을 얽매는 틀로, 당연히 소득이라는 물질적 획득이 있어야 한다. 이런 획득은 세상의 멸망이 오기 전까지도 존재할 것이다.

나의 대장인 목사는 강력한 신의 힘을 뒷받침 받을 만할 어떤 여건도 가지고 있지 못한 것이 결정적인 잘못이다. 그것 중에 한 가지를 최 보살은 가지고 있다. 현실은 무(巫)가 교회에 의해서 '미신'으로 몰아서 박해를 당하는 시대는 아니다. 주민들의 대부분이 교인이며 또한 조합원이다. 조합원 모임의 단체장인 최 보살은 무당이다. 무당은 돈의 힘으로 교회의 존립에 절대적인 결정권과 교인들을 포함한 목사의 기능을 조절할 수 있다. 외래 종교가 뿌리를 내리고 살아남기 위해서는 기층 민중의 신앙인 무교를 신봉하는 최 보살의 영향권을 벗어나야 한다. 그러기 위해서는 교회가 스스로 생존에 대한 방법을 강구하지 않는 한 무릎꿇림이라는 수모를 감수해야만 한다. 결국 최 보살이 요망하는 공생을 통한 종교의 혼거주의를 추구할 때, 종교는 서로 생존이 가능하다는 것을 증언하고 있다.

2) 무당의 개인사 추적과 무(巫)의 세계 – 한승원 『불의 딸』

한승원 작 『불의 딸』은 연작 장편소설의 형태이다. 저자는 80년 초부터 '불'의 연작을 구상하여 「불배」(『문학사상』 1981. 1), 「불곰

」(『한국문학』 1981. 6), 「불의 딸」(『문예중앙』 1901. 가을), 「불의 아들」(『현대문학』 1981. 11), 「불의 門」(『한국문학』 1982. 5)의 다섯 편을 이태 동안 발표하면서 불 속에서만 신이 들려 살았다고 말한다. 특히 "무당들을 만나면서 불의 자궁과 불의 생명력에 대한 생각을 했고, 그것이 내 뼛속에 어떻게 와서 닿아 있는가를 고민하지 않을 수 없다. 생목처럼 싱싱하고 질긴 악마적인 힘과 불의 의미를 천착해갔다."[177)]는 '작가의 말'을 통해서 그가 의도하는 바를 알 수가 있다.

(1) 토속성과 한

한승원의 작품 세계를 논하는 대부분의 글들은 작품세계의 특징을 '토속성'과 '한'[178)]이라고 지적한다. 대부분의 작품들이 그의 고향인 남해안 지방의 토속적인 공간을 응축시켜 놓고 있다는 점이 그와 같은 평가를 가능케 한다.

그의 토속성은 남도 해변이 지닌 분위기나, 사투리의 활용을 통해 적절하게 나타나고 있다. 특히 토속성의 개념은 연작 『불의 딸』의 다섯 편에서 몇 가지 공통성을 유지하면서 가장 중요한 토속적 공간 확보에서 잘 드러난다. 화자는 각각의 이야기 속에서 자신의 과거를 더듬고 아버지와 어머니의 존재를 확인하고 의붓아버지와 관련된 과거사를 추적해가는 특징을 보인다. 혈연의 관련성과 가족사의 내막을 캐내는 조그만 섬마을에서 자신의 뿌리를 찾게 된다.

남도의 섬마을이 토속성의 의미를 갖게 되는 이유는, 인간의 끈

---

177) 한승원, 『불의 딸』, 문학과지성사, 1996, 9쪽.
178) 권영민, 앞의 책, 127쪽.

질긴 생명력과 강렬한 욕망을 통해서 전개되는 원시적 순수성이라 할 수 있는 삶에서 찾을 수 있다. 작품에서는 본능적 욕구와 토속적 신앙인 무의 상징인 용왕례의 개인사를 추적하고 있다. 그런 과정에서 '불'이라는 공동의 표상을 통해서 사람이 겪은 삶의 질곡을 형상화 해낸다.

김주연은 「샤머니즘은 한국인의 정신인가」에서 "광복 이후 서구 문화의 폭발적인 도입이 행해지면서 샤머니즘에 대한 해석이 한결같이 부정적인 방향에서만 이루어 졌다."[179]고 지적한다. 그 대표적인 예가 "샤머니즘이 인간의 정신을 파괴하는 미신"[180]이라는 해석이다. 최근에는 새로운 평가가 내리고 있다. 서양 문화의 수용이 무분별하게 이루어졌다는 앞의 반성과정을 거쳐 '한국 정신의 원류'를 인식하는 데까지 발전하였다고 지적을 한다. 소설 제목에서부터 '불'이라는 공통 표상을 추구함으로서 짙은 신화성을 드러낸다. 그만큼 '불'은 에로스의 원천이든가, 창조적 에너지로서 역할을 한다고 볼 수 있다. 물론 이런 선입관을 가질 수 있다고 해도 한국에서는 '불'에 대한 신화의 뚜렷한 성격을 갖지 못해 낯선 느낌을 준다. 그럼에도 불구하고 연작소설에서 '불'은 우리 전통 삶 속에서 자연스럽게 녹아있다는 것이 김주연의 견해이고 또 전통적인 정서의 틀과 연관지어 신화적인 수준에 이르기까지 끌어올린 작가의 창작능력을 높이 평가하고 있다.[181]

「불의 배」에서 전직 신문 기자이며 잡지사 편집장인 주인공은 30년간 연락을 두절하고 살았던 부모의 행적을 찾기 위해 남해안 고

---

179) 김주연, 「샤머니즘은 한국인의 정신인가」, 임철우 외, 『한승원 삶과 문학』, 문이당, 2000, 87쪽.
180) 앞의 책, 87쪽.
181) 앞의 책, 88쪽.

향으로 내려간다. 작가는 탐정소설의 추리를 하듯 덕도와 회진을 오고가는 회진 나루의 뱃사공인 똘쇠의 생활을 중심으로 무당인 어머니의 과거사를 추적하고 있다. 한편 주인공의 아내는 철저한 기독교 신자로서 자신의 신을 섬기도록 압박한다. 주인공이 신문사를 그만둘 때, 처는 신학대학에 들어가 목사가 되기를 바랄 정도다.

그러나 내외의 서로 다른 세계관은 대립을 계속하고 나중에는 무당에게 함께 가는 일이 벌어지나 아내나 남편이 자기의 신을 포기한 것은 아니다. 다만 내면세계에서보다는 외면세계로만 화합하는 형국이 된다. 마지막 「불의 문」에서 절망과 비탄에 빠진 상대방을 구할 수 있는 것은 오직 자신의 신(神)만이 가능하다는 생각보다도 정열적 인간의 행위인 '성 교접'을 통해 부부는 합일을 이룬다는 가정을 중시하게 된다. 아내가 남편을 따라 "무당이 된다는 것은 '불의 세계'의 입문"(268쪽)이며 무당집의 '푸른 들꽃 같은 불'을 향하는 것이 이 소설의 의도이다.

음산한 휘파람 소리 때문에 "귀신의 울음소리를 내는 호랑지빠귀 새의 울음소리"(179쪽)는 주인공인 이동해의 탄생과 무당의 집에 들어 갈 때 울었다는 것(348쪽)은 무(巫)의 부름을 암시하고 있다. 결국 기독교 신의 능력에 의지한 자식인 이석영의 삶은 죽음이라는 비극을 가져오고 시신은 부활을 주장하는 순영의 의견을 무시한 채 화장터의 화구(火口) 속에서 사라져 간다. 기독교에 있어서의 부활 사상을 무시하고 또 하나의 '불의 문'을 통해 아들의 죽음을 마무리한다.

무교라는 신앙은 "쇠가 화덕 속에 넣어 다른 모양의 연모로 만들어가듯 병든 몸과 혼을 다른 모양새로 바꾸는 것"(268쪽)으로 인간을 치료한다. 선한 인간의 마음을 닦는 신앙심은 전능한 절대

자의 행위를 욕망의 분출로 전환하는 과정을 통해 획득된다. 작가가 부각시키고자 한 것은 이런 무교와 달리 기독교가 종교적으로 실패했다는 교훈을 통해 일종의 새로운 무당이 되겠다는 의지의 표현이다.

(2) 모친 무당의 행적

「불배」에서 멸치잡이 집어등의 불빛을 보면서 미쳐가는 어머니에 대한 이야기는 작가에게 강렬한 기억으로 남아 있다. 고향 해안가의 배경과 밤에 불을 켜고 고기 잡는 모습을 보고 불덩이가 바다에 떠있다고 생각한다. 게다가 파도 소리와 섬의 오밀조밀함이 신비스러운 밤바다를 만들고 있다. 열세 살 어느 밤에 보았던 "바구니만한 불덩이"는 고향을 찾아 서울을 떠나게 한 원인이 된다. "불나비 같은 어머니를 살아 먹은 불덩이"(18쪽)는 주인공의 아득한 심연의 밑뿌리에서 파란 인광 한 덩이로 변한다. 불이 무당의 피를 받았음을 주인공에게 인지하게 만들어 그의 운명을 결정짓는다. "꿈틀거리는 불은 자신의 가슴으로 기어 들어와서 간이나 심장이나 위장이나 불알 또는 항문 그리고 눈알까지도 녹아버리며 마치 살아서 의식"(18쪽)을 가지고 있는 것 같고 속된 세상이 신성해지는 환상을 제공한다고 믿는다. 결국 가슴 깊이에서 타는 불은 그의 생활을 변화시켜 무(巫)의 세계로 들어가는 길을 인도하는 줄과 끈의 역할을 하게 된다.

'불'은 이 소설을 구성하는 등장인물의 중요 원소로 기능하고 있다.

가난한 나의 어학적인 지식으로 '가막섬'이라는 말을 풀이하기 시작했다. '가막'은 '감'에서 왔고, 그것은 검, 곰, 금과 같은 뜻일 터이다. 단군왕검, 땅거미, 땅금(땅거미의 전라도 사투리), 이사금, 잇금, 임금, 단군신화 속의 곰, 금강, 공주의 옛 이름인 곰나루(웅진)따위에서 볼 수 있는 '검' '곰' '금'은 신(神)을 뜻하는 것이니까 결국 가막섬은 '신들이 사는 섬'이라는 말일 터이다.(96쪽)

가막섬을 "신들이 사는 섬"이라 한 것은 신령이 살았다는 섬으로 새로이 무당이 될 여자들이 혼자서 이 섬에 들어와서 백일기도를 드리는 곳이다. 그곳은 여성들에게는 칠거지악 중에 하나인 무자(無子)의 굴레에서 벗어나기 위해 아들을 낳게 해 달라는 절박한 소원을 빌거나, 자식이 잘되길 빌거나, 병구원을 간절히 기원하는 등 치성을 드리는 장소이다. 이런 이유로 이 섬은 대단히 신성한 곳으로 당연히 산신이 있는 성역이다.

이런 신령한 곳은 고대 신앙의 단순 계승의 한 유형으로 산천제나 조상제나 기우제 등을 지낸다. 또한 "배나 새 그물을 장만했을 때나 마을의 평화, 풍어를 비는 마을제나 정월 대보름날 밤에 당제나 갯제"182)를 지내는 터이다. 이처럼 신성한 곳을 잘못 관리하면 동티나 급살 등 "여러 가지 재앙이 내린다는 속신(俗信)과정"183)에 있어서 이 섬은 주술(呪術)의 효과적인 적응이며 주박(呪縛)상태에 들어간 것이다.

「불곰」 편에서 미련한 곰처럼 생긴 똘쇠에게 시집오는 여자가 없다. 욕정에 사로잡혀 있던 똘쇠는 여자를 구하는 데 온통 정신을 잃을 지경이고 밤마다 그런 욕망을 꿈꿨다. 가막섬을 어머니

---

182) 유동식, 앞의 책, 121-127쪽.
183) 곽진석, 앞의 책, 190쪽. 俗信의 구조는 ① 징후, ② 주술, ③ 전환이다. 인간이 수동적일 때는 징후라 하고 능동적일 때는 주술이라한다. 속신은 징후가 주술로 전환하는 행위를 말하며 속신의 행위가 지속적인 과정에 있는 상태를 주박이라 한다.

따라 가본 적이 있는 똘쇠는 그물을 보러 가는 날 밤에 섬의 숲 속에서 여린 불빛을 발견하고 섬으로 올라간다.

그는 "청록빛 이끼 돋은 각시샘의 맑은 물에다가 가슴과 뱃속에 뭉쳐진 터질 듯 **빵빵**한 불비"(107쪽)를 쏟아 넣어 주고 싶다는 욕망을 내보인다. 샘 귀신의 존재를 부정하기 위해 "여자의 응숭 깊은 꽃살을 생각나게"(100쪽) 한 처녀 샘을 향하여 남성은 야유적인 오줌배설의 흔적을 남기는 욕망에 사로잡히다. 또 그는 신령한 곳에서 "벌거벗겨진 나무줄기를 끌어안은 채" 몸부림치면서 신의 강림을 갈구하는 흰옷을 입은 여자를 "불망치질 같은 심장의 박동이 불 바람처럼 일어난다고"(109쪽) 겁박하여 인간의 욕정을 채우다. 추행의 행동을 보여서는 안 되는 속신의 주술에 이어 주박에 걸려 있다. 여기서 주박에 걸린 똘쇠의 행위는 "평생 동안 야무지게 죄와 벌을 받고 있는 모양"(110쪽)으로 나타난다. 이런 결과로 주인공 이해동의 어머니 용왕례를 아내로 맞이하여 살아간다. 자신이 범한 여자와 그리고 사이에 태어난 딸과 사는 것은 신들의 세계인 '신화의 세계'에서나 가능하다. 신화의 세계는 친숙한 경험에 오염되지 않았으며 이야기 중심적 주제, 중심적인 구상을 갖고 있는 추상적이고 순수한 문학적인 세계라고 프라이는 말을 한다. 이야기라는 측면에서 본다면 '신화'는 "우리가 상상할 수 있는 욕망의 극한에 가까운 또는 그 극한에 있는 행위의 모방"[184]이다. 프라이는 신화가 인간의 욕망의 정점에서 일어난다는 사실로 인간에 의해서 반드시 도달되거나 할 수 있다는 것은 아니라고 말한다. 그럼에도 이 작품에서 이런 신화적인 상황은 대장

---

184) 노스럽 프라이, 임철규(역), 『비평의 해부』, 도서출판 한길사, 2000, 269쪽.

장이를 만나서, 그의 말을 통해서 60년 전의 일을 회상하면서 확실하고 엄연한 과거의 실재적인 사건으로 탈바꿈된다.

똘쇠의 성적 추행의 대상일 가능성이 농후한 외할머니인 꾸실이는 대덕도의 맞은편에 있는 가막섬에서 치성을 올리고 내림굿을 하고 강신무가 된다. 얼마 후에 딸을 낳았는데 "눈같이 흰 도포에 긴 수염을 늘어뜨린 용왕님이 자기 가슴에다가 내던져주고 간 신딸"(164쪽)이라고 온 동네에서 자랑하여 신의 가호로 가장하고 부친의 존재와 신의 선물을 혼돈하게 말을 하고 있다.

대체로 남도의 무당은 거의 세습무로서, 한집안의 어머니나 시어머니가 하던 단골 행위를 며느리들에게 전수시켜 무당질을 하는 것이 보편적인 일이고, 혼인도 같은 무업에 종사하는 가문과 한다.

그래서 의붓아버지가 25세 때에 범했다고 말하는, 치성을 드리던 여자가 외할머니일 가능성이 매우 크다.

> 의붓동생 달병이가, 자기의 아버지 똘쇠가 자기 할머니의 자궁과 자기 어머니의 자궁 속에다가 한 스무 해쯤의 시차를 두고 씨를 심었다는 사실을 안다면……. 아! 그것은 정말로 똘쇠의 말마따나 그 신 내린 무녀 꾸실이를 범한 죄와 벌로 인한 업보였을까. 아니다. 그럴 리 없다. 나는 세차게 고개를 저었다. 똘쇠가 가막섬에서 범한 그 무녀와 용시동의 무녀 꾸실이는 전혀 다른 사람일 터이다.(184쪽)

모계 집안에서 받드는 무의 신비성을 지키고, 추락을 막아야 하는 주인공의 절박한 현실 감각은 근친상간을 강하게 부정하고 싶어 한다. 사실 무에 종사하는 사람은 성의 교섭과정에서 한 발자국 물러나 있다고 보는 것이 일반적인 통념이다. 대개 강신무가 되는 사람들은 무당이 되기 전에 신령의 조화로 절망적인 사건이 계속 일어나고 그런 절박한 심정은 한이 되거나 사랑의 굶주림 등으로 무병(巫病)에 걸리게 된다. 이처럼 어려운 신병의 과정을 거쳐서 신어머니를 만나 신내림굿을 하여 신딸이 된다. 하지만 신딸이 될 운명으로 태어났다는 자조적인 주장은 무병과정의 어려움을 이겨내고 무당이 된 것에 대한 자기 합리화의 변명일 가능성이 높다. 무당은 누구나 될 수가 있는 개연성이 있다. 다만 많은 제의 의식을 거행하기 위해서는 보고 배워야 하는 수업과정이 절대적으로 필요하다. 무병을 인식하지 못하고 사랑에 빠지면 그 상대방은 죽음을 면하기 어려운 신의 징벌인 '인다리'에 빠지게 된다. 속신에 의한 주박의 결과로, 그것을 믿고자 하는 자에게는 지대한 결과를 가져온다.

(3) 무병과 환상

무의 세계는 과학의 합리성으로는 재단하기 힘든 영역을 아우르고 있다. 무당이 되려고 하면 신병(神病) 혹은 무병(巫病)을 앓게 되는데 그 병은 일반적으로 의사들에게서는 치료가 어렵다. 또 그러한 신내림굿 과정에서 황홀경에 빠져 무아지경에서 춤과 모둠발 뜀을 통해서 새로운 애기 무당이 탄생하게 된다. 그러한 과정을 묘사한 이 작품에는 환상적 사건들을 묘사하고 있다. 그런 이유로 이 소설은 환상소설이라고 부를 수 있는 작품이다.

환상소설은 허구적 실체를 인간의 상상력을 통하여 무한히 확장시키고 심화시키는 소설 장르이다. "융은 '환상'을 창조력으로 보고 또 정신의 자유스러운 놀이이며 문학적 환상과 매우 유사하다."185)고 지적한 것처럼 환상은 문학에서 그 기능이 매우 중요한

---

185) 한국현대소설학회 14회 연구발표회, 「현대소설과 환상성」, 명지대학교 시청각교실, 1999년 11월 27일 10:00-18:00, 3쪽.

추진력의 원형이라 할 수 있다.

또한 무당은 꿈을 매우 중요하게 다룬다. 왜냐하면 꿈의 세계는 신의 말씀이나 미래에 대한 예측을 할 수 있는 기회를 제공받기 때문이다. 물론 꿈은 불만이나 불만족과 억압된 자아가 충족감을 느끼는 과정이라는 것은 주지의 사실이다. 그러나 꿈의 형성은 “무의식으로만이 이루어진 것이 아니라, 무의식이 주도적이긴 하지만 다른 요소의 참여에 의해 만들어진”186)다는 것이다. 또 ‘꿈’과 같은 무의식의 형성물은 무의식과 의식의 변증법적인 작용에 의해서 생긴다. 그런 꿈의 모습은 본연의 형상이 아니라 다른 모습으로 변하여 나타나기 때문에 해석을 할 때 그의 원형을 찾지 못하면 그 의미를 획득하기 어렵다. 그런 과정에서 나타는 것들은 나름대로 서사의 구조를 가지기는 하나 그것은 연결이 잘 안 되는 무수히 토막 난 서사 구조의 종합이다. 그만큼 난해한 구조이다. 마치 의식의 흐름을 추적한 심리소설처럼 여러 개의 형상이 필요성이 아닌 우연처럼 무질서하게 연결된다. 그러나 현실 세계가 아니고 의식의 흐름이나 상상의 세계에서 일어나는 여러 가지 일들을 소설화했을 경우 우리는 그것을 비소설이거나 소설이 아니라고 할 수는 없을 것이다.

‘환상’은 무의식과 의식의 중간지대에 나타나는 현상이기 때문에 소설에서는 매우 특이한 수법으로 자리매김을 한다. 그래서 욕망과 현실 사이에 있는 ‘환상’은 꿈처럼 황홀한 분위기를 도출한다.

이와 같은 ‘환상’은 인간의 잠재된 욕망으로, 의식적이거나 무의식적, 또는 유동적이고 자유로울 때 나타나게 된다. 다만 꿈이 무의식에 가깝다면 환상은 의식에 가깝다. 이는 꿈처럼 왜곡되기도

---

186) 임진수, 『환상의 정신분석』, 현대문학, 2005, 267쪽.

하며 비사실적 비합리적인 특성을 가지며 억압에서 벗어나기 위한 자기 방어적 기제로서 작용도 한다.

문학에서의 '환상'은 쾌락을 주거나 공포를 야기하며 현실의 지배 이데올로기의 전복이나 파괴로 우회적인 논평을 가하기 위한 수단이다. 이처럼 소설에 나타나는 "환상은 공포에 찌들린 사람, 변형된 사물들, 시간의 정지, 빛과 어둠의 대비, 동음반복 등과 같은 큐비즘적 요소와 자동기술, 내면독백, 불완전한 문장 등의 초현실적 기법, 또는 초자연적인 사건들로 사건 자체는 비사실적이고 비합리적인 모습"[187]을 띠게 된다. 이런 현상은 무(巫)를 다루는 소설에 나타난다. 신내림굿을 하는 사람들을 보면 무병의 과정을 거치면서 환상처럼 특이한 사건들을 많이 겪는다. 그 과정에는 많은 서사의 사건들이 모습을 드러낸다.

종교 문제를 포함하여 우리의 원형적인 사고 틀과 죽음에 이르는, 제 문제 등 생사 문제까지도 무의 세계는 관여하고 있다. 특히 죽음과 관련해서 "샤머니즘 및 샤머니즘 신화의 궁극적인 그리고 영원한 주제는 이승/저승 사이의 길 내기(길 닦음)와 통교, 곧 내왕"[188]이라는 것이다. 그만큼 무의 세계는 생명의 근원적인 시원지(始原地)에서 다시 영혼의 귀속지(歸屬地)로 돌아가는 것을 추구하고 있다. 이승인 현실의 세계는 저승으로부터 태어난 목숨을 잠깐 동안 생육하여 이상(理想)을 실현하는 곳으로 인식하는 세계관을 가지고 있는 데 현실 세계의 삶은 영구한 세계의 일부분으로 본다.

현실을 초월한 세계는 원대한 세계로, 상상의 세계가 아니면 불가능하다. 상상의 세계는 무궁무진한 사건이 존재하는 이야기의 창고라고 할 수 있다. 상상의 세계가 가지는 무한한 크기와 표현

---

187) 명형대, 「리얼리즘 소설의 환상성 (1)」, 33쪽.
188) 김열규, 『동북아시아 샤머니즘과 신화론』, 아카넷, 2003, 209쪽.

의 방법에는 차이가 있다. 그럼에도 인간 욕망의 달성과 상상 세계의 사건이 똑같이 이루어지는 것은 아니다. 왜냐하면 재현의 차이가 발생하고 인간이 스스로 느끼는 환상의 감각에 차이가 발생하기 때문이다. 이것을 소설로 표현할 때 환상적인 느낌을 느낀다.

한편 현상학적으로 느끼는 '환상'은 세 가지 의미화 방식으로 접근이 가능하다. 환상적인 사건은 "경험적 현실에서는 일어날 가능성이 없는 초자연적이거나 불가능한 사건"[189]을 지칭할 수 있다. 또한 소설에서는 "작중 인물과 그 인물에 동화된 내포작가가 공유하는 합의된 리얼리티부터 일탈한 사건"[190]이라는 점에도 주목을 해야 한다. 그것은 현실에서 일탈한 초자연적 사건을, 환상은 정신적인 것과 물질적인 것의 경계가 의문시됨으로써 나타나는 경우와 정상적인 성관계가 철폐됨으로써 나타나는 것으로 분류가 된다. 보다 더 구체적으로 설명을 하면 환상성이란 "현실성을 구성하는 자각－의식 시스템과 성적 욕망의 시스템 중 하나 혹은 양자가 교란됨으로써 발생하는 현상"이라는 것이다. 이와 같은 사건들은 작중 인물의 사유체계에 따라 세 가지 방식으로 의미화가 된다.

첫째 방식은 인간계와 자연계가 어떤 초자연적 존재에 의해 통합된 전근대적 사유체계 속에서 환상적 사건이 의미화되는 경우이다. 셋째 방식은 반대로 인간계와 자연계가 인식론적으로 단절된 근대적 사유체계 속에서 환상적 사건이 의미화되는 것이다. 둘째 방식은 이 두 시기가 전환되는 과도적 시점에서 환상적 사건이 의미화되는 양태이다. 그래서 소설에서 환상적 사건의 의미화를 체계적으로 분류한다면 "환상과 관련해서 제기되는 서사 텍스

---

189) 박정수, 「현대소설에 나타난 환상의 세 모습」, 서강 여성 문학연구회, 『한국문학과 환상성』, 예림기획, 2001, 222쪽.
190) 앞의 책, 222쪽.

210

트의 세 가지의 의미화 방식은 〈상징〉, 〈재현〉, 〈알레고리〉"191)로
나눌 수가 있다. 자연계의 대상과 인간계의 언어가 초월적 원리에
의해 통합된 에코시스템 속에서의 경이적 사건을 〈상징〉의 의미
화로, 언어 기호와 대상세계가 자의성의 원리 아래 분리 설정된
기호시스템 속에서 기괴한 사건을 〈재현〉과 〈알레고리〉의 의미화
로 한다.

　이 세 가지 의미화 중에서 『불의 딸』은 〈상징〉적 환상소설에 해
당한다. '똘쇠'의 행위는 불처럼 환경을 변화시키면서 신화의 세계에
서 벌어지는 초현실적인 사건을 만들어내고 있다. 그러나 그것은 놀
람이나 망설임을 주지 않고 오히려 새로운 세계를 이해하게 한다.

　한편 환상에 빠지는 무병(巫病)에는 공통적인 증상적 특징192)
이 있다. 이 병은 신내림굿을 통해 무당이 되어야 완치된다. 가장
중요한 사실은 선택하는 신의 의사를 따르지 않으면 굿을 할 때
까지 고통을 받는다. 결국 무병 환자는 신을 따르는 자로 무당이
되어야만 병이 치료된다. 이처럼 "신병을 통해 인간은 신의 능력
을 강렬히 체험할 수 있고 체험한 신의 능력으로 무(巫)가 일생
동안 신을 신봉할 수 있는 계기로"193) 되며 민간 층의 종교의식

---

191) 앞의 책, 223쪽.
192) 김태곤, 『한국무속연구』, 224-225쪽.
193) 앞의 책, 243쪽
　　김태곤은 무병(巫病)의 공통적인 증상적 특징을 다음과 같이 말한다.
　㉮ 발단은 꿈이나 외적 충격이 없이도 까닭 없이 우연히 시름시름 앓
　기 시작하는 경우가 많다. ㉯ 식성은 편식증이 생겨 밥을 먹지 못하고
　소화불량증세가 생기는 경우가 많다. ㉰ 신체상태는 허약하거나 사지
　가 쑤시거나 뒤틀리고 한쪽이 아픈 편통증, 혈변, 답답하고 어깨가 무
　거워지는 형이 나타난다. ㉱ 정신상태는 마음이 들떠 안정할 수 없고
　꿈이 많으며 의식이 희미해져 꿈과 생시의 구분이 어려워지고 신의
　허상, 환각과 환청을 경험하고 심하면 가출하여 산야를 헤매어 다닌
　다. ㉲ 증상의 경과는 대부분 신체상의 질병으로부터 정신상의 질병으

을 충족시켜 준다고 본다.

무병에 걸려 있는 여자는 자신이 성관계를 하면, 부정(不淨)타게 된다는 이유로 남자를 거부한다. 청결함과 경건함을 으뜸으로 여기기 때문이고 또 굿하는 곳의 청결을 위해 반드시 부정거리라는 제의의식을 한다. 그래서 신병에 걸린 사람이 거부하는 것을 무시하고 강압적으로 성욕을 취하는 무지몽매한 남자들은 거의 없다고 보아야 한다. 이런 행위를 감행하는 것은 신의 신성함에 대한 모독하는 죄를 짓는다. 무턱대고 무병에 걸린 여자를 범하여 죄와 벌을 받는다고 '참회의 말'을 하는 똘쇠는 스스로 자신의 행위를 합리화시킬 수도 없고 아내를 잃고 마는 불행도 감수해야 한다.

그는 오직 인간의 원초적인 에너지가 과부하된 상황을 표출했을 뿐이다. 그러나 결국 그가 겁탈하여 난 딸인 용왕례와 함께 사는 관계가 된다. 근친상간의 결과물인 이복동생인 달병이의 얼굴과 "발기한 남근을 움켜쥔 채 가막섬의 웅숭깊은 바위샘에다가 불비 같은 정액을 쏟아 넣는"(165쪽) 의붓아버지의 얼굴에서 잔인한 주술의 결과를 보게 된다.

똘쇠의 이런 행위를 "개명한 사회에서는 좀처럼 만나기 힘든, 의미가 깊은 우화"(352쪽)이며 '신화적 성격'을 확인할 수가 있다.

근친강간적인 모티프로 창작된 토마스 만의 『선택된 인간』처럼 이 소설도 이중의 근친상간의 사건을 그리고 있다. 그러나 해결의 과정을 보면 토마스 만의 작품은 아들이 호수의 바위에서 오랜 고행 끝에 신의 선택을 받아 그레고리우스 교황의 자리에 오른다. 이와 달리 『불의 딸』에서는 비극적인 몰락으로 연결된다는 점이 다르

로 이행한다. ㅂ 병기간은 평균 8년간부터 최고 30년간으로 나타나고 있다. ㅅ 치료는 의약의 치료가 불가능하고 의약치료는 역효과를 가져와 병세가 악화된다.

다. 이처럼 양 작품의 비교는 인간의 죄의식은 같다고 하더라도 결과가 다른 것은 어쩌면 당연하다. 왜냐하면 『불의 딸』은 무의 세계를 그리고 선악의 구분이 없는 세계관의 영향을 받고 있으나, 반면에 기독교적인 원죄는 그 원죄를 극복하려는 극대화된 인간의 노력을 보이려는 토마스 만의 의도가 존재하기 때문이다. 그래서 『불의 딸』에서는 똘쇠나 용왕례의 행위에 대한 죄의식에 대한 기본적 판단을 추적하지 않는다. 오히려 이 소설은 이렇게 만드는 힘의 성분에 대한 발견에 초점이 맞추어져 있다. 그래서 똘쇠의 근친상간적 상황이나 용왕례의 남성 편력은 죄라는 범주 밖에서 이루어지고 있다. 물론 우리 무(巫)는 선악의 구별이 없이 선한 일과 악한 일을 동시에 인정하는 양면성을 가지는 신앙 체계이다. 그리고 근친상간과 남성편력이 이루어지는 장면에는 반드시 현묘한 불의 신비스러움과 물이 따르고 있다. 이는 죄라는 인식을 초월하고자 하는 작가의 강한 집념도 무(巫)의 세계관을 벗어날 수 없으며 또한 아름다움을 나타내려는 표현 방법으로 동원하고 있다. 바로 이러한 표현 방법으로 '환상'의 세계를 보이고 있는 것이다.

소설은 시대적 배경과 사상적 밑받침에 의거하여 결과의 차이가 있을 수 있다. 특히 이 소설의 배경은 나라를 잃은 시대로 민족의 주권이 일제에 의해 간섭받던 시대이다. 또한 폭압적인 사회적 분위기로 볼 때 무당의 성취는 기약할 수 없을 것이다. 바로 종교적 가치관과 소설의 배경에서 오는 차이를 초래한다.

다만 종교적으로 무와 갈등을 가장 많이 일으키기도 한 기독교와의 비교는 민족의식 확립 차원과 문화적인 충돌에서 찾아야 한다. 기독교가 무교를 비판하는 원인을 "무교는 우선 선악(善惡)에 대한 명확한 구별도 하지 않는 비윤리적이며 반윤리적인 현세주의

사상을 옹호하며, 무교의 이런 반윤리성은 심판 사상의 결여"[194]
에서 찾는다. 바로 이러한 현상의 애매모호함을 작가는 무(巫)를
이해하는 방법이며 샤머니즘의 인식이라는 틀이라고 말한다.

(4) 무당과 민족주의

한승원은 용왕례가 무당이 되어가는 무병(巫病)과정과 똘쇠가
자신의 욕망을 충족시켜 가는 과정을 병치시켜 서로 맞물려가게
만들고 그들을 만나도록 한다. 동양척식주식회사(동척)의 논을 소
작하는 사람들이 소작료를 내는 과정에서 똘쇠가 이웃마을의 정
삼바우네 소작료를 내기 위해 가마니를 져서 운반을 한다. 그 나
락을 풍구에 넣고 활활 부쳐 알곡과 쭉정이를 선별하는 과정을
거친다. 풍구잡이는 곰보였는데 풍구의 부챗살을 빨리 돌려 바람
을 세게 나게 한다. 그런 과정에서 풍구의 뒷구멍으로 알곡이 많
이 떨어진다. 좋은 나락을 똘쇠가 한 주먹 집어오는 것을 동척 서
기가 노려본다. 동척 서기는 무모한 짓을 하는 똘쇠에게 외눈이라
고 소리치고 저울잡이는 잽싸게 뺨을 때리고 풍구잡이는 가슴에
주먹을 한방 먹이는 등 한바탕 싸움이 벌어진다. 이런 장면은 식
민지 상태에서 부당하게 재산을 착취당하는 민중의 모습들이다.
격분하여 웃통을 벗고 싸우던 똘쇠는 물그릇을 받혀다 들고 여자
가 오는 것을 본다. 그 여자가 무당인 용왕례이고 그들의 첫 만남
이 이루진 것이다.
　여기서 물은 갈증을 해결해주는 것도 되지만 정화와 재생의 의
미도 있다. 물은 "모든 생명의 근원이며 죽은 자를 살리는 재생의

---

194) 황필호, 앞의 책, 156쪽.

214

기능"195)까지를 가진다. 모든 무의 제의가 물의 제의로 시작한다. 물의 한 사발은 정화수 한 사발과 같은 상징성을 가진다고 할 수 있다. 그만큼 똘쇠는 식민지의 하수인인 지주나 관리들의 횡포에 과감하게 항거하고 그런 그의 행동에서 거룩한 신과 같은 분위기가 풍긴다고 그녀는 믿는다. 우리 민족의 고난의 역사를 이겨내고 지내온 무의 모습과 닮은 상징이다.

똘쇠가 한밤중에 불을 피우고 밭을 개간할 때 용왕례는 그 불을 보고 산으로 올라와서 활활 타는 불 옆에서 몸에 비지땀을 흐르면서 삽질하는 사내를 구경한다. 그녀는 다시 밑으로 내려가서 물바가지를 들고 그를 찾아와서 그에게 물을 건넨다. 불 곁에서 일하는 똘쇠의 행위에 여자의 가슴은 울렁거린다. 동시에 욕정에 메말라 있는 사나이는 여자를 억새 풀밭으로 데리고 가 성합(性合)을 이룬다. 이미 남편이었던 대장장이는 무쇠와 같은 똘쇠와 싸웠지만 힘이 부쳐 진다. 결국 패배는 아내까지 포기하게 만든다. 용왕례는 싸움에서 진 대장장이를 보고 남편을 바꾸기로 결정하고 똘쇠의 옆으로 가서 나란히 앉으면서 웃는다. 패자에 대한 비웃음과 함께 강렬한 생명력을 소지한 남자에게 자신을 맡기겠다는 생존본능의 강한 몸부림이 그 웃음 속에 담겨 있는 것이다.

뙈밭 주변에서 나뭇가지를 한 아름 안아다가 불을 피우고 불길이 커지자 그녀는 순진한 어린애처럼 더 많은 나무로 불을 피운다. 그녀는 불이 타는 광경을 보면서 신명이 났고 대장장이로부터 어린애를 건너 받는다. 이 아이가 이 소설의 주인공 이해동이다. 불은 그녀에게 신내림굿을 할 때 느낀 황홀을 주고 있다. 무당 용왕례는 '불'이라는 원초적인 삶의 요소와 함께 자신의 삶을 새롭게

---

195) 김태곤, 『무속과 영의 세계』, 105쪽.

변화시키면서 생존의 의미를 찾고 있다. 현상을 초월하는 본질적인 인간의 원형을 추구하고 있다.

회진에서 내덕도를 오가는 나룻배가 자주 사고를 내자 다섯 마을의 이장들이 합의하여 나룻배의 임무를 똘쇠에게 맡기로 작정한다. 그러나 똘쇠가 처음에는 거절하고 있다가 졸지에 처와 아들이 생기게 되자 새로운 생활인 뱃사공 일을 하기로 결심한다. 새로운 변환의 장면은 불이 타는 환경에서 발생한다. 불은 새로운 만남을 안겨주었으며 인생의 출발이라는 신호를 던져 준 것이다.

한편 똘쇠는 평화로운 전원적 풍경을 즐기지 않는다. 자연에 대한 강한 거부감으로 현상적인 것에 대한 파괴를 감행한다는 것은 "분원적인 핵심으로 향하고자 하는 일종의 본질 추구적인 욕망"196)이다. 주위 환경에서 어떤 종류의 심리적, 사회적 억압이 가해져 그것으로의 탈출을 도모하는 것은 "불을 싸지르고 싶은 심술"(126쪽)과 같은 심정이다. 그래서 이런 욕망적인 표현은 종교 사회적인 이해나 문학적인 해석보다 더 적합한 똘쇠의 감정을 현실에 노출하게 된다.

반면에 꾸실이는 무당의 출발점이다. 그녀는 스물두 살에 과부가 된 후로 병에 시달림을 당한다. 마을 무당한테 물어보니 내림굿을 하고 무당이 되든지 치성을 드리고 점쟁이가 되든지 하라는 권고의 말이다. 마침내, 내덕도 맞은편에 있는 가막섬으로 치성을 드리러 갔다 와서 신내림굿을 하고 무당이 된다. 그녀는 얼마 후에 딸을 낳으며 과부가 아기를 낳았다는 소문이 돈다. 그녀의 딸은 열세 살 때 읍내 기생 학교에서 노래, 춤, 가야금, 요리, 봉제, 예의범절을 정식으로 배운다. 바로 그 용왕례에게, 열일곱 살 되던

---

196) 김주연, 앞의 책, 91쪽.

해의 봄부터 무병의 증상이 나타났던 것이다. 오 부잣집 큰 굿을
하는 날, 모친의 참석치 말라는 말도 아랑곳하고 그녀는 참석하고
싶은 마음을 억제하지 못한다. 그녀는 굿 구경꾼들의 성화에 무구
인 아쟁과 피리의 구슬픈 소리에 맞추어 춤을 춘다. 용왕례의 춤
을 본 사람들은 타고난 단골네라고 칭찬의 말을 한다. 드디어 용
왕례는 열여덟 살에 내림굿을 하여 애기무당이 된다. 무당인 꾸실
이네 모녀의 굿이 형통하다는 소문이 온 동네를 휩싸여 돈다. 그
들이 행한 무의 제의(祭儀)는 목적과 기능에 따라 여러 종류가
있다.[197) 그 이듬해 삼월 삼짇날에 용왕례는 아들을 낳는데 귀신
의 소리라는 호랑지빠귀 새도 피를 토하며 운다.

　한승원은 무가 고난의 역사 속에서도 전통을 유지해온 무(巫)
를 대하는 주인공의 처지를 「불의 딸」편에서 묘사하고 있다.

　　나는 이미 그들이 받들어 모시는 신이 결코 우리가 받들어 모실
신이 아니라고 생각을 하여오던 터였다. 그것은 밖에서 들어온 신이
며, 무서운 침식력으로써 재래의 우리 신을 잡아먹거나 몰아내고 있
는 것이라고 알고 있었다.
　　나는 우리 재래의 신들이 매우 인간적인 신들이라는 것을 알았다.
나는 밖에서 들어온 남의 신을 열심히 믿으면서, 오래전부터 있어온

197) 유동식, 앞의 책, 212-216쪽.
　　　일반적으로 굿은 첫째로 산천제나 성황제인 기복제(祈福祭), 둘째
　　　로 병의 구환을 위한 구병제(救病祭), 셋째로 죽은 자의 영을 위안
　　　하기 위한 사령제(死靈祭)가 있다.
　　　이런 무의 기능은 ㉮ 산천제, 기우제, 성황제 등 제를 주관하는 사
　　　제적 기능, ㉯ 구병의 의무적 기능, ㉰ 사물의 길흉 복점을 하는 예
　　　언적 기능, ㉱ 음주가무인 오락적 기능, ㉲ 악령을 구사하여 미운
　　　대상을 저주함으로서 생명을 파괴시키는 사령 저주의 기능, ㉳ 영
　　　들로 하여금 사람의 길흉을 말하게 하는 사령공창의 기능, ㉴ 신과
　　　무당이 하나가 되어 내리는 '공수'라는 신탁의 기능 등 있다.

자기들의 신을 믿는 일을 미신이라고 경멸하거나 가엾게 여기는 사
람들을 껄끄럽게 여겼다.(150쪽)

주인공에게 교회를 가든지 아니면 인척의 인연을 끊던지 가부
간 결정하라고 압력을 넣은 장인 내외와 처에서 벗어나려는 몸부
림으로, 탈출을 감행할 정도로 기독교에 거부감이 있다. 이는 무업
을 가진 어머니와 아버지의 영향 때문이다.

무당의 신당인 서낭당을 철거하게 된 것은 일제의 통치를 정당
화시키기 위한 신사 건립을 위해서다. 무당을 믿지 말고 일본 본토
에 있는 현인신인 천황폐하를 믿으라는, 식민지 지배를 정당화하기
위한 문화적 침략의 일환이 된다. 그러나 무가 민족의 전통을 이어
왔다는 사실을 증명하고자 하는 작가의 의도가 여러 가지 장면에
서 은밀히 드러난다. 주인공의 아버지가 일제에 항거하기 위해 일
인(日人)을 암살하려 한 것, 단체를 조직한 사실이 탄로 난 것, 기
차를 폭파시키려다 실패한 것 등 보이지 않는 투사였다는 대목 등
에 생각이 들게 하는 부분이다. 주인공의 아버지는 기생 학교의 선
생님 집에 들어가서 소리와 장단과 춤을 배우는 중에 무당의 딸인
용왕례를 만나게 된다. 이것을 계기로 몸을 숨기기 위해 박수무당
이 되어 꾸실이 무당의 무리에 들어간다. 이 무리에 몸을 숨기고
일제에 항거하다가, 여자를 차지하려는 욕망의 라이벌인 이장 최용
호의 주선으로 무당집을 부수는 과정에서 그는 죽게 된다. 일제에
의해 꾸실이 역시 죽음을 맞이하기에 이른다.

그 아버지만 아니라 적잖은 무당들이 일제시대에 항일운동에
참여하여 일제에 의해 구금, 구타당하는 등 그들의 수난과 핍박의
모습이 보인다. 이와 같은 사회적 억압과 핍박은 무의 성장과도
밀접한 관계가 있다. 결국 작가의 무에 관한 이해와 관심은 민족

주의적 정열에 기초하고 있다는 것과 무관하지 않다.

> 민족주의는 의식적으로 주장된 정치적 이데올로기와의 결합에 의
> 해서가 아니라, 민족주의 이전에 있었던 더 큰 문화체계와의 결합에
> 의해서 이해되어야 한다는 것이다. 민족주의는 그 문화체계로부터
> 나왔고 또 문화체계에 대항하여 나온 것이다. 이 취지에 적절한 두
> 문화체계는 종교 공동체와 왕조국가이다.[198]

이 글에서 민족주의의 출현은 오랫동안 지내온 문화 체계와 그 문화체계를 대항하기 위한 몸부림에서 나왔음을 알 수 있다. 이처럼 민족주의의 출현의 원류라고 할 수 있는 문화 체계를 유지한 것은 종교 공동체와 왕조국가라는 것이다. 특히 식민주의를 겪은 우리나라로서는 민족의 공동체라는 틀 속에서 민족주의를 이해해야 한다. 조선은 왕조국가라고 하지만 무력하게 일본인에 의해 멸망을 당하여 문제가 되고, 또 문화체계인 종교의 공동체로 과연 무교를 볼 것이냐 하는 문제도 간단치 않다.

이런 문제점에도 불구하고 종교 공동체로써 조선시대의 국가적 의례 행사인 무교의 활동을 살펴볼 필요가 있다. 국가적인 행사를 크게 두 가지 면에서 고찰한다. 먼저 별기은(別祈恩)은 대표적인 국행의례로서 국가나 왕실의 기복양재(祈福禳災)를 위한 국가 기복 행위였으며 정기적 기원의례이다. 다음은 희생제의적 의례인 기우제(祈雨祭)로서 "고려 현종 12년(1021)으로부터 조선 인조 25년(1647)까지 600여 년간 지속"[199]되었다는 것처럼 오랜 역사적인 행사이다. 게다가 궁궐에서 많은 무(巫) 제의(祭儀)들이 있다.

---

198) 베네딕트 앤더슨, 윤형숙(역), 『상상의 공동체』, 나남출판, 2002, 33쪽.
199) 최종성, 「무속의 국행의례 연구」, 한국종교학회, 『종교연구』, 1998, 302쪽.

활인원이라는 무(巫)소속관서를 두었다는 사실에 미루어 짐작할
수가 있다. 궁중에서 무의 행위가 너무 많이 일어나서 오히려 억
제할 정도라는 것이다.

　민중들은 신앙생활을 통해 불안과 고난을 제거하고 의지할 곳
이 없는 삶을 신령에게 의지함으로써 민중의 생활을 이끌어가는
산 종교이며 생활의 지혜로 구실을 한다. 이런 "활발한 무의 활동
은 많은 폐해를 동반하여 조선 초기 때부터 무의의 금지와 무의
성외(城外) 추방 등 억압정책을 써왔던"[200] 것이다. 이처럼 종교
공동체로서 무교의 활동은 조선 시대에 억압을 받기는 했지만 그
기능은 완전히 소멸되지 않고 가능한 것이다. 그러나 민족주의의
출현과는 무관하게 어처구니없게도 일본인에게 무력하게 왕조의
멸망을 당한다. 반대로 일제 식민지시대 때 무의 활동은 일제에
의해 억압을 당하여 종교로서 구실도 하지 못한다. 다만 일부 지
식인들에 의해 국가를 찾겠다는 민족성의 회복이라는 차원에서
민족주의가 제 모습을 드러낸다. 그리고 민족주의의 활동은 제국
주의의 총칼 아래 기지개도 펴지 못하고 지하로 숨어 들어간다.

(5) 민족의 원류의 관련성

　한국 사회에서 "민족은 역사적, 문화적인 구성물이 아닌 단군
이래로 내려오는 원초적인 혈연 공동체로 여겨지는 경향"[201]이
있다고 하나 이런 생각은 보는 관점에 따라 차이가 발생할 수 있
으며, 원초적인 혈연 공동체는 유지가 어렵다는 것을 다음의 예에
서 보여준다.

---

200) 유동식, 앞의 책, 196-201쪽.
201) 베네·딕트 앤더슨, 앞의 책, 8쪽.

우리나라 민족의 원류라고 할 수 있는 "고구려가 멸망할 때 인구가 69만호였다. 그중 중국의 중원과 다른 지방으로 3만8천과 2만8천호를 옮겼다."[202]고 한다.

『唐會要』권 95의 〈고구려조〉를 보면 "이로부터 고구려 유민은 안동에서 점차 줄어들어 돌궐 및 말갈로 투항했고 그 옛 땅은 모두 신라에 편입되었다."[203]고 한다. 이 책에서 그 백성은 중원, 돌궐, 말갈, 신라로 나뉘었으리라고 주장하고 있다. 더구나 고구려인 중에는 한족(漢族)으로 들어간 숫자가 한민족(韓民族)에 들어온 숫자보다 더 많다는 것이다. 고구려 민족의 주류가 오늘날의 한족(漢族)으로 화했다고 보는 시각이 대두한다고 주장하는 것은 중국의 '동북공정'을 염두에 두고 한 말이 아닐까 하고 생각한다.

손진기는 현재 중국의 동북에 거주하는 조선족은 고대 동북지역에 거주하고 있던 고구려인과 직접적인 관계가 없다고 주장한다. 중국의 각 민족과 조선족 사이는 혈육이 서로 연결되어 있어 한·중 각 민족은 같은 원류임을 알게 된다는 것이다. 덧붙여서 동북 각 지역 역사에 있어서 어느 민족이 어디에 귀속되는가를 따지며 지나친 영향 관계를 물을 필요성은 없고 "구동존이(求同存異)로 계속 논쟁을 벌이되 논쟁의 목적은 구동(求同)에 있으며 단결을 촉진하기 위한 것"[204]이라고 분명하게 지적하고 있다.

이처럼 민족의 원류를 연구한 예와 같이 우리 민족은 타국인과 많이 융합되었으리라 생각된다. 고려시대 때 몽고가 침입했을 때나 조선시대의 임진왜란(1592)과 병자호란(1636)을 겪으면서 여진과 일본과의 융합한 예 등 외국의 침략을 받으면 토착 민족은 지

---

202) 손진기, 임동석(역), 『동북민족원류』, 동문선, 1992, 258쪽.
203) 앞의 책, 259쪽.
204) 앞의 책, 399쪽.

배민족과 섞일 수밖에 없다.

더구나 일제에게 36여 년간 침략을 당해 민족은 부분적으로 혼합되고 일부는 생존을 위한 만주 지방으로 이주하거나 일본에 강제로 징집을 당해 본토로 가는가 하면 일본인들이 우리나라로 이주해 와서 농토를 착취하고 고향을 만드는 등 민족은 거의 말살 지경에 이른다. 과연 혈통 공동체라고 주장하는 것이 타당성을 확보할까? 이런 여러 가지 사정을 고려할 때 아무래도 부정적이다.

미국의 역사에서 보면 "유럽에서 새 땅을 찾아 아메리카 대륙으로 건너간 사람들이 인디언들을 모두 사냥하고, 몇 명 남지 않은 그들을 일정한 보호 구역 안에 가두어놓듯이"(330쪽) 원주민인 인디언들이 많이 감소했듯이 우리 민족도 마찬가지이다.

작가는 식민시대의 역경을 통해서 사라져간 여러 가지 우리 민속학 중 민속 신앙인 무교에 대한 신뢰성을 지니고 있다. 우리 선조들이 받들던 신들은 우리와 생활을 해오면서 가장 인간적이며 친밀하다는 사실에서 우리 것에 더욱 애착이 가는 대상으로 보고 있다. 비록 남이 보기에 보잘것없고 남루하다 해도 자기 것이라는 사실 때문에 특히 무교에 대한 깊은 이해와 사랑은 절대적이다. 왜냐하면 오늘날 우리의 현실에서 자신의 종교나 사상의 결핍되었거나 부족하다고 보는 인식은 국가적 발전과정과 관련이 있기 때문이다.

선진국의 의식은 경제적인 부흥만이 아니라 사회 전체적인 자부심의 발로를 경험함으로써 형성된다. 사실 문화적 침략은 선진화된 우수한 세력의 힘을 등에 업고 후진국을 무차별하게 공격하는 과정에서 발생한다. 이런 사실은 서양의 선진 문화라는 미명하에 무차별하게 들어온, 문명으로 포장한 외래 종교인 기독교에서도 알 수 있다.

이러한 문화적 침략을 견디어 내면서 살아온 무에 대해서 『불의 딸』은 커다란 족적을 남긴 소설이다. 또한 세계 창조의 신비한 힘과 인간의 원초적 에너지를 '불'이라는 공통된 표상으로 무의 현상을 역동적으로 파악하려는 힘찬 의욕을 열정적으로 제시하고 있다. 전반적인 무의 모습을 다루는 것이 아닌 한 여성의 삶을 통해서 그동안 어둠에 묻혀온 우리들의 삶의 한 단면을 통하여 감동과 경외를 느끼게 하고 있다.

그러나 작가가 그토록 거북살스럽게 생각해온 기독교와 비교하여 무 신앙의 신을 "우리 선조들이 받들던 신들이야말로 가장 인간적"(150쪽)이라고 했는데 김주연은 과연 무교야말로 인간적이냐 하는 물음에 의문점을 표하고 이 소설은 미완성이라는 점을 확신한다고 말한다. 그가 지적한 의문점은 작가가 무교의 인간적인 점을 제대로 부각을 시켰냐하는 점인 것 같다. 인간만이 가지고 있다고 믿어지는 가능성과 그 크기를 보여주는 것이 인간적이라고 할 수 있다는 것이다. 그러나 가장 인간적인 면을 너무 단순하게 다루고 있다는 점을 말하지 않을 수 없다.

무교를 가장 가까운데서 비판하고 미신이라고 비난하는 상대역이 바로 기초생활 단위인 한 울타리라는 가족이다. 주인공의 "아주 독실한 크리스천 집안"(273쪽)인 아내와 "동네에서 편안하게 살기 위한"(270쪽) 방편으로 교회에 다니고 아버지가 다른 동생 달병과 그의 아들인 순철이는 "성취하고 극복하는 것이 산적해 있고, 그것을 위해 수단과 방법을 동원하기 아주 편의한 것을 위하고 완전한 인간 회복을 위해서 교회로"(271쪽) 귀의한다. 이처럼 사회 현실의 변화보다는 현실에서 안락하고 편의한 생활 방편으로 교회 집단을 이용하고 있다. 신앙심에 의한 것이 아니라 생활의 편리성과 집단생활의 따돌림을 방지하고 마을 사람의 체면 때문에 기독교를 믿고 있다. 또한 그는 "그분의 권능을 빌려 이 땅에 자유와 평화가 깃들이게 할 것"(273쪽)이라고 하면서 하나님을 믿는 모든 사람들이 한결같이 내세우는 "그분을 위한, 그분의, 그분에 의한 삶의 방법"(274쪽)에 비위가 거슬렸다고 하는 것은 유일신의 절대적인 권위에 대한 거부감과 같은 주인공의 심정이 드러났다고 본다. 권위와 절대적 위치의 신보다는 차라리 "종교라는 것이 원래 인간을 위해 생긴 것"(274쪽)이라는 점을 강조하고 종교의 의미를 가장 적절하게 표현한 인간 본위의 사상을 말하고 있다고 본다.

"하나님을 받드는 것이 아니라 교회를 받들고 있는"(274쪽) 것은 내형적인 교리보다는 교회 신도수와 집해장소인 건물의 대형화를 추구하여 하느님의 권능과 능력이 우월하다는 것을 과시하려는 외형적인 발전을 모색하는 교회를 비판하고 있다. 이순철은 "하느님께서 그어놓으신 구획 안의 질서 속에서 살아가는 것"(275쪽)이라면서 "모든 것들이 저 높은 데 계신 분의 뜻입니다. 그분의 뜻을 부정하고 거부하는 것은 사탄의 유혹"(275쪽)이며 이것 역시 울타리 안에 있다고 믿는다. 그의 양친은 그가 이미 치유가 불가능한 상태라고 믿고 유일신의 맹종이라고 비판한다.

주인공의 아내와 장인, 장모가 심취해 있는 기독교의 능력도 자식의 생명을 지키지 못하고 실패를 가져왔다는 것에 대해 기독교 사상이 이 나라에 와서 다분히 왜곡된 모습을 보인다. 이런 현상은 무의 색채를 지닌 기독교적 이해라는 것이다. 따라서 이 소설에 나타나고 있는 무교와 기독교의 대립은 양자 간의 대립이라기보다 민족종교 지향적인 마음과 외래 사조 편승의 마음 사이에 일어나고 있는 불화이며 갈등이다.

이러한 김주연의 의견에 대한 검토가 필요하다. 기독교는 처음부터 무교를 미신으로 간주하여 타파의 대상으로 여긴다. 이런 기독교의 입장에도 불구하고 '기독교(개신교)의 무교화'를 걱정하는 김원식은 다음과 같은 말을 한다.

> 4세기까지 해도 우리나라는 완전히 샤머니즘이 지배했다. 그 후에 중국으로부터 여러 가지의 종교가 들어와서 이 땅에 정착했다. 찬란한 황금색 문명을 창조한 신라의 불교는 고려왕조까지 그 화려한 시대를 장식했다. 그리고 선비문화를 이룩한 조선 왕조의 5백년은 유교의 전성기였다. 그러나 이 불교와 유교는 모두 샤머니즘을 극복하지 못한 채 그 바톤을 기독교에 넘긴 것이다. 그러나 거대한 서양문명의 측면 지원이 있었음에도 불구하고 기독교마저 샤머니즘과의 대결에서 기가 꺾이고 있다면 문제는 심각한 것이다.[205]

샤머니즘(무(巫))이 한국인의 정신적 토양이고 한국 사람의 생활 의욕을 충족시켜 오는 줄기라는 점으로 인식할 때, 무에 대한 기독교 입장은 심각한 부작용을 초래한다. 19세기 말까지 일부 지배계급과 서민들의 의식은 무(巫)와 같은 세계관을 소유하고 있다. 이런 무의 토양에서 기독교를 수용할 수 있었던 것은 귀신과 주체신인 하느님의 관련성에 있다고 할 것이다. 당시 사람들은 기독교 하나님의 권능과 무 하느님의 권능을 같은 개념으로 본다는 것이다. 그러면 신의 표현 방식에 대해 알아보면 "게일의 한국 종교의 연구에서 또 하나 중요한 것은 그의 '하나님'의 개념이다"[206]라고

---

205) 김원식, 『한국기독교 100년의 허와 실』, 들소리, 1982, 14쪽.
206) 김종서, 『서양인의 한국종교 연구』, 서울대학교 출판부, 2006, 33쪽

할 정도로 헐버트의 하늘 숭배인 '하느님'과 달리 '위대한 유일자'(the one Great One)로써 '하나'와 '위대함'이 결합된 '지고한 지배자'(the Supreme Ruler)라는 신앙에서 유래한 것으로 보고 있다. 그러나 이런 관점은 기독교의 유일신관과는 유사하나 '지고한 존재자'가 소외된 자를 위해 성육신하여 고난을 당하면서 죽었다는 신(神)의 인간화(人間化)는 당시로서 수용하기가 어려운 신관이다.

또 현재 유행하는 부흥회의 2부 순서가 철야 기도회 형식의 신유(神癒)집회인데 이는 바로 무당굿의 일종이다. 특히 삼삼칠 박수에 맞는 찬송가와 요란한 율동, 고함지르면서 기도를 인도하는 형식은 하느님과 신자와의 중재자인 샤먼의 역할을 떠올린다. 무교에서 추구하는 안심입명(安心立命)과 제재초복(除災招福)이 교회에서 특별집회라는 이름으로 행해지는 것부터가 기독교의 '무교화'이다.

한국에서 기성종교들이 눈부신 발전을 하고 있는 요인 중에는 무교의 기복적 현세주의가 자리하고 있다. '외형적으로 보면 여러 종교가 있지만 내용적으로는 오직 무교라는 한 종교'라고 지명하는 것도 무의 민중지향적인 종교관의 영향이다. 부적을 판매하는 불교의 경우도 같은 것이다. 결국은 이런 타 종교가 무교의 영향을 받게 되는 중요한 요인은 전통적인 기복 사상의 맥락에서이다. 현세주의는 관용정신의 모태라는 논리를 바탕으로 "현세적 기복 태도는 무속에서 가장 강력하게 전수"[207]되고 있음을 발견할 수 있다. 이런 사고는 오늘날에도 서민, 민간, 백성과 호흡을 하면서 일반인의 종교적 요구도 상당한 부분 무교를 민중의 종교 편으로 기울려지게 한다는 사실과 맥이 통한다.

이와 같은 민중 종교의 강한 역동성과 그 내적 폭발력은 고등

---

207) 윤이흠, 『한국종교 연구』제 1권, 집문당, 2000, 126쪽.

종교의 예언적이고 사회 비판적인 의식과 만날 때, 현대 사회에도 창조적으로 공헌할 가능성이 충분히 있다. 앞으로 종교가 방향을 바로잡기 위해서 "무교에 대한 연구를 통하여 주로 들여다보려는 한국인 고유의 종교성에 대한 분석과 그에 따른 그리스도교의 토착화 시도하는 역시 다양한 종교 간의 비교 연구"[208]로 보완되어야 할 것이다.

『불의 딸』은 종교 간의 갈등보다 시대 변천의 역사의 중앙에서 무의 적응능력을 감지하게 한다. 또 무교를 섬기는 무당의 생활을 통해 한 가정의 갈등과 함께 '불'이라는 공통된 표상을 보여준다. '불'이라는 요인을 이용하여 환상적인 분위기와 신화 세계의 재현을 하는 무교의 신비주의를 인간의 애욕적인 욕망과 병치시키고 있다. 또 그런 과정에서 서로 어떻게 영향을 준 것인지 본래의 무는 어떻게 생존을 하고 있는지를 작가는 이 소설을 통해 강변하고 있음이 확인된다.

3) 국가권력의 '역사 씻기기'의 제의(祭儀) – 이청준 『신화를 삼킨 섬』

이청준 작 『신화를 삼킨 섬』[209]의 무대는 제주도이다. 작가는 「작가의 말」[210]을 통해 "무격 굿은 남북과 동서 각 지방에 따라 형식과 내용이 많이 달라 그 원형을 크게 손상함이 없이 이 소설 줄거리로 빌려 쓰기가 거의 불가능"했다라고 애로사항을 말한다. "현실과 허구 간에 경계가 분명한 소설 서사상의 특성에도 불구하고 정치적 사

---

208) 황필호, 앞의 책, 141쪽.
209) 이청준, 『신화를 삼킨 섬』, 1·2권, 열림원, 2003.
210) 위의 책, 1권, 6-9쪽.

회적 상황의 전개과정에선 허구와 현실의 혼동에서 야기될 수 있는 현실 쪽의 압력 가능성이 내 상상력과 작의를 자주 주눅 들게” 하였다고 소설의 양식에서 허구와 현실의 혼돈이 오는 오해를 사전에 차단하고 있다.

결국 작가는 그런 굿문화의 지역별 차이와 다양성에서 이야기를 조직해 나가기로 계획한다. “소설에 필요한 조작과 변형을 감행해 가며 적절한 국면을 임의대로 취해오고 현실 상황 가운데서도 특정 지명의 현재성을 지우기 위해” 위치와 유래의 뒤섞기를 행하고 이를 “필요한 국면의 상상적 근거”로 삼고 있다. 특히 지역이 제주인 만큼 심방 굿에 대한 독서와 연구를 했다고 한다. “1947년에서 8년의 ‘제주도’(4·3)나 1980년대의 ‘광주’ 같은 우리 정치 상황의 역사적 사실들이 소설 공간에서 전혀 다른 모습”을 그렸다며 역사적 사실과의 차별화를 둔다.

(1) 신화의 재현

신화는 다른 담론들과 구별되는 특수한 담론이다. 신화는 인간의 중요한 문제들 중에서 객관적으로나 과학적 방법으로 해결할 수 없는 근원적인 문제를 해결하려는 원초적인 담론으로 인식되고 있다. 그러므로 하나의 작품을 신화적으로 한정하기 위해서는 특정한 요소들의 존재 여부를 따져 보아야 한다. 하나의 요소는 초자연적인 현실에의 합류가 그 궁극적 지향점일 때 가능하다는 것이다. 신화는 “현실을 ‘타락’으로 규정하고 〈타락〉 이전의 ‘원초적 순수성’에 도달하려는 속죄의 도정 또는 속죄의 욕망”211)이다.

---

211) 서정기, 「노래여, 노래여」, 이청준 특집, 『작가세계』, 1992, 가을호, 108쪽.

또 신화가 인간의 원대하고 커다란 문제를 상징적으로 현몽(現夢)하는 원형적인 꿈이라는 캠벨의 말을 인정하면서 보편적이고 추상적인 것의 매개를 통해서 그 양태가 드러난다. 신화의 '원 형상'은 '상징'을 통해 읽혀져야만 가능하다는 점도 인정해야 한다. 보편과 특수라는 범주의 분열이 이미 인간 삶에 나타나기 시작했다는 것을 신화 자체가 보여준다는 것과 같다. 결국 "신화의 발생과 더불어 역설적이게도 신화의 시대가 끝나기 시작했고 역사 시대를 살게 되었다는 것과 상응한다"[212]는 것이다.

다음은 『신화를 삼킨 섬』의 상권의 프롤로그에서 시작하여 하권의 에필로그에서 끝을 맺고 있는 이야기로, '아기장수와 용마'라는 신화의 발생을 갈망하는 기원에서 시작된다.

늙은 부부가 마을 뒷산 용마 바위에 치성을 드려 아들을 얻기에 이르는데, 두 어깻죽지 밑에 접힌 날개를 달고 나온 것을 보고 비범한 능력의 소유자임을 알게 된다. 왕조 시대에 태어난 아이는 용모나 힘이나 지혜 등을 가지고 있어 뒷날 큰 영웅 장수로 자라나서 왕권에 도전하여 위태롭게 할 우려가 있어 관가에서 잡아 죽일 염려가 있다. 그래서 부부는 신령의 말을 듣고 콩 한 말과 팥 한 말과 참깨 한 말을 구하여 용마 바위로 가서 말의 울음소리가 세 번 들리자 바위가 갈라진 틈새로 세 자루의 곡식과 아들을 숨겨 묻는다. 백일을 하루 앞둔 석 달하고 아흐레째 군졸들이 찾아와서 용마 바위에 갔으나 묘지의 흔적은 발견할 수 없다. 수상히 여긴 무장의 험악한 질문 공세에 사실대로 부모가 말한 것을 듣고 자기의 말 엉덩이를 회초리로 때려 세 번 울게 한다. 더

---

212) 정홍섭, 「이야기로 풀어낸 역사와 신화화된 이야기」, 『실천문학』, 2003, 가을호, 324쪽.

불어 하늘에서 마른번개와 천둥소리가 내리치고 바위가 갈라진다. 아이는 우람한 장수로, 자루 속의 곡식들은 장졸과 군마 무기로 변해 무예와 전술을 연마하는 중이다. 갑자기 환경이 바꾸자 세찬 햇빛과 바깥바람에 장졸들은 스러져 갔고 장수는 앉아 있는 자세에서 일어나지 못하고 그대로 무너져 내려 앉아 피를 흘린다. 다시 슬픈 세 번의 말소리에 날개를 단 용마가 하늘로 날아간다. 그 일이 있는 후로는 사람들이 기다리지 않다가 언제부터인가 아기장수와 용마가 다시 태어나기를 기다리기 시작한다.

이 이야기는 꿈과 미래의 기다림 없이는 세상을 살아 갈 수가 없다는 절망감에 대한 절규의 추구이다. 여기서 아기장수라는 신화가 던져주는 것은 단순한 '보편적 진리'(4·3과 5·18)가 특수한 역사적 사건에 대한 생생한 천착에 의해 획득하지 못하는 것을 의미한다.

위의 아기장수 이야기는 "한 사회의 실체적 변화에의 열망과 그것을 가로막는 사회의 폭력적 이데올로기 문제와 관련된 담론"으로 해석해야 한다. 그래서 일반 사람들은 아기장수를 통한 사회의 전면적 변신을 즉각 거부하게 되고 그런 "장수의 죽음 모티프가 보이는 운명적 비극성은 현존 이데올로기가 소망스런 삶의 지평을 호명하지 않는 한 숙명적으로 반복될"[213) 수밖에 없다. 그러면서 초월의 기호는 거부되고 일반 사람들이 근원적으로 나누어 가지고 있는 실패나 좌절의 기호가 되풀이 된다는 것이 이청준의 비극적 세계관과 연결된다.

> 수많은 '대중들은' 감각적인 종교를 필요로 한다. 수많은 '대중들'
> 뿐만 아니라 철학자도 그것을 필요로 한다. 이성과 마음의 일신교,

---

213) 우찬제, 앞의 책, 213쪽.

상상과 예술의 다신교, 이것이 우리가 필요로 하는 것이다. 우리는 새로운 신화를 가져야 한다. 하지만 이 신화는 관념들에 봉사함에 틀림없다. 그것은 이성의 신화임에 틀림없다.[214]

위의 글은 네그리와 하트가 지은 『제국』에서 인용한 말을 재인용한 것이다. 이는 『독일관념론의 가장 낡은 체계 강령』에 나온 말이다. 이청준의 소설을 평가하는 입장을 이렇게 적절하게 표현하는 말도 없을 것 같다. 앞의 글에서 언급한 상상과 예술의 다양성을 지적함과 같은 맥락으로 무 제의의 다양성도 같은 부류에 속한다고 볼 수 있다. 그러나 '이성의 신화'라고 하는 말은 이 작품에서 말하는 '신화'와 다른 느낌이다.

다른 일반 굿에서 제차를 진행하는 심방은 먼저 천지창조의 우주신 상제신을 비롯 이승과 저승, 밤과 낮, 생명과 탄생과 죽음들을 주재하는 제신들, 인간살이의 행불행, 부와 생업을 관리하는 여러 신령들, 자신의 무업을 이어내린 조상신들을 각각의 유래서사 풀이로 차례차례 청해 좌정시켜 굿마당을 하나의 섭리정연하고 신성한 소우주로 조성하고, 심방은 그 제신들과 망자 혹은 망자의 가족들 사이에서, 때로는 신령들 편에서 때로는 망자나 유족들 편에서 춤과 무악과 노래로 서로간의 뜻을 전하고 위무와 기복의례를 행해 나가는 양식이었다. 그런데 그 모든 제차과정에서 심방은 다른 나라 다른 지역 무격처럼 자신의 정신을 잃는 자기 망각의 '들림현상'이 없었다. 심방은 대개 제 본 정신을 지닌 중간자적 사제로서 생자나 망자 편에서 신령의 뜻을 청해 빌고, 그 신령의 뜻을 망자나 유족에게 대신 전할 뿐이었다. 그러니 그 신령들과 심방과 제주들은 여타의 고등종교처럼 수직적 종속관계가 아니라 수평적 시혜관계 속에 함께 주고받으며 어울리는 식이었다. 그 결과 내세와 현세, 이승과 저승 간에도 시공

---

214) 안토니오 네그리·마이클 하트, 윤수종(역), 『제국』, 이학사, 2005, 498쪽.

의 단절이 사라진 동시적 공간 속에 신령들과 인간들이 함께 어우러
져 웃고 춤을 추고 성내며 심지어는 다투기까지도 하였다. 그것은 정
녕 신화의 재현이었고 그 자체가 살아있는 신화였다.(『신화를 삼킨
섬』 1권 67쪽)

이 글에서 '신화'는 심방들의 굿을 빌어 생생하게 재현되고 있
다. '이성'이라는 개인 중심의 신화와 '굿을 통한 신령과 인간의 어
울림'의 신화는 확실히 차이가 있다. 그만큼 '인간의 절대적 관념
론'에서 '신과 어울리는 관계의 확대'는 사고의 폭이 훨씬 더 크다.

작가는 소설의 제목을 '신화'를 삼킨 섬이라고 했다. 그 '신화'가
살아 있음을 강력하게 증명하는 것으로, 역질을 물리치기 위해 도
깨비를 달래는 '영감놀이'나 불임녀들의 잉태를 위한 '불도맞이'가
있다. 또 아기의 잉태와 출생을 관장하는 산신(産神)인 삼신할머
니 신이 '서천서역국'의 서천꽃밭에서 '생명꽃'을 구해와 아이의 잉
태를 원하는 기주(祈主)에게 전하는 연극적 제의(祭儀) 등이 있
다. 이와 같은 무의 제의(祭儀)들이 많이 존재하는 섬이라는 뜻이
라고 생각된다. 다른 지역의 굿이나 종교상의 진혼의식이 죽음과
망자의 위무 신원(伸寃)이 목적인데 비해 이 섬 제의는 새 생명
의 잉태와 탄생의 순환적 운행을 이루고 있다는 의미이다.

이와 같은 신화에 대해 프라이는 사실주의를 암시적인 직유의
예술, 신화를 암시적인 은유에 의한 동일성 예술이라고 다른 해석
을 내리고 있다. 즉 "신화는 문학적인 구상의 한쪽 극단이며 자연
주의는 또 다른 한쪽 극단"[215]이라고 하고 그 중간에는 로맨스의
전역이 놓여 있다는 것이다. 프라이는 신화의 세계를 보편적 삶의
경험이 적용되는 규범에 오염되지 않고 "이야기 중심적, 주제 중

---

215) 노스럽 프라이, 앞의 책, 271쪽.

232

심적인 구상을 갖고 있는 추상적인 순수한 문학적인 세계"216)라
고 강조한다. 이런 이야기 중심적으로 접근하면 신화는 인간이 상
상할 수 있는 인간 욕망의 극한에 가까운 또는 그 극한에 있는
행위의 모방이라고 할 수 있다. 이처럼 인간의 욕망은 신화의 세
계를 구현하여 삶의 현장에서 필요한 '원 형상'(原型象)를 만들려
고 노력을 한다.

또 다른 해석도 있다. 신화가 "정신의 자발적 산물을 그 자체로
수용해 전달 가능한 형식으로 공유해 온 것"이라면 종교는 "정신
의 자발적 산물을 두려움과 공포대상의 대상으로 객관화하고 그
에 대해 취할 수 있는 다양한 의식태도를 제시했던 것"217)이라
한다. 이처럼 무교는 종교로서 두려움과 공포 대상이라기보다는
죽은 자들의 저승 행을 도와줌으로써 산자들의 삶에 대한 애착을
고취시키는 것이 바로 '신화'이다.

이 소설에서 여자 주인공인 연금옥이는 "뱀신을 조상으로 모시
는"(1권 35쪽) 서귀포 인근의 해정리의 '여드렛당' 변심방의 딸이
다. 그녀는 "무당의 피물림이 분명한"(1권 32쪽) 사람이다. 윤흥길
의 『장마』에서 구렁이의 나타남으로써 이념의 갈등을 해소시키고
화해를 하게 만든 가신의 하나인 '업왕신'인 구렁이를 마을의 당신
(堂神)으로 모시는 무당의 딸이다. 금옥은 섬 무당의 추심방의 아
들인 추만우의 사랑을 받기보다는 육지에서 온 남자 주인공인 정
요선에게 섬의 탈출을 시도하고자 인간관계를 맺으려 한다.

<hr>

216) 앞의 책, 269쪽.
217) 이유경, 『원형과 신화』, 이끌리오, 2004, 155쪽.

(2) 산자와 죽은 자의 합동잔치

무의 제의(祭儀)는 죽은 자를 불러들어 그들의 한을 풀어주는 잔치마당이다. 덩달아 산 사람도 무당에 실린 신령의 목소리와 대화를 한다.

> 인간이 죽는 방식은 대개 자의적으로 보이지만 죽음 자체는 피할 수 없었다. 인간의 생명은 필연과 우연의 결합으로 가득 차 있다. 우리는 우리가 가진 특정한 유전적 유산 , 성별, 세대, 육체적 능력, 모국어 등의 우연성과 필연성을 모두 잘 알고 있다. 전통적 세계관의 큰 장점은 우주 안에서의 인간, 종(種)으로서의 인간, 그리고 삶의 우연성에 대한 그들의 관심이었다. 불교, 기독교 혹은 이슬람교가 수십 개나 되는 다른 사회 구성체들 안에서 수천 년 동안 비상하게 살아남은 것은 질병, 불구, 비탄, 노령, 죽음 등 감당할 수 없는 인간의 고통의 짐에 대한 상상력 있는 대응을 입증한다.[218]

무의 세계관은 당연히 사람의 죽음을 순리의 하나로 받아들인다. 그러나 죽음의 방식은 차이가 있을 것이며 수명대로 살다가 한을 품지 않고 죽는 방법이 최선이다. 만약 정상적인 과정을 보내지 않고 불의의 사고라든가 객사를 하면 한을 가슴에 안고 잡귀나 귀신이 된다. 이런 한을 안고 떠도는 귀신을 굿이라는 잔치마당으로 불러들여 사람에게 해를 끼치지 않고 저승으로 가도록 해야 한다.

욕망을 실현할 수 있는 현실의 삶은 매우 중요하다. 그래서 삶의 유지 방법에는 여러 가지 우연과 필연이 있다. 인간의 의미도 우주 안의 인간, 종으로서의 인간, 삶의 우연성에 대한 등 여러 가지를

---

218) 베네딕·트 앤더슨, 앞의 책. 30쪽.

예로 들 수 있다. 종교가 필요한 것은 그런 여러 가지 삶의 방식과 여러 가지 역사적 고난을 이겨낸 연속성에게 희망을 주자는 것이다. 종교는 사후세계에 대한 희망을 주기도 하지만 인간의 삶에 고통이라 할 수 있는 질병, 불구, 비탄, 노령 등에도 관심을 가진다.

굿은 산 사람을 위해 죽은 자의 한을 풀어주는 것이 된다. 그만큼 사후세계는 죽은 다음의 세계이지만 실존의 여부와 관계없이 어디까지나 상상의 세계이며 산 사람들에게 삶의 용기를 주기 위한 배수진의 세계이다. 이처럼 산자와 죽은 자를 한자리에 불러드려 한을 풀어주는 것은 다른 종교와 달리 특이한 무 세계의 종교 형태라 하겠다.

산자(生者)와 죽은 자(亡者)의 한을 풀어주는 화해의 공간을 만드는, 무당들은 자신의 활동 공간을 만들어 합동 위령제를 참여하고 풀이 마당을 주관한다.

1981년 4월 30일에 '제주도 4 · 3사건'의 발상지 격인 관덕정 앞 뜰에서 '제주 한라산하 고혼 만령위'라고 쓴 신위와 큰 항로를 설치하고 합동 위령제를 지니는 것이 소설의 주요 줄거리이다.

1947년 3월 7일 미군정하의 계엄령 선포와 이에 맞선 총파업 사태 그리고 뒤이은 당국의 검거선풍에 쫓긴 저항세력이 한라산으로 대거 입산, 1948년 4월 3일 군정 경찰과 우익 세력에 대한 무장공격 개시 이후 그 세력이 최대 500명 가까이 불어나면서, 계엄당국의 해안 봉쇄령(10. 18)과 해안선 5킬로 이외 지역(중 산간지역) 통행금지령이 이어지고, 나아가 차후의 토벌작전을 위한 저항활동 동조세력 차단 조치의 일환으로 무참하게 희생된 도내 유지급 인사들"(1권 50쪽)

48년 10월 하순부터 11월 초순 사이에 진압 주둔군 부대 장병 1백여 명이 명령 불복종 혐의로 재판도 없이 처형된 사건을 비롯하여 무장대에 동조한 혐의를 받은 계엄부대 군인과 경찰들까지 무수히 바닷물에 수장됐다는 살벌한 소문 속에 유언비어, 적진 따위의 갖가지 죄목으로 어느 날 불시에 무차별적으로 끌려가 시신도 남기지 못한 채 사라져간 집단 처형 사건의 민간 희생자들"(1권 52쪽)

온 나라 강토에 떠도는 조상들의 원혼을 찾아서"(1권 61쪽)

위처럼 고혼으로 떠도는 넋들을 위무하는 행사이다. 권력의 집단인 '큰 당집'의 지시에 의해 제주도청 문화 진흥과에서 차출되어 작은집에 근무하는 이 과장의 주도하에서 진행되고 있다. 육지에서 내려온 정요선의 모친인 유정남과 조복순 만신이 씻김굿을 하여 "이 군부정권이 벌이고 있는 '역사 씻기기'라는"(1권 59쪽) 사업을 하는 것이다. 그런 사업을 추진하는 이유는 "정국의 불안을 잠재우고 위태로운 권력을 지키려는 방책의 하나로 일부 계엄 지원 배후 세력 기관이 궁리해 낸 것이 다름 아닌"(1권 60쪽) 이 '역사 씻기기'의 사업인 것이다.

그러나 토속 무당인 추심방과 '뱀신'을 당주로 모시는 변심방의 딸 연금옥은 굿 일원으로는 처음부터 관여를 안 한다. 이는 섬사람들의 굿에 대한 고의적이고 의도적인 배제 때문이다.

이 작품에는 세 가지의 서사 구조가 내포되어 있다. 첫째, 재일교포로 이미 죽은 것으로 된 고한봉의 아들이며 민속학을 전공한 중립적인 고종민의 의식적인 탐문 방식을 통해 이야기가 전개된다. 둘째, 무당들에 의한 무의식적 탐문의 방식이다. 셋째, 육지에 내려온 정요선과 변심방의 딸 연금옥의 애정서사이다. 이 세 가지 중 애정서사와 의식적인 탐문은 자생적 운명 형식으로 진행해가고 있다.

문제는 무당들에 의한 무의식적 방식의 해석이다. 프로이트나 융이 지적한 이 무의식은 사람의 통제를 받지 않아도 스스로 활동을 한다. 추심방은 아들에게 무가(巫家)에서 하는 일을 주입시키고자 한다. 굿판에서 풀이의 황홀경과 함께 시현을 통해 하늘과 땅과 사람의 편안한 '조화'를 얻어 지켜가는 것들이다. 그것은 무당의 존재 양식과 이야기꾼의 존재 방식에 대한 성찰을 통해서만이 가능하다. 또 이런 제의를 하는 것 자체가 바로 무당에 의해 진행되는 서사 구조이다.

물론 사람에게는 의식의 세계와 무의식의 세계가 공존하는데 무의식은 상상력처럼 실재성의 확보가 어렵다. 그럼에도 존재를 부정하지 않는다. 이처럼 이 소설을 포함해서 앞으로의 소설은 이야기의 허구성과 무의식이 관련이 있다. 왜냐하면 허구성에 실재성이 없으면 허무맹랑한 일로 소설의 존재 양식에 문제를 던질 수 있기 때문이다.

실제적인 경험과 더불어 '상상력'이 지배하는 것이 소설의 세계라 할 때, 상상의 허구적 세계의 충실함은 구체적인 허구적 실체의 재현과 현실감을 내포하는 인식의 정도에 달려 있을 것이다. 상상의 차원에서 가능한 세계는 실제의 대상과의 초월적 동일화를 허용하는 대안적 세계다. 바로 이러한 초월적 동일화의 개념은 허구적 세계와의 관계에도 중요한 구실을 하게 된다. 그만큼 허구의 세계는 상상의 폭을 넓혀주고 작품의 질을 폭넓게 확장시켜 주는 결과를 가져온다.

위령제의 절차와 형식은 "수많은 원혼들을 우리 민족 전래의 진혼 형식인 무가(巫家)의 신원(伸冤)굿을 주로 하되, 유교나 기독교, 불교, 도교 등 사자(死者)의 천도 양식이 있거나 동참을 원하는 교단은 총동원되어 각기 소망하는 의식에 따라 차례차례 진혼 행사"(1권 62쪽)를 하기로 하고 각 교파와 굿판의 단위의 자발적이고 주체적인 참여 형식을 내세운다.

위령제의 주관이자 제관인 도지사의 고천사(告天辭)에서 1947~8년 전후의 4·3환란에 희생된 2만여 명의 희생자를 필두로 모든 의문사와 행방불명 무주고혼들에게 고한다. 이 자리를 통해 위령과 진혼의 자리를 마련하여 선인들의 원한을 말끔히 해원시키려 한다고 한다. 그리고 후인들의 삶의 안녕과 발전을 도모하고자 하니 천지신명께서 보살펴주시고, 근자에 모습을 드러낸 한라산 동굴의 아홉 영혼들을 위한 자리도 마련되었다고 하늘에 고한다. 이날의 위령 행사가 전 국가적인 사업의 시행과정임에 비추어 볼 때 얼마든지 희망적인 수식어가 될 수 있다. 그러나 고종민이 생각할 수 있을 정도로 갈등의 폭은 너무 컸다. 다음은 희생자 단체를 대표하는 청죽회와 한얼회의 분향과 발언순서가 시작되었고 종교단체 대표들의 뒤이은 축원 의식이 진행되면서 각 단체가 뜻을 표한다.

(3) 신원(伸寃) 제의의 절차

소란스러운 1부 행사를 끝내고 오전 해가 이미 중천에 떠오른 다음 굿마당을 꾸미고 음식물이 진설된다. 남도 씻김굿 고유의 제차를 마련하는 등 굿청 준비를 끝내고 유일한 생존자인 기주(祈主)격인 김상노를 모시고 굿은 시작된다. 그것은 씻김굿의 첫 제차인 '안당굿'의 사설이라는 무가를 읊으면서 시작된다. 초혼의식을 하고 나서 음식을 굿 구경꾼에게 나누어 먹인다. 망자와 손님들을 함께 위로하는 '처올리기', 기주를 포함한 제주도 모든 사람들의 복락과 안녕을 비는 '제석굿', 기주 일가의 조상을 대접하기 위한 '선영굿'의 순서를 거쳐 본격적인 망자들 '씻기기'와 천도절차가 된다.
유정남은 망자들의 형상을 순임과 정화 두 신딸들에게 나눠 안겨 부축하게 한 채 깨끗한 빗자루에 쑥물을 묻혀 차례차례 그 신체를 씻긴다. 다음에는 다시 향물로 씻기고, 그 다음에는 맑은 물로 거듭 씻겨 낸다. 물의 정화 기능을 행하는 것이다. 두 무녀는 망인들의 신체뿐만 아니라 생전의 모든 한을 언어로 씻겨 내린다. 생전 가슴에 쌓이고 맺힌 원망과 억울한 죽음의 원한과 차마 이승을 떠나지 못하고 떠도는 가엾은 넋의 부정까지도 씻긴다. 여기서 씻는다는 것은 정화의 의식이며 사람의 애정과의 깨끗한 마멸을 의미한다. 망자들의 가슴속에 오랜 생활 피멍이 맺혀 쌓인 한을 풀어주는 '고풀이'의 제차로 들어간다. 이 의식이 끝나자 제차에 들어있지 않은 '살풀이춤'을 추려 하는 것이다. 춤을 끝낸 유정남은 심기가 한결 편해진 얼굴로 이어서 '넋올리기' 순서가 된다. 이것은 생자와 사자가 서로 망인의 죽음을 받아들이고 망자를 생자의 마음속에서 분리시켜 삶과 죽음의 길을 갈라 세우는 의례이다. 유정남은 혼령들을 치하하고 이제는 깨끗하게 씻겨진 세 혼령을 먼 저승길로 떠나보내는 마지막 '길닦음' 굿거리를 서둘기 시작한다.

이제 망자들은 산 사람 마음속에서 떠나가야 한다. 그들을 떠나보내야 안심이고, 이날은 망자들이 비로소 이승의 시름을 털고 편안히 저승 극락으로 떠나간 날이 되는 것이다. 그래야 망인의 혼령이 자유로워지고 생자들도 그 망인의 죽음으로부터 자유로워질 수 있기 때문이다. 이런 이유로 무녀들은 망인들을 훨훨 내세 극락으로 떠나보내는 환송의 춤을 추기 시작한 것이다.

그런 과정을 모두 지켜본 고정민은 권력 노름은 어디서나 마찬가지로 이곳 한국에서도 저주스런 비극이자 희극이라고 마음속으

로 아버지에게 말한다. 사자들이 떠난 마당에서 흥이 오른 이 과
장이나 양서진 교수는 물론 조복순에게 이끌려온 유정남 그리고
고종민까지 어울려 신나게 굿청 춤판을 즐긴다. 흥겨운 잔치 마당
에서의 춤판은 자신들의 그림자까지 얼려드는 저녁까지 계속되었
으며 굿판에서 관람자를 포함해서 산 사람들은 노래와 몸짓놀이
를 통해 삶의 여유로움을 즐긴다.

이 소설은 역사적인 사실인 4·3사건 때 죽은 자들의 혼령을
위무하고 저승길로 천도시키는 굿이자 전국적인 죽은 망자들의
혼백과 역사를 씻기기는 굿임을 강조하고 있다. 한을 가진 영혼을
씻기기이기에 무당의 이야기가 주가 된다. 특히 연금옥은 신내림
굿[219]을 치르고 나면 그녀의 몸주신과 신어머니에 맡겨지고 신을

---

219) 신내림굿의 과정을 보면, 먼저 大神床 앞에 놓은 神名床에서 팥,
콩, 쌀, 참깨, 물, 여울, 메밀, 재. 돈 등 똑같은 모양의 종지에 넣고
백지로 덮어 싼 것을 상 위에 백지를 깔고 3개씩 3줄로 놓는다. 강
신자에게 마음이 드는 대로 무복을 입게 한 후 손에 방울과 부채를
들고 춤을 추게 한다. 이때 長鼓와 제금을 빠른 춤가락으로 맹렬하
게 쳐주면 강신자의 몸에 신이 내려 떨리면서 춤을 추게 된다. 한
동안 후 巫가 어느 신이 드셨느냐고 물으면 강신자의 입에서 신명
을 대면서 어느 사람이든 그 사람의 앞날을 똑바로 세워 예언을 한
다. 이렇게 말문을 열리고 나면 신명상 위의 종지를 하나 집도록
무가 지시한다. 팥은 서낭神, 콩은 軍雄神 , 쌀은 帝釋神, 참께는 山
神, 물은 龍神 등으로 善神이며 메밀은 터허주, 여물은 허주, 재는
不淨神 등으로 惡神이다. 허주는 잡귀나 도깨비이다. 강신자가 선신
을 들면 그것을 삼키고, 惡神을 상징하는 것을 들면 降神者에게 惡
神을 걷어내는 不淨치기를 하여 善神의 종지를 들 때까지 반복한
다. 강신자가 집어내기를 마치면 한 차례를 춤을 추고 나서 대신상
앞에 있는 〈열두 방기 떡〉목판을 들고 굿 구경꾼들 앞에 나아가서
떡을 나누어 준다. 다음은 강신자의 마음에 드는 巫服을 입고 巫樂
에 맞추어 실컷 춤을 추도록 한다. 이때 강신자가 추는 춤은 빠른
跳舞이고 巫樂은 長鼓와 제금의 빠른 가락이다. 춤을 끝나면 관중
들은 앞을 다투어 강신자 앞에 돈을 놓고 占을 친다. 강신자는 제

받들면서 살아가야 하는 새 애기 무당이 된다.

그날 정요선은 배를 타고 굿의 구경은 물론 아무런 암시도 없이 제주도를 떠난다. 정요선과 연금옥의 애정서사는 토속심방인 추신방의 내림굿으로 그렇게도 탈출하려던 섬을 떠나지 못하고 애절하게 끝나고 만다. 그녀는 스스로 자신의 운명을 개척하거나 선택하여 인생의 길을 갈 수가 없다. 자신이 모시는 신령의 힘에 의지하여 일평생 제 삶의 모든 것을 이웃들에게 바치며 살아가야 하는 것이다. 만약 신령의 선택을 따르지 않으면 이유를 알 수 없는 신병 혹은 무병이나 '인다리'[220] 현상 따위 등으로 갖가지 우환이 겹쳐들어 오게 되고 항복하게 된다. 그것은 자신 '무의식'에 있는 신령과의 싸움에서 지는 꼴이다. 그래서 신내림굿을 하는 사람들은 자신의 장래를 생각하고 울지 않은 사람이 없을 정도로 냉혹한 생활을 해야 한다.

> 시퍼런 칼날 위에 자신을 올려 세우고 춤을 추며 자신을 선택한 몸주신의 강림을 기다리는 작두거리 뒤끝에서. 아니면 내림굿 막바지에서 새 신딸의 앞길을 당부하는 축원해주는 신어미의 간곡한 공수를 받으면서도. 도대체 어떤 힘이 저들에게 그렇듯 험난한 운명의 길을 점지했단 말인가ー. 그 신어미의 축원공수가 진정으로 저 여인의 축복스런 앞날을 열어 줄 수 있단 말인가. 저 여인의 외롭고 고난 투성이 앞길이 어떻게 누구를 위한 축복이 될 수 있단 말인가ー. 사실은 요선 자신 아직도 그것을 알 수 없었고, 그것은 이날 금옥의 일을 두고도 마찬가지였다. (2권 194쪽)

일인칭으로서 '공수'를 내린다. 삼킨 물건이 상징하는 신을 몸주신으로 삼아서 새로운 무당의 탄생이 된다. ー김태곤, 『한국 무속연구』, 359-360쪽, 참조.

220) 인다리는 몸 주신이 될 신령이 자신을 거부하는 후보자의 가까운 친척들의 목숨을 앗아가는 현상을 말한다. ー최준식, 앞의 책, 25쪽.

이처럼 신을 모시는 강신무는 남부 지방에서 가끔 발생한다. 시퍼런 칼을 타고 춤을 추며 작두거리 뒤끝에서 신이 내린 무당을 '명두무'라고 한다. 강신무는 신어미의 가족처럼 모든 굿판을 따라 다니는 것이다. 모인 모든 사람에게 공수를 하고 무녀로서 살아간다.

이 소설은 종교적인 갈등이나 서로의 화해가 요구되는 것이 아니다. 국가 권력에 의해서 혹은 다른 사건에 관련하여 무참하게 죽은 망자들을 굿판으로 불러내어 죽은 자(亡者)와 산 자(生者)의 가슴에 남아있는 한을 없애주려 한다. 죽은 자는 저승의 길을, 산 자는 편안한 이승의 삶을 유지하기 위해 굿을 한 것이다.

(4) 작가의 글쓰기 방법

이 작품은 황해도 '진지노귀굿' 열두 마당을 기본 얼개로 하여 씌어졌다. 여기서는 굿판에서처럼 살아있는 사람과 죽은 사람이 동시에 과거와 현재를 넘나들면서 등장하고 그들의 회상과 이야기도 제각각이다. 나는 과거로 떠나는 '시간여행'이라는 하나의 씨줄과 ,등장인물 각자의 서로 다른 삶의 입장과 체험을 통하여 하나의 사건을 모자이크처럼 총체화하는 구전담화라는 날줄을 서로 엮어서 한 폭의 베를 짜듯 구성하였다. 지노귀굿은 망자(亡者)를 저승으로 천도하는 전국적인 형식의 '넋굿'이다. 지방에 따라서 진오귀, 오구, 지노귀 등으로 불린다. 아직도 한반도에 남아 있는 전쟁의 상흔과 냉전의 유령들을 이 한판 굿으로, 잠재우고 화해와 상생의 새 세기를 시작하자는 것이 작자의 본뜻이기도 하다.[221]

위의 글은 황석영이 자신의 작 『손님』의 「작가의 말」에서 한 말이다. 작가는 황해도 '진지노귀굿' 열두 마당을 작품의 기본 얼개로

---

221) 황석영, 『손님』, 창작과비평사, 2001, 262쪽.

삼았다는 것이다. 이 지노귀굿이라는 형식을 소설 구성의 방법으로 차용하는 것은 황석영의 소설이 '망자를 저승으로 천도하는' 무(巫)의 제의(祭儀)와 같다는 의미이다. 이러한 소설적 방법은 "샤머니즘의 틀을 온전히 수락하고 초현실적이거나 환상적인 여러 장면들을 서술된 그대로 받아들여 읽는 것이 작가의 의도에 부합하는 독법"222)이면서 굿 형식의 의미는 과거와 현재를 넘나들면서 산자와 죽은 자가 대화할 수 있는 공간의 제공이다. 이와 더불어 대화에 참여하는 이들이 '공식적인' 목소리의 간섭과 방해를 받지 않고 의미 있는 대화를 주고받는 자유로움까지 포함된다는 것이다. 이런 자유로운 '이야기성'이 소설을 통해 구현되고 있는 것이다.

이러한 황석영이 산자와 죽은 자의 '자유로운 대화'를 무의 제의로 인식하고 있는 것에 대해 이청준은 인식을 같이한다.

> 황홀경의 절정의 경험과 감동을 통해 사람들은 삶을 견디어내고 다시 일어설 수 있게 된다. 망자뿐만 아니라 이승의 생자들을 위한 축제적 성격의 굿판, 망자는 그간의 한을 풀고 편안한 저승길을, 생자는 본래의 평상심으로 돌아가 이승의 삶을 다시 이어갈 수 있게 하는 굿판을 주재하는 존재는 바로 샤먼이다.223)

사실 "맺힌 넋을 씻기고 풀고 다시 태어나는 넋을 위한 간구로 살아가는 무당의 존재양식에서 현실의 말짓풀이꾼인 이야기꾼의 존재방식"224)은 당연한 것으로 파악한다. 또한 절망과 유배 의식

---

222) 성민엽, 「이데올로기 너머의 화해와 그 원리─황석영의 『손님』에 대하여」, 『창작과 비평』, 2001. 겨울, 250쪽.
223) 우찬제, 「풀이의 황홀경과 다시 태어나는 넋」, 이청준, 『신화를 삼킨 섬』 2권, 열림원, 2003, 222쪽.
224) 앞의 책, 223쪽.

이 존재하는 현실에서 다시 태어나는 넋을 위한 해방의 말짓풀이
와 몸짓풀이를 하는 샤먼의 몸과 넋은 서로 등가적 모순의 존재
이다. 이와 같은 두 가지 풀이의 역할이 합일하는 점에서 무당은
작가의 존재방식과 닮은 것이다.

이청준은 이런 점에서 황석영과 차이를 보이고 있다. 자유스러
운 대화에 비해서 오히려 더 확대해서 말짓풀이꾼의 역할과 그런
것을 풀어주는 몸의 행위까지 포함하려는 것이 이청준의 의도이
다. 이에 대하여 우찬제는, 이청준의 「지배와 해방」에서 "현실에서
패배하거나 배신당한 자아가 그 현실을 복수하고자 하는 마음에서
글쓰기를 시작했다"[225]는 사실을 간파한 것이다. 그 복수심이 창
조적 생산 질서로서 지배욕으로 승화될 때 자유의 질서를 향한 꿈,
해방의 지평을 향한 꿈, 모두를 꿀 수 있게 된다는 논리를 이청준
은 편 적이 있다는 것이다. 작가가 자신을 표현하는 절대적인 욕
망은 마치 무당이 스스로 많은 망자들의 한을 풀어주기 위해 구술
과 몸짓을 보여주는 것과 같다. 또 "개인의 진실과 집단의 꿈이 화
해로운 조화를 이루는 세계를 꿈꾸기 위해 소설을 쓰는데 이는 현
실에서 패배로 귀결되기"가 쉽다는 것이다. 그런 개인과 집단의
꿈이 조화롭게 되는 것이 "현실에서 불가능한 것이나 패배하는
것"이라도 그런 과정을 "자기 언어로 꿈꾸기 위해 소설을 쓰는
것"이라고 주장했던 것이다. 현실에서 어떤 획득이나 손실을 너무
강하게 의식하지 말고 "끊임없이 새로운 현실을 꿈꾸고 찾아 나서
야 한다는 숙명적인 이상주의를 보이기도" 했다는 것이다.

이 소설에서 이상주의를 위해 현실에서 세속적인 이익을 추구
하지 않고 윤리적 엄결성을 지니고 망명의식으로 전경화 된다는

---

225) 앞의 책, 223쪽.

244

것이다. 이와 동시에 제중일보 문정국의 "기사 내용을 통해 간접 화법의 형식을 띠긴 하지만 문학의 현실과 관련해서 새삼 음미할 대목"226)이라고 강조했다.

> 기자는 이 나라 문학인과 지식인들에게 묻고 싶다. 〈생략〉 지금 이 가파르고 엄혹한 현실 앞에 우리는 왜 망명과 같은 전면적 거부와 저항을 보여주는 작가나 지식인을 한 사람도 가질 수가 없는가. 그 같은 자신과 권력의 공동 부정의 길 이외에 어떤 다른 저항의 몸짓도 그 권력과의 상대적 공생관계를 이루는 작가 생존 전략밖에 결과한 꼴이 돼오지 않지 않았는가. 그에 비해 그 망명의 길은 오히려 망명정부가 민족의 생존과 삶의 꿈을 담보하듯 당신들의 문학이나 독자들이 이 현실을 견디며 싸워 이겨내게 하는 전략과 힘이 될 수 있지 않겠는가. 지금 당신들의 지적 자존심과 문학의 존엄성은 어디 있는가. (2권 67쪽)

신군부의 노골적인 권력 음모와 억압 앞에 아련한 봄의 꿈은 서서히 멀어져가고 미구에는 비정한 겨울 폭풍이 몰아칠 어려운 정국의 형세이다. 그래서 "망명과 같은 전면적인 거부와 저항" 의식을 가지고 "자신과 권력의 공동 부정의 길"을 통해 "생존과 삶의 꿈"을 새롭게 모색하자는 작가의 의도는 자신을 포함한 공동 부정의 담론을 주장하는 것이 된다.

이런 허구적으로 설정한 1980년대 초반의 정치적 문학적 상황만 아니라 오늘날의 현실에서도 필요한 것으로 뚜렷한 의미를 가진다. 결국 국가의 안녕을 위해서 원한과 갈등에 희생된 귀신을 위무하여 나라의 안녕을 기원하는 것이 된다. 작가 자신의 길마저 무당에게서 배우고자 함은 무의식적 세계에서 망자와 생자의 대

---

226) 앞의 책, 224쪽.

화까지 주선하는 무당의 영역에서도 소설을 통해 자기의 세계를
구축하겠다는 것이다.

화까지 주선하는 무당의 영역에서도 소설을 통해 자기의 세계를
구축하겠다는 것이다.

Ⅳ. 무(巫)소설의 문학사적 의의

무(巫)는 풍속 개량의 일환으로 '미신타파'라는 주제로 애국 계몽기의 신소설에 등장한다. 사회의 풍습을 바꾸어야 한다는 계몽기 소설의 주제는 무의 피해를 집중적으로 부각시키는 것이다. 그러나 계몽보다는 1905년 을사늑약으로 인한 일제의 간접적인 통제에 들어가고 만다. 작가들은 오히려 망국의 길에 일조하는 작품을 발표한 격이 되어 본질의 의미를 잃은 꼴이다.

일제의 식민지시대에 무의 풍습들은 근근이 살아남아 망국의 상태에서도 민족성의 원형을 찾는다는 움직임과 어울려 기독교의 토착화 과정에서 종교적 대립의 양상을 보인다.

무는 해방 이후 사회 변천에 따라 농촌 사회의 파괴와 산업 사회로의 이행으로 색다른 가정 신앙의 모습으로 변형되어 나타난다. 무는 이런 변형과정을 통해 힘든 고난을 이기고 다시 자신의 힘으로 늘 일어서는 끈질김이 있다. 그리고 언제나 민족 화해의 마당까지 기꺼이 제공한다. 이처럼 무(巫)는 20세기 100년을 통해서 존재의 의미에 대한 재해석을 위해 소설에서 등장한다.

그런 무(巫)소설의 문학사적의 의의를 알아보면 다음과 같다.

① 일본의 침략에 기여한 '미신'이라는 풍속타파의 모습을 재현하다. 이해조의 『구마검』은 사회 개혁의 차원에서 풍속 개량을 주장하기 위해 무의 피해가 열거된다. 나아가 그런 사회 풍습을 미신의 행위로 보고 타파할 것을 주장하고 있다. 해결 방법으로는 일본의 선진 재판제도를 활용하고 있다. 이인직은 『귀의 성』과 『치악산』을 통해 민족 개화의 당위성과 효용성을 주장하기 위한 방편으로

무를 이용한다. 또한 가정의 갈등 전개와 보복의 수단으로 무를 차용까지 한다.

신소설에 등장한 무에 대한 비판은 계몽, 개화의 의미보다 민족을 이민족에게 팔아넘기는 구실을 톡톡히 한다. 민족의 애국 계몽기에 나타난 신소설의 개량과 계몽의지는 오히려 퇴색된다. 다만 풍속의 개량이 가져온 소설사적 의미는 민족문화의 접근이라기보다 황폐화된 윤리적인 문제로까지 비약한다. 또 신소설 작품에 폭력적인 묘사를 확대하여 극단적인 동물적 갈등과 잔혹성을 내포한 카니발리즘(canibalism)의 요소도 발견할 수 있다.

② 민족의 원형 발굴 차원에서 무(巫)를 외래 종교인 기독교와 대등한 종교적 문제를 부각시켜, 무교와 기독교의 종교적인 갈등을 소설의 제재로 이용한다.

기층민의 신앙으로 미개 사회의 추락된 무의 풍습을 종교적인 모습으로 끌어올리는 움직임이 있다. 김동리의 「무녀도」와 황순원의 『움직이는 성』은 기독교와 대등한 상태로 종교적 갈등 문제를 다루고 있다. 이처럼 기독교와의 대립을 통해 「무녀도」는 '민족의 원형성'의 하나인 기층 신앙의 형상 추구를 다루고 있는 반면, 『움직이는 성』은 민족의 '유량민 근성'을 추적하고 있다. 특히 기독교와 종교적 갈등은 사회 전반에 미치는 영향이 무척 크다. 그러나 다행스러운 것은 이처럼 많은 종교 간의 갈등에도 불구하고 문화적 충동으로 폭발하지 않는 다의적인 민족성을 보여주고 있다. 새로이 정착하기 위한 포교의 방법의 차이들도 차츰 문화적인 습합 현상 통해 이해의 차원으로 변하고 있다. 이런 전반적인 사회 현상들이 자신들의 영역을 포합하여 공동의 생활공간을 만들고 있다.

③ 환상성의 표현 기법의 활용이다.

『신화를 삼킨 섬』에서 중도 시선을 가진 민속학도 고정민의 의식적인 탐문 방식과 무당들에 의한 무의식적 것과 육지에 내려온 남자와 섬의 여자와의 애정서사 구조 등 세 부류가 내포되어 있다. 여자는 섬의 탈출하려는 생각에서 사랑을 하려 하나 남자의 거부로 그녀는 실패하고 무당이 된다.

문제는 무당의 무의식적 방식이다. 그것은 무당이 제의 절차에 따라 진행하는 과정에서 저절로 나타나는 탐문방식이다. 프로이트나 융이 지적한 무의식은 사람의 통제를 받지 않아도 스스로 활동을 한다. 이런 무의식은 상상력처럼 실재성의 확보가 어렵지만 존재를 부정할 수 없다. 그런 현상들이 『불의 딸』이나 『신화를 삼킨 섬』을 포함해서 앞으로 소설에서 이야기의 허구성과도 관련성이 있다. 왜냐하면 허구성에 구체적인 현실감이 없으면 소설의 존재양식에 문제점을 던질 수 있기 때문이다.

현실적이고 구체적인 경험을 바탕으로 하여 '상상력'이 소설을 좌우한다면, 상상의 허구적 세계의 충실함은 구체적인 허구적 실체의 재현에 달려 있다. 상상의 차원에서 가능한 세계는 실재의 대상과의 초월적 동일화를 허용하는 대안적 세계가 된다. 바로 이러한 초월적 동일화의 개념은 허구적 세계와의 관계에도 중요한 구실을 하게 된다. 그만큼 허구의 세계는 상상의 폭을 넓혀주고 작품의 질을 폭넓게 확장시켜 주는 결과를 가져온다.

무의 세계에서는 합리적인 과학의 세계와 달리 인정받기 어려운 일들이 벌어지고 있다. 먼저 무당은 신병(神病) 또 무병(巫病)을 앓게 되는데 그 과정은 현상적인 현실을 파악하는 의사들에게는 치료가 어려운 부분이다. 어려운 신병의 과정에서 제대로 신내림굿을 해야 신딸이 된다. 신내림굿 과정에서 황홀경에 빠져 춤과 모둠발 뜀을 통해 공수가 내리고 새로운 애기 무당이 된다. 그러한 과정을 묘사한 『불의 딸』이나 『신화를 삼킨 섬』에는 환상적 사건들이 상당한 부분이나 나타난다. 그런 이 이유로 이 두 작품을 환상소설이라고 부를 수 있는 작품들이다.

환상소설은 허구적 실재를 인간의 상상력을 통하여 무한히 확장시키고 심화시키는 소설 장르이다. 융은 '환상'을 창조력으로 보고 또 정신의 자유스러운 놀이이며 문학적 환상과 매우 유사하다고 본다.

무당들은 꿈의 세계를 매우 중요하게 여기며 꿈을 통해서 신의 계시를 얻을 뿐만 아니라 꿈의 해석을 통하여 신의 예지력을 감지하고 미래를 예측한다. 꿈은 무의식의 단독의 작품이 아니라 무의식을 형성하는 다른 요소들에 의해서 만들어진다. 즉 무의식의 형성물은 의식과 무의식의 변증법적인 작용에 의해 만들어지는 것들이다. 꿈의 모습은 본연의 형상이 아니라 왜곡, 억압, 퇴행, 변모 등 다른 모습으로 나타나기 때문에 해석을 할 때 그의 원형을 찾지 못하면 그 의미를 획득하기 어렵다.

또 '환상'은 무의식과 의식의 중간지대에서 나타난다. 이런 이유로 소설에서는 매우 특이한 수법으로 활용할 수 있다. 욕망과 현실 사이에 나타나는 환상은 꿈처럼 황홀한 분위기를 도출한다. 다만 꿈과 환상의 차이는 전자가 무의식에 가깝다면 후자는 의식에 가깝다. 환상은 꿈처럼 왜곡되기도 하며 비사실적 비합리적인 특성을 가진다. 또 억압에서 벗어나기 위한 자기 방어적 기제로서 작용도 한다.

신내림굿을 하는 사람들은 무병의 과정을 거치면서 환상적인 특이한 사건과 일들을 많이 겪는다. 또 무의 세계는 종교문제를 포함하여 우리의 원형적인 사고 틀과 죽음에 이르는 제 문제 등

생사문제까지도 관련이 있다. 무는 생명의 근원적인 시원지(始原地)에서 시작하여 다시 영혼의 귀속지(歸屬地)로 돌아가는 과정을 겪는 것이다. 무는 이승인 현실의 세계란 저승으로부터 태어난 목숨을 잠깐 동안 생육하여 이상(理想)을 실현하는 곳이라는 세계관을 가지고 있다. 그래서 현실 세계의 삶은 영원한 세계의 일부분이라는 인식이다. 현실을 초월한 세계는 원대한 세계로 상상의 세계가 아니면 불가능하다. 상상의 세계는 무궁무진한 사건이 존재하는 이야기의 창고이며 이 세계가 가지는 무한한 크기와 표현의 방법에는 차이가 있다. 그럼에도 인간 욕망의 달성과 상상세계의 사건이 똑같이 이루어지는 것은 아니다. 왜냐하면 재현의 차이가 당연히 발생하기 때문이다. 또 인간이 스스로 느끼는 환상의 감각이며 이것을 소설로 표현할 때 환상적인 느낌을 느낀다.

물론 환상적인 사건은 경험적 현실에서는 일어나기 어려운 초자연적이거나 불가능한 사건이다. 또한 환상은 현실에서 일탈한 초자연의 사건이 정신적인 것과 물질적인 것의 경계가 의문시됨으로써 나타나게 되며, 정상적인 성관계가 철폐됨으로써 나타난 환상이다. 이런 사건들은 작중 인물의 사유체계에 따라 세 가지 방식으로 해석이 가능하다.

먼저 자연계와 인간계가 어떤 초자연적 존재에 의해 통합된 전근대적 사유체계 속에서 환상적 사건을 해석한다. 다음은 반대로 자연계와 인간계가 인식론적으로 단절된 근대적 사유체계 속에서 환상적 사건을 해석한다. 또 다른 방식은 이 두 시기가 전환되는 과도적 시점에서 환상적 사건을 해석할 수 있다. 그러면서 환상과 관련해서 제기되는 서사 텍스트의 세 가지의 해석 방식을 〈상징〉, 〈재현〉, 〈알레고리〉로 구분하고 『불의 딸』은 이 의미화 중에서

〈상징〉적 환상소설이다. '똘쇠'의 행위는 불처럼 환경을 변화시키면서 신화의 세계에서 벌어지는 초현실적인 사건을 만들어내고 있다. 그러나 놀람이나 망설임을 주지 않고 오히려 새로운 세계를 이해하게 된다. 무소설에서 환상은 특이한 기법으로 중요한 의미를 가지게 된다.

④ 무의 제의는 신화의 재현을 구현한 것이다.

이미 리얼리즘 소설의 현실의 반영이라는 실재성은 낡은 수법으로 인식되어 소설의 폭과 깊이를 너무도 축소시키고 있다. 신화의 세계는 보편적 삶의 경험이 적용되는 규범에 오염되지 않아야 한다. 추상적이고 순수한 신화 세계의 이야기와도 연결된다. 왜냐하면 이야기라는 측면에서 보면 신화는 우리가 상상할 수 있는 인간 욕망의 극한과 그 극한에 가깝게 있는 행위의 모방이라고 할 수 있다. 물론 신화가 인간의 욕망의 정점이라고 하여 모든 사건들에서 인간이 도달할 수 있는 것은 아니다. 이처럼 인간의 욕망은 신화의 세계를 구현하여 삶의 현장에서 필요한 '원 형상'(原型象)을 만들려고 노력을 한다.

『불의 딸』에서 무당의 용왕례는 '불'이라는 원초적인 삶의 요소로 무당의 삶을 새롭게 변화시키면서 생존의 의미를 찾고 있다. 무의 제의를 통해 현상을 초월하는 본질적인 인간의 원형을 추구하고 있다.

한편 신화가 정신의 자발적 산물을 그 자체로 수용해 전달 가능한 형식으로 공유해 온 것이라면, 종교는 정신의 자발적 산물을 두려움과 공포의 대상으로 객관화하고 그에 대해 취할 수 있는 다양한 의식 태도를 제시했던 것이다. 무교는 종교로서의 두려움과 공포 대상이라기보다는 죽은 자들의 저승 행을 도와줌으로써 산자들의 삶에 대한 애착을 고취시키는 것이 '신화'이다.

『신화를 삼킨 섬』에서도 영감놀이나 불도맞이나 생명의 잉태와 출생을 관장하는 연극적 제의(祭儀) 등을 통해 신화를 재현하고 있다. 또 무당들이 죽은 자와 산 자의 합동잔치라는 무의 제의는 바로 신화의 재현이다.

이처럼 무(巫)소설의 문학사적 의의는 환상과 신화 세계의 구현으로 나타나는 소설의 기법에서 찾을 수 있다. 무교의 형성과정에서 무당이 겪는 여러 가지 현상에서 환상을 볼 수 있는데 그것은 정신적인 것이든 현상학적이든 황홀한 분위기를 만든다. 또 신내림굿이라는 제의와 집안 마을 국가의 안태평안, 치병, 영혼천도, 조상신령접대 등의 굿판을 통해서 무당이 하는 연행과정은 바로 신화 세계의 재현이다. 이처럼 무(巫)소설은 다양한 의미를 내포하고 있다.

현대소설의 '무(巫)' 수용 양상

V. 결 론

　　지금까지 애국 계몽기의 신소설에부터 시작하여 일제강점기와 해방 후 1970년대, 1980년대, 2003년까지 소설에 등장한 무(巫)를 살펴보았다.

　　'제Ⅱ부 무의 예비적인 고찰'을 통하여 개념의 정리와 무의 역사와 문화사적인 의미, 특히 무교를 종교로 인정하고 새로 들어온 기독교 간의 관계를 검토하여 기독교의 초창기 선교사들의 악영향을 검토했다. 선교사들이 포교를 위한 학교 개설과 병원의 건립으로 정부의 신임을 얻고 일본에게 나라를 잃는 다음에 부흥회를 개최하여 저항심을 마비시켜 일제의 통치에 일조를 하는 모습도 연출한다. 특히 무의 비판적인 시각에 주목의 시선을 던진다. 무(巫)가 가지는 가장 중요한 약점은 숙명론에 빠져 개척의지를 포기하고 스스로 인간의 의지를 박약하게 만드는 운명론자들의 양상을 보기 때문이다. 더욱이 운명은 이미 정해진 고정 틀로 인정하여 기원으로 복을 불러드린다는 퇴행된 인생관이 문제이다. 또 그런 일에는 남자보다는 여자들이 많아 여성화된 종교라는 점이다. 무의 현상에 대한 고찰에서 장래를 예언하는 힘은 신의 역할이 아니라 개인이 소지한 '기(氣)의 힘'이라는 것이다. 그래서 이런 제반의 현상은 우리 정신세계에 존재하는 의식과 무의식의 세계에서 무의식에 해당하는 '잠재의식의 현상'이다. 잠재의식은 인간이 스스로 제어하기가 어려우면서도 인간의 운명을 미리 예측하는 능력이 있다. 다만 종교를 새로 창시하는 사람이나 교주, 선각자들은 스스로 훈련을 통하여 깨닫고 접신의 경지를 터득한다.

이처럼 그런 경지는 각 개인이 공히 소유하고 있으며 다만 발견하여 잘 다듬지 않고 또 정신수행을 하지 않기 때문에 모르고 있을 뿐이다. 바로 그런 징조를 알리는 것이 무병(巫病)의 과정이다. 무당들은 신어머니라는 매개자를 통하여 접신을 한다.

'제Ⅲ부 소설에 나타난 '무(巫)'의 수용양상'에 대한 고찰이었다.

제1장 애국 계몽기와 풍속 개량에서 신소설에 등장한 무의 모습을 알아보았다. 무의 병폐를 중점적으로 지적하면서 무가 일종의 봉건 잔재로 풍기 문란을 일으키고 있다. 무(巫)는 미개인들이 하는 것으로 개화를 하여 문명국이 되려면 당연히 '미신타파'를 해야 한다는 것이다. 물론 작품상에는 아직 나타나지 않고 있으나 개신교도 1884년 최초의 선교사 알렌의 포교로부터 이 땅에 공개적으로 첫발을 들어놓는다.

조선과 외국 간에 쇄국과 개국의 정책이 오가면서 일본을 비롯하여 청국, 러시아의 개입 등 전국은 혼란이 극에 다다른다. 이런 불안한 사회 환경은 더욱 무의 흥행을 조장하였으며 이에 편승하여 피해가 여기저기서 속출한다. 더욱이 일제의 간교한 침략 정책과 명성황후 시해사건은 더욱 전 국토를 더욱 소란스럽게 한다. 일본은 청·일과 러·일 전쟁의 승리로 한국에 대한 주도권을 확보했는데 미국은 그런 일본의 입장을 지지한다.

선교사들은 격변기를 유효적절하게 이용하여 적극적으로 이 땅에 교회 세력을 토착화시키기 위해 자생적 네어비스 선교방법을 사용한다. 그것은 본국의 경제적 지원이 아닌 자립형 교회개척이다. 교회는 정치와 무관하다는 뜻을 밝혀 일제의 한반도 침략 정책에 암묵적인 동의하게 된다. 부흥회를 통해 그런 망국의 저항의식을 무디게 만드는 데까지 발전한다. 이런 방침을 조선 총독부는 정책에 반영하여 일제는 기독교와 우애적인 관계가 유지된다. 그런 관계로 김동리의 「무녀도」가 발표되기 1년 전인 1935년에는 기독교도가 47만 명으로 비약적인 증가를 한다.

이처럼 정착에 최선을 다한 개신교는 다신을 지지하는 무의 행위는 물론이고 여러 풍습은 무조건 미개국들의 잔재라고 파괴를 강력히 주장한다. 제사 행위는 우상숭배라면서 새로운 장례 형식인 추도회로 바꾸게 한다. 일본에서 공부한 유학생들의 개혁의지가 우리의 문화를 타파의 대상으로 삼아 일본을 따라야 한다는 일제의 의지에 동의하게 만든다. 그들은 망국의 앞잡이라는 불명예에서 빠져 나오지 못하게 된다. 더구나 일제의 신파소설을 번안한 작품인 『장한몽』(1913)이 나오면서 신소설은 그 생성의 의미를 잃고 만다. 개신교의 무에 대한 타파와 일본의 치밀한 사전 조사를 통한 식민 정책으로 하여금 무는 이중적으로 압력에 견디어야 한다.

'제2장 일제강점기와 기층 신앙의 위기'에 있어서 소설에 등장한 무의 양상을 알아보았다.

이태준의 「오몽녀」에서 일제의 문장적 무비라는 정책적 부당함의 폭로가 그대로 박수이며 맹인인 점쟁이에게서 나타난다. 돈에 팔여 온 오몽녀의 문란한 성적 행위는 당시 한국 사회의 미개를 폭로하는 것이다. 순사들의 치안을 핑계로 한 무자비한 박수의 살해 행위로 일제강점기의 민중 신앙에 대한 핍박의 한 형태를 살필 수 있었다.

이 땅에 정착한 개신교가 고급 종교라는 이름으로 무와 충돌하게 된 것을 처음으로 다룬 작품이 1936년의 「무녀도」이다. 당초 창작은 무 세계의 무녀도를 그린 무녀 딸 낭이의 모습과 무당의 분위기가 주이다. 그러나 개작을 통해 가족 내의 갈등이 종교적 갈등으로 비약 발전한다. 〈예기소〉에서 물에 빠진 혼을 건지는 오구굿을 하는 무당 모화는 스스로 물에 빠져 죽는다. 무에서 모든 제의가 물의 의례로 시작한다. 또한 물은 신에게 받치는 공물인 정화수이기도 한데 더러움을 정화하는 기능을 가지고 모든 생명의 근원과 죽은 자를 살리는 재생의 기능을 가지고 있다. 물이 죽음의 끝이 아니라 저승에서 이승으로 다시 환생하는 재생하는 역할을 하는 것이다.

아들인 욱이의 죽음은 기독교의 교세확장으로 순교자가 된다. 이런 두 종교 집단의 충돌은 일반적인 승패가 아니라 서로 승리하게 된다. 이 현상은 이제하의 「나그네는 길에서도 쉬지 않는다」의 마지막 부분에서 신내림굿과는 전혀 관계없는 일반인 간호사에 전해진다.

'제3장 일제강점기에서 해방되고 산업화 시대가 시작되던 1970년의 변형된 무의 모습'을 알아보았다.

먼저 윤흥길의 『장마』에서 '업왕신'의 가내 신인 구렁이 출현으로 나타났다. 6·25한국전쟁을 일으킨 이념적 갈등을 해소와 화해의 장치로서 구실을 충분히 한다. 황순원은 『움직이는 성』에서 우리를 유랑민의 근성을 가진 민족이라고 단정하고 무(巫)도 유랑성을 가진 것이기에 정착하지 못한 것이라 지적한다. 특히 무의 세계를 연구하는 사람인 송민구라는 민속학자를 통해 남장을 한 박수인 변씨와 관계 속에서 보이는 현실주의적 무 성향과 폐단을 폭로한다. 무를 종교로서 자격이 없음이 주된 지적이다. 현실주의자인 민구는 교회 한 장로의 딸인 약혼자 은희의 요구를 아무런 부담 없이 받아드리고 박수인 변씨와 헤어진다. 그것은 세속주의자인 자기 이익을 앞세우는 이기심의 소유자인 민구의 의식의 발로다.

김동리가 호의적인 데 반해 황순원은 무를 적대적으로 묘사했다. 다만 민속학적 연구 대상으로 종교적인 부분까지 검토할 것이 못 된다는 판단이다. 한편 그리스도의 표상이 되고자 한 윤성호는 월북한 정 목사의 부인인 황 여사와의 사랑으로 목사 자격이 박탈되었으나 그는 헌신적인 봉사로 가난한 마을에서 군고구마 장사를 하며 창조주님을 통한 사랑이 인간의 갈등을 해소시키게 해 달라고 기원한다. 함준태는 자아를 찾기 위해 부인인 장창애와 이혼을 하고 남지연의 사랑도 거부한 채 죽음을 선택한다. 유랑민의 근성을 몸으로 보여준 사람이 바로 함준태이다

이 시기는 새마을운동, 선진 공업화, 주택개량사업 등을 핑계로 서낭당을 비롯하여 많은 굿당 신당이 파괴되었고 무형의 제의의식도 더불어 사라져갔다. 하류층인 단골네의 후손들은 삶을 위해 객지로 출가하고 다른 업종으로 전환하여 무가들의 대가 끊기는 경우가 발생하였고 그런 사회적 환경은 무 자체를 비난과 제거의 대상으로 삼았다. 사회가 변화하는 과도기에 많은 우리의 문화적 유습들이 사라진다.

'제4장 현대화 사회에 무의 제의(祭儀)의 재현(再現)'을 통하여 전통 문화의 재발견으로 인식되는 무의 모습이었다.

이제하의 「풀밭 위의 식사」는 마네 그림의 제목이기도 하는데 그림이 주는 이미지를 연상하게 하는 잔치를 통해, 탄광촌 교회 목사가 광부인 교인 김씨와 무당이면서 산나물 채집 가공하는 조합의 조합장인 최 보살과 재혼의 중매를 서는 장면이 나온다. 중매의 성사는 김씨가 돈을 투입할 여력이 있느냐의 여부로 매듭지어진다. 일이 제대로 성사되지 않자 조합원들인 교인들은 교회에 예배를 보러 가지 않는다. 목사는 금식철야기도를 하다가 쓰러지

고 만다. 목사는 최 보살이 집으로 데려다 간호를 하여 기력이 회복되었지만 예배를 주관하다가 서서 생애를 마감한다.

최 보살은 교회도 세워주었으나 무당의 생활을 포기한 것은 아니다. 돈으로 포장한 무의 세력 앞에서는 하나님의 기적도 힘을 발휘하지 못한다. 종교적인 힘은 돈이 없을 때는 아무런 힘도 발휘하지 못한 것을 보여주다.

한승원의 『불의 딸』은 잡지 편집장인 주인공이 무당인 어머니의 발자취를 뒤집는 과정의 글이다. 연작소설에서 불이라는 창조와 파괴를 의미하는 표상을 내새워 무당인 모친의 과거사 추적을 통해서 어머니의 삶과 무당으로서 겪어야 할 과정이 전개된다. 신비감이 나오는 가막섬에서 기도하는 무당을 범한 똘쇠는 그의 딸일지도 모르는 모친과 산다. 불을 찾아 헤매는 어머니는 나의 아버지를 비롯하여 대장장이와 다른 사람과 관계를 통해서 무병을 통한 무당들의 생활을 보인다. 이해동은 단 하나뿐인 아들이 아내가 믿는 하나님의 은총과 별개로 죽게 되자 부인을 강제로 끌고 무당집을 향한다. 무당이 되었던 어머니를 따르고자 하는 심리적 행동이다. 이 소설은 비로소 무의 세계와 주술의 의미와 기층 신앙으로 살아가는 한 사람의 무당을 통해서 전개되는 가족사적인 사실을 탐문, 추적을 한다. 그런 과정을 통해 실제적인 무의 세계를 새로 인식한다.

이청준의 『신화를 삼킨 섬』은 육지부의 무당들이 제주도 1948년 4·3사태에 희생된 영혼들과 그 외의 영혼들을 위한 위령제를 통해서 '역사 씻기기' 사업하는 것을 다룬 작품이다. 1980년 4월 30일 정권을 잡은 자들이 불안한 정국을 안정시키기 위해 이런 굿판을 벌려 민중을 안심시킨다. 도청 이 과장의 지시대로 위령제를 통해 각 종교 간의 의식을 1부에 한 다음 2부에서 무 단독의 제의가 벌어졌다. 무의 절차를 통해 죽은 자들의 한을 풀어서 저승으로 편안하게 가게 하고 산자들은 즐거운 잔치를 통해 일상의 억압에서 벗어나 새로운 삶을 시도하는 잔치이다. 민속학자인 고종민의 중도적 시선을 통해 탐문이 의식적인 길이라면 무당을 통한 무의식의 탐문을 통해 이야기가 전개되면서 육지부의 무당이 주도적인 기능을 한다. 섬 지역의 무당은 일반적인 사항에 대해서는 나름대로 갈등을 보였지만 무사히 마쳤다.

이 시기는 우리 민족의 문화를 재발견한다는 의식으로 종교적인 모습보다는 문화의 복원이라는 의미로 새롭게 조명이 되었고 사라진 무의 제의의식에 대한 복원사업이 일어나는 계기가 된다. 물론 무당의 운명적인 과정과 숙명론에 빠지게 하는 병폐와 그로 인한 개척정신의 저하는 하나의 폐단으로 지적된다. 또한 현실의 불행을 해결하려고 굿을 하고 그런 경비의 과도한 지출 등 건전성 확보는 치명타를 당한다. 사람들이 무를 기피하는 것 중의 하나는 이런 일들로 기만을 당하는 것이 아닌가 하고 인식하는 데 있다. 무당들이 연행과정에 행하는 말짓풀이와 몸짓풀이는 작가의 길을 가는 것과 같은 과정으로 인식된다. 또 무당이 되는 과정을 통하여 발생하는 환상적 사건과 연행과정에 일어나는 신화의 재현은 무의 세계가 가지는 특권이 된다.

이와 같이 신소설이 등장하던 1907년 『구마검』부터 2003년 『신화를 삼킨 섬』에 이르는 무를 다룬 소설을 일관성 있게 살펴보았다.

'제Ⅳ부 무(巫)소설의 문학사적 의의'를 검토하였다.

무(巫)는 소설의 소재로 등장과 문화사적으로 미개민족의 풍습으로 전락하여 신소설에서 풍속 개량의 대상이 된다. 그러나 신소설 작가들의 의식은 민족의 계몽보다는 오히려 친일의 앞잡이와 매국노가 되는 구실로 변한다. 이때 무는 공격의 대상으로 전락한다. 또 무는 기층민의 신앙인 종교로서 소설의 소재로 부각된다. 특히 현대 문학의 기산점과 거의 일치하는 개신교의 등장은 많은 소설의 소재로 제공된다. 그러나 민족성의 원형 발굴이라는 점에서 고급 종교인 기독교와는 습합과정보다는 갈등의 문제로 부각된다.

다음은 일종의 환상소설인 무(巫)소설에서 기법상의 활용을 생각해 볼 수 있다. 무(巫)소설은 환상과 신화세계의 재현이다. 정신적인 현상이었든 현상학적이었든 환상은 무병을 앓는 무당에게는 반드시 겪는 과정이다. 그런 과정을 거쳐서 신과 신어머니를 모시는 무당이 되면 제의를 연행하게 되는데 이때 연출되는 것이 하나의 신화적 세계의 재현이다. 개인 삶을 영위하는 데 있어서 새로운 삶을 추구하는 모델의 '원 형상'을 제시한다.

이처럼 무(巫)는 소설에 등장한 모습이 문화적이든 종교적이든 소설의 소재로써 특이한 의미가 있다. 그것은 이와 같은 풍습이 민간에게 미치는 영향이 긍정적이든 부정이든 간에 일단의 우리 민족이 살아온 모습의 한 면을 제시하기 때문이다. 더욱이 국가를 상실하는 시기와 겹치면서 그 망국의 의식은 우리 전통 문화가 다른 문화에 비해서 미개하다는 의식을 우리 스스로 가지게 만드는 원인으로도 작용을 한다. 아무리 외국의 문화가 훌륭해도 그것은 우리 삶의 모습이 아니다. 그런 이유로 우리 문화가 외국의 문화와 서로 습합관계를 가지면서 서로 영향을 미쳐 우리 것의 발달을 가져온다면 정말 좋은 일이다.

세상의 것은 스스로 울타리 안에서 혼자서만 존재할 때 번성의 극에 달해 생존 먹이의 고갈과 부패로 멸망의 길을 걷는다. 특히 종교라고 하는 무(巫)도 그런 것의 하나라고 생각한다. 이런 무는 어느 방향에서 접근하느냐에 따라 부정적인 면이 더 많이 존재할 수 있다. 그래서 부정적인 면이 자연 도태하도록 민간 신앙인의 올라른 비판 정신의 육성이 필요하고 체계적인 국가의 지원이 요구된다. 그것은 올바르고 건전한 우리 문화의 육성과 일맥 통한다고 생각한다.

무당이 되는 과정과 무(巫)의 제의(祭儀) 현상이 특별한 신들의 조화가 아니라 민간 개인이 각각 소유한 '잠재의식'의 현상이다. 이것은 많은 수양(修養)을 통한 정신적인 활동의 하나로 정신문화의 건전한 발달을 의미하기도 한다. 정부에서도 억압이나 통제만을 할 것이 아니라 긍정적인 면을 되살려 좋은 정신문화와 현장에서 재현되는 실기문화인 전통문화를 발굴하여 향상시켜야 한다. 이와 같은 체계적인 육성과정을 통하여 발전시키고 건전한 비판력을 기른다면, 무(巫)는 우리 소설에서도 보다 더 다양한 모습으로 나타나게 될 것이다.

참고문헌

1. 기본자료

김동리, 「무녀도」, 『을화』, 문학사상사, 1986.
윤흥길, 『장마』, 『한국소설문학대계 60』, 두산동아, 1997.
이인직, 『귀의성』, 『치악산』, 『한국 신소설전집 1권』, 을류문화사, 1969.
이제하, 「풀밭 위의 식사」, 『소렌토에서』, 솔, 1996.
이청준, 『신화를 삼킨 섬』 1. 2권, 열림원, 2003.
이태준, 「오몽녀」, 『월북 작가 대표 문학선집』, 문학과현실사, 1994.
이해조, 『구마검』, 『한국 신소설전집 2권』, 을류문화사, 1969.
한승원, 『불의 딸』, 문학과 지성사, 1996.
황순원, 『움직이는 성』, 문학과 지성사, 2000.

2. 논문 및 비평

공종구, 「이태준 초기소설의 서사지평분석」, 국어국문학회, 『국어국문
　　　학』, 109권, 1993. 5.
구모룡, 「예술과 광기의 사회적 의미」, 『작가세계』, 1990. 5.
구인환, 「황순원 소설의 극적양상」, 서울대학교 국어교육과, 『선청어
　　　문』 19집, 1991.
______, 「소설 극적 구조의 양상」, 국어국문학회, 『국어국문학』 81권,
　　　1979. 12.
권명아, 「에도는 숨결들의 교감」, 『작가세계』, 1996. 11,
권영민, 「삶·인간관계, 기타(한승원)」, 『한국문학』, 1981. 7.
______, 「토속적 공간과 한의 세계」, 한승원, 『우리시대 우리작가 ⑨』,
　　　동아출판사, 1992.
권오룡, 「예술과 현실 사이의 아이러니」, 『작가세계』, 1990. 5.

권오성, 「한·몽 샤머니즘 음악의 비교시론」, 한국샤머니즘학회, 『샤머니즘연구』 1집, 1999.

김경수, 「삶과 소설쓰기 사이의 긴장」, 『현대소설』, 1990, 가을.

______, 「여성적 광기와 그 심리적 원천」, 『작가세계』, 1996. 5.

김동리, 「무속과 나의 문학」, 『월간문학』, 1978. 8.

김동식, 「희생양을 위한소묘, 또는 자화상」, 이제하, 『소렌토에서』, 솔, 1996.

김상조, 「충암김정의 「濟州風土錄」과 규창이건의 「제주풍토기」 비교연구」, 『대동한문학』 13집, 2000. 12.

김열규, 「샤머니즘의 문화적 의미」, 『문학사상』, 1977. 9.

김종희, 「바다, 고향 그리고 원시적 생명력의 절창」, 『작가세계』, 1996. 11.

김주연, 「샤머니즘은 한국인의 정신인가」, 한승원 장편소설 『불의 딸』, 문학과 지성사, 1996.

김진석, 「무제에서 무제로 떠나다가」, 『작가세계』, 1993. 5.

김태곤, 「민속의 문학적 수용」, 『월간문학』, 1978. 8.

______, 「무속의 종교사적 성격」, 『문학사상』, 1977. 9.

______, 「韓國神堂研究」, 국어국문학회, 『국어국문학』 29집, 1965. 8.

김영훈, 「한국 샤머니즘과경계의 의미」 한국샤머니즘학회, 『샤머니즘연구』 3집, 2000.

김윤식, 「개화기 소설의 문제점」, 전광용 외, 『한국현대소설사 연구』, 민음사, 1984.

______, 「「무녀도」에서 『을화』에 이른 길」, 『한국소설문학대계』 26, 동아 출판사, 1995.

______, 「예술에 대한 목마름 부름(이제하)」, 『문학사상』, 1985. 12.

김현숙, 「「오몽녀」 언술의 특성과 수사법」, 『상허학보』 1집, 1993.

다니엘 키스터, 「무당몸짓의 상징적 언어」, 『문학사상』, 1977. 9.

류병덕, 「종교 갈등의 문제」, 『佛光』, 1997. 10.

박경신, 「제주도 巫俗說話의 몇 가지 특징」, 국어국문학회, 『국어국문학』 96권, 1986. 12.

박덕규, 「불화의 상징과 실체 사이」, 『문학과 사회』, 1988, 겨울.

박용구, 「춤과 음악으로서 본 샤머니즘」, 『문학사상』, 1977. 9.

박용숙, 「회화로서 본 巫俗畵」, 『문학사상』, 1977. 9.

박철화, 「개성을 포용하기 위하여」, 『작가세계』, 1990. 5.

______, 「「초식」에서 「광화사」까지」, 『작가세계』, 1990. 5.

박혜경, 「경계의 안과 밖 혹은 그 사이」, 『독충』 이제하 소설집, 세계
　　　사, 2001.

서대석, 「문학으로서 본 巫歌」, 『문학사상』, 1977. 9.

서정기, 「노래여, 노래여」(이청준), 『작가세계』, 1992, 가을.

______, 「원시성의 희구」(이제하), 『작가세계』, 1990. 5.

성민엽, 「이데올로기 너머의 화해와 그 원리 - 황석영의 『손님』에 대
　　　하여」, 『창작과 비평』, 2001, 겨울.

신덕룡, 「바다, 욕망과 반역의 공간」, 『작가세계』, 1996. 11.

양문규, 「분단 및 산업사회 현실에 대한 독특한 문제의식」, 『한국문학
　　　연구』 9집, 1997.

양진오, 「바다, 어머니의 자궁 그리고 신화」, 『작가세계』, 1996. 11.

우찬제, 「풀이의 황홀경과 다시 태어나는 넋」, 이청준, 『신화를 삼킨
　　　섬』, 열린원, 2003.

______, 「자유의 질서, 말의 꿈, 반성적 탐색」, 권오룡 엮음, 『이청준
　　　깊이읽기』, 문학과지성사, 1999.

우한용, 「생명과 자유의지의 언어형상」, 『해변의 길손 外』, 한국소설
　　　문학대계 59, 동아출판사, 1995.

유기룡, 「說話文學論의 성과와 과제」, 국어국문학회, 『국어국문학』99
　　　권, 1988. 6.

윤이흠, 「샤머니즘과 한국문화사」, 한국샤머니즘학회, 『샤머니즘연구』,
　　　1집 1999.

이광풍, 「現代小說의 祭儀構造 硏究」, 국어국문학회, 『국어국문학』 89
　　　권, 1988 5월.

이광훈, 「사양의 토속적 인간상」. 『문학춘추』, 1965. 1.

이기서, 「소설에 있어서의 상징문제」, 민족어문학회, 『어문논집』 19·

20집, 1977.

이동하, 「한국소설과 구원의 문제」, 『현대문학』, 1983. 5.

______, 「소설과 종교」, 『한국문학』, 1987년. 7월, 8월, 9월.

______, 「현실과 예술」, 『문학사상』, 1981. 8.

이병렬, 「복녀와 오몽녀의 거리」, 『숭실어문』 10집, 숭실대숭실어문연구회, 1993. ―「이태준 소설의 텍스트 문제」, 국어국문학회, 『국어국문학』 111권, 1994. 5.

이부영, 「심리학에서 본 샤머니즘」, 『문학사상』, 1977. 9.

이용남, 「꿈의 인식과 작품해석의 실제」, 한국비교학회, 『비교문학』, 1982.

이인실, 「韓國의 神像과 巫神圖」, 『아세아여성연구』 제10집, 1971.

이희정, 「현대 한국인의 삶에서 무(巫) 신앙의 의미」, 한국종교학회, 『종교연구』, 24집, 2001.

______, 「샤먼의 신령 접촉 형식」, 한국샤머니즘학회, 『샤머니즘연구』 2집, 2000.

임석재, 「韓國巫俗研究序說(2)」, 『아세아 여성연구』 제10집, 1971.

임영천, 「황순원 『움직이는 성』 연구」, 한국현대문예비평학회, 『한국문예비평 연구』 2권, 1998.

장수익, 「봉건적 가정의 모순과 개화주체」, 이용남 외, 『한국개화기 소설연구』, 태학사, 2000.

장영우, 『이태준 소설연구』, 동국대학교 대학원 박사학위논문, 1992.

장인식, 「황순원 『움직이는 성』과 나다니엘 호손의 『주홍글자』 비교」, 한국문학과 종교학회, 『문학과 종교』 7권 1호, 2002.

장일구, 「역사와 허구의 변증」, 『작가세계』, 1996. 11.

장현숙, 「사랑의 비극성과 유랑의식」, 『황순원 다시 읽기』, 한국문화사, 2004. 정과리, 「타인 안에서 나를 살다」, 『작가세계』, 1993. 5.

정진홍, 「엘리아드의 샤머니즘」, 『문학사상』, 1977. 9.

정현기, 「무당굿과 소설가」, 『창작과 비평』, 1979. 겨울.

정홍섭, 「이야기로 풀어낸 역사와 신화화된 이야기」, 『실천문학』, 2003. 가을.

조흥윤, 「한국지옥 연구―巫의 저승」, 한국샤머니즘학회, 『샤머니즘연구』 1집, 1999.

______, 「무(巫) 문화의 이해」 한림대학교 아시아 문화연구소, 『아시아문화』, 1990.

진성린, 「무속신화에서 보는 흑백 양파」, 국어국문학회, 『국어국문학』 31권, 1966. 3.

진형준, 「예술에 대한 물음」, 이제하, 『우리시대 우리작가 ①』, 동아출판사, 1992.

채호석, 「『鬼의 聲』에 나타난 여인의 운명과 그 의미에 대하여」, 이용남 외, 『한국 개화기 소설연구』, 태학사, 2000.

천이두, 「화해 지향성의 문학」, 『장마 外』, 한국소설문학대계 60, 두산동아, 1997.

______, 「종합에의 의지」, 오생근 엮음, 『황순원 연구』, 황순원전집 12, 문학과 지성사, 2000.

최길성, 「한국인의 한」, 『산청어문』, 서울대학교 국어교육과, 1989.

______, 「한국의 샤머니즘은 어디에서 왔는가?」, 『문학사상』, 1977.

최래옥, 「저승설화연구」, 국어국문학회, 『국어국문학』 93권, 1985. 5.

최종성, 「조선시대 유교와 무속의 관계연구」, 한양대학교 민족학연구소, 『민족과 문화』 10집, 2001.

______, 「무속의 國行儀禮 연구」, 한국종교학회, 『종교연구』, 1998.

최학송, 「오몽녀」 7월 창작소설 총평, 『조선 문단』 11권, 1925. 9.

한만수, 「식민지시대 출판자본을 통한 문학검열에 대하여」, 국어국문학회, 『국어국문학』 131권, 2002. 5.

황도경, 「개 같은 세상에서의 꿈꾸기」, 『나그네는 길에서도 쉬지 않는다』, 한국소설문학대계 44, 동아출판사, 1995.

황종연, 「인간적 친화를 꿈꾸는 소설의 역정」, 『작가세계』, 1993. 5.

홍전선, 「깨어 있는 자의 시선과 세계」, 윤흥길 『우리시대 우리작가 ⑩』, 동아출판사, 1992.

황순원과의 대화, 「유랑민 근성과 시적근원」, 『문학사상』, 1972. 11.

황순원, 「말과 삶과 자유」, 황순원 외, 『말과 삶과 자유』, 문학과지성사, 1985.

3. 단행본

강용권, 『한국 민속 문화 연구』, 집문당, 1996.
강창일, 『근대일본의 조선침략과 대아시아주의』, 역사비평사, 2003.
곽진석, 『한국 민속 문학형태론』, 월인, 2000.
권영민, 『한국현대문학비평사』(자료 Ⅲ), 단대출판부, 1982.
권오룡 엮음, 『이청준 깊이 읽기』, 문학과지성사, 1999.
구인환, 『근대작가의 삶과 문학』, 서울대학교출판부, 1995.
국어국문학회, 『민속 문학 연구』, 정음사, 1981.
김병로, 『한국 현대소설의 다성 담론 시학』, 국학자료원, .1999.
김봉군, 『한국소설의 기독교의식 연구』, 민지사, 1997.
김상웅, 『을사늑약 1905, 그 끝나지 않은 백년』, 시대의 창, 2005.
김영민, 『한국근대소설사』, 솔 출판사, 1997.
김영일, 『한국무속신화의 서사 모형론』, 세종출판사, 1996.
김열규, 『동북아시아 샤머니즘과 신화론』, 아카넷, 2003.
김용재, 『한국소설의 서사론적 탐구』, 평민사, 1993.
김우종, 『한국현대소설사』, 성문각, 1980.
김원식, 『한국기독교 100년의 허와 실』, 들소리, 1982.
김윤식, 『운명과 형식』, 솔, 1992.
김윤식·김현, 『한국문학사』, 민음사, 2001.
김윤식·정호웅, 『한국소설사』, 문학 동네, 2000.
김윤정, 『황순원 문학연구』, 새미, 2003.
김인회, 『한국무속사상연구』, 집무당, 1993.
김인섭, 『한국문학과 천주교』, 보고사, 2002.
김정숙, 『김동리 삶과 문학』, 집문당, 1996.
김종대, 『한국 민간 신앙과 실체와 전승』, 민속원, 1999.
김종서, 『서양인의 한국종교 연구』, 서울대학교 출판부, 2006.
김진균·정근식 편저, 『근대주체와 식민지 규율권력』, 문화과학사, 2003.
김진영, 『한국서사문학의 연행양상』, 이회문화사, 1999.
김태곤, 『무속과 영의 세계』, 한울, 1996.

______, 『한국무속연구』, 집문당, 1981.

김택규, 『한국민속 문예론』, 일조각, 1993.

김태순, 『황순원 소설의 인물유형과 크로노토프』, 백산출판사, 2005.

김 현, 『사회와 윤리』 김현 문학전집 2권, 문학과 지성사, 1995.

나종일, 『봉건제』, 까치, 1990.

노길명, 『한국의 신흥종교』, 가톨릭신문사, 1988

동학무극사상연구, 『무극』, 동학무극사상연구회, 제3호, 2003.

______, 제4호. 2004.

류상채, 『民醫와 巫醫』, 계백, 2002.

민경배, 『한국기독교회사』, 연세대학교출판부, 2005.

민족문화사 엮음, 『민족문학과 근대성』, 문학과 사상사, 1995.

민속학회, 『한국 민속학의 이해』, 문학아카데미, 1996.

민충환, 『이태준 연구』, 깊은 샘, 1988.

박일영, 『한국 무교와 그리스도교』, 분도출판사, 2003.

박혜경, 『황순원 문학의 설화성과 근대성』, 소명출판, 2001.

백 철, 『新文學思潮史』, 신구문화사, 1999.

상허학회, 『근대문학과 구인회』, 깊은샘, 1996.

서강여성문학연구회, 『한국문학과 환상성』, 예림기획, 2001.

서대석, 『한국무가의 연구』, 문학사상사, 1997.

서정범, 『한국문학과 문화의 고향을 찾아서』, 문학사상사, 2001.

______, 『기치료와 초능력』, 한나라, 1996.

______, 『기치료와 초능력의 세계』, 한국무속인 열전 제5권, 우석, 2002.

송민호, 『한국개화기 소설의 사적연구』, 일지사, 1986.

송하춘, 『1920년대 한국소설 연구』, 고려대학교 민족문화연구소, 1995.

신동욱, 『1930년대 한국소설 연구』, 한샘, 1994.

신익호, 『문학과 종교의 만남』, 한국문화사, 1996.

안병국, 『귀신설화연구』, 규장각, 1995.

우한용, 『한국현대소설 구조연구』, 삼지사, 1990.

유동식, 『한국무교의 역사와 구조』, 연세대학교 출판부, 1997.

윤병로, 『한국 근·현대 작가·작품론』, 성균관대학교 출판부, 1993.

윤이흠, 『한국종교 연구』, 집문당, 2000.

윤이흠 외, 『한국인의 종교관』, 서울대학교 출판부, 2001.

이경업, 『무가문학연구』, 도서출판 박이정, 1998.

이규태, 『한국인의 샤머니즘』, 신원문화사, 2000.

이능화, 이재곤(역), 『조선무속고』, 동문선, 2002.

이몽희, 『한국현대시의 무속적 연구』, 집문당, 1990.

이병렬, 『이태준 소설연구』, 평민사, 1998.

이상우, 『현대소설의 원형적 연구』, 집문당, 1988.

이용남, 『이해조와 그의 작품세계』, 동성사, 1986.

＿＿＿외, 『한국개화기 소설연구』, 태학사, 2000.

이유경, 『원형과 신화』, 이끌리오, 2004.

이재선, 『한국문학의 원근법』, 민음사, 1996.

＿＿＿, 『한국소설사』, 민음사, 2000.

＿＿＿, 『현대소설의 서사시학』, 학연사, 2002.

＿＿＿, 『현대 한국소설사』, 민음사, 2000.

이재선·김학동·박종철 공저, 『개화기 문학론』, 한국학술정보(주), 2003.

이정숙, 『한국현대소설연구』, 깊은 샘, 1999.

이종철·김종대·황보명, 『성 숭배와 금기의 문화』, 대원사, 1997.

이진우, 『김동리 소설연구』, 푸른 사상, 2002.

인권환, 『한국 민속학사』, 열화당, 1997.

임영천, 『한국현대문학과 기독교』, 태학사, 1995.

임진수, 『환상의 정신분석』, 현대문학, 2005.

임철우 외 편저, 『한승원 삶과 문학』, 문이당, 2000.

장양수, 『한국예장인 소설론』, 한국문화사, 2000.

장원철, 『한국 신화를 찾아서』, 한솜미디어, 2002.

장현숙, 『황순원 문학연구』, 푸른 사상, 2005.

전광용 외, 『한국현대소설사연구』, 민음사, 1984.

정영자, 『한국문학의 원형적 탐구』, 문학예술사, 1982.

정한숙, 『현대한국문학사』, 고려대학교 출판부, 1982.

조신권, 『한국문학과 기독교』, 연세대학교 출판부, 1983.

조윤제, 『한국문학사』, 탐구당, 1999.

조흥윤, 『巫 - 한국무의 역사와 현상』, 민족사, 1997.

______, 『한국 무의 세계』, 민족사, 1997.

______, 『한국 무의 세계』, 한국학술정보(주), 2004.

최길성, 『한국무속의 이해』, 예전사, 1994.

______, 『한국 민간 신앙의 연구』, 계명대학교 출판부, 1994.

______, 『한국의 사회와 종교』, 아세아 문화사, 1990.

최준식, 『한국의 종교, 문화로 읽는다. I 』, 사계절, 2001.

최원식, 『한국 근대 소설사론』, 창작과비평사, 1994.

______, 『한국계몽주의 문학사론』, 소명출판, 2002.

한국근현대사회 연구회, 『한국근대개화사상과 개화운동』, 도서출판 신
　　　서원, 2001.

한국일본학회 일본연구총서 간행위원회, 『일본민속의 이해』, 시사일본
　　　어사, 1997.

한국정신문화연구원, 『한국민족문화대백과사전』 9권과 11권, 삼화인쇄
　　　주식회사, 1997.

한국정신문화연구원 연구처, 『일제식민통치연구 1권(1905-1910)』, 백
　　　산서당, 1999.

한국현대소설학회 제14회, 『현대소설과 환상성』, 한국소설학회, 1999년
　　　11월 27일.

한기형, 『한국근대소설사의 시각』, 소명출판, 1999.

한철호, 『친미 개화파 연구』, 국학자료원, 1998.

홍일식, 『한국개화기의 문학사상 연구』, 열화당, 1982.

황석영, 『손님』, 창작과비평사, 2001.

황필호, 『한국무교의 특성과 문제점』, 집문당, 2002.

허명숙, 『황순원 소설의 이미지 읽기』, 도서출판 월인, 2005.

4. 외국논저

가와가미(川上 新二), 「巫의 守護靈: 진도, 서울, 일본 오키나와의 경우」, 『진도문화와 지역발전』, 2002. 11. 30. 진도학회 결성과 제2회 진도국제 학술대회.

강재언, 이규수(역), 『서양과 조선』, 학고재, 1999.

게라두스 반 데르 레우후, 윤이흠(역), 『종교와 예술』, 열화당, 1996.

노스럽 프라이, 임철규(역), 『비평의 해부』, 한길사, 2000.

레비-스토로스, 임봉길(역), 『신화학』 1, 한길사, 2005.

무라야마 지준(村山智順), 김희경(역), 『朝鮮의 占卜과 豫言』, 동문선, 2005.

______, 『조선의 귀신』, 동문선, 1993.

______편저, 박전열(역), 『조선의 향토오락』, 집문당, 1992.

미르치아 엘리아데, 김윤기(역), 『샤머니즘』, 까치, 1998.

______________, 이재실(역), 『이미지와 상징』, 까치, 2002.

미셸 옹프레, 강주현(역), 『무(無)신학의 탄생』, 모티브, 2006.

배네딕트 앤더슨, 윤형숙(역), 『상상의 공동체』, 나남출판, 2002.

베른하르트 A 그림, 박규호(역), 『권력과 책임』, 청년정신, 2002

사사키 고우가(佐佐木宏幹), 김영민(역), 『샤머니즘의 이해』, 박이정, 1999.

손진기, 임동석(역), 『동북민족원류』, 동문선, 1992.

슬라보예 지젝, 김종주(역), 『환상의 돌림병』, 인간사랑, 2002.

아키바 다카시(秋葉 隆), 심우성, 박해순(역), 『춤추는 무당과 춤추지 않는 무당』, 한울, 2000.

안토니오 네그리·마이클 하트, 윤수종(역), 『제국』, 이학사, 2005.

王宏剛, 「滿族薩滿敎的內容與特色」, 한양대학교 민족학연구소, 『민족과 문화』, 1999.

H·N 알렌, 신복룡(역), 『조선견문기』, 집문당, 1999.

H·G. 언더우드, 이광린(역), 『韓國改新敎 受容史』, 일조각, 1997.

에드워드 사이드, 김성곤·정정호(역), 『문화와 제국주의』, 도서출판

창, 2002.

_______________, 박홍규(역), 『오리엔탈리즘』, 교보문고, 2000.

C.G 융, 설영환(역), 『무의식분석』, 선영사, 2005.

캐스린 흄, 한창엽(역), 『환상과 미메시스』, 푸른나무, 2000.

피에르 지마, 정수철(역), 『문학의 사회비평론』, 태학사, 1996.

조셉 머피 김희덕(역), 『잠재의식의 힘』, 미래문화사, 2004.

H·B 헐버트, 신복룡(역), 『대한제국 멸망사』, 집문당, 1999.

S. N. 그렙스타인, 김병욱(역), 「신화비평이란 무엇인가」, 신동욱, 『신화와 원형』, 고려원, 1992.

郝時遠, 「中國的民族學與薩滿敎硏究」, 한양대학교민족학연구소, 『민족과 문화』, 2001.

흘거 칼바이트, 오세종(역), 『세계의 무당』, 문원, 1994.

· 저자 ·

윤효선
(尹孝宣)

· 약 력 ·

성균관 대학교 문과대학 국어국문학과 졸업(2001)
성균관 대학교 대학원 국어국문학 석사(2003)
성균관 대학교 대학원 현대문학전공 박사(2006)

· 주요논저 ·

「이청준 소설 연구」
「손창섭 소설에 대한 고찰」
「현대소설에 나타난 샤머니즘의 양태」
외 다수

현대소설의 '무(巫)' 수용 양상

· 초판 인쇄	2007년 3월 20일
· 초판 발행	2007년 3월 20일
· 지 은 이	윤효선
· 펴 낸 이	채종준
· 펴 낸 곳	한국학술정보㈜
	경기도 파주시 교하읍 문발리 526-2
	파주출판문화정보산업단지
	전화 031) 908-3181(대표) · 팩스 031) 908-3189
	홈페이지 http://www.kstudy.com
	e-mail(출판사업부) publish@kstudy.com
· 등 록	제일산-115호(2000. 6. 19)
· 가 격	18,000원

ISBN   978-89-534-6491-9 93810 (Paper Book)
　　　　978-89-534-6492-6 98810 (e-Book)